How to tame a Rebel Prince
Lilly Autumn

Deutsche Erstausgabe

1. Auflage

Copyright © 2023 by Lilly Autumn
c/o WirFinden.Es
Naß und Hellie GbR
Kirchgasse 19
65817 Eppstein
www.lillyautumn.at
lovenotes@lillyautumn.at

Druck: Tolino Media
Umschlaggestaltung: Nina Hirschlehner
Lektorat und Korrektorat: Julie Roth
Satz: Bettina Pfeiffer
ISBN: 9783757923020

Alle Rechte, einschließlich dem des vollständigen oder auszugsweisen Nachdrucks in jeglicher Form sind vorbehalten. Dies ist eine fiktive Geschichte. Ähnlichkeiten mit lebenden oder verstorbenen Personen sind rein zufällig und nicht beabsichtigt.

Herstellung und Druck über tolino media GmbH & Co. KG,
Albrechtstr. 14, 80636 München. Printed in Germany.
Fragen zu Produktsicherheit an: gpsr@tolino.media.

HOW TO TAME A
Rebel Prince

Über die Autorin:
Verträumt und romantisch - so könnte man Lilly Autumn in zwei Worten beschreiben. Die Mutter zweier Kinder und dreier Katzen lebt mit ihrem Mann in einem beschaulichen Haus inmitten der Weinberge in einem kleinen Ort von Österreich. Herzklopfen, knisternde Gefühle und manchmal auch sinnliche Szenen gehören für sie zu einem gelungenen Liebesroman, in dem entweder royale Häupter oder kulinarische Einflüsse nicht fehlen dürfen.

Für alle Königinnen des Alltags da draußen. Ihr seid wundervoll und königlich.

1 - Sebastien

Mit einem Murren wende ich mich von dem grellen Licht ab, das in meinen Augen brennt. Ich ziehe die Decke über den Kopf. Jemand reißt sie herunter, entblößt meinen beinahe nackten Körper.

»Es ist kalt«, brumme ich und taste um mich. Aber die Decke ist fort.

Ich liege alleine im Bett. Sicher noch nicht lange. Die Nacht war ... heiß. Und erst in den frühen Morgenstunden vorbei. Meine Eroberung hat sich diesmal ohne Diskussionen von meinem Personal hinausbegleiten lassen. Wenn ich sie in einem Club anspreche und sage, dass ich nur eine einzige Nacht mit ihnen möchte, sind die Frauen gewöhnlich einverstanden. Sobald wir aber fertig sind, ändern sie ihre Meinung oft. Die letzte hat zu ihrem Wort gestanden.

»Dann zieh dir etwas an!«, donnert die Stimme meines Vaters durch den Raum.

Etwas landet auf meinen Beinen. Kalt und schwer fühlt sich die Zeitung an, die er fallen lassen hat. Dass es eine Zeitung ist, weiß ich, weil es nicht die erste ist, die er bei einem unangekündigten Besuch in meiner Stadtwohnung mitbringt.

»Es ist noch ziemlich früh.« Ich reibe mir über die Augen.

»Es ist verdammt noch mal Mittag«, fährt mein Vater mich an.

Mit einem tiefen Atemzug setze ich mich auf und werfe einen Blick auf die Uhr. Tatsächlich, kurz vor zwölf.

»Es wäre mir aber auch egal, wenn es sieben Uhr morgens wäre«, tobt mein Vater weiter. Er packt die Zeitung, die vom Bett gerutscht ist, und hält mir das Titelbild hin.

Es dauert einen Moment, bis ich etwas darauf erkenne. Da, auf dem größten Foto einer beliebten Klatschzeitung des Fürstentums Blanchebourg, befinde ich mich in inniger Umarmung mit einer Blondine. Jener Blondine, mit der ich gerade die Nacht verbracht habe. Die Überschrift muss ich nicht lesen. Vermutlich steht dort etwas wie *Wie viele Affären hat der Prinz noch diesen Monat?* oder irgendetwas extrem Kreatives wie *Die nächste unglückliche Cinderella Blanchebourgs?*.

Ich reibe mir über die Schläfen. Gestern habe ich es wohl mit dem Tequila übertrieben. Vermutlich ist mir deswegen nicht aufgefallen, dass meine Eroberung und ich beim Verlassen des Clubs abgelichtet worden sind. Das Bild zeigt mich auch sichtlich betrunken. Meine Gesichtszüge sind ein wenig entgleist, ich stützte mich auf die Blondine in dem hautengen Kleid, das nur knapp das Nötigste bedeckt, und mein Blick ist dabei auf ihre drallen Brüste gerichtet.

»Nicht das beste Foto von mir«, murmle ich.

Das war auch nicht die beste Aussage, die ich jetzt hätte machen können. Aber ich will das Donnerwetter, das ganz eindeutig auf mich wartet, lieber schnell hinter mich bringen. Mein Vater ist mindestens einmal im Monat hier, um mir die Leviten zu lesen. Ich nehme es stoisch hin, erkläre ihm, dass ich mich nicht einengen lassen will. Daraufhin grollt er mir, versucht, mich an meine Pflichten zu erinnern, und droht mir im schlimmsten Fall.

Aber ich habe keinen Bock auf die Pflichten, die er mir aufbürden will. Seine Drohungen sind außerdem zahnlos. Wieso sollte ich an meinem Leben etwas ändern, nur weil ich sein einziger Sohn bin?

Ich wappne mich für einen cholerischen Anfall meines Vaters. Doch er reagiert nicht auf meine Aussage. Unsicher drehe ich den Kopf, um ihn anzuschauen. Statt Wut sehe ich nur eines in seinem blassen Gesicht: tiefe Sorgenfalten.

Mit einem Seufzen setzt er sich auf die Bettkante und mustert mich eindringlich. Der erschütterte Blick trifft mich mehr, als seine Wut es je könnte. Er erinnert mich an eine Zeit, an die ich nicht denken möchte. Jene Wochen, in denen sich mein Leben in eine so katastrophale Richtung entwickelt hat, dass ich bis heute keinen Ausweg mehr finde. Und statt damals das Verständnis und die Zuwendung meines Vaters zu erhalten, wurde ich mit Schweigen bestraft. Und Einsamkeit. Weil etwas anderes immer wichtiger war als ich: die Krone Blanchebourgs.

»Sag mir, was ich tun muss, damit ich zu dir durchdringe.« Vaters Stimme ist leise und kratzig. So anders, als er sonst auftritt.

Thierry de Violet ist nicht nur der Fürst von Blanchebourg, er wird von den Menschen verehrt. Als Staatsvater bezeichnen sie ihn. Als Fürst ist er – anders als in vielen Monarchien – aktiv in der Politik verwurzelt. Er kann Gesetze einbringen oder kippen, hat Einfluss auf das Parlament. Mit seinem beträchtlichen Privatvermögen hat mein Vater außerdem viel Gutes getan. Er zeigt sich als stark und verlässlich, immer höflich und freundlich. Nur mir gegenüber nicht.

Ich zucke mit den Schultern. »Ich habe dir gesagt, dass ich nicht bin, was du dir wünschst. Du wirst dir einen anderen Erben suchen müssen, den du freudestrahlend bei Festen präsentierst.«

»Du bist aber mein einziges Kind, Sebastien.« Seine Hand zittert, als er sie auf meine legt. Ich bringe es in dem Moment nicht über mich, sie wegzuziehen. »Ich habe dir viele Freiheiten gelassen.« Innerlich verdrehe ich die Augen. Einer der Gründe, warum ich bin, was ich bin, war seine unangemessene Strenge mir gegenüber, als ich in die Pubertät gekommen bin. »Habe oft weggeschaut. Nur jetzt kann ich nicht mehr wegsehen.«

Er legt die Zeitung auf meinen Oberschenkeln ab. Immer noch will ich die Überschrift nicht lesen. Diese Frau war vermutlich auf mich angesetzt. Ich hoffe, ich habe ihr nicht irgendwelche Geheimnisse verraten, die meiner Familie richtig Ärger einbrocken können.

»Du bist jetzt achtundzwanzig«, fährt mein Vater fort. »In deinem Alter hatte ich ein Studium abgeschlossen, war vermählt und habe mich auf deine Geburt gefreut. Ich habe mich darauf vorbereitet, die Krone von deinem Großvater zu übernehmen, und bin als Praktikant in jedem Ministerium gewesen, um mehr über den Staatsapparat zu lernen.« Er hält inne. Ein Hustenanfall schüttelt ihn durch. Als er vorbei ist, räuspert mein Vater sich. »Ich dachte, wenn du dich ausgetobt hast, wirst du schon selbst zur Vernunft kommen. Aber offensichtlich passiert das nicht.«

Sein Blick wandert zu dem Foto auf dem Titelblatt, bevor er mir in die Augen sieht. Die Härte ist in seine Miene zurückgekehrt. Er erhebt sich.

»Ob es dir gefällt, oder nicht, du bist der Erbprinz Blanchebourgs und du hast deine Pflichten zu erfüllen. Wenn du es nicht freiwillig machst, zwinge ich dich eben dazu.«

Ich springe auf. Die Zeitung klatscht auf den Boden. »Du willst mich zwingen? Da bin ich aber gespannt. Wie du bereits gesagt hast, bin ich achtundzwanzig. Und ich beuge mich deinen Strafen nicht länger.«

Papa sieht mich finster an. »Ja, das weiß ich, weswegen ich zu etwas drastischeren Mitteln greifen werde.«

Obwohl ich nur eine kurze Pyjama-Hose trage, hebe ich mein Kinn und straffe die Schultern. Übermütig grinse ich. »Da bin ich gespannt, wie du mich dazu bringen willst, dir zu vergeben und deinen Idealen zu folgen.«

»Du mir vergeben?« Er runzelt die Stirn. »Was könntest du mir vergeben müssen?«

Ich balle die Hände zu Fäusten. Weiß er wirklich nicht, wieso ich die Monarchie so verabscheue? Wieso es mir nichts ausmacht, dass ich als Party-Prinz verspottet werde?

Bevor ich die Worte, die ich schon so lange in mir verschließe, aussprechen kann, macht Papa eine wegwerfende Handbewegung.

»Das ist jetzt allerdings nicht der Punkt«, meint er. »Es geht mir nicht um Vergebung. Ich will, dass du ein würdiger Nachfolger wirst.«

»Die Monarchie wird mit dir untergehen«, knurre ich. »Dieses uralte Konstrukt ist alles andere als zeitgemäß. Wir sollten diesen unnützen Titel abschaffen und …«

»Das ist eine Tradition, die es seit Jahrhunderten gibt.« Seine Kiefer mahlen heftig. »Viele Familien sind von der Monarchie abhängig. Unser kleines Land zieht Touristen an wegen den

Schlössern, die von den adeligen Familien in Schuss gehalten werden. Das ist unsere größte Einnahmequelle. Unendlich viele Jobs hängen davon ab. Und dir ist das alles egal, weil du mir grollst?«

Ich schlucke eine Erwiderung hinunter. Natürlich weiß ich, dass die Bevölkerung von Blanchebourg hauptsächlich vom Tourismus lebt. Zwar ist die größte Einnahmequelle meines Landes den Banken, die sich hier wegen der Steuervergünstigungen niedergelassen haben, geschuldet. Aber dieses Konstrukt wurde von meiner Familie erst ermöglicht. Deswegen ist mir bewusst, dass sich einige Menschen auf das Fürstenhaus verlassen. Trotzdem sehe ich keine Zukunft für mich in dieser Position.

»Ich mache es dir einfach, Sebastien.« Papa verschränkt die Arme vor der Brust. »Du wirst eine Reihe von Praktika durchlaufen, die ich für dich ausgesucht habe, und du wirst dir keinen Ausrutscher erlauben. Nach Beendigung der Praktika wirst du eine Frau heiraten, die ich entweder absegne oder für dich aussuche.«

»Vergiss es«, zische ich zwischen zusammengepressten Zähnen. »Ich werde da nicht mitspielen.«

Betont laut stapfe ich zum Kleiderschrank. Ich muss hier weg. In Pyjama-Hose komme ich aber nicht weit – auch wenn der Sommer bereits vor der Tür steht, will ich nicht beinahe unbekleidet durch die Stadt stürmen. Selbst ein Prinz kann wegen Erregung öffentlichen Ärgernisses festgenommen werden.

»Oh, du willst also nicht? Auch schön. Dann wirst du dir eben einen Job suchen, denn mit sofortiger Wirkung sind alle deine Konten gesperrt. Auch dein Handy.«

Ich drehe mich zu meinem Vater um. Immer noch hat er die Arme vor der Brust verschränkt, allerdings hält er jetzt ein Handy in der Hand.

»Haben Sie gehört, Louis? Alle Konten sowie Handyverträge und Sonstiges sind ab sofort für meinen Sohn gesperrt.«

»Oui, Durchlaucht«, antwortet die nasale Stimme eines Bediensteten meines Vaters aus dem Lautsprecher.

»Das kannst du nicht machen«, bringe ich viel zu schwach heraus.

»Kann ich nicht? Sagen Sie ihm, dass ich das sehr wohl kann.«

»Da die Konten auf den Namen Ihres Vaters laufen und die Apanage, die Ihnen ausgezahlt wird, nur jene Mitglieder der

Fürstenfamilie erhalten, die im Dienst der Krone stehen ...«

»Schon gut, ich habe es verstanden«, unterbreche ich den Redeschwall des Haushofmeisters. »Du willst also, dass ich mittellos bin.«

Papa hebt das Kinn. »Und obdachlos. Diese Wohnung wird von meinem Geld bezahlt.«

Er hat die Worte kaum ausgesprochen, da fliegen die Türen auf. Frauen und Männer in dunklen Anzügen schleppen Kisten herein und beginnen, meine Sachen einzupacken.

Diesmal macht er seine Drohung wohl wahr und das schneller, als ich je erwartet hätte.

»Also, du hast die Wahl«, sagt mein Vater, während die Leute um uns die Kartons befüllen. »Beuge dich meinem Plan, oder such dir einen Job. Ich warne dich nur gleich, dein bisheriger Lebenslauf wird vermutlich nicht einmal für die Stelle einer Aushilfskraft reichen. Aber vielleicht nimmt dich ja die Dame auf, mit der du letzte Nacht so viel Spaß hattest. Für diesen Artikel bekommt sie sicher eine Stange Geld.«

Wieder balle ich die Hände zu Fäusten. Diesmal bin ich aber auf mich selbst sauer. Wer weiß, welche Lügen diese Frau in ihrem Artikel über mich erzählt. Oder welche Wahrheiten.

»Wie lautet deine Entscheidung?«

Der Blick meines Vaters ist ernst, keine Spur Mitleid ist darin zu erkennen. Er fixiert mich mit seinen dunkelblauen Augen wie ein Jäger seine Beute. Eigentlich habe ich keine Wahl.

Er hat recht, ich habe keine fertige Ausbildung, da ich mein Wirtschaftsstudium geschmissen habe. Oder vielmehr, da mich die Universität in hohem Bogen hinausgeworfen hat, weil ich bei mehr als einer Prüfung geschummelt habe. Nur dem Eingreifen meines Vaters war es zu verdanken, dass ich nicht vollständig für ein Studium gesperrt wurde und der Skandal nie an die Öffentlichkeit gelangte. Das hat er zwar nur getan, um den Ruf seiner Familie zu schützen, aber dennoch hat er mir geholfen. Wobei ich kein Interesse hatte, etwas anderes zu studieren. Gearbeitet habe ich auch nie wirklich. Welchen Job werde ich also bekommen?

Hätte ich mehr Stolz, würde ich mich jetzt anziehen und gehen. Aber den Stolz habe ich zusammen mit meinem Gewissen vor zwölf Jahren abgeschüttelt.

»Fein, ich beuge mich deinem Befehl«, knurre ich.

»Ausgezeichnet. Louis, reservieren Sie das Flugticket und lassen Sie alles vorbereiten.«

»Oui, Monsieur«, erklingt es aus dem Lautsprecher.

»Flugticket? Welches Ministerium kann ich denn nicht mit dem Auto erreichen?«

Mein Vater hebt die Mundwinkel. »Du bist noch nicht bereit für die Ministerien. Erst musst du Demut und harte Arbeit kennenlernen.«

»Was soll das jetzt wieder heißen?«

Ich zucke zusammen, als jemand einen Koffer neben mir abstellt, ihn öffnet und Kleidung hineinpackt. Unsicher sehe ich meinen Vater an.

»Ganz einfach, du wirst als Praktikant in einem Hotel, das unserer Familie gehört, arbeiten.«

Mein Magen verknotet sich. Die Familie de Violet besitzt in vier Ländern außerhalb Blanchebourgs Schlösser, die zu Hotels umgebaut wurden. Ich kenne sie alle.

Bitte nicht das in Österreich, flehe ich in Gedanken.

»Du wirst nach Greifenstein gehen und der Geschäftsleitung dort helfen«, sagt mein Vater in dem Moment.

Mir wird schlecht. Benommen sinke ich gegen den Schrank und rutsche mit dem Rücken an der Tür hinab.

»Egal welche Aufgabe sie dir geben, du wirst sie übernehmen. Selbst wenn du Kartoffeln für das Abendessen schälen musst. Verstanden?«

Ich rühre mich nicht. Nicht Greifenstein.

»Ich fasse dein Schweigen als Zustimmung auf. Die Geschäftsführerin wird dir einen Vertrag überreichen, den du unterzeichnest. Brichst du einen einzigen Punkt darin, ist unsere Vereinbarung hinfällig und du kannst sie anbetteln, dich zu einem Gehalt einzustellen, weil ich dich dann tatsächlich enterbe. Verstanden?«

Ich bringe ein Nicken zustande, während mein Sichtfeld verschwimmt. Die Arbeit an sich ist mir egal. Wenn ich nicht versucht hätte, meinen Vater zur Weißglut zu treiben, hätte ich mir nach Abbruch meines Studiums einen richtigen Job gesucht, statt ein Lotterleben zu führen. Die Krone wollte ich nie, mittellos sein aber auch nicht. Ich habe gehofft, dass irgendein entfernter Verwandter den Posten übernimmt und ich mit dem Erbe meiner Familie gut leben kann. Aber wenn mein Vater mich enterbt …

»Du wirst dich schon daran gewöhnen.« Papa wirkt weniger finster. Er mustert mich beinahe mitfühlend. »Es wird dir guttun. Und ich hoffe, dass du zu dir kommst, bevor es zu spät ist.«

Das ist es längst. Das Volk von Blanchebourg mag mich nicht. Ich werde nie der Fürst sein, den sie sich wünschen. Doch das ist mir egal.

Nicht egal ist mir, wohin mein Vater mich schickt. Greifenstein. Ausgerechnet. An diesem Ort habe ich mein Herz verloren und zugesehen, wie es in Tausende Stücke zerbrochen ist. Wegen ihr. Und *sie* ist sicher immer noch dort.

2 - Victoria

Seufzend blicke ich zur Uhr. Noch eine Stunde. Eine Stunde, um mich zu sammeln und mich daran zu erinnern, wer ich bin.

Ich bin Victoria Kaltenbach, jüngste Hotelmanagerin Österreichs, dreimalige Gewinnerin des »Young Business Leader Awards«. Mein Beruf ist meine Leidenschaft. Ich liebe es, dieses Hotel zu leiten, auch wenn die Umstände, die mich in diese Position geführt haben, nicht die schönsten sind. Aber ich bin eine starke Frau. Nicht mehr ein junges, naives Mädchen.

Mein Blick fällt auf die letzte Ausgabe des *Blanchebourg Telegrafs*. Sie ist von heute Morgen und zeigt den Erbprinzen von Blanchebourg Arm in Arm mit einer Blondine, die angezogen ist, als wäre es ihr Beruf, Männer zu verführen. Die Überschrift *Der Lasterprinz – Wie viele Frauen er in diesem Jahr wirklich schon verführt hat* prangt über dem Bild, auf dem Prinz Sebastien de Violet eindeutig betrunken und eindeutig sehr an seiner Begleiterin interessiert ist.

Sebastien.

Schon seinen Namen zu denken löst einen bitteren Schmerz in meiner Brust aus. Ich dachte, nach zwölf Jahren wäre ich darüber hinweg, was er mir angetan hat. Tja, ich habe mich wohl geirrt.

Seit dem Anruf seines Vaters vor fünf Stunden wirbeln die Erinnerungen, die ich so lange sorgfältig in meinem Herzen verschlossen habe, ständig hoch. Ich muss mich in meinem Büro verstecken, statt vorne an der Rezeption zu stehen, wie ich es eigentlich sollte. Doch ich möchte unsere Gäste nicht mit meinen Tränen belästigen. Und die kommen immer wieder hoch, sobald ich die Augen schließe.

Denn dann bin ich wieder sechzehn und stehe inmitten des großen Ballsaals im Hotel. In einem Kleid, das ich mir eigentlich nicht leisten kann und das vollkommen ruiniert ist. Aber das Schlimmste ist nicht der Umstand, dass ich über und über mit einem ekelhaft klebrigen Schleim überzogen bin, sondern dass Sebastien selbst mich damit begossen hat. Noch schmerzhafter hat sich allerdings das gehässige Lachen in mein Gedächtnis gebrannt, mit dem er mich vor allen Anwesenden bloßgestellt hat.

Dabei waren wir diesen Sommer unzertrennlich. Jede freie Minute habe ich mit ihm verbracht, von ihm meinen ersten Kuss bekommen. Ich habe gedacht, er würde mich wirklich mögen. Das war ein Fehler.

Ausgerechnet diesem Teufel werde ich bald gegenüberstehen. Sein Vater möchte, dass ich ihn unter meine Fittiche nehme, ihn jeden Job im Hotel machen lasse. Sebastien soll lernen, sich unterzuordnen, um – so hat es sein Vater ausgedrückt – seinen Charakter zu formen. Ein Hotel wäre einem funktionierenden Staat nicht unähnlich. Jeder hätte seine Aufgabe und müsste sie in Absprache mit anderen erfüllen. Dass jedes Unternehmen einem kleinen Staat ähnelt, habe ich mir verkniffen. Der Fürst von Blanchebourg klang verzweifelt und wollte nicht mit mir diskutieren. Er ist der Eigentümer dieses Hotels und somit mein Boss. Also musste ich zustimmen.

Noch einmal sehe ich zur Uhr. Sebastien soll kurz vor sechs hier aufschlagen. Ich habe ihn gleich zum Küchendienst eingeteilt, da ab sieben das Abendessen für die Hotelgäste serviert wird. Von außerhalb können zusätzlich Gäste kommen, weil wir ebenfalls á la carte Gerichte anbieten. Wie immer ist die Küchencrew unterbesetzt, weil es einige Krankenstände gibt und wir wie fast alle Hotels einfach nicht genug Personal finden, obwohl wir gut bezahlen. Da kann Sebastien gleich beim Geschirr helfen.

Ein wenig bereitet mir die Vorstellung, ihn schuften zu lassen, Freude. Die Scham und den tiefen Schmerz, die ich bei der Erinnerung an unseren letzten Abend empfinde, gleicht das allerdings bei Weitem nicht aus.

Meine Hand zittert, als ich nach meinem Handy greife, es in die Rocktasche schiebe und aufstehe. Ich darf mich nicht wie ein Häufchen Elend im Büro verstecken, wenn er ankommt. Das ist mein Zuhause. Hier folgt alles meinem Kommando. Er wird sich mir fügen, ganz gleich, wie tief die Wunden reichen, die ich ihm verdanke.

Ehe ich mein Büro verlasse, werfe ich einen Blick in den Spiegel. *Oh nein, so wirst du ihm nicht gegenübertreten*, denke ich und greife nach der Handtasche.

Mein Make-up ist ein wenig verschmiert, also mache ich es ab und frische den Kajalstrich, den Lidschatten und die Tusche um meine braun-grünen Augen auf. Auch den roséfarbenen Lippenstift ziehe ich nach. Meine Frisur mit dem Chignon sitzt noch gut, daran muss ich nichts ändern. Wenn nur meine dunkelbraunen Haare etwas mehr Glanz besäßen …

Nein. Nein! Was denke ich da? Ich will Sebastien nicht mit meinem Aussehen beeindrucken. Er soll in mir die Leiterin dieses Hotels sehen. Ich bin die Managerin, die für ihn verantwortlich ist. Nicht das Mädchen, das er gedemütigt hat.

Mit hoch erhobenem Kinn verlasse ich das Büro, gehe durch die große Halle, deren weißer Marmorboden auf Hochglanz poliert ist, tätschle der Ritterrüstung am breiten Treppenaufgang den Arm und nehme meinen Platz an der Rezeption ein.

»Der Gast aus Zimmer fünf ist bereits abgereist«, sagt Sandra, mit der ich diese Schicht gemeinsam mache. »Wir brauchen es erst morgen früh. Soll es dennoch schon gereinigt werden?«

»Wenn Melissa und ihr Team es noch schaffen, ja. Ansonsten morgen wie geplant«, erwidere ich und sichte die restlichen Reservierungen. »Heute reisen noch zehn Gäste an. Die Zimmer sind bereit?«

»Natürlich.«

»Gut.« Ich lasse meinen Blick über die Empfangshalle schweifen. Das Schloss stammt aus dem sechzehnten Jahrhundert, wurde aber im Stil einer Ritterburg gehalten. Die Wände sind aus grauem Stein gebaut, und würden ohne die Wappenteppiche des Hauses Violet kahl wirken. Säulen stützen die Rundbögen, aus denen die Decke besteht. An den Säulen selbst hängen Fackelhalter, in die jedoch gewöhnliche Glühbirnen geschraubt wurden. Von der etwa sechs Meter hohen Decke baumelt ein Kronleuchter aus schwarzem Stahl. Auch hier sind Glühbirnen verschraubt, die allerdings flackern wie Kerzen. Deckenhohe Fenster mit Buntglas verleihen dem Raum einen gewissen Zauber.

Unwillkürlich frage ich mich, wie Sebastien bisher gelebt hat. Vermutlich ist er puren Luxus gewohnt und findet nichts Besonderes an diesem Schloss. Tja, nur wird er nicht wie die Gäste in den edlen Zimmern schlafen, sondern in einem Nebengebäude, das für die Saisonkräfte gebaut wurde. Im Sommer brauchen wir nämlich deutlich mehr Personal als im Winter. Die meisten dauerhaft Angestellten stammen aus dem Dorf neben dem Schloss. Genau wie ich. Mein Arbeitsweg ist ein fünfminütiger Fußmarsch von dem Haus, in dem ich lebe, bis zum imposanten Tor zum Schlossgarten.

Mein ganzes Leben habe ich hier verbracht. An Urlaub im Ausland war nie zu denken, da meine Eltern früher gemeinsam das Hotel geführt haben. Seit sie gesundheitlich angeschlagen sind, habe ich sie stärker unterstützt und vor drei Jahren die Leitung alleine übernommen. Unsere Familie ist für das Hotel zuständig, seit die de Violets es besitzen. Also bald zweihundert Jahre.

Es ist eine Tradition, die ich fortführe. Und ich bin stolz darauf. Sebastien hingegen scheint Traditionen mit Füßen zu treten. Zumindest entnehme ich das den Klatschpresse-Artikeln, denen ich nicht vollkommen ausweichen kann, weil Sandra oft darüber spricht.

Im Gegensatz zu mir ist sie gespannt darauf, mit dem Prinzen zu arbeiten. Dabei habe ich ihr – wie allen anderen – mehr als deutlich gemacht, dass Sebastien diesmal kein Prinz ist. Niemand soll ihn so behandeln. Das war der ausdrückliche Wunsch des Fürsten. Aber ob meine Leute sich daran halten werden, kann ich nicht mit Sicherheit sagen.

»Bist du aufgeregt?«, fragt meine Mitarbeiterin in dem Moment.

Ich werfe ihr einen erschöpften Blick zu. Sie weiß, was vor zwölf Jahren passiert ist. Immerhin war sie dabei. Sandra und ich sind seit frühester Kindheit unzertrennlich befreundet. Sie hat mich damals getröstet, als mein Herz nur noch aus winzigen Bruchstücken bestand.

»Mir ist ehrlich gesagt etwas übel«, gestehe ich. »Und mir graut vor dem Wiedersehen. Ich dachte, er wäre für immer fort aus meinem Leben.«

Behutsam tätschelt sie meine Hand. »Ich bin hier und stärke dir den Rücken. Obwohl du das sicher nicht brauchst. Wenn er dich sieht, wird er bereuen, dich verloren zu haben.«

Das bezweifle ich, spreche es aber nicht aus. Sebastien ist zum Frauenheld geworden, hat unzählige Herzen nach meinem gebrochen. Über einige davon kann man in den Klatschblättern nachlesen, weil er auch ein paar bekanntere Frauen erobert hat. Immerhin sieht Sebastien wirklich gut aus. Seine dunkelbraunen Haare sind oben etwas länger als seitlich. Meistens sehen sie ein wenig verwuschelt aus, was ihm diesen sexy *gerade aufgestanden*-Look verleiht. Der Dreitagebart schmeichelt seinem kantigen Gesicht und die blauen Augen, die so hell sind wie ein strahlender Sommermorgen, lassen ihn tiefgründig und sehnsüchtig erscheinen. Vermutlich ist er auch noch so charmant wie früher. Es wundert mich nicht, dass er jede Frau bekommen kann. Mich hat er ja auch mit seinen Worten, die ich ihm wirklich abgenommen habe, erobert.

»Hilf mir einfach, ihn in seine Schranken zu weisen«, bitte ich Sandra. »Ich fürchte nämlich, er wird sich vor jeder Arbeit drücken, die ich ihm zuteile.«

»Du kannst dich auf mich verlassen.« Meine Freundin salutiert gespielt und kichert dann.

Mir ist immer noch nicht nach lachen zumute. Das hier wird vermutlich die größte Herausforderung meines Lebens. Immerhin erwartet der Fürst nichts anderes, als dass ich seinen rebellierenden Sohn bändige. Kleinigkeit also. Nicht.

Erst wenn ich der Meinung bin, dass Sebastien bereit für die weiteren Stationen seiner Ausbildung ist, darf ich ihn entlassen. Das setzt mich unter Druck. Ich will ihn schnell loswerden, kann ihn aber nicht einfach abschieben, weil es wichtig ist, dass er ein gewisses Maß an Respekt lernt. Und ich muss ihn durchschauen, falls er mir etwas vorspielt. Das hat ja das letzte Mal schon so hervorragend geklappt.

Eine Familie, die für einen Kurzurlaub anreist, erfordert meine Aufmerksamkeit. Ich checke sie ein, erkläre ihnen, wo sie frühstücken können und welche Freizeitangebote zur Verfügung stehen. Froh darüber, unzählige Fragen gestellt zu bekommen, nehme ich mir alle Zeit der Welt. Wenn ich beschäftigt bin, denke ich nicht über Sebastien nach. Es genügt, wenn ich mich mit ihm befasse, sobald er hier ist.

Gerade als ich einen Mitarbeiter rufe, um das Gepäck der Familie abzuholen, öffnet sich die gläserne Schiebetür hinaus erneut.

Mein Atem stockt, mein Herz setzt einen Schlag aus. So oft habe ich mir den Moment vorgestellt, in dem ich diesem Mann noch einmal gegenüberstehe. In meinen Gedanken ist er zu mir gekommen, weil er sich entschuldigen wollte – was so unwahrscheinlich ist wie eine Katze mit Flügeln. Und ich habe ihn belächelt, ihm eine gescheuert und ihm die Meinung gesagt. Nun, das kann ich jetzt nicht machen.

»Er ist da«, flüstert Sandra mir zu.

»Ja, danke, ich habe Augen im Kopf«, murmle ich.

Ich atme tief durch, wische meine verschwitzten Hände am Rock ab, lächle professionell – zumindest hoffe ich das – und trete hinter dem Empfangstresen hervor.

Einen kurzen Moment gönne ich mir, um Sebastien zu mustern, der mit einem Koffer in der Hand und einem Rucksack auf den Schultern die Halle betritt. Er trägt eine hellblaue Jeans, Sneaker und ein dunkelblaues Polo-Shirt. Nichts Aufregendes. An ihm sieht es dennoch toll aus. Die Farbe des Shirts betont seine Augen, die gerötet sind. Wenn es stimmt, was sein Vater erzählt hat, hat Sebastien die Nacht durchgemacht. Das könnte dann ein langer und anstrengender Abend für ihn werden.

Ich richte mich zu voller Größe auf und warte, was er zu mir sagen wird. Sein Blick gleitet nur flüchtig über mich. Er lächelt nicht. Wieso sollte er auch? Vermutlich hasst er mich. Warum sonst hätte er mir so etwas Fieses antun sollen wie an unserem letzten Abend vor zwölf Jahren?

»Monsieur de Violet, willkommen im Schlosshotel Greifenstein«, begrüße ich ihn förmlich.

Er blinzelt, sieht zu der Hand, die ich ihm entgegenstrecke. Zögerlich ergreift er sie.

Ein Blitz geht durch meinen Körper, als unsere Handflächen sich treffen. Sein Händedruck ist warm, fest – aber nicht unangenehm hart. Wir sehen uns in die Augen. Nur mit Mühe kann ich meine Atmung unter Kontrolle behalten. Er sollte so ein Herzflattern nicht in mir auslösen. Und doch mischt sich in die Wut die Erinnerung an unsere Küsse, an das Lachen, das er mir entlockt hat. Wieso muss ausgerechnet ein Arsch wie Sebastien meine erste große Liebe gewesen sein?

»Ich nehme an, Sie sind die Geschäftsführerin«, sagt er in wirklich gutem Deutsch. Na ja, er hat es ja viele Jahre gelernt, obwohl er Französisch als Muttersprache hat. Wegen ihm habe ich diese Sprache unbedingt beherrschen wollen, damit wir uns besser unterhalten können.

»Ja. Victoria Kaltenbach«, nenne ich meinen Namen, obwohl es unnötig sein sollte.

Er mustert mich, als hätte er ihn noch nie gehört. »Sind Sie nicht sehr jung für den Job? Sie sehen so aus …«

»Sie sollten eigentlich sehr gut wissen, wie alt ich bin.«

»Sollte ich das? Weswegen?«

Verwirrt mustert Sebastien mich. Ich ziehe die Hand zurück und kämpfe darum, ihn nicht mit weit aufgerissenem Mund anzustarren. Er … tut nur so, als würde er mich nicht kennen, oder? Das ist einer seiner dummen Scherze …

»Sagen wir, ich bin seit meinem ersten Lebensjahr hier und wir sind uns in den Ferien begegnet, wenn Sie hier waren.« Ich spreche so ruhig ich kann. »Meine Eltern waren bis vor drei Jahren die Geschäftsführer. Valerie und Dominik Kaltenbach.«

»Ah. Ich wusste nicht, dass die beiden eine Tochter haben …«

Mit aller Kraft, die ich aufbringen kann, kämpfe ich den Zorn hinunter. Er kann mich nicht vergessen haben. Nicht nach allem, was er mir angetan hat. Aber wenn er so tun will, als wären wir uns nie begegnet … das Spiel kann ich auch spielen.

»Vermutlich waren Sie zu beschäftigt. Ich habe auch nur sehr verschwommene Erinnerungen an Sie.«

Einen flüchtigen Moment zucken seine Mundwinkel, ehe Sebastien wieder gelangweilt den Blick schweifen lässt. »Hier soll ich also wohnen?«

»Nein, hier sollen Sie arbeiten. Wohnen werden sie in der Angestelltenunterkunft.« Ich drehe mich um, gehe zum Empfang und nehme Sandra die Mappe ab, die sie mir aufmunternd lächelnd reicht. »Hier finden Sie den Vertrag, den Sie bitte vor meinen Augen unterschreiben werden, ehe Sie Ihren Dienst antreten. Darin sind alle Wünsche und Forderungen Ihres Vaters enthalten. Es obliegt mir zu beurteilen, ob Sie diese erfüllen.«

Vielleicht bilde ich mir nur ein, dass seine Hand zittert, als er mir die Mappe abnimmt.

»Soll ich jetzt …«

»Erst zeige ich Ihnen die Unterkunft«, unterbreche ich ihn. »Dort können Sie Fragen stellen, den Vertrag lesen und unterschreiben. Ihr Gepäck wird dorthin gebracht, Sie können es hierlassen, aber natürlich auch selbst mitnehmen. Falls Sie Fragen haben, können Sie diese jederzeit stellen. Sobald Sie den Vertrag unterzeichnet haben, erhalten Sie Dienstkleidung und werden Ihre erste Aufgabe antreten.«

»Ich soll heute schon arbeiten?«

Ich stemme die Hände in die Hüften. »Ja, Sebastien. Sie sind nicht als Gast hier, sondern als mein Praktikant. Das bedeutet, Sie übernehmen die Arbeiten, die ich Ihnen zuweise, ohne den kleinsten Widerspruch. Falls Sie dem Vertrag zustimmen, erkläre ich Ihnen, was ich von Ihnen erwarte.« Ich greife nach Block und Stift, reiche ihm beides und sehe ihn herausfordernd an. »Das werden Sie brauchen, um Notizen zu machen. Und jetzt … folgen Sie mir.«

Ich lasse ihm nicht die Möglichkeit, etwas hinzuzufügen, sondern durchquere die Halle bis zu einem Seitenausgang. Seine Schritte erklingen hinter mir. Gut. Das ist der erste kleine Sieg. Er mag so tun, als wüsste er nicht, wer ich bin, aber er wird mir den Respekt entgegenbringen, den ich verdiene. Sonst kann er sich von seinem Erbe ziemlich schnell verabschieden.

3 - SEBASTIEN

Ich hoffe sehr, mein Puls beruhigt sich bald. Seit dem Händedruck, der einen Schauer in mir ausgelöst hat, rast mein Herz. Es fällt mir schwer, Victoria nicht anzustarren. Sie geht zielstrebig vor mir und ihr Hintern wackelt dabei in diesem verdammten Bleistiftrock, als wollte sie mich verführen. Dabei hat sie mich so finster angesehen, als versuche sie mich mit ihrem Blick zu töten. Und sie hat jeden Grund dazu.

Rückwirkend betrachtet war mein Verhalten damals, an unserem letzten Abend, mehr als kindisch, um nicht zu sagen bescheuert. Seit Jahren versuche ich mich davon zu überzeugen, dass Victoria selbst schuld war. Damals, in dem Sommer, war sie meine Stütze. Es war das beschissenste Jahr meines Lebens. Nur durch Betteln durfte ich – trotz allem, was davor geschehen war – nach Greifenstein kommen. Ich war seit meinem dritten Lebensjahr in den Ferien hier, weil meine Eltern wollten, dass ich neben meiner Muttersprache Französisch auch andere Sprachen lerne. Also hat Maman die Sommer mit mir in Greifenstein verbracht, wo ich Unterricht bekam und mit den Kindern spielen durfte. Manchmal auch die Weihnachtsferien.

Das sind vermutlich meine schönsten Erinnerungen. Die Tage, in denen ich ein gewöhnlicher Junge sein durfte. Vor zwölf Jahren wollte ich einfach nur einen Ort finden, der mir Sicherheit schenkte. Greifenstein war dieser Ort. Wegen Victoria. Ich wollte zu ihr. Zwischen uns hatte es schon sehr früh eine tiefe Verbindung gegeben. Sie hatte mein Herz erobert. Nur um es vor zwölf Jahren herauszureißen und darauf herumzutrampeln.

Trotzdem hat sie nicht verdient, was ich ihr angetan habe. Rückgängig machen kann ich es allerdings nicht. Entschuldigen werde ich mich auch nicht. In den schwersten Wochen meines Lebens hat sie mit mir gespielt und mir unendlich weh getan.

Vielleicht glaube ich deswegen nicht mehr an Liebe. Möglicherweise verdiene ich auch keine. Immerhin hat mein eigener Vater mich fortgeschoben, als ich ihn so dringend brauchte. Genau wie Victoria.

Sie nach all der Zeit zu sehen setzt mir mehr zu, als gut für mich ist. Mein vertrocknetes Herz sehnt sich nach der unbeschwerten Zeit, die wir hatten. Mein Kopf weiß aber genau, dass ich ihr nie wieder so nahe kommen darf. Sie würde mich erneut zerstören.

Warum hat sie sich nicht in eine Vogelscheuche verwandeln können?

Dem Gedanken hänge ich nach, als wir das Schloss verlassen und unsere Schritte auf dem weißen Kies knirschen, der den Weg bedeckt. Mit sechzehn war Victoria schon eine Augenweide. Aber jetzt ... ihr Körper ist makellos. Sie besitzt Rundungen an den richtigen Stellen. Ihr Hintern sieht in dem dunkelgrauen Bleistiftrock, den die Angestellten tragen, unglaublich heiß aus. Die dunkelgrüne Samtweste über der weißen Bluse lässt mich dennoch ihre vollen Brüste erkennen. Selbst die graue Jacke mit dem dunkelgrünen Kragen und den riesigen Trachtenknöpfen wirkt an ihr heiß. Sie hat die Haare hochgesteckt, was ihren verführerischen Hals betont. Ihr Gesicht ist reifer geworden, ein wenig schmaler. Sie wirkt stolz und ehrgeizig.

Das muss sie auch sein. Immerhin leitet sie das Hotel. Ich bin eigentlich davon ausgegangen, dass ihre Eltern immer noch hier wären, und habe gehofft, Victoria hätte das Dorf verlassen. Zumindest war das einmal ihr Traum. Möglicherweise war das genauso eine Lüge wie die Gefühle, die sie mir vorgemacht hat.

Es war vermutlich nicht klug, so zu tun, als würde ich sie nicht kennen. Ich habe die Wut in ihren wunderschönen braungrünen Augen aufblitzen sehen, als ich das behauptet habe.

Aber hey, ich war in Panik. Und ich möchte nicht daran denken, was damals gewesen ist. Je distanzierter Victoria und ich miteinander umgehen, desto besser.

Das Gebäude, zu dem Victoria mich führt, ist etwa drei Gehminuten vom Schloss entfernt. Es liegt ein wenig verborgen hinter einer Gruppe Fichten, die schon mehrere Jahrzehnte auf dem Buckel haben. Das ebenerdige Haus selbst wurde kurz vor meiner Geburt errichtet. Saisonarbeiter kommen dort unter. Die Bezeichnung trifft irgendwie auf mich zu.

Im Gehen zieht Victoria einen Schlüssel aus der Rocktasche, sperrt die Tür auf und tritt vor mir ein. Zielstrebig geht sie auf eine Tür ziemlich weit hinten in dem langen Gang mit Linoleumbelag zu. Es riecht nach Desinfektionsmitteln, was mir ein Schaudern entlockt. Dieses Gebäude strahlt den Charme einer Besserungsanstalt aus. Als Victoria die Tür aufsperrt und mir bedeutet, einzutreten, wird mir klar, dass die Zimmer nicht viel besser sind.

Ein schmaler Schrank aus hellem Holz befindet sich in einer Ecke. Daneben steht ein kleiner Tisch mit einem einzigen Stuhl unter dem sich ein winziger Kühlschrank versteckt. Das Bett ist so schmal, dass es wohl für Kinder gemacht wurde. Dünne Kinder. Ich fürchte, ich werde da rausfallen, wenn ich mich im Schlaf drehe, und meine Füße werden über den unteren Rand hinausstehen. Zumindest habe ich ein eigenes Bad. Die Tür steht offen und gibt den Blick auf einen winzigen Raum mit Klo, Dusche und Waschbecken frei.

Dass ich nicht mit Luxus rechnen durfte, war mir klar. Aber so spartanisch zu leben ist schon ein Schlag in die Magengrube.

»Sind Sie bereit, den Vertrag zu lesen und zu unterschreiben?«, reißt mich Victorias Stimme aus meinen Gedanken.

Langsam drehe ich mich zu ihr um. Sie hat die Arme vor der Brust verschränkt und lehnt im Türrahmen. Ihr Blick ist kühl. Erst jetzt bemerke ich die Perlenohrringe, die sie trägt. Die hatte sie schon damals. Sie waren ein Geschenk ihrer Großmutter zum Geburtstag und Victoria war unglaublich stolz darauf.

Wieso muss ich gerade jetzt daran denken, wie sie gestrahlt hat, als sie das Päckchen geöffnet hat?

Hastig schüttle ich die Erinnerungen ab.

»Das fragen Sie mich, nachdem ich das Zimmer gesehen habe?« Ich ringe mir ein Lächeln ab. »Gibt es dafür einen Grund?«

Sie zuckt mit den Schultern. »Ihr Vater meinte, der Anblick der Unterkunft, in der Sie auf unbestimmte Zeit leben werden, könnte dazu führen, dass Sie sofort kehrtmachen.«

»Hat er das?« Ich atme scharf ein.

Zorn lodert in mir hoch. Für wie kurzsichtig hält mein Vater mich? Mir ist klar, dass ich keine Zukunft habe, wenn er mich enterbt. Auf die Krone des Fürstentums habe ich keine Lust, aber ich werde nicht zusehen, wie er mir die finanzielle Sicherheit nimmt. Papa ist nicht unschuldig an dem, was aus mir geworden ist. Victoria ebenso wenig. Ich spiele hier nur mit, weil ich muss.

Unter Victorias Blick stelle ich das Gepäck ab, gehe zum Tisch und knipse die Lampe an, die darauf steht. Ich setze mich auf den Stuhl und beginne den Vertrag zu lesen.

Mit jedem Absatz werde ich zorniger. Nicht nur, dass mein Vater von mir verlangt, jede Aufgabe zu übernehmen, die Victoria mir zuweist, er fordert auch, dass sie meine Arbeit absegnet. Erst wenn sie entscheidet, dass ich so weit bin, darf ich diesen Ort verlassen. Ich bin mir sicher, dass sie mich genauso wenig hier haben will, wie ich hier sein möchte. Allerdings ist sie meinem Vater verpflichtet.

Wie komme ich aus dieser Situation nur glimpflich raus?

»Haben Sie Fragen dazu?«, hakt sie nach einer Weile nach, in der ich nur vor mich hingestarrt habe.

»Ja.« Ich erhebe mich und wende mich ihr zu. »Wie gedenken Sie diese Beurteilung vorzunehmen?«

Eine Augenbraue wandert hoch. »Was meinen Sie?«

»Mein Vater fordert von Ihnen, zu entscheiden, wann ich die von ihm gestellte Aufgabe erfüllt habe. Mich würde interessieren, welche Bewertungskriterien Sie nutzen wollen. Die sind hier nämlich nicht aufgeführt, aber in meinen Augen essenziell.«

Irgendwie fühlt es sich komisch an, nach der langen Zeit wieder Deutsch zu sprechen. Ich hoffe nur, ich rede keinen Mist. Victoria soll nicht glauben, dass ich nicht kapiere, worum es geht. Denn ich weiß sehr genau, was für mich auf dem Spiel steht.

Als sie die Augen weitet, fürchte ich schon, mich falsch

ausgedrückt zu haben. Ich überlege, wie ich es umformulieren kann, da räuspert sie sich.

»Ihr Vater hat nur sehr vage Angaben gemacht. Er meinte, wenn ich Sie als festen Mitarbeiter einstellen würde, weil Sie die Leistung erbracht haben, die ich erwarte, wäre Ihr Aufenthalt hier zu Ende.«

»Aha, dann erlauben Sie mir zu fragen, wie lange Sie mich prüfen werden, bis Sie diese Entscheidung fällen?«

Ihre Miene verhärtet sich. »Das kommt alleine auf Sie an. Ihr Vater will, dass Sie zumindest die Probezeit fix hier verbringen. Sie beträgt drei Monate ...«

»Drei Monate?«, entfährt es mir.

Sie nickt mit grimmigem Blick. »Glauben Sie mir, ich würde Sie auch lieber früher gehen lassen als später. Aber ich bin Ihrem Vater verpflichtet. Er zahlt die Gehälter aller Menschen, die im Hotel arbeiten, und ich nehme meine Verpflichtung sehr ernst. Deswegen werde ich mich mit Ihrer Anwesenheit arrangieren müssen. Sie sollten das auch tun oder gleich gehen.«

Wir liefern uns ein Blickduell, in dem ich überlege, ob es Sinn machen könnte, sie zu bestechen. Zu umgarnen brauche ich sie nicht. Victoria mag vorhin behauptet haben, sie könne sich an mich auch nicht mehr erinnern, ihre Augen sprechen aber eine andere Sprache. Sie hasst mich, daran habe ich keinen Zweifel. Ich habe sie auf dem Ball, der ihr so wichtig war, gedemütigt. Sie muss mich hassen. *Ich* würde mich hassen.

Es hat keinen Sinn, das hinauszuzögern. Ich muss diesen Mist machen.

»Haben Sie einen Stift?«, frage ich frostig, weil ich jenen, den sie mir in der Empfangshalle gegeben hat, nicht mehr finde.

Wortlos zieht sie einen Füllfederhalter aus der Innentasche ihrer Jacke und hält ihn mir hin. Sie macht keinen Schritt auf mich zu. Okay, sie will ihre Position untermauern. Ich bin ihr Untergebener für mindestens drei Monate. Wie gesagt, ich werde bei diesem Spiel mitmachen, weil es um meine Zukunft geht.

Mit dem charmantesten Lächeln, das ich zustande bringe, gehe ich auf Victoria zu. Damit bringe ich sie aus dem Konzept. Ihre ausdruckslose Miene bekommt Risse, weil ihr Mund sich leicht öffnet und ihre Augen groß werden. Mit Genugtuung bemerke ich, wie sie schneller atmet, bevor sie die Luft anhält.

»Besten Dank«, sage ich und greife nach dem Stift.

Wieder fühlt es sich an, als würde ein Stromschlag über meine Haut prickeln, als ich ihre Finger flüchtig berühre. Hastig ziehe ich die Hand zurück, gehe zum Tisch und setze meine Unterschrift neben jene von Victoria.

Sie trägt noch ihren Mädchennamen. Ob sie Single ist? Oder hat ihr Mann ihren Namen angenommen? Wieso stelle ich mir diese Frage überhaupt? Und wieso versetzt es mir einen Stich, daran zu denken, dass jemand anderes sie glücklich macht?

Ich muss damit aufhören. Immerhin bin ich dieser Frau jetzt auf Gedeih und Verderb ausgeliefert. Mein Vater kann nichts von unserer Vergangenheit gewusst haben. Er hat sich nie für mich interessiert und ich bin sicher, Maman hat mein Geheimnis für sich behalten. Hätte mein Vater davon gewusst, würde ich ihm einen genialen Schachzug unterstellen. Die einzige Frau, die mich bändigen könnte, ist definitiv Victoria, weil sich ein winziger Teil von mir immer noch nach ihr sehnt. Und ein größerer Teil schämt sich für mein Verhalten von damals.

Mit bröckelndem Lächeln reiche ich ihr den Vertrag. Sie nimmt ihn entgegen, ohne eine Regung zu zeigen, und reicht mir den Schlüssel, der wohl zu meinem Zimmer gehört.

»Öffnen Sie den Schrank«, fordert sie mich auf.

Ich muss mich zurückhalten, um nicht einen völlig unpassenden Kommentar zu machen. Etwa, ob sie mich darin einsperren will, weil ich ungezogen war, und dabei neckisch zu grinsen.

Reiß dich zusammen, ermahne ich mich, während ich auf den Schrank zugehe.

Hinter der Tür entdecke ich einen Blazer, wie Victoria ihn gerade trägt, sowie ein Outfit, das man vermutlich für die Küche benötigt. Zumindest sieht das hemdartige weiße Etwas ziemlich nach Kochjacke aus. Außerdem hängen eine Hose sowie ein Oberteil in einem hellen Blau darin. Wozu werde ich diese Pflegerkleidung wohl benötigen?

»Das ist Ihre Erstausstattung«, erklärt Victoria. »Sie bekommen noch Kleidung zum Wechseln. Heute werden Sie in der

Küche aushelfen. Muss ich Ihnen erklären, welche der drei Jacken Sie tragen müssen, oder finden Sie es selbst heraus?«

»Oh, bei der Jacke habe ich kein Problem.« Ich sehe sie über die Schulter hinweg an. »Aber wo finde ich passende Hosen?«

»Unter den Jacken. Ich rate Ihnen heute zu einem dünnen T-Shirt. Bei der Uniform mit dem Trachtenblazer sollten Sie ein Hemd tragen. Wenn Sie nichts Passendes besitzen, lassen Sie es mich wissen, damit ich entsprechende Kleidung für Sie bestellen kann.«

»Ich sollte versorgt sein«, entgegne ich.

Sie nickt. »Ich warte vor dem Haus. In fünf Minuten beginnt Ihre Schicht. Beeilen Sie sich also mit dem Umziehen.«

Ohne mir die Chance zu geben, etwas zu erwidern, verlässt Victoria das Zimmer und schließt die Tür hinter sich. Einen Moment starre ich ihr nach. Wieder flackern Erinnerungen in mir hoch. Von den zärtlichen Küssen, die wir geteilt haben. Niemand wusste, dass zwischen uns etwas lief. Victoria wollte es nicht. Und den Grund dafür kenne ich längst. Sie hat nur mit mir gespielt. Jetzt ist sie meine Vorgesetzte und entscheidet über meine Zukunft. In den Mist habe ich mich selbst hineinbugsiert, jetzt muss ich schauen, dass ich wieder rauskomme.

Hastig ziehe ich Jeans und Poloshirt aus, fische ein T-Shirt aus meinem Koffer und schlüpfe in das Küchenoutfit. Die Jacke ist genau wie die Hose etwas zu groß. Daran kann ich im Moment nichts ändern und ich werde mich auch nicht beschweren. Nachdem ich die Schuhe angezogen habe, stürme ich hinaus, werfe die Tür zu und gehe zum Ausgang. Victoria soll keinen Grund zur Beschwerde haben. Drei Monate kann ich mich zusammenreißen.

Ich trete aus dem Haus und suche nach ihr. Mein Atem stockt, als ich sie etwa drei Meter von mir entfernt bei den Bäumen entdecke. Ich bleibe stehen und beobachte sie. Victoria hat mich wohl noch nicht bemerkt. Sie befindet sich dicht neben einem der dunklen Stämme und streicht mit einem wehmütigen Ausdruck über die Rinde.

Meine Kehle wird eng. Ich kenne diesen Baum und weiß, was sie berührt. Denn diese Stelle werde ich niemals vergessen.

4 - VICTORIA

Wie in Trance habe ich mich auf die Baumgruppe zubewegt. Wie lange ist es her, dass ich bewusst hierhergekommen bin? Ich habe diesen Ort genauso gemieden wie den Ballsaal. Nur wenn ich musste, bin ich dort gewesen. Jetzt … stehe ich vor dem Baum, an dem ich den schönsten Moment meines Lebens erlebt habe. Und der mich nun innerlich schaudern lässt.

Ein Teil von mir hat sich gewünscht, dass Sebastien den Vertrag nicht unterzeichnet und tatsächlich flüchtet, wie sein Vater es vorausgesagt hat. Gleichzeitig habe ich gehofft, dass er bleibt. Ihn zu sehen wühlt mich auf, aber vielleicht kann ich jetzt endlich mit ihm und allem, was zwischen uns war, abschließen.

Langsam hebe ich die Hand an die raue Rinde. Ich muss nicht hinsehen um zu wissen, was dort steht, sondern fühle die Initialen unter meinen Fingerspitzen. Hier haben wir uns das erste Mal geküsst. Sebastien war damals nach einem Gespräch mit seinem Vater zornig und ich bin ihm gefolgt. Wir haben geredet, er hatte aus dem Nichts eine Pfingstrose in der Hand für mich und irgendwie … ist es dann passiert.

Wehmütig lächle ich. Er war mein bester Freund. Ich dachte, das zwischen uns wäre wahre Liebe. Doch wie es aussieht, hatte ich damals keine Ahnung und habe sie heute immer noch nicht. Jede Beziehung, die ich geführt habe, ging mit Pauken und Trompeten in die Brüche. Irgendetwas hat mir immer gefehlt – und sei es *nur* das

Vertrauen in meine Partner. Daran gebe ich Sebastien die Schuld. Ich habe ihm vertraut und er hat mir so wehgetan. Drei Monate sind lang. Hoffentlich lang genug, um über alles hinwegzukommen und endlich neu anfangen zu können.

Ein Räuspern lässt mich den Atem anhalten. Verdammt. Ich habe einen Moment lang vollkommen vergessen, dass ich gar nicht alleine hier bin und Sebastien nur fünf Minuten gegeben habe. Langsam drehe ich mich zu ihm um. Dabei lasse ich die Hand, die über unsere Initialen gestrichen hat, sinken.

Den Blick, mit dem er mich beobachtet, kann ich nicht genau deuten. Da ist auf jeden Fall Wut, Verwunderung, aber noch etwas, das ich nicht definieren kann. Es ist seltsam, ihn in dieser Jacke zu sehen. Oder überhaupt so nah vor ihm zu stehen. Zwölf Jahre lang habe ich alles getan, um ihn zu vergessen und die Wunden, die ich auf meiner Seele trage, verheilen zu lassen. Jetzt brechen die Narben auf. Doch noch etwas erhebt sich tief in mir. Ein vollkommen unlogischer Wunsch, Sebastien zu berühren. Ich muss alle positiven Gefühle, die ich ihm gegenüber noch haben könnte, unbedingt unter meiner Wut vergraben.

Also räuspere ich mich, richte mich zu voller Größe auf und perfektioniere meine ernste Miene, mit der ich auch das Personal bedenke, wenn sie eine Aufgabe nicht richtig erledigt haben.

»Sind Sie so weit?«, frage ich.

Er hebt eine Augenbraue.

Bitte frag mich nicht, was ich gerade gemacht habe, flehe ich in Gedanken.

»Bereit für meine erste Strafarbeit«, verkündet er.

Ich lasse den Atem entweichen, den ich unbewusst angehalten habe. »Dann folgen Sie mir.«

Sebastien schließt zu mir auf und ich drossle mein Tempo, damit wir auf selber Höhe sind. Es war unangenehm, dass er vorhin die ganze Zeit hinter mir hergetrottet ist. Aber ich musste mich erst sammeln. Auf dem Rückweg sollte ich allerdings schon etwas klären.

»Sie werden heute Küchendienst machen«, beginne ich das Gespräch. Sebastien nickt wortlos. »Es ist übrigens bei uns üblich, dass alle mit Du angesprochen werden. Jeder weiß, wer Sie sind, und wird Sie wie einen gewöhnlichen Angestellten behandeln – der Sie ja auch sind. Wir sollten also zu dieser vertrauteren Anrede übergehen.«

»Jeder im Hotel darf Du zu Ihnen sagen?« Ich kann die Verwunderung in seiner Stimme deutlich hören. »Schafft das nicht zu viel Nähe? Die Angestellten sollten doch respektvoll mit Ihnen umgehen.«

Ich begehe den Fehler, ihn anzusehen. Seine blauen Augen bohren sich förmlich in meine. Sebastien ist über die Jahre noch attraktiver geworden. Es ist zwar nicht sein Aussehen, das mich an ihm schon immer fasziniert hat, doch jetzt nimmt es mich vollkommen gefangen.

»Die meisten Leute hier kennen mich, seit ich durch die Hotelhalle gekrabbelt bin«, erkläre ich nach einem Räuspern. »Es wäre seltsam, sie zu bitten, mich höflicher anzusprechen. Zumindest für mich. Außerdem haben meine Eltern auch einen sehr freundschaftlichen Umgang mit dem restlichen Personal geführt. Respekt hat nichts damit zu tun, ob man jemanden duzt oder siezt.«

»Ach ja, Valerie und Dominik«, murmelt Sebastien. »Ich hatte erwartet, dass sie dieses Hotel leiten.«

Ein Stich in der Brust lässt mich um Atem ringen. Sebastien und meine Eltern haben sich bis zu dem Abend des Sommerballs gut verstanden. Er war so oft bei uns, dass sie zu einem Elternersatz für ihn geworden sind. Besonders nachdem seine Mutter gestorben war. »Sie mussten sich aus gesundheitlichen Gründen zurückziehen«, ringe ich mir ab.

»Hoffentlich nichts Ernstes?«

Ist das echte Sorge in seiner Stimme? Ich weiß es nicht. Aber ich möchte jetzt nicht mit ihm darüber reden.

»Wir sind da«, sage ich deswegen und öffne die Tür zur Küche.

Es herrscht schon Hochbetrieb, da in einer halben Stunde das Essen serviert wird. Ich winke Chefkoch Thomas zu, der seinen Posten einem der Souschefs überlässt und zu uns kommt.

»Thomas, das ist Sebastien«, stelle ich die beiden einander vor.

Der Chefkoch war noch nicht hier, als Sebastien regelmäßig nach Greifenstein kam. Er ist einer der wenigen Angestellten, die aus einem anderen Ort stammen, und hat erst vor fünf

Jahren begonnen, in der Küche zu arbeiten. Thomas kann sehr einschüchternd sein. Er ist beinahe zwei Meter groß, seine Schultern breit. Mit der gekrümmten Nase und der Narbe an der Augenbraue könnte er als Boxer durchgehen. Er ist jenseits der Vierzig, kann sich aber unglaublich schnell bewegen. In seinem Job ist er ein wahrer Meister. Das Essen, das er zaubert, kann mit jedem Gourmet-Tempel in Großstädten mithalten.

Die beiden schütteln sich die Hände. Thomas mustert Sebastien aufmerksam. »Welchen Posten hast du dir für ihn vorgestellt?«

»Wo du ihn benötigst. Er soll jeden Posten durchlaufen. Wenn du heute einen Tellerwäscher brauchst, ist er dein Mann dafür. Und wenn er Kartoffeln schälen soll, dann gib ihm diese Aufgabe.«

Während ich spreche, entgleist Sebastiens Gesicht immer mehr. Was hat er denn erwartet? Dass er filigrane Blüten aus Schokolade formen darf?

»In Ordnung, wir benötigen heute tatsächlich noch jemanden, der Zwiebeln schneidet. Schon mal gemacht?«

»Nur wenn es zählt, dass ich mal eine mit verbundenen Augen mit einem Schwert halbiert habe.« Sebastien grinst.

Thomas bleibt ernst. »Das ist kein Spiel, Bürschchen.« Zu meinem Erstaunen zuckt Sebastien tatsächlich zusammen, als Thomas die Schultern strafft und sich noch größer macht. »In meiner Küche hast du anständig zu arbeiten, sonst fliegst du raus. Hast du mich verstanden?«

Sebastiens Mund klappt auf und wieder zu. Sein Kiefer mahlt und der Blick wird ernst. »Klar und deutlich.«

»Gut. Victoria, kannst du ihm zeigen, wie man die Zwiebeln schneidet? Wir haben gerade keine Zeit, einem Grünschnabel diese Basics beizubringen, aber ich brauche richtig geschnittene Zwiebeln für den Hauptgang.«

»Klar, ich zeige es ihm, bevor ich den Speisesaal kontrolliere«, stimme ich zu.

»Danke.« Thomas sieht Sebastien ernst an. »Lerne schnell.«

Damit kehrt der Chef auf seinen Posten zurück. Ich räuspere mich und führe Sebastien zu einem leeren Arbeitsplatz.

»Hier wirst du arbeiten«, sage ich in der vertraulichen Form, um klarzumachen, dass jetzt neue Regeln gelten. Ich ziehe ein zweites Schneidbrett und Messer neben seines. »Die Zwiebeln sind in der Speisekammer.«

Die Absätze meiner Schuhe klappern auf dem Fliesenboden, als ich mit Sebastien zu den Vorräten gehe. Dort ziehe ich einen zehn-Kilo-Sack heraus. Zu meiner Überraschung nimmt Sebastien ihn mir ab, schultert ihn und kehrt zu seinem Arbeitsplatz zurück.

Ich folge ihm und betrachte dabei seinen Rücken. Sebastien ist noch ein Stück gewachsen, seit ich ihn zuletzt gesehen habe. Er ist sicher fast 1,90 groß, schlank, aber trainiert. Ich verdrehe die Augen. Wieso nehme ich das überhaupt zur Kenntnis?

Auf seinem Posten stellt Sebastien den Sack auf den Boden und wartet auf weitere Anweisungen. Ich öffne das Netz mit einem Messer und hole zwei Zwiebeln heraus. Eine lege ich auf sein Schneidbrett, die andere auf meins.

Auffordernd sehe ich ihn an, gehe zu einem Waschbecken und wasche mir die Hände gründlich. Er macht es mir nach und folgt mir dann zum Schneidbrett zurück.

»Du beginnst am besten damit, die Enden abzuschneiden«, erkläre ich und vollführe zwei Schnitte.

Dann warte ich, bis Sebastien es mir nachgemacht hat. Er schneidet zu viel ab und ich weise ihn darauf hin, es beim nächsten Mal besser zu machen.

»Jetzt entfernst du die Schale«, fahre ich fort.

Der beißende Geruch der Zwiebel treibt mir bereits Tränen in die Augen. In meiner Ausbildung habe ich ebenfalls alle Stationen eines Hotels durchlaufen. Zwiebeln zu schneiden habe ich gehasst, weil ich immer geweint habe.

»Als nächstes halbierst du die Zwiebel, legst sie auf die Schnittfläche und schneidest sie ein. Pass auf, dass du sie nicht vollkommen durchschneidest, sonst rutscht sie dir weg.« Ich führe die Schritte aus, beobachte ihn, wie er sich abmüht, aber immerhin nicht aufgibt. »Jetzt hältst du die Hand oben auf die Zwiebel und gleitest mit dem Messer der Länge nach durch. Zweimal mindestens und wieder nicht ganz durch.« Ich presse die Finger auf die Zwiebel und schneide von vorne durch das Gemüse durch.

Meine Augen brennen fürchterlich. Ich blinzle, aber es wird nicht besser.

Sebastien ist viel langsamer als ich und arbeitet auch nicht so sauber. Ob Thomas damit zufrieden sein wird?

»Gut. Und jetzt schneidest du Würfel ab.« Ich setze das Messer quer auf die Zwiebel und ziehe durch. »Wenn du nicht durchgeschnitten hast, sollte das problemlos klappen.«

Sebastien zögert, ehe er zu schneiden beginnt. Seine Hand zittert. Er ist diese Bewegung definitiv nicht gewohnt. Die Würfel, die er geschnitten hat, sind viel zu groß.

»Die sehen furchtbar aus. Vielleicht sollte ich doch Teller spülen«, murmelt er.

Das überrascht mich. Ich war mir sicher, dass Sebastien ein unendlich großes Ego hätte und nie zugeben würde, dass er etwas nicht kann, selbst wenn es offensichtlich ist.

»Schneide mal die Zwiebel fertig, dann übernimm meine«, schlage ich vor. »Anschließend schauen wir weiter.«

Meine Augen tränen bereits. Mit dem Handrücken wische ich darüber und schniefe. Sebastien sieht mich entsetzt an.

»Alles okay?«, fragt er behutsam.

»Ja.« Noch einmal schniefe ich. »Zwiebeln schneiden bringt mich immer zum Weinen. Geht gleich wieder. Mach weiter.«

Er betrachtet mich, nickt zögerlich und säbelt Stück um Stück von seiner Zwiebel ab. Die Würfel sind zu groß und unregelmäßig. Aber …

»Für das erste Mal nicht schlecht«, lobe ich ihn. »Die können wir Thomas nur nicht geben.«

»Darum meine ich ja, eventuell sollte ich etwas anderes machen.«

»Übung macht den Meister. Keine Sorge, die Zwiebel wird Thomas vermutlich nicht für den Hauptgang verwenden können, aber er findet eine andere Möglichkeit. Wir werfen das nicht weg.«

Ich glaube zwar nicht, dass Sebastien sich darum Sorgen gemacht hat, aber ich hoffe, es beruhigt ihn und macht ihm klar, dass er einfach weiterüben soll. Denn ich bin sicher, dass Thomas ihm diese Aufgabe nicht gegeben hat, weil er wirklich ganz dringend Zwiebeln braucht. Der Chefkoch ist Perfektionist und hat unter Garantie bereits alle Vorbereitungen abgeschlossen. Er will, dass Sebastien eine unliebsame Aufgabe übernimmt, lernt und vielleicht innerhalb der nächsten drei Monate wirklich eine Hilfe ist, wenn Thomas sie benötigt.

»Okay. Dann … mache ich weiter?« Er sieht mich fragend an.

»Ja. Ich schaue von Zeit zu Zeit nach dir.« Ich gehe zum Waschbecken und säubere meine Hände noch einmal. Als ich zu Sebastien zurückkehre, bearbeitet er gerade meine Zwiebel. »Einen Tipp hätte ich.«

Er sieht zu mir auf. »Welchen?«

»Deine Finger. Du schneidest ziemlich nahe an den Kuppen vorbei. Zieh sie ein.«

»Wie soll ich das machen?«

Ich schiebe seine Hand von der Zwiebel, krümme meine Finger, als wäre meine Hand eine Pfote, und lege die Knöchel auf das Gemüse. »So. Am Anfang fühlt es sich seltsam an, aber es ist sicherer.«

»Hm.« Sebastien versucht es und schüttelt den Kopf. »Vielleicht wenn ich mehr Übung habe.«

»Auch in Ordnung. Pass aber auf deine Finger auf. Und ärgere Thomas nicht. Er reißt dir sonst den Kopf ab. Buchstäblich.«

Ich bin nicht sicher, ob Sebastien mir glaubt. Er bejaht nur wortlos und konzentriert sich dann auf die Zwiebel. Damit beeindruckt er mich wirklich. Nach allem, was ich aus den Zeitungen über ihn gelesen habe, hat er noch nie einen ernstzunehmenden Job gehabt. Er wird als Partyprinz und Faulenzer betitelt. Allem Anschein nach braucht er nur die richtige Motivation, um Leistung zu erbringen.

»Dann viel Spaß«, sage ich. Er hebt den Kopf und verzieht den Mund. Ich lächle. »Pass auf die Finger auf.«

Ich werfe Thomas noch einen Blick zu, der mir stumm zu verstehen gibt, dass er ein Auge auf Sebastien hat. Trotzdem bin ich unruhig, als ich die Küche verlasse. Aber ich habe jetzt keine Zeit, mir Gedanken darüber zu machen, ob Sebastien sich verletzt oder nicht.

Im Speisesaal wird gerade eingedeckt. Ich kontrolliere die Tische, prüfe die Zuteilung für die Hotelgäste und die Reservierungen für externe Besucher.

Punkt sieben Uhr öffnen wir die Türen. Eigentlich bin ich seit den frühen Morgenstunden im Dienst und meine Schicht wäre längst vorbei. Aber ich bin für Sebastien zuständig und er soll heute schon mit seinen Aufgaben beginnen. Also bleibe ich, helfe im Service, indem ich Bestellungen aufnehme und Geschirr abräume. Das ist zwar nicht meine Aufgabe, aber die Kollegen im Restaurant sind froh über meine Unterstützung, weil sie mal wieder unterbesetzt sind.

Bei jedem Gang in die Küche werfe ich einen Blick auf Sebastien, der konzentriert Zwiebel um Zwiebel schneidet.

»Die Hälfte hat er schon«, sagt Thomas am Pass, als ich ein paar Teller abhole.

»Gut. Schinde ihn ordentlich«, erwidere ich.

Der Chef zwinkert und ruft dann eine weitere Bestellung aus. Damit ist unser Gespräch beendet. Ich verlasse die Küche und bringe den Abendservice hinter mich. Meine Beine werden langsam schwer und ich fühle mich erschöpft. Aber da muss ich durch. Morgen teile ich Sebastien für den Frühstücksdienst ein. Also muss ich auch wieder früh raus. Wird schon klappen.

Mit einem Seufzen schließe ich die Tür zum Speisesaal, nachdem der letzte Gast gegangen ist. Jetzt weiß ich wieder, warum ich im Service keine hohen Schuhe anziehe.

»Victoria, setz dich«, fordert mich eine der Kellnerinnen auf. »Den Rest schaffen wir alleine.«

Dankbar lächle ich ihr zu und lasse mich auf einer der Bänke nieder. Ich atme durch und lehne mich zurück. Mein Kopf fällt von selbst in den Nacken. Die Augen gehen zu. Ich bin wirklich verdammt müde.

»Victoria!« Die aufgeregte Stimme eines Beikochs reißt mich aus dem kurzen Schlummer, in den ich versunken bin.

Alarmiert sehe ich zu ihm. Sein Gesicht ist bleich, die Augen weit geöffnet. Ich ahne sofort, dass etwas passiert ist.

»Du musst schnell kommen. Sebastien …«

Mehr muss er nicht sagen. Augenblicklich springe ich auf und stürme in die Küche.

5 - Sebastien

Die verfluchten Zwiebeln brennen immer noch in meinen Augen. Den ganzen Abend musste ich üben. Thomas kam zwischendurch vorbei und erklärte mir, was ich falsch mache. Beim Versuch, es besser hinzubekommen, muss mir das Messer abgerutscht sein. Zumindest hat Thomas sofort laut nach dem Erste-Hilfe-Kasten gerufen. Ich habe erst bemerkt, dass ich mich wirklich verletzt habe, als sich die Zwiebel knallrot gefärbt hat.

Nun sitze ich hier, in einer ruhigeren Ecke der Küche, mit einem sauberen Tuch auf der Hand, das ich fest zusammenpressen soll. Obwohl ich beteuert habe, dass es mir gut geht, hat Thomas nach Victoria rufen lassen. Jetzt steht der Chefkoch neben mir und mustert mich. Zwar wirkt er immer noch streng, aber etwas wie Sorge lässt seine harte Miene weicher werden.

Ich halte den Atem an, als Victoria keuchend zu uns stürmt. Sie ist blass und ihre Augen wirken gehetzt, während sie mich betrachtet. Einen Moment treffen sich unsere Blicke, dann allerdings sieht sie Thomas an.

»Was ist passiert?« Ihre Stimme zittert.

Vermutlich hat sie Angst, dass sie mit meinem Vater Probleme bekommt, wenn ich mich verletze. Da kann ich sie beruhigen, das könnte meinen alten Herrn nicht weniger kümmern als ein Fahrrad, das umkippt.

»Das Messer hat statt der Zwiebel seinen Finger aufgeschnitten.« Thomas klingt ein wenig amüsiert. »Die Wunde blutet stark und muss vermutlich genäht werden. Da hat de Violet saubere Arbeit geleistet.«

Mit einem tiefen Seufzen sinkt Victoria neben mir in die Hocke. In den hautfarbenen Strumpfhosen sehen ihre Beine echt gut aus. Vorhin ist es mir nicht aufgefallen, aber sie sind wohldefiniert. Gott, das muss der Blutverlust sein. Ich sollte sie nicht so betrachten. Also hebe ich den Blick, bis er wieder auf ihren trifft.

Ihre grün-braunen Augen sind auf mich gerichtet. Zögerlich streckt sie die Hände nach mir aus. »Darf ich sehen?«, fragt sie leise.

»Es ist wirklich nicht so schlimm«, krächze ich. Verdammt, wieso klinge ich so heiser?

Ich lasse das Tuch los, das ich gerade noch auf die Wunde gepresst habe. Victoria schlägt den Stoff zurück und atmet scharf ein. Auch ich riskiere einen Blick auf den Finger.

»Oh, Mist«, bringe ich heraus.

Die halbe Fingerkuppe meines Zeigefingers ist abgetrennt. Blut sickert aus dem tiefen Schnitt und bedeckt meine Hand. Bei dem Anblick wird mir schlecht.

»Okay, das muss definitiv genäht werden.« Victoria holt eine Mullbinde aus dem Erste-Hilfe-Kasten und tauscht sie mit dem Tuch. »Ich fahre ihn ins Krankenhaus. Kann jemand meine Tasche aus meinem Büro holen?«

Thomas erteilt die Befehle und ein Küchenjunge hastet los. Victoria konzentriert sich nur auf mich. Einerseits finde ich das schön, andererseits weiß ich nicht, wie ich mit der Aufmerksamkeit umgehen soll.

»Hast du dein Portemonnaie bei dir?«, fragt sie und klingt unglaublich sanft.

»Ich ... Ja, wieso?«

»Und ist deine Versicherungskarte darin?« Wortlos bejahe ich. »Gut, dann können wir gleich los. Kannst du aufstehen?«

»Ich habe mir in den Finger geschnitten, nicht ins Bein.« Ich verdrehe die Augen. Und bin doch froh, dass Thomas und Victoria mir hoch helfen. Meine Knie fühlen sich seltsam weich an und ich zittere.

»Kann jemand eine Decke zu meinem Wagen bringen?«, ruft Victoria über ihre Schulter hinweg.

Sie und Thomas führen mich nach draußen. Es ist ein lauer Sommerabend und dennoch bebe ich bei jedem Schritt. Victoria hält auf einen alten Audi A6 Kombi zu. Das ist ihr Auto? Sie ist die Managerin dieses Hotels und fährt einen Wagen, der gut und gerne zehn Jahre auf dem Buckel hat?

Der Küchenjunge mit ihrer Tasche holt uns in dem Moment ein, als wir das Auto erreichen. Victoria zieht den Schlüssel aus der Handtasche und entriegelt die Türen. Thomas öffnet die auf der Beifahrerseite für mich und hilft mir, mich zu setzen. Dann beugt sich Victoria in den Wagen und drapiert eine Decke über mir. Dabei hält sie mir ihren Ausschnitt genau vor die Nase. Natürlich starre ich auf die Ansätze ihrer Brüste, die ich jetzt perfekt erkennen kann. Welcher Mann würde das nicht? Victoria hat eine Hammerfigur und ihre Brüste sind voll, weder zu groß noch zu klein. Einfach perfekt.

Ein verführerischer Duft geht von ihr aus. Ich würde am liebsten mein Gesicht an sie pressen und tief einatmen.

Ja, der Blutverlust setzt mir eindeutig zu. Victoria ist bildschön und heiß. Aber sie ist auch die einzige Frau, die mein Herz gebrochen hat. Und so anziehend ich sie finde, weiß ich doch, dass es keine gute Idee wäre, mit ihr zu schlafen.

Trotzdem blicke ich weiterhin auf ihre Haut und atme ihren Duft ein.

»Geht das so?«, fragt sie und schnallt mich an, ehe ich antworten kann.

»Ja. Danke«, stammle ich.

Verdammt, wieso bringt ihre Nähe mich so aus dem Konzept? Sie ist für einen der schlimmsten Momente in meinem Leben verantwortlich. Ich sollte das nie vergessen.

Victoria nickt. »Dein Portemonnaie hast du sicher bei dir?«

Zum Beweis ziehe ich es mit der rechten – und somit unverletzten Hand – aus der Hosentasche. Sicherheitshalber prüfe ich, ob meine Versicherungskarte dort ist, wo sie sein sollte, und wedle damit herum.

Zufrieden schließt Victoria die Tür und umrundet den Wagen. Sie sagt etwas zu Thomas, ich kann nur nicht verstehen was. Ich bin beeindruckt, dass sie so ruhig bleibt und sogar daran denkt, zu prüfen, ob ich meine Karte bei mir habe.

Victoria steigt ein, steckt den Schlüssel ins Zündschloss und startet den Motor. Das Auto ist wirklich schon älter ... aber es schnurrt wie ein Kätzchen.

»Du fährst mit Gangschaltung?«, frage ich überrascht, weil Victoria tatsächlich schaltet.

»Ja.« Mehr sagt sie nicht.

Ich lehne mich zurück und blicke auf die Straße. Es ist fast Mitternacht und kaum ein Auto ist unterwegs. Meine Augen brennen selbst jetzt noch von den verfluchten Zwiebeln. Also mache ich sie zu.

»Das Krankenhaus ist nicht weit weg«, meint Victoria unvermittelt. Sie sieht flüchtig zu mir. »Schlaf mir jetzt nicht ein.«

»Wieso nicht?«

»Weil du das wegen der Verletzung nicht sollst?«

Ich schmunzle. »Nur zur Erinnerung: Ich habe mir in den Finger geschnitten und keine Gehirnerschütterung abbekommen.« Schniefend wische ich über meine Wangen. »Und nur fürs Protokoll: Ich weine nicht, weil ich Schmerzen habe, sondern weil die Zwiebeln so fürchterlich nachbrennen.«

»Schon klar.« Sie hebt die Mundwinkel. »Zwiebeln zu schneiden ist ziemlich ... eklig.«

»Schön, dass es nicht nur mir so geht.« Ich seufze. »Ich will nur nicht, dass du mich für einen verweichlichten Prinzen hältst, weil ich jetzt heule.«

»Oh, keine Sorge. Wenn nur die Hälfte von dem, was über dich geschrieben wird, stimmt, bist du ziemlich hart im Nehmen.«

Ich sehe sie verwirrt an. »Liest du etwa die Artikel über mich?«

»Gott, nein, ich mag diese Klatschzeitungen nicht.« Sie kichert, aber es klingt verlegen. »Meine Freundin Sandra liebt solche Schundblätter. Sie erzählt mir immer den neusten Tratsch aus sämtlichen Königshäusern. Am liebsten hat sie ja die britischen Royals, aber da sie dich kennt ...« Sie räuspert sich. »Sandra ist die Dame, die in der Hotelhalle war, als du angekommen bist. Allerdings wirst du sie wohl auch vergessen haben, wenn du dich an mich nicht mehr erinnerst.«

»Nein, bei dem Namen klingelt nichts.« Ich schlucke die Reue hinunter. Natürlich weiß ich, wer Sandra ist, nämlich Victorias beste Freundin seit Kindertagen. »Also, sie liest gerne über mich und erzählt dir alles. Kein Wunder, dass du mich voller Verachtung ansiehst.«

»Das hat damit nichts zu tun«, murmelt sie.

Auch das weiß ich. Aber ich sage nichts mehr dazu. Die restliche Fahrt, die keine zehn Minuten dauert, schweigen wir. Victoria parkt das Auto auf dem fast leeren Parkplatz vor dem Krankenhaus.

»Warte, ich helfe dir beim Aussteigen.« Sie reißt die Tür auf.

»Ich habe mir doch nur …« Die Tür auf ihrer Seite knallt zu. »In den Finger geschnitten«, füge ich für mich selbst hinzu.

Kaum habe ich ausgesprochen, öffnet Victoria die Beifahrertür und lehnt sich nach vorn. Ich wehre mich nicht, als sie mich abschnallt. So habe ich zumindest noch mal einen kurzen Moment, in dem ich ihre Brüste bewundern darf.

Viel zu schnell zieht sie sich zurück und reicht mir ihre Hand. »Soll ich einen Rollstuhl holen oder kannst du selbst gehen?«

»Du übertreibst.« Ich ignoriere ihre Hand und hieve mich aus dem Wagen.

Blöde Idee. Ganz blöde Idee. Alles beginnt sich zu drehen. Meine Knie zittern und ehe ich weiß, was los ist, schlingt Victoria ihre Arme um mich, damit ich nicht wie ein nasser Sack umkippe. Auch ich klammere mich an ihr fest und ringe um Atem.

»Scheiße«, murmle ich. »Was stimmt nicht mit mir?«

»Ich schätze, dein Kreislauf ist gerade etwas wackelig«, erwidert sie. »Das ist, glaube ich, normal. Zumindest habe ich schon andere umkippen sehen, nachdem sie sich in den Finger geschnitten hatten. Kann vorkommen.« Sie zuckt mit den Schultern. »Geht es oder soll ich doch einen Rollstuhl holen?«

»Gib mir einen Moment, bis sich mein Kopf nicht mehr dreht«, bitte ich.

»Okay.«

Ich halte mich an ihr fest und sie lässt es zu. Victoria fühlt sich unglaublich gut an in meinen Armen. Mein Kinn ruht auf ihrem Scheitel, weil sie ein wenig gekrümmt steht, um mich besser stützen zu können. Ihre Haare duften nach Flieder und Pfingstrosen. Und eine Erinnerung kriecht in mir hoch, von dem Tag, an dem wir uns zum ersten Mal unter den Bäumen, bei denen sie vorhin gestanden hat, geküsst haben.

»Geht es wieder?«, reißt Victoria mich aus dem Gedanken, bevor ich das Bild vor Augen sehen kann.

»Ja. Lass uns reingehen«, brumme ich.

»Willst du dich auf mich stützen?«

Ich sollte es nicht wollen. Aber ich bin mir nicht sicher, wie gut ich werde gehen können. Also nicke ich und lege meinen Arm um ihre Schulter. Ihrer ruht ein Stück über meiner Taille. Unendlich langsam gehen wir auf den Haupteingang zu.

Victoria bugsiert mich auf einen Stuhl im Wartebereich, schnappt sich meine Karte und regelt alles. Einmal mehr bewundere ich, wie sie mit dieser Situation umgeht. Sie ist ruhig und besonnen, denkt an alles. Victoria ist definitiv jemand mit Führungsqualitäten. Im Gegensatz zu mir. Ich sitze nur hier und presse die Binde auf meinen Finger, der mittlerweile pulsiert und schmerzt.

Als sie zu mir kommt, hält sie mir eine Flasche Wasser hin. »Es dauert leider einen Moment.« Sie lächelt entschuldigend. »Ich habe zwar versucht, die ›der Patient ist ein Prinz‹ Karte auszuspielen, aber das hat die Dame am Empfang nicht besonders beeindruckt. Obwohl sie anhand deiner Versicherungskarte sehen muss, dass ich mir das nicht ausdenke.«

»Tja, vielleicht mag sie auch keine Klatschzeitungen.« Ich zwinkere. »Oder sie hat eine gelesen, in der ich nicht besonders gut wegkomme.«

Victoria mustert mich nachdenklich. Ich halte diesen Blick nicht aus, wende mich ab und setze die Flasche an meine Lippen.

»Wie viel von den Artikeln ist eigentlich wahr?« Sie redet so leise, dass ich sie kaum hören kann.

»Ist das wichtig?«

Ich will ihr nicht sagen, dass vieles gar nicht so erfunden ist, wie ich es mir wünschen würde. Keine Ahnung, warum ich nicht möchte, dass sie noch schlechter von mir denkt als ohnehin schon.

»Eigentlich nicht.« Sie atmet geräuschvoll aus. »Entschuldige, dass ich gefragt habe.«

So kann ich das nicht stehen lassen. Jetzt denkt sie, dass ich wirklich das Arschloch bin, das die Presse in mir sieht. Ich lasse die Flasche sinken und deute mit dem Kinn auf eines dieser Schmierhefte, in denen selten die Wahrheit erzählt wird.

»Nimm dir mal diese Zeitschrift«, fordere ich sie auf.

Victoria sieht mich verwirrt an, greift aber danach und betrachtet das Titelblatt. Ein Foto von mir ziert das Cover. Es ist eines der offiziellen Fotos des Palasts und zeigt mich im Smoking und mit gelangweiltem Blick. Die Überschrift dazu ist: *Grausam. Thronfolger annulliert Ehe nach Fehlgeburt.*

»Oh, das war ein wirklich guter Artikel.« Ich schnaube. »Erstens habe ich nie geheiratet und zweitens gab es nie eine Fehlgeburt. Ich bin sehr vorsichtig, wenn es um Verhütung geht.«

Sie schlägt den Artikel auf. »Hier steht, du hättest behauptet, im Alkoholrausch in Las Vegas geheiratet zu haben …«

»Was schon allein deswegen nicht sein kann, weil ich nie in Las Vegas war.«

Victoria sieht auf. »Nicht?«

»Nein. Hat mich nie gereizt.«

Aufmerksam betrachtet sie mich. »Aber in New York warst du, oder? Du hast immer so von der Stadt geschwärmt.«

Triumphierend grinse ich. »Sieh an, erinnerst du dich doch an mich?«

Ihre Gesichtszüge entgleiten, aber nur einen Herzschlag. Statt dem Pokerface erscheint allerdings ein verletzlicher Ausdruck in ihren Augen. »Wir beide wissen, dass wir uns diesbezüglich wohl angelogen haben … Bas.«

Meine Brust wird zu eng, um zu atmen. *Bas.* Wie lange habe ich diesen Namen nicht mehr gehört? Zu lange. Nur Victoria und Maman nannten mich so. Und nur Victoria konnte ihn so unglaublich weich aussprechen, wie sie es immer noch macht.

Sie sieht mich auffordernd an. Möchte sie, dass auch ich meine Lüge zugebe?

»Sebastien de Violet«, wird mein Name aufgerufen und erspart mir eine Antwort.

Ich kämpfe mich hoch, stelle die Wasserflasche auf meinen Stuhl. Auch Victoria erhebt sich.

»Soll ich dich begleiten?«, fragt sie.

»Das schaffe ich schon.« Ich kann sie nicht ansehen. Also konzentriere ich mich auf die Krankenschwester, die mich in ein Behandlungszimmer führt.

Bas.

Wieder und wieder höre ich ihre Stimme in meinem Kopf. Die von heute und jene von vor zwölf Jahren. Nur halbherzig lausche ich den Ausführungen des Arztes, der mir ein Schmerzmittel verspricht, ehe er die Wunde nähen wird. Dieses Mal versinke ich doch in der Erinnerung. Von einer Pfingstrose, die ich vor ziemlich genau zwölf Jahren an diesem Tag noch gefunden habe, weil einer der Sträucher rund um das Hotel zu spät geblüht hat. Von Victorias Lächeln, als ich ihr die Blume überreicht habe, und dem berauschenden Gefühl ihrer Lippen auf meinen. Sie war meine erste große Liebe. Meine einzige. Und sie hat mich zerstört, als sie ihr wahres Gesicht gezeigt hat.

»So, das war es schon.« Ich blinzle und sehe den Arzt an. »Wir geben Ihnen Schmerzmittel für die Nacht mit und ein Rezept für morgen. Der Verband muss regelmäßig gewechselt werden. Sollte die Wunde sich entzünden, kommen Sie sofort zu uns. Wenn sie sonst gut verheilt, müssen Sie nicht kommen, die Fäden lösen sich von selbst auf.«

Eine Schwester drückt mir alles in die Hände und wirft mich förmlich aus dem Behandlungsraum. Meine Hand fühlt sich jetzt taub an, aber nach dem Brennen bin ich froh darüber. Das Ziehen in meinem Magen, als ich Victoria gegenüberstehe, ist hingegen alles andere als angenehm.

Sie mustert mich immer noch erwartungsvoll. Langsam hebe ich die bandagierte Hand. »Wir können gehen.«

Einen Moment betrachtet sie die Hand, dann sieht sie mir wieder in die Augen. Schließlich seufzt sie. »Gut, lass uns aufbrechen.«

Auf dem Rückweg zum Parkplatz muss ich mich nicht auf sie stützen. Mein Kreislauf hat sich wohl wieder stabilisiert. Victoria öffnet mir dennoch die Autotür. Ich weiß nicht, ob ich froh oder enttäuscht darüber bin, dass sie mich diesmal nicht anschnallt.

Das Schweigen zwischen uns lastet auf mir. Also räuspere ich mich, kaum dass Victoria den Motor gestartet hat.

»Du musst dir übrigens keine Gedanken wegen meines Vaters machen«, rede ich drauf los.

Sie kräuselt die Stirn. »Weswegen jetzt genau?«

»Weil ich mich verletzt habe. Er wird es von mir nicht erfahren und wenn ihm jemand anderes davon berichtet, werde ich sagen, dass ich alleine schuld bin. Also kannst du aufhören, dich zu sorgen.«

»Wie kommst du darauf, dass ich deswegen bekümmert bin?«

»Weil du mich persönlich ins Krankenhaus gebracht hast.«

Schnaubend schüttelt sie den Kopf. »Das hätte ich bei jedem anderen auch gemacht. Weil ich mich für jeden meiner Angestellten verantwortlich fühle. Auch für dich. Meine Sorge gilt alleine dir und nicht dem, was dein Vater dazu sagen würde, wenn sein Sohn unter meiner Obhut einen Finger verliert.«

Dieses seltsame Kribbeln in meiner Brust beunruhigt mich. Aber die Vorstellung, dass Victoria sich meinetwegen sorgt, gefällt mir. Obwohl sie das nicht sollte.

»So schlimm ist es ja zum Glück nicht«, murmle ich. Aufmerksam betrachte ich Victoria, die sich auf das Fahren konzentriert. »Du siehst übrigens müde aus.«

»War ein langer Tag. Ich hatte Frühschicht und hätte eigentlich schon um vier Schluss gehabt.«

»Wieso warst du dann noch da?«

Sie wendet mir einen Herzschlag lang ihr Gesicht zu. Okay, das war eine doofe Frage. Sie war meinetwegen noch da.

»Hoffentlich kannst du morgen zumindest ausschlafen«, sage ich versöhnlich.

»An sich könnte ich das, weil du jetzt verletzt bist.« Sie seufzt. »Ich habe dich für den Frühstücksdienst eingeteilt. Nur kannst du mit der verletzten Hand keine Teller abräumen. Allerdings sind die Servicekräfte mal wieder unterbesetzt, also werde ich ihnen helfen.«

»Wann beginnt die Frühstücksschicht?«

»Um halb sieben.«

»Es ist jetzt fast ein Uhr nachts!«

»Ja, ich kann die Uhr lesen, danke.« Sie verzieht den Mund zu einem genervten Lächeln. »Dann werde ich morgen eben nur kurz duschen, auf Yoga verzichten und hoffen, dass mein Concealer echt gut wirkt.«

»Aber du musst nicht um halb sieben anfangen. Sag doch, dass du nicht kannst, und …«

»So funktioniert das nicht. Ich habe gesagt, dass ich da bin, also bin ich auch da. Und dabei belassen wir es bitte. Ich weiß, wie ich mein Hotel zu führen habe.«

Sie presst die Lippen zu einem schmalen Strich zusammen und starrt hinaus. Keine Ahnung wieso, aber etwas wie Reue regt sich in mir.

»Wohnst du im Hotel?«

»Nein, ich wohne in einem Haus im Dorf. Aber ich bringe dich kurz zum Hotel, lasse das Auto dort und gehe zu Fuß nach Hause.«

»Kannst du das Auto bei deinem Haus nicht parken?«

»Doch, ich brauche es dort nur nicht.« Sie sieht mich verwirrt an. »Wieso fragst du?«

»Dann halte dort. Ich gehe zu Fuß zu meiner Unterkunft zurück und du gehst schlafen.«

»Vergiss es.« Sie schüttelt heftig den Kopf. »Du bist verletzt, da kann ich nicht …«

»Victoria, ich habe mir in den Finger geschnitten«, unterbreche ich sie. »Es geht mir gut. Und egal, wo dein Haus liegt – so klein, wie Greifenstein ist, kann es nicht mehr als zehn Minuten zu Fuß vom Schloss entfernt sein. Wenn ich das nicht schaffe, hättest du mich im Krankenhaus lassen müssen.«

»Und wenn dir was zustößt? Wenn du im Dunkeln fällst, würde ich mir das ewig vorhalten.«

»Gegenfrage: Was wäre, wenn du im Dunkeln wegen deiner Müdigkeit strauchelst und hinfällst?« Das hat ihr offensichtlich den Wind aus den Segeln genommen. Ruhiger fahre ich fort: »Das wäre für das Hotel eine Katastrophe und ich würde mir auch Vorwürfe machen.«

Sie zögert. Ich kann sehen, wie ihre Gedanken im Kopf rattern. »Hast du dein Handy dabei?«, fragt sie ernst.

»Klar.«

»Ich gebe dir meine Nummer und du schickst mir eine Nachricht, wenn du im Hotel ankommst.«

»Aber dann schläfst du ja erst recht nicht sofort.«

»Allerdings immer noch etwas früher, als wenn ich dich zum Hotel gebracht hätte.«

Mittlerweile sind wir im Dorf angekommen. »Okay. Wenn du nur dann zustimmst, dann machen wir es so.«

Wortlos lenkt Victoria das Auto durch die schmalen mit Kopfstein gepflasterten Straßen. Dieses Dorf wurde vermutlich gleichzeitig mit dem Schloss errichtet – und ist nie gewachsen. Die Häuser wirken mit ihren dunklen Holzstreben auf den weißen Mauern mittelalterlich. Greifenstein war schon immer idyllisch und verschlafen, ein wenig wie Blanchebourg, nur kleiner.

Vor einem Haus, das zwei Stockwerke besitzt und mich an einen alten Bauernhof erinnert, hält Victoria. Es ist nicht das Gebäude, in dem ihre Eltern gelebt haben, sondern hat ihrer Großmutter gehört. Offensichtlich hat Victoria es nach ihrem Tod übernommen. Zumindest gehe ich davon aus, dass die alte Dame nicht mehr am Leben ist. Sie müsste nämlich um die hundert sein …

Victoria dreht den Motor ab und hält mir die Hand hin. Verwirrt betrachte ich sie.

»Dein Handy, damit ich die Nummer eingeben kann?« Sie hebt eine Augenbraue.

»Ach ja.« Ich ziehe das Mobiltelefon aus der Hosentasche, entsperre es und reiche es ihr. Mein Vater hat es nicht einkassiert, weil ich seinen Bedingungen zugestimmt habe. Nur deswegen besitze ich es jetzt.

Victoria tippt etwas ein, holt ihr eigenes Handy aus der Tasche und zeigt mir beide Displays. Es dauert einen Moment, dann erscheint meine Nummer auf ihrem Gerät. Victoria legt auf und reicht mir das Handy.

»Letzte Chance. Wenn ich dich doch zum Hotel bringen soll …«

»Ich bin erwachsen. Und nur mein Finger ist verletzt. Vielleicht noch mein Ego …«

»Das kann diese Verletzung bestimmt verkraften.« Sie grinst vielsagend. »Pass trotzdem auf, wenn du in dein Zimmer gehst.

Und das sage ich nicht, weil ich mich vor deinem Vater fürchte, sondern weil ich nicht will, dass dir etwas passiert.«

»Weil du dich um alle Angestellten sorgst.« Keine Ahnung, warum mir das einen Stich versetzt.

Victoria beißt sich auf die Unterlippe. »Ja«, antwortet sie schließlich.

Sie schnallt sich ab und auch ich löse den Sicherheitsgurt. Wir beide verlassen das Auto.

Die Nachtluft fühlt sich immer noch recht warm an. Der Sommer ist also nicht mehr fern. Victoria schließt den Wagen ab und kommt zu mir.

»Du schickst mir eine Nachricht«, erinnert sie mich.

Ich schmunzle. »Versprochen. Aber nur, weil ich befürchte, dass du persönlich nachsehen kommst, ob ich noch lebe, wenn ich es nicht mache.«

Auch sie lächelt. »Davon kannst du ausgehen.«

Das Schweigen zwischen uns wird wieder unangenehm. Ich habe keine Ahnung, wie ich mich verhalten soll. Sie steht so knapp vor mir, dass ich nur meine Hand ausstrecken müsste, um sie zu berühren. Und so verrückt es klingt, ich möchte genau das tun.

»Dann ... bin ich mal auf dem Weg«, ringe ich mir ab, ehe ich diesem Drang nachkomme.

»Ja. Pass auf dich auf.«

Ich nicke, drehe mich um und sehe zu, dass ich davonkomme. Nicht ein einziges Mal schaue ich zurück. Wenn sie noch dort steht, kehre ich nämlich vielleicht um, küsse sie und bitte sie, bei ihr bleiben zu dürfen. Das wäre eine katastrophale Idee. Selbst wenn ich mir einzureden versuche, dass ich mich nur auf einer körperlichen Ebene zu ihr hingezogen fühle, weiß ich doch, dass da mehr ist.

Bas.

Wieder höre ich ihre Stimme in meinen Gedanken. Das weiche S, mit dem sie meinen Namen ausspricht und mir damit eine angenehme Gänsehaut beschert.

Mit einem frustrierten Schnauben beschleunige ich meine Schritte und erreiche meine Behausung in Rekordzeit. Im Gebäude ist es still. Das viel zu grelle Licht geht automatisch an, als ich mich durch den Gang schleiche. Der Geruch nach Desinfektionsmitteln lässt meinen Magen rebellieren. Schnell sperre ich die Tür auf und betrete mein Zimmer.

Auf eine Dusche habe ich jetzt keine Lust. Deswegen ziehe ich mich nur aus, werfe mich auf das Bett und tippe eine Nachricht.

Ich
Bin angekommen und wohlauf.

Die Häkchen färben sich sofort grün. Drei Punkte erscheinen, weil Victoria antwortet. Es dauert ewig, bis die Nachricht aufleuchtet.

Gut. Mehr steht da nicht. Das kann nicht so lange gedauert haben. Ob sie etwas anderes geschrieben hat?

Erneut erscheinen die drei Punkte.

Victoria
Ruh dich morgen aus. Wir reden am Nachmittag, was du mit der Hand machen kannst.

Das schlechte Gewissen nagt schon wieder an mir. Victoria hat müde ausgesehen. Meinetwegen muss sie morgen wieder Doppelschichten machen. Dabei bin ich nicht einmal anwesend.

Ich
In Ordnung. Schlaf gut, Victoria.

Einen Moment zögere ich. Am liebsten würde ich sie Vi nennen. So habe ich ihren Namen abgekürzt, als wir uns im zarten Alter von zwei Jahren kennengelernt haben. Ich glaube, nur ich habe sie so genannt.

Aber ich lasse es und sende ab.

Victoria
Du auch.

Ich schalte das Handy auf stumm und lege mich auf das viel zu schmale Bett. Meine Beine stehen tatsächlich über den unteren Rand. Im Moment bin ich aber viel zu aufgewühlt, um mich darüber zu ärgern.

Nachdenklich starre ich an die dunkle Zimmerdecke. *Bas.* Ein Schaudern läuft durch meinen Körper. Ich dachte, jegliche Zuneigung, die ich je für Victoria empfunden habe, wäre vor zwölf Jahren gestorben oder von einer dicken Schicht Wut erdrückt worden. Aber jetzt denke ich an sie, ihren Duft und das Gefühl, sie zu halten. Während ich vor Erschöpfung einschlafe, kreist ausgerechnet das Bild der Frau, die mir das Herz gebrochen hat, in meinen Gedanken umher und verfolgt mich in meine Träume.

6 - Victoria

Mit einem Gähnen betrete ich kurz nach sechs Uhr die Küche, in der es herrlich nach süßem Gebäck duftet. Blinzelnd bleibe ich im Eingang stehen.

»Hast du heute Dienst?«, frage ich Thomas, nachdem ich ihm einen guten Morgen gewünscht habe.

»Genauso wenig wie du.« Er hebt die Mundwinkel. »Darf ich dir einen Kaffee zubereiten, bevor du im Speisesaal aushilfst?«

»Du bist mein Lebensretter.«

Ich folge dem Chefkoch zur Kaffeemaschine, die sich am Ausgang zum Esszimmer befindet. Thomas holt die Tassen und lässt dann einen Café Latte mit extra Espresso für mich raus. Da er mich mittlerweile kennt, rührt er einen Löffel Honig hinein, streut eine Prise Zimt darüber und reicht mir das Zauberelixier.

Während sein Kaffee – schwarz und ohne jeglichen Schnickschnack – herunterrinnt, mustert der Chefkoch mich.

»Wie geht es dem Prinzen?« An seinem Tonfall kann ich nicht erkennen, ob er besorgt ist. Nur das Zucken seiner Augenbraue verrät mir, dass er nervös ist.

»Er wird den Finger behalten und die nächsten Tage pausieren müssen. Seinen Vater muss ich noch informieren.«

Thomas schwenkt seinen Kaffee. »Denkst du, er hat sich absichtlich verletzt?«

»Denkst du es denn?« Mit angehaltenem Atem mustere ich den Koch. »Immerhin warst du bei ihm. Glaubst du …«

»Eigentlich nicht«, unterbricht er mich schnell. »Es hat nicht beabsichtigt ausgesehen. Aber man weiß nie. Nach allem, was man über ihn liest, würde es mich nicht wundern.«

Ich muss daran denken, wie Sebastien … Bas … mir von dem Bericht erzählt hat. Wie kann sich ein Reporter einfach ausdenken, dass Sebastien eine Frau geheiratet und dann sitzen gelassen hat, weil sie ihr gemeinsames Kind verloren hat? So etwas traue ich ihm nicht zu. Allerdings habe ich ihm auch nicht zugetraut, dass er mich so demütigt, wie er es getan hat.

»Du kennst ihn immerhin«, durchbricht Thomas' tiefe Stimme meine Gedanken. »Deswegen habe ich gefragt.«

»Ich dachte einmal, dass ich ihn kenne«, murmle ich.

Mit einem Mal schmeckt selbst der nach Zimt duftende Milchschaum bitter. Ich verstehe einfach nicht, wie aus dem Bas, den ich kannte, so jemand werden konnte. Laut seinem Vater ist Sebastien nur an Partys interessiert und schleppt auf jeder eine neue Frau ab. Manche gehen an die Presse, um ihre Geschichte zu verkaufen. Jedenfalls schadet Sebastien seinem Ruf damit – und es scheint ihm egal zu sein. Sebastien kümmert sich nicht darum, was er seiner Familie damit antut und welche Folgen es für sein Land haben könnte. Sein Vater ist verzweifelt, weil Bas die Krone nicht will.

Ich hingegen verstehe seine Abneigung. Denn sie hat in jenem Sommer begonnen, in dem aus unserer Freundschaft endgültig mehr geworden ist …

»Er hat sich ziemlich verändert, hm?«

Mit einem Seufzen sehe ich Thomas an. »Ich habe ihn seit Jahren nicht gesehen. Natürlich hat er sich verändert.«

Der Chefkoch weiß nichts von jenem Sommerball, bei dem mein Herz in winzige Scherben zerbrochen ist. Und dabei will ich es belassen.

»Ich sollte dann beim Eindecken helfen«, nuschle ich an meiner Tasse und vermeide es, Thomas ins Gesicht zu sehen.

»Du hast bestimmt nichts gefrühstückt.« Er klingt versöhnlich. »Warte kurz.«

Er stellt die leere Tasse ab, geht zu einem Arbeitsplatz und kehrt mit einem kleinen Teller zurück. Darauf liegt eine Zimtschnecke, die dick mit noch flüssigem Zuckerguss bedeckt ist.

»Ich sage ja, du bist mein Lebensretter.« Dankbar nehme ich ihm das Gebäckstück ab und beiße hinein. Es ist süß, aber nicht übertrieben. Die Nüsse und der Zimt ergänzen sich herrlich mit dem lockeren Teig. »Köstlich.«

»Hol dir später noch etwas«, fordert der Chef mich auf.

Er nickt mir zu und kehrt zu seiner Arbeit zurück. Schnell verputze ich den Rest der Zimtschnecke und trinke den Kaffee. Ich räume das Geschirr weg, ehe ich den Speiseraum betrete.

Eigentlich sollten fünf Leute diese Schicht übernehmen. Wir haben aber nur zwei. Mit mir sind es drei. Ab und zu übernimmt ein Kellner der Abendschicht auch den Frühstücksdienst, aber vollzählig sind wir nie. Ich finde nur leider kein weiteres Personal mehr. Sebastien hier helfen zu lassen wäre die Lösung gewesen. Na ja, dann eben in einer Woche, sofern sein Finger gut verheilt und er sich nicht noch einmal verletzt.

Über mein graues Kostüm ziehe ich eine Schürze und beginne, die Tische mit den anderen beiden Servicekräften zusammen einzudecken. Wir sind kaum fertig, da tragen die Köche die süßen Gebäckstücke, Brötchen und Aufschnitt auf. Warme Speisen wie Spiegeleier gibt es ebenfalls. Man kann sie – wie den Kaffee auch – bei uns bestellen. Solche Dinge werden frisch zubereitet, darauf legen Thomas und ich Wert.

Als das Buffet bestückt ist, öffne ich die Eingangstür. Eine Familie mit drei kleinen Kindern wartet bereits.

»Guten Morgen.« Lächelnd hebe ich den Arm, um sie hereinzubitten.

Es dauert nicht lange, da ist der Saal zur Hälfte gefüllt. Meine beiden Angestellten und ich haben jede Menge zu tun, um Bestellungen in die Küche zu bringen, Geschirr abzuräumen und Essen zu servieren. Da fällt mir zumindest nicht auf, wie müde ich bin. Die Nacht war eindeutig zu kurz. Heute muss ich früher Schluss machen. Außerdem … möchte ich meine Eltern besuchen und ihnen von Bas erzählen. Dazu hatte ich noch keine Gelegenheit.

In Gedanken versunken sammle ich das Geschirr von einem Tisch ein und schleppe den Stapel schmutziger Teller in die Küche. Ich habe sie kaum betreten, da fällt mir beinahe alles aus den Händen. Bas steht neben Thomas und schaut mich verlegen an.

Ich bin ziemlich sicher, dass mein Mund gerade aussieht wie bei einem Fisch auf dem Trockenen. Also schließe ich ihn schnell, bringe die Teller zur Spüle, wasche mir die Hände und gehe zu Thomas und Sebastien.

»Guten Morgen und entschuldige, ich hätte dir sagen sollen, dass du in deiner Unterkunft im Gemeinschaftsraum Frühstück bekommst.« Meine Stimme überschlägt sich. Wie habe ich das nur vergessen können? »Aber wenn Thomas etwas übrig hat …«

»Ich habe schon im Gemeinschaftsraum gegessen, danke.« Sebastien räuspert sich. »Deswegen bin ich nicht hier.«

»Sondern?« Ich betrachte ihn. Er trägt die graue Jacke mit dem grünen Kragen über der dunkelgrünen Samtweste und einem Hemd. Statt der grauen Hose hat er eine Jeans angezogen, die ihm echt gut steht. Seine dunkelbraunen Haare wirken noch verwuschelter als sonst. Er sieht ein wenig aus, als wäre er gerade aus dem Bett gefallen. Und irgendwie … ist das verdammt sexy. Räuspernd verscheuche ich die verrückten Gedanken. »Brauchst du Hilfe beim Verbandwechseln?«, hake ich nach.

Mit angespanntem Lächeln schüttelt er den Kopf. »Ich bin hier, weil ich dir helfen will.«

Spätestens jetzt wären mir die Teller runtergefallen, wenn ich sie noch halten würde. »Entschuldige, was hast du gesagt?«

»Ja, es klingt auch für mich verrückt.« Er lacht unsicher und fährt sich durch die ohnehin schon unordentlichen Haare. »Aber ich … keine Ahnung. Ich bin aufgewacht und hatte ein schlechtes Gewissen, weil du meinetwegen eine Schicht übernimmst.« Er hebt die linke Hand, die immer noch bandagiert ist. »Damit kann ich keine Teller tragen, aber vielleicht kann ich an der Rezeption etwas machen?«

Völlig überrumpelt nicke ich. »Ja, ähm … geh schon mal vor. Ich komme gleich und zeige dir, was du erledigen könntest.«

Sein Lächeln, das gerade verkrampft gewirkt hat, entspannt sich. Es erreicht sogar seine Augen und für einen kurzen Moment sehe ich wieder den Sebastien vor mir, den ich kannte. Den Jungen, der mein bester Freund war und in den ich mich bis über beide Ohren verliebt habe.

Meine Brust wird eng und ich bemerke erst, dass ich den

Atem angehalten habe, als Sebastien die Küche verlässt und ich die Luft aus meiner stechenden Lunge entweichen lasse. Einen Herzschlag sehe ich ihm nach, bis Thomas sich räuspert und so meine Aufmerksamkeit einfordert.

»Was wirst du ihm zu tun geben?«, fragt der Chefkoch.

»Ich bin noch unentschlossen. Eigentlich wollte ich ihn die ersten Wochen in der Küche einteilen und danach beim Putzen der Zimmer helfen lassen. Über das, was im Anschluss kommt, habe ich mir bisher keine Gedanken gemacht. Aber ich bin sicher, es gibt einige Dinge für die Ablage.«

»Wenn dir die Ideen ausgehen, sag Bescheid.« Er grinst schief. »Eiweiß steif schlagen etwa kann man auch mit einer Hand und das Verletzungsrisiko ist gering.«

»Danke, vielleicht komme ich darauf zurück. Aber jetzt muss ich etwas servieren und dann mit Sebastien reden.«

Der Chefkoch schiebt mir die beiden Teller mit Eggs Benedict hin, die ich schnell hinaustrage. Mit einem Lächeln serviere ich das Frühstück und sehe mich im Raum um. Es ist mittlerweile etwas ruhiger, was wohl daran liegt, dass bereits neun Uhr vorbei ist. Frühstück gibt es zwar bis zehn, aber nach dem ersten Ansturm flaut die Gästeanzahl normalerweise ab.

»Ich muss kurz zur Rezeption«, flüstere ich meiner Kollegin zu. »Kommt ihr so lange ohne mich klar?«

»Sicher, kein Problem.«

»Super, falls was ist, holt mich«, sage ich und verlasse anschließend den Speisesaal.

In dem Gang, der vom Speiseraum zur Hotelhalle führt, liegt dunkelroter Teppich. Zwei Ritterrüstungen flankieren die Säulen, die auch hier in die Mauer eingelassen sind. Wappenschilde hängen an den Wänden und ein etwas kleinerer goldener Kronleuchter baumelt von der Decke.

Schon von Weitem höre ich das Kichern. Mit jedem Schritt, den ich dem Tresen näher komme, verfinstert sich mein Blick. Sebastien lehnt lässig auf den rechten Unterarm gestützt an dem Möbelstück. Dahinter befindet sich Cora, die erst seit Kurzem hier arbeitet. Sie trägt ihre blonden Haare offen und streicht sich ständig eine Strähne hinter das Ohr.

Was die beiden sagen, verstehe ich nicht. Aber sie lachen und Cora berührt sogar Sebastiens Hand.

Mein Atem geht stoßweise, meine Hände kribbeln, während ich sie zu Fäusten balle. Da behauptet der Kerl, er wolle mir helfen, und dann flirtet er herum? Der kann was erleben.

Obwohl die Absätze meiner flachen Schuhe auf dem Boden klappern, bemerken mich Cora und Sebastien erst, als ich mich lautstark räuspere. Zumindest Cora sieht mich verlegen an. Ihre Hand auf Sebastiens Arm lässt sie aber unverändert liegen.

Und Sebastien ... er besitzt die Unverschämtheit, mich anzugrinsen. Dabei verschränke ich die Arme vor der Brust und werfe ihm den finstersten Blick zu, der mir möglich ist.

»Störe ich?«, frage ich vorwurfsvoll.

Endlich zieht Cora die Hand zurück und streicht ihren Rock glatt. Sebastiens Grinsen wird brüchig. Zwar hat er die Mundwinkel noch hochgezogen, allerdings wirkt es wieder verkrampft.

Eine gefühlte Ewigkeit sagt keiner ein Wort. Rechtfertigungen habe ich nicht erwartet, aber es stört mich dennoch, dass keiner der beiden versucht, sich zu erklären.

Schließlich ist es mir zu dumm, hier herumzustehen. »Sebastien, in mein Büro.« Meine Stimme ist kühl und der Tonfall lässt keine Widerrede zu.

Und tatsächlich höre ich seine Schritte hinter meinen, als ich zu der kleinen Tür im hintersten Eck der Halle gehe. Akten türmen sich auf dem Schreibtisch. Ich bin wirklich lange nicht mehr zur Ablage gekommen. Das könnte Sebastien übernehmen. Nur bin ich nach der Aktion gerade nicht sicher, ob er dazu wirklich genug Ernsthaftigkeit besitzt. Wie kann er sofort die erste Frau, die er – von mir abgesehen – hier trifft, anflirten?

»Ich möchte eine Sache klarstellen«, höre ich mich sagen. »Beziehungen zwischen Angestellten sind zwar erlaubt, allerdings brauche ich kein Drama. Wenn du also eine schnelle Eroberung für eine Nacht suchst, nutz deine freien Abende und geh ...«

»Was unterstellst du mir gerade?« Seine Stimme bebt. Ich bin nur nicht sicher ob vor Zorn oder Entrüstung. »Ich habe mich mit Carla nur unterhalten.«

»Cora«, korrigiere ich und drehe mich zu ihm um.

Mit zusammengekniffenen Augenbrauen sieht er mich an. Er verschränkt die Arme genauso vor der Brust, wie ich es wieder mache.

»Gut, Cora«, brummt er. »Trotzdem habe ich mich nur unterhalten.«

»Ja, genau so sah das aus.« Ich schnaube. »Noch dazu in der Hotelhalle, wo jeder euch beobachten kann.«

Er verengt die Augen zu noch schmäleren Schlitzen. »Und weiter? Selbst wenn ich geflirtet haben sollte … ich bin in keiner Beziehung und betrüge damit niemanden, im Gegensatz zu dir.«

»Was soll das denn jetzt wieder heißen?« Ungläubig schüttle ich den Kopf. »Mit wem soll ich in einer Beziehung sein und mit wem habe ich geflirtet?«

Sein Brustkorb hebt und senkt sich stärker und die Ader an seinem Hals pocht heftig. »Vergiss es. Welchen Sklavendienst darf ich übernehmen?«

Okay, das reicht. Ich weiß nicht, was er mir vorwirft, und ich habe keine Lust auf sein bockiges Verhalten. Am besten, ich schicke ihn weg. Wenn er hier nur störrisch herumsitzt und meine Akten durcheinanderbringt, habe ich nachher mehr Arbeit als zuvor.

»Gar keinen.« Ich löse die Arme und zeige auf die Tür. »Geh. Ich kann dich hier nicht gebrauchen. Du bist heute entschuldigt. Morgen meldest du dich bei Thomas. Er hat ein paar Aufgaben, die du auch mit einer Hand ausführen kannst.«

Sebastiens Augenbraue zuckt. Das hat sie früher schon getan, wenn er wütend war. Nur daran erkenne ich, dass er kurz davor ist, einen Zornesausbruch zu haben.

»Du wirfst mich ernsthaft hinaus?« Er spricht gefährlich leise. Ja, genau so war er früher, wenn er wütend geworden ist. »Obwohl ich dir meine Hilfe angeboten habe?«

»Wenn du besorgt bist, dass ich das negativ in meine Bewertung einfließen lasse, kannst du beruhigt sein. Du bist verletzt und noch nicht bereit, diese Aufgabe zu übernehmen.«

»Victoria.« Seine Stimme ist nur ein Knurren. »Ich habe nichts falsch gemacht. Ich bin nicht wie du.«

»Richtig, dir fehlt es an Verantwortungsbewusstsein …«

»Das meine ich nicht und das weißt du verdammt gut!«

Sebastien atmet heftiger. Neben dem zornigen Funkeln in seinen Augen erkenne ich etwas anderes, das meinen Atem stocken lässt.

Er sieht mich so an wie damals, vor zwölf Jahren, als er geknickt und voller Trauer hier aufgetaucht ist und mich angefleht hat, bei meinen Eltern wohnen zu dürfen. Weil er sich einsam fühlte und sich nach einer Familie sehnte. Wieso ... schaut er mich jetzt wieder so an?

»Dann habe ich keine Ahnung, wovon du sprichst«, sage ich viel zu schwach.

Er schnaubt. »Natürlich nicht. Du hast dich eben doch nicht geändert.«

Blinzelnd betrachte ich ihn. »Kannst du mir sagen, was du meinst?«

Jetzt ballt er die Hände zu Fäusten. Sein ganzer Körper bebt, während er mich zornig niederstarrt. »Wenn du das nicht selbst weißt, hat es keinen Sinn, darüber zu reden.«

Noch ehe ich etwas erwidern kann, stürmt er aus dem Büro. Mein erster Impuls ist, ihm nachzulaufen. Doch ich kämpfe ihn nieder. Keine Ahnung, warum Sebastien mir solche Dinge vorwirft oder wieso er so wütend ist.

Und verletzt, denke ich und bekomme ein schlechtes Gewissen.

Ich sollte mit ihm reden. Nur nicht jetzt. Wenn er noch wie damals ist, braucht er einen Moment, in dem er sich beruhigt. Das gibt mir die Zeit, darüber nachzudenken, was ich ihm sagen soll. Oder wie ich mich davon abhalte, ihn zu umarmen, **wenn er mich wieder mit diesem verletzten Ausdruck in den Augen ansieht.**

7 - SEBASTIEN

Immer wieder fahre ich mir mit den Händen durch die Haare, während ich hinter das Schloss laufe, um Ruhe zu haben. Am liebsten würde ich jetzt in ein Fitnessstudio gehen und auf einen Sandsack einschlagen. Oder eine Frau abschleppen. Doch Ersteres geht nicht, da ich kein Auto besitze und bezweifle, dass es – von dem Fitnessraum im Schloss abgesehen – in diesem Dorf eine Möglichkeit gibt. Und Letzteres wird die Enge in meiner Brust nicht vertreiben.

Kaum biege ich um die Ecke des Schlosses, bildet sich ein heftiger Knoten in meinem Magen. Als würde mich selbst die Pflanzenwelt verhöhnen, wächst ein Pfingstrosenstrauch nur wenige Meter vor mir. Die dicken, runden Knospen sind noch geschlossen. Die Pflanze ist echt spät dran dieses Jahr.

Erinnerungen wallen hoch. Erinnerungen, die ich gerade jetzt noch weniger brauche als sonst. Ich sollte diesen verfluchten Strauch ausreißen.

Dazu reicht meine Kraft im Moment aber nicht aus. Ich hätte nie erwartet, dass ein Streit mit Victoria mich so aufwühlen könnte. Eigentlich hatte ich geglaubt, dass all meine Gefühle so tief unter Alkohol und belanglosem Sex verschüttet worden wären, dass sie nie wieder hochkochen könnten. Und jetzt stehe ich hier, starre einen Pfingstrosenstrauch hasserfüllt an und fühle mich so erschöpft wie schon lange nicht mehr.

Schlimmer noch … meine Kehle brennt wie Feuer und Tränen verschleiern meinen Blick. Fuck, ich bin ein erwachsener Mann und stehe hier wie ein kleiner Junge. Kraftlos lehne ich mich an die eiskalte Schlossmauer und sinke langsam daran herab. Den Anblick des Pfingstrosenstrauchs ertrage ich nicht, also schaue ich in den strahlend blauen Himmel. Aber auch der erinnert mich an die Vergangenheit.

Victoria war seit unserem ersten Kennenlernen meine beste Freundin. Sie hat mich nie anders behandelt, nur weil ich ein Prinz war. Und in meiner schwersten Zeit war sie für mich da.

Der blaue Himmel verblasst vor meinen Augen und ein anderes Bild taucht auf. Ein unendlich scheinender Korridor, in dem es nach Tod und Desinfektionsmitteln riecht. Der Privatsekretär meiner Eltern schleift mich hinter sich her. Selbst jetzt, da ich nur in der Erinnerung abtauche, schlägt mein Herz panisch in meiner Brust. Meine Hände schwitzen. Ich kann das Bild, das gleich kommt, nicht verdrängen. Also betrete ich den Raum, in dem unzählige Maschinen Geräusche machen. Ärzte drängen sich um ein Bett, neben dem mein Vater sitzt. Er hat ein paar Pflaster auf der Stirn und sein Arm ruht in einer Schlinge. Bis heute verstehe ich nicht, wie er nur ein paar Blessuren und einen einfachen Bruch bei dem Autounfall davontragen konnte, während meine Mutter so schwer verletzt wurde.

Maman, flüstere ich in Gedanken.

Ich sehe sie vor mir, als stünde ich wirklich vor ihrem Bett. Ihr Gesicht ist geschwollen von Blutergüssen, Schläuche stecken in ihrem Mund. Ein Gerät piepst unregelmäßig und leise. Es zeigt ihren Herzschlag, der immer schwächer wird. Wie in Trance setze ich mich neben sie, berühre die Hand, unter deren Haut ebenfalls dünne Schläuche geschoben wurden. Ihre Augen sind fest geschlossen. Man hat mir gesagt, dass sie vermutlich nicht mehr aufwachen wird. Aber hier sitze ich, halte ihre eiskalte Hand und spreche beruhigende Worte zu ihr.

Irgendwann gibt das Gerät einen ohrenbetäubenden monotonen Laut von sich. Und ich weiß, sie ist fort. Für immer.

Selbst jetzt, all die Jahre später, bekomme ich kaum Luft, obwohl ich heftig einatme. Das war der Moment, in dem mein Leben, wie ich es kannte, aufgehört hat zu existieren. Die öffentliche Trauer um die Fürstin Blanchebourgs, die mein Vater angeordnet und wegen der er mich bei jeder Gelegenheit vor die Presse gezerrt hat, hat mich verändert. Statt eines liebevollen Vaters, der mich in meinem Schmerz tröstet, hatte ich nur den Fürsten, der den Erbprinzen stärker in den Fokus stellen wollte.

Verstohlen wische ich mir mit dem Handrücken über die Nase. Ich war kein Kind mehr, als meine Mutter starb. Deswegen hat mein Vater mich ständig ermahnt, nicht zu weinen. Das würde sich für einen jungen Mann nicht gehören, erst recht nicht, wenn er ein Erbprinz ist. Bei der Beerdigung sollte ich stoisch wirken. Meine Trauer durfte man zwar erkennen, aber Träne sollte keine fließen.

Ich habe diese Wochen nur ertragen, weil ich wusste, dass ich mich bald darauf hier, bei Victoria und ihrer Familie, würde verkriechen können. Zu dem Zeitpunkt war mir längst klar, dass ich für Victoria mehr empfinde als bloße Freundschaft. Wir schrieben uns ganz altmodisch Briefe, jede Woche mindestens zwei. Und wir telefonierten. Selbst jetzt hüpft mein Herz, wenn ich daran denke. Ich war so verliebt in sie …

Meine Hände beginnen zu zittern. Als ich hier ankam, sah alles danach aus, als würde sie dasselbe wie ich empfinden. Unser erster Kuss hat mich von den Socken gehauen. Wir haben so viel Zeit wie möglich zusammen verbracht. Ich wollte meinen Vater bereits dazu überreden, mich in der Nähe in ein Internat gehen zu lassen, um bei Victoria bleiben zu können.

Doch es kam anders. Victoria hatte nur mit mir gespielt. Das wurde mir klar, als uns eine ihrer Freundinnen beim Knutschen erwischte. Und mir anschließend erzählte, dass Victoria eigentlich mit ihrem Bruder zusammen sei. Ich wollte es nicht glauben, aber dann … sah ich sie. In inniger Umarmung. So hält man niemanden, für den man nichts empfindet.

Das Stechen in meiner Brust lässt mich erneut um Atem ringen. Den Anblick werde ich nie vergessen. Und ich werde es Victoria nie verzeihen, was sie mir angetan hat. Sie hätte ehrlich sein können. Stattdessen hat sie mir etwas vorgemacht und mich tiefer verletzt, als mein Vater es je gekonnt hätte.

Schritte nähern sich. Ich schiebe die Gedanken fort und räuspere mich lautstark. Schnell prüfe ich mit den Fingerspitzen, ob meine

Wangen trocken geblieben sind. Die Tränen sind fort, das Brennen in meiner Kehle ist geblieben.

Wortlos lässt Victoria sich neben mir nieder. Ich fasse es nicht, dass der Geruch ihres Parfums meinen Zorn auf sie dämpft. Sie hat mich verarscht und mir wehgetan. Trotzdem sehnt sich ein Teil von mir danach, sie wieder zu umarmen. Trotz all der Jahre, in denen ich sie hassen wollte und mit zu viel Tequila und anderen Frauen versucht habe, jegliche Erinnerung an sie auszulöschen, wünsche ich mir, dass wir alles klären können.

»Es tut mir leid.« Victoria knetet ihre Finger. »Ich habe überreagiert. Du wolltest mir helfen und ich habe …« Sie atmet geräuschvoll aus. »Zählt es als Entschuldigung, dass ich zu wenig geschlafen und nicht genug Kaffee getrunken habe?«

»Ich könnte es als mildernden Umstand geltend machen«, brumme ich.

Verdammt, ich sollte sie anschnauzen. Ich bin gekommen, obwohl ich nicht musste, weil ich ihr helfen wollte. Sie wirft mir vor, geflirtet zu haben. Ja, ich weiß, welche Wirkung ich auf Frauen habe. Nein, ich habe mit dieser Cora sicher nicht geflirtet. Dass sie mich berührt hat, war nicht meine Schuld. Und überhaupt …

»Wieso warst du so aufgebracht, als du Cora und mich gesehen hast?«

Victoria zuckt zögerlich mit den Schultern. »Keine Ahnung.« Ihre Stimme klingt dünn und sie vermeidet es, mich anzusehen.

»Doch, hast du.«

Sie legt den Kopf in den Nacken und gibt einen frustrierten Laut von sich. »Okay, ich sage dir den Grund, wenn du mir erklärst, was du vorhin gemeint hast.«

»Keine Ahnung, wovon du redest.«

»Doch, hast du.«

»Du wiederholst meine Worte.«

»Ist Absicht. Also?«

Jetzt sieht sie mich an. Der Blick aus ihren grün-braunen Augen ist intensiv, als wollte sie mir damit bis ins Herz sehen. Aber da lasse ich niemanden mehr hinein. Erst recht nicht sie. Ja, wir könnten das jetzt klären. Doch um ehrlich zu sein, bin ich nicht bereit, die Narben auf meiner Seele noch einmal aufzureißen. Was soll sie mir schon dazu sagen, das ich nicht weiß? Ich habe sie gesehen. Einen besseren Beweis gibt es nicht.

»Na, du flirtest auch mit mir, obwohl du in einer Beziehung bist.« Ich hoffe, meine Stimme klingt nicht zu hoch.

Victoria runzelt die Stirn. »Was? Wann habe ich mit dir geflirtet?«

»Gestern.« Ich spreche viel zu schnell. Aber ich muss in den Gegenangriff gehen, um dieses Gespräch zu drehen. »Willst du es leugnen?«

»Ich habe mich nur um dich gekümmert, weil du verletzt warst.«

Wie eine eiskalte Nadel bohren sich ihre Worte in die Überreste meines Herzens. Wieso trifft es mich, so deutlich zu hören, dass sie sich nur aus beruflichen Gründen um mich gesorgt hat?

»Aha, aber für deinen Freund hätte das anders aussehen können«, werfe ich ein. »Vor allem bei meinem Ruf.«

»Dazu müsste ich eine feste Beziehung führen und das tue ich nicht.« Sie stößt den Atem aus. »Also keine Sorge, dass dir ein eifersüchtiger Liebhaber die Nase brechen könnte, nur weil wir uns unterhalten.«

»Siehst du, und ich habe mich auch nur mit Cora unterhalten.«

»Okay, vielleicht habe ich es falsch interpretiert.« Sie räuspert sich. »Als Friedensangebot schicke ich dich nachher nicht in die Küche, um Eiweiß steif zu schlagen, bis dir der rechte Arm abfällt. Ich habe eine andere Aufgabe für dich.«

»Sieh an. Welche denn?«

»In einer Woche erwarten wir eine ganze Reisegruppe, die hier für zwei Tage Seminare gibt. Natürlich helfe ich dir dabei, aber ich möchte, dass du einen Vorschlag ausarbeitest für den Willkommenstag. Wir haben nur ein gewisses Budget, aber sie hätten gerne einen kleinen Empfang. Und da du wohl eine Weile deine Hand schonen musst, ist das die perfekte Aufgabe, weil sie in genau einer Woche endet und du dann wieder in anderen Bereichen arbeiten kannst.«

»Du bist wirklich umsichtig.« Ich kann nicht verhindern, dass Anerkennung in meiner Stimme mitschwingt.

»Danke. Berufskrankheit.« Ihre Mundwinkel wandern hoch. »Soll ich dir gleich alle Unterlagen geben oder willst du heute noch pausieren?«

»Zeig mir, was ich machen soll. Nur in meinem Zimmer herumzusitzen bringt mich um den Verstand.«

Mein Atem stockt, als Victoria mir ein Lächeln schenkt. Ein echtes, das ihre Augen strahlen lässt. Und für einen kurzen Moment bin ich wieder der Junge, der mit einer Pfingstrose in der Hand vor ihr steht und ihr gesteht, dass sie für mich mehr ist als nur eine Freundin. Doch dieses Gefühl versinkt unter der tiefen Enttäuschung.

»Klar, ich bringe dir alles bei, was du wissen musst.« Victoria zwinkert.

In einer eleganten Bewegung steht sie auf und hält mir die Hand hin. Ich starre unsicher darauf. Ihre Finger beginnen zu zittern, als ich zu lange zögere. Bevor sie die Hand wieder zurückziehen kann, ergreife ich sie und stehe auf.

»Sei aber rücksichtsvoll«, bitte ich, lasse ihre Hand allerdings nicht los. »Immerhin ist das alles neu für mich.«

Das Lächeln wird unsicher und Victoria schiebt eine Strähne, die sich aus ihrem Zopf gelöst hat, hinter das Ohr. »Für mich auch«, gesteht sie. »Ich habe schon Leute ausgebildet, aber ...«

»Lass mich raten, keiner war ein hochnäsiger, fauler Prinz mit schlechtem Ruf?«

Wieder schiebt sie eine Strähne hinter das Ohr, obwohl diesmal keine da ist. Dabei hält sie immer noch meine Hand. »Du bist weder hochnäsig noch faul. Zumindest warst du früher nicht so.« Mit großen Augen sieht sie mich an. »Ich weiß nicht, warum du dich so verändert hast. Was ich weiß, ist, dass du mitfühlend bist. Und klug. Du könntest so viel erreichen ... Bas.«

Gänsehaut kriecht über meinen Körper. Sie hat mich schon wieder so genannt. Und erneut löst allein der Klang meines Namens auf ihren Lippen den Wunsch aus, die Vergangenheit zu vergessen und von vorne anzufangen. Wenn es nur so einfach wäre.

»Der Zug ist abgefahren ... Vi.«

Als ich ihren Spitznamen benutze, keucht sie leise. Ihre Finger, die meine umschließen, zittern. »Du hast es nicht vergessen.«

»Wie könnte ich?« Meine Stimme ist nur ein heiseres Flüstern.

Verdammt, wieso fühle ich immer noch so viel für sie? Und wieso kann ich ihren Verrat trotzdem nicht einfach abschütteln?

Weil sie der einzige Mensch war, auf den ich mich blind verlassen konnte, bis zu diesem elenden Abend, an dem ich die Wahrheit herausbekommen habe? Weil Victoria alles war, was ich brauchte, um zufrieden zu sein, und meine Welt ein weiteres Mal zerbrochen ist, als ich sie verloren habe?

»Bas …« Sie öffnet ihren Mund, als würde sie gleich zu sprechen beginnen. Doch alles, was über ihre Lippen dringt, ist ein tiefes, wehmütiges Seufzen, das ich selbst in meiner Seele noch spüre. Was hätte aus uns werden können, wenn sie damals nicht bereits vergeben gewesen wäre?

»Lass uns in mein Büro gehen und mit der Planung beginnen.« Victoria zieht ihre Hand zurück. Sie räuspert sich und bedeutet mir mit einer Armbewegung, loszugehen. Ich warte, bis sie sich in Bewegung gesetzt hat, und folge ihr.

Damit sie nicht sieht, wie meine Hände zittern, verschränke ich sie hinter dem Rücken. Ich wünschte mir wirklich, ich könnte die Vergangenheit hinter mir lassen. Aber so einfach ist das nicht. Mir ist bewusst, dass ich leiden würde, wenn ich versuche, mit Victoria darüber zu reden. Deswegen … lasse ich es. Sie hat an mir ohnehin kein Interesse, hat es nie gehabt. Wozu sollte ich vor ihr also ein weiteres Mal mein Herz entblößen, wenn es doch wieder nur zertreten wird?

8 - Victoria

Der Duft des Schokoladenkuchens in meinen Händen lässt meinen Magen knurren. Von der Zimtschnecke abgesehen habe ich heute noch nicht viel gegessen. Dabei dämmert der Abend bereits. Aber ich hatte einfach wieder zu viel zu tun. Auch wenn Bas sich gut geschlagen hat, musste ich ihm viel zur Kalkulation erklären. Bei der Erinnerung, wie nah wir einander an meinem Schreibtisch gesessen sind, kribbelt meine ganze Haut. Gleichzeitig verknotet sich mein Magen. Es wird Zeit, dass ich mit jemandem darüber rede, was in den letzten Tagen geschehen ist.

Ich beschleunige meine Schritte über das Kopfsteinpflaster der Hauptstraße. Heute Morgen bin ich mit dem Auto zum Hotel gefahren und habe es dort gelassen. Dort steht es eigentlich immer. Wenn ich es brauche, dann nur geschäftlich. Und der kurze Fußmarsch tut mir gut, auch wenn der Kuchen so verführerisch riecht, dass ich ihn am liebsten sofort essen möchte.

Der Weg zum Haus meiner Eltern ist mir unglaublich vertraut, ebenso wie das Ziehen in meiner Brust, weil ich mich schlecht fühle, viel zu selten hier zu sein. Gestern wollte ich sie besuchen. Leider kam das ganze Chaos mit Bas dazwischen. Umso mehr freue ich mich, sie jetzt gleich zu sehen. Auch wenn die Enge in meiner Kehle jedes Mal zunimmt.

Vor drei Jahren musste mein Vater sich aus gesundheitlichen Gründen aus dem Hotel verabschieden. Bei ihm wurde Multiple

Sklerose diagnostiziert und nur Wochen später bekam er den ersten heftigen Schub. Papa konnte sich kaum noch rühren. Trotz Therapien wurden seine Schmerzen nicht besser und nach einem weiteren Schub war er nicht mehr in der Lage, lange zu stehen oder zu gehen. Also zog er sich zurück und Mama tat es ihm gleich, um sich um ihn kümmern zu können. Das war dank einer großzügigen Abfertigung des Fürsten möglich.

Vor zwei Monaten traf uns das Schicksal allerdings erneut. Mama hat sich wohl übernommen. Sie wollte mich nicht zu stark belasten und hat es selbst übertrieben. Jedenfalls hatte sie einen Schlaganfall mit gerade einmal vierundfünfzig Jahren. Und von einem Tag auf den anderen war alles anders. Ihre gesamte linke Seite ist beeinträchtigt. Sie kann sich nicht mehr um Papa oder sich selbst kümmern. Mit der Pflegehilfe kommt sie aber auch nicht klar, weil Mama immer alles selbst geregelt hat. Deswegen haben wir in wenigen Wochen bereits die vierte Betreuerin, die untertags auf meine Eltern aufpasst. Für die Nacht haben sie Notfallarmbänder, durch die sie im Ernstfall Hilfe rufen können. Bisher war das zum Glück nicht nötig.

All das zerrt an mir wie Kleister unter meiner Schuhsohle. Ich würde mich gerne besser um sie kümmern, weiß aber, dass sie das nicht wollen. Weil sie möchten, dass ich mein Leben genieße und nicht rund um die Uhr für sie da bin. Nur kann ich nichts genießen. Außer meinen Eltern, ein paar Freunden und meinem Job habe ich nichts. Und bisher hat mir auch nie etwas gefehlt. Doch nun … ist Bas hier und ich frage mich einmal mehr, wieso es damals so fürchterlich zwischen uns geendet hat.

Die Gedanken verstummen auch nicht, als ich vor dem ebenerdigen Haus mit gelber Fassade stehen bleibe, in dem meine Eltern leben. Als Mama den Schlaganfall hatte, habe ich überlegt, das Haus meiner Großmutter, das ich geerbt habe und in dem ich wohne, zu verkaufen und bei meinen Eltern einzuziehen. Doch Mama wollte das nicht. Insgeheim bin ich froh darüber. Allerdings würde es manche Dinge einfacher machen. Ich wäre dann nachts bei ihnen …

Mit einem Seufzen hebe ich die Hand an die Klingel und drücke. Die Pflegerin sollte noch da sein, deswegen benutze ich meinen Schlüssel nicht. Meine Eltern wissen zwar, dass ich komme, aber ich möchte nicht einfach eintreten, ohne mich bemerkbar zu machen.

Ich verziehe den Mund, als meine Mutter selbst die Tür öffnet. Sie lächelt mich zwar an, weicht meinem Blick jedoch aus.

»Hallo Schatz.« Ihre Stimme ist gedämpft. »Schön, dass du hier bist.«

»Mama.« Ich seufze noch einmal. »Lass uns drinnen reden.«

Sie nickt und schleppt sich durch den mit hellen Fliesen bedeckten Gang ins Wohnzimmer. Seitdem ich zurückdenken kann, sieht dieser Raum genau so aus wie heute. Die Möbel sind älter als ich, ebenso der bunte Teppich, der unter dem grauen Stoffsofa liegt. An dem niedrigen Couchtisch aus Ebenholz habe ich mich als Kind angeblich immer hochgezogen. Einer seiner Kanten verdanke ich eine Narbe direkt über meinem Ohr, weil ich mich dort angeschlagen habe, als ich umgefallen bin. Nur die Beleuchtung ist neu. Ich habe meine Eltern überredet, Teleskoplampen aufzustellen, damit sie mehr sehen. Der Kronleuchter aus Gusseisen stammt nämlich vermutlich aus der Zeit, in der das Schloss gebaut wurde, und die Glühbirnen waren zu schwach, um genug Licht zu spenden.

Papa wartet in seinem Rollstuhl direkt neben dem Sofa und strahlt mich an, als ich den Raum betrete. Ich stelle den Kuchen auf den Tisch, greife nach Papas Hand und küsse seine Wange.

»Hallo Kleines«, krächzt er. Seine Hand zittert. Ich habe das Gefühl, dass sein Gesicht noch schmäler geworden ist.

»Hallo Papa.« Ich ringe mir ein Lächeln ab. »Du siehst heute gut aus.«

Er macht eine wegwerfende Handbewegung. »Muss an der neuen Frisur liegen.«

Ich betrachte seine kurz geschnittenen, mittlerweile weißen Haare. »Ja, das wird es wohl sein«, erwidere ich. »Ich habe Kuchen mitgebracht. Thomas hat ihn mir in die Hand gedrückt, als er gehört hat, dass ich zu euch gehe.«

Der Chefkoch kennt meine Eltern. Wie jeder im Hotel weiß er von meiner Situation. Wenn ich dringend weg muss – wie an jenem Tag, an dem Mama ins Krankenhaus gebracht wurde –, halten er und Sandra mir den Rücken frei. Dafür bin ich ihnen unglaublich dankbar.

»Oh, wie schön, ich freue mich.« Papa tätschelt meine Hand. »Setz dich. Ich hole Teller.«

»Nein, das mache ich«, verkünde ich und richte mich auf. »Wollt ihr Tee dazu? Dann mache ich eine Kanne.«

»Das wäre lieb, danke«, murmelt Mama.

Sie hat sich auf die Couch gesetzt und weicht meinem Blick immer noch aus. Darüber, was mit der letzten Pflegekraft geschehen ist, von der jede Spur fehlt, werden wir auch reden müssen. Aber erst kümmere ich mich um Tee und Kuchen.

In der Küche empfängt mich Chaos. Schmutzige Teller stehen in der Spüle, auf dem Boden liegt ein zerbrochenes Ei und der Müll quillt über. Wie lange ist die Pflegehilfe schon nicht mehr hier? Das kann nicht nur von einem Tag stammen.

Ich reibe mir über die Stirn, stelle den Wasserkocher auf und beginne, sauber zu machen. Nachdem ich das kochende Wasser in eine Kanne gefüllt und Teebeutel hineingehängt habe, bringe ich den Müll hinaus. Meine Eltern müssen nicht kochen, ich lasse ihnen vom Hotel auf meine Kosten jeden Tag Essen bringen. Natürlich kaufe ich für sie auch Obst und Gemüse oder Milch und Brot ein. Einiges davon ist allerdings verdorben in den Mülleimer gewandert, wie ich jetzt feststelle.

Schnell mache ich den Abwasch fertig, sammle drei Teller, Gabeln und Becher ein, stelle alles mitsamt der Teekanne auf ein Tablett und kehre ins Wohnzimmer zurück.

Ich platziere das Tablett auf dem Couchtisch, teile das Geschirr aus, schenke Tee ein und schneide den Kuchen mit einem Messer an, das ich ebenfalls aus der Küche mitgebracht habe.

Papa lächelt, als ich ihm den Kuchen reiche. Mama presst die Lippen zu einem schmalen Strich zusammen.

»Also, wollt ihr mir etwas mitteilen?« Ich sehe meinen Vater an und schiebe mir ein Stück Kuchen in den Mund. Gott, ist der gut.

»Wie du dir vielleicht denken kannst, ist die Heimpflege nicht mehr bei uns«, erwidert Papa.

»Seit wann?« Diesmal wende ich mich Mama zu, neben der ich auf der Couch sitze.

»Vorgestern«, gesteht sie leise.

Ich atme durch, um mir einen Moment zu geben, zur Ruhe zu kommen. »Wieso habt ihr nichts gesagt?«

»Wir wollten dich nicht belasten.« Mama ballt die rechte Hand zur Faust. »Eigentlich wollten wir gestern mit dir sprechen. Aber du hattest viel zu tun und wir wollten eben nicht, dass du noch mehr Druck hast.«

»Ihr hättet es mir vorgestern sagen sollen.« Ich verziehe den Mund. »Dann hätten wir mittlerweile schon Ersatz.«

»Wir brauchen doch niemanden, Victoria.« Endlich sieht Mama mich an. Sie wirkt unglaublich erschöpft und abgekämpft. »Ich kann mich um alles kümmern.«

»Mama, ich habe dich unendlich lieb. Und ich bewundere deine Stärke. Aber … nimm es mir bitte nicht übel … die Küche war jetzt schon ein Schlachtfeld. Ihr braucht Hilfe.«

Ihre Augen schimmern. »Ich komme damit nicht klar.« Mamas Stimme bebt genau wie ihre Lippen. »Das ist zu viel für mich. Ich habe mich immer um alles gekümmert.«

Schnell stelle ich den Teller ab und schließe meine Arme um sie. »Ich weiß. Aber du bist erst so kurz wieder aus dem Krankenhaus zurück. Bitte, lass dir helfen. Zumindest bis die Lähmung wieder fort ist.«

Sie schluchzt und ich würde am liebsten mit ihr weinen. »Wer weiß, ob die je wieder weggeht.«

»Wenn du zur Physiotherapie gehst, wie du sollst, bestimmt.« Beruhigend streiche ich über ihren Rücken. »Bis dahin … lass dir bitte helfen.«

»Aber …«

»Es würde mich sehr entlasten«, unterbreche ich ihren Einwurf hastig. »Wenn ich weiß, dass es euch gut geht, bin ich nicht so angespannt.«

Vielleicht ist es unfair, diese Karte zu spielen, doch ich habe keine Wahl. Mama muss Hilfe annehmen. Die Zeit wird weisen, wie lange. Aber in diesem Zustand kann sie sich noch nicht einmal richtig um sich selbst kümmern, geschweige denn um Papa. Und so sehr ich mir wünschen würde, mehr für sie da sein zu können, geht das jetzt nicht. Weil meine Eltern es auch nicht akzeptieren würden.

»Bitte, Mama.« Auch meine Stimme zittert jetzt. »Ich will nicht, dass euch etwas passiert.«

Ihre Schultern beben und Tränen sickern in meine Bluse. »Okay«, haucht sie.

»Dann suche ich nach einer neuen Pflegehilfe, ja?« Mama nickt nur. Ich gebe ihr die Zeit, die sie braucht, um sich zu beruhigen. Es hilft auch mir, mich zu sammeln. Der Druck auf meiner Brust, wenn ich Mama so erlebe, ist kaum zu ertragen. Sie war immer der Ruhepol, der Fels in der Brandung für Papa und mich. Und jetzt … halte ich sie in meinen Armen und tröste sie. Ich weiß nicht, wie ich damit umgehen soll, und hoffe, ich mache die Situation für meine Eltern nicht noch schlimmer.

»Koste den Kuchen, Valerie«, fordert mein Vater sie auf. »Er hebt deine Stimmung. Du magst Schokoladenkuchen doch so gerne.«

Mama schnieft, löst sich von mir und wischt sich mit der rechten Hand über das Gesicht. »Ja, Thomas' Schokoladenkuchen ist der beste«, krächzt sie.

»Dann lang ordentlich zu.« Ich ringe mir ein Lächeln ab, während ich den Teller auf die Couch vor sie stelle.

Sie kann mit der linken Hand nichts halten, noch nicht einmal eine Gabel, um den Kuchen zu essen. Mama schnieft immer wieder. Ich gebe uns allen diese Verschnaufpause, in der wir nur süßen Schokoladenkuchen essen und durchatmen können.

»Noch ein Stück?«, frage ich, als alle fertig sind.

»Erzähl uns lieber, was gestern im Hotel los war«, antwortet Papa. »Du hast ja recht kurzfristig noch eine Schicht übernehmen müssen. Alles in Ordnung?«

In meinem Nacken richten sich alle Haare auf. Natürlich wissen meine Eltern, was damals auf dem Ball passiert ist. Sie waren immerhin da und haben alles beobachtet. Davor hatten sie Bas wie einen Sohn bei uns aufgenommen. Ich will ja mit ihnen darüber sprechen. Gleichzeitig fürchte ich mich vor den Wunden, die das aufreißen könnte.

Ich atme tief ein. »Am Nachmittag rief Fürst Thierry mich an.«

»Der Fürst?« Mama hebt die rechte Hand vor den Mund. »Warum? Dein Geburtstag ist erst in ein paar Wochen. Also kann er dir nicht gratuliert haben.«

Ich muss über ihre Worte schmunzeln. Es stimmt, der Fürst ruft mich jedes Jahr an meinem Geburtstag an, genau wie meine Eltern an ihren. Wir schicken ihm im Gegenzug jedes Jahr eine Karte.

»Nein, er hat mich um einen Gefallen gebeten.« Ich knete meine Finger. »Er will ... Also ich soll ...« Geräuschvoll atme ich aus. »Sebastien ist hier.«

Stille legt sich über uns. Zitternd berührt Mama meine Hand. »Wieso ist er hier?«

»Der Fürst möchte, dass Sebastien als mein Praktikant lernt, was es bedeutet, einen Betrieb zu führen. Er soll alle Aufgaben zumindest einmal übernehmen und so lange ausüben, bis ich zufrieden bin.«

»Aber wieso?«, will nun Papa wissen.

Ich zucke mit den Schultern. »Sebastien scheint sich nicht für die Pflichten eines Fürsten zu interessieren. Sein Vater hofft, dass er sich besinnt, wenn er eine gewisse Ausbildung durchlaufen hat. Nach seinem Aufenthalt hier soll er in den Ministerien in Blanchebourg ebenfalls Praktika machen.«

»Aber warum hier?« Mama flüstert die Worte nur. »Nach allem, was zwischen euch vorgefallen ist ...«

»Ich bezweifle, dass der Fürst weiß, was sein Sohn damals getan hat.« Ich schlucke. »Außer, ihr habt es ihm erzählt?«

Es zieht in meinem unteren Rücken. Natürlich war ich wütend und verletzt, aber ich wusste von dem ohnehin schon schwierigen Verhältnis zwischen Vater und Sohn. Außerdem ... war mir die ganze Situation unangenehm. Deswegen habe ich meine Eltern gebeten, nichts davon zu erzählen.

»Du wolltest es nicht und wir haben deinen Wunsch respektiert«, erlöst mein Vater mich.

»Trotzdem muss ihm doch aufgefallen sein, dass Sebastien nach diesem Sommer nie wieder zu uns gekommen ist.« Mama erhebt ihre Stimme und ballt ihre Hand erneut zur Faust. »Und es gibt noch größere Hotels im Besitz des Fürsten. Wieso also ist er hier?«

Ich presse die Hände auf meine Knie, damit niemand sieht, dass sie zittern. Mir ist klar, wieso Mama wütend ist. Sie hatte Sebastien gerne und auch ihr ging sein Streich nahe. Aber ihre

Wut hilft mir jetzt nicht. Im Gegenteil, die Last auf meinen Schultern wird schwerer, weil ich mich fühle, als würde ich zwischen die Fronten geraten.

Scharf atme ich ein, als Papa über den Tisch greift und seine Hand auf meine legt. »Die Frage ist eher, wie es Victoria damit geht.« Seine hellbraunen Augen wirken so warm und liebevoll wie immer, obwohl die Ringe unter ihnen tief sind. »Kommst du damit klar?«

»Muss ich ja wohl.« Ich bemühe mich, ruhig zu sprechen. Innerlich brodelt es aber. »Immerhin wird Sebastien einmal Fürst sein. Auch wenn sein Vater nur alle paar Jahre herkommt, muss er sich hin und wieder hier blicken lassen. Ich wäre Sebastien also früher oder später ohnehin begegnet.«

»Ja, aber dann wäre er nur als Gast hier gewesen. Jetzt arbeitet er für dich.« Papa legt den Kopf schief. »Konntet ihr schon reden? Klären, wieso er sich so schäbig verhalten hat, als er zuletzt hier war?«

Ich verneine. »Wir sollten die Vergangenheit ruhen lassen.«

»Er hat dir wehgetan.« Die Stimme meines Vaters ist immer noch sanft, allerdings zittert sie leicht vor Zorn. »Ihr wart unzertrennlich und auf einmal verhält er sich wie ein Mistkerl, stellt dich bloß und verschwindet dann einfach. Darüber solltet ihr reden.«

»Ja.« Ich räuspere gegen die Enge in meiner Kehle an. »Ja, das sollten wir. Aber erst muss ich herausfinden, wie viel von dem Jungen, den ich kannte, noch übrig ist.«

»Was meinst du?« Mama hebt eine Augenbraue.

»Ich denke, sie spricht die ganzen Eskapaden an, die er sich in letzter Zeit geleistet hat«, antwortet Papa statt mir. »Immerhin scheint er wirklich alles andere als verantwortungsbewusst zu sein. Der Sebastien, den wir kannten, war anders.«

Ja, das war er. Er war wissbegierig, zielstrebig, sanftmütig und mitfühlend. Und er hat seine Mutter angebetet. Ihr Verlust hat ihn zerbrochen. Ich dachte, dass ich ihn trösten könnte. Aber nach dem Ball, zu dem wir zusammen gehen wollten, musste ich mir eingestehen, dass ich mich geirrt hatte. In allem. Ich war mir sicher gewesen, dass er sich genauso in mich verliebt hatte wie ich mich in ihn.

»Du hast vermutlich recht.« Papa drückt meine Hand und ich schrecke aus meinen Gedanken hoch. »Ihr braucht ein wenig Zeit. Aber ihr solltet das klären. Sonst steht es immer zwischen euch und das wäre nicht gut.«

Zögerlich nicke ich und deute auf den Kuchen. »Jetzt haben wir uns noch ein Stück verdient, oder?«

»Auf jeden Fall.« Papa lächelt mitfühlend. »Schokoladenkuchen muntert doch immer auf.«

Ich schneide jedem noch ein Stück hinunter. Doch obwohl ich Hunger habe, stochere ich nur in dem Kuchen herum. Es stimmt, Bas und ich müssen klären, was an jenem Abend los war. Allerdings weiß ich nicht, ob ich je den Mut dazu aufbringen werde.

9 - Sebastien

Wieder einmal ertappe ich mich dabei, wie ich Victoria beobachte. Das habe ich in den letzten sieben Tagen ziemlich exzessiv gemacht. Ich hoffe, sie hat es nie bemerkt. Wegen meiner Aufgabe mit dem Empfang habe ich viel Zeit in ihrem Büro oder an ihrer Seite verbracht. Dabei haben wir uns fast ausschließlich über Themen die Arbeit betreffend unterhalten. Allerdings habe ich auch gesehen, wie sie mit den Angestellten umgeht. Sie hat immer ein offenes Ohr für alle, hört sich ihre Sorgen und Bedenken an, versucht mit ihnen gemeinsam Lösungen zu finden. Nicht nur für berufliche Probleme, auch für private. So durfte eine Dame vom »Housekeeping« ihre beiden Söhne mitbringen, weil sie keine Betreuung für einen schulfreien Tag gefunden hat. Victoria hat abwechselnd mit Sandra auf die Jungs aufgepasst, obwohl sie selbst genug um die Ohren hat.

Das beeindruckt mich mehr, als es sollte. Vor allem aber erweckt es einen Teil meiner selbst, den ich eigentlich nicht gebrauchen kann. Nämlich jenen, der sich wünscht, vor zwölf Jahren anders reagiert zu haben. Mein pubertierendes Ich wollte damals nur Rache. Victoria wusste, was ich durchmache, und hat mich schwer verletzt. Aus dem Grund wollte ich ihr genauso weh tun und weil ich wusste, was ihr der Ball bedeutet, habe ich ihr einen Eimer Schleim über den Kopf gekippt, statt mit ihr zu tanzen. Natürlich würde ich heute anders damit umgehen. Erwachsener. Hoffe ich zumindest. Manchmal habe ich nämlich das Gefühl, dass ich immer noch ein pubertierender Junge bin. Aber ich denke, dass ich sie heute nicht mehr so bloßstellen würde.

Allerdings ist da eine Stimme in meinem Kopf, die immer lauter wird und mich fragt, warum ich damals nicht um sie gekämpft habe. Warum ich nicht zu ihr gegangen bin und sie auf ihren Verrat angesprochen habe. Und ihr dann erklärt habe, dass ich der Richtige für sie bin. Mir war klar, dass sie Angst vor dem Sommerende hatte. Sie dachte, wir würden uns frühestens zu Weihnachten wiedersehen. Hätte ich ihr von meinen Plänen erzählt und sie gebeten, mir zu vertrauen, wäre es vielleicht anders gekommen und ich nicht in ein unendlich tiefes Loch gefallen, aus dem ich bis heute nicht mehr herausgefunden habe.

»Stimmt etwas mit den Checklisten nicht?«, reißt mich Victorias Stimme aus meinen Gedanken.

Erst jetzt wird mir klar, dass ich vor mich hingestarrt habe. Victoria sieht mich direkt an. Ihr Kopf ist leicht zur Seite geneigt. Sie fasst sich an ihr linkes Ohrläppchen und räuspert sich leise. Das hat sie früher immer getan, wenn sie etwas sagen wollte, aber nicht wusste wie. Und alleine, weil ich mich an diese Geste erinnere, ist mir klar, dass ich früher oder später mit ihr über den Ball vor zwölf Jahren werde reden müssen. Nur nicht jetzt.

»Doch, alles wunderbar.« Ich schiebe die Zettel zusammen, um ihrem Blick auszuweichen. Bei Victoria habe ich manchmal das Gefühl, sie könne meine Gedanken lesen. »Wann beginnen die Vorbereitungen noch mal?«

Einen Moment herrscht Stille. Victoria atmet geräuschvoll ein. »Du musst nicht nervös sein.« Ihre Stimme ist unglaublich sanft. »Bas, du hast dich wirklich hervorragend vorbereitet. Wäre es nicht so, hätte ich längst eingegriffen. Aber du warst gründlich.«

Langsam hebe ich den Blick, bis er auf ihren trifft. Es liegt kein Spott in ihrer Miene, nur ein sanftes Lächeln, das meinen Herzschlag beschleunigt. Wieder fühle ich mich in die Vergangenheit zurückversetzt, als ich dachte, Vi und ich wären ein Paar. Damals hat sie mich auch so angelächelt. Und genau wie damals kribbelt meine Brust.

»Es ist nur«, sage ich, weil ich ihr Lächeln nicht erwidern möchte, »du hast vorgeschlagen, dass ich die Begrüßung übernehme.«

»Und du wirst das großartig hinbekommen.« Sie nickt aufmunternd. »Ich stelle dich als unseren Praktikanten vor und du heißt die Leute willkommen. Falls du dich aber nicht bereit fühlst, den Smalltalk zu übernehmen, gibst du mir einfach ein Zeichen.«

»Ein Zeichen?« Ich hebe eine Augenbraue.

»Ja, etwas Unauffälliges. Ein Zupfen am Ärmel oder ein Räuspern hinter vorgehaltener Hand.« Sie zuckt immer noch lächelnd mit den Schultern. »Eine Geste, die nicht auffällt, aber die mir signalisiert, dass du Hilfe brauchst.«

»Und dann springst du einfach ein?«

Ich halte den Atem an, als sie ihre Hand auf meine legt. »Ich lasse dich nicht alleine. Keine Sorge. Du hast dich gut geschlagen, aber ich verstehe, wenn dich gewisse Dinge verunsichern. Mir ist nur wichtig, dass die Leute wissen, was du geleistet hast. Denn du hast wirklich hart gearbeitet und diesen Erfolg verdienst du.«

Meine Wangen fühlen sich heiß an. Ich kann mich nicht erinnern, wann ich zuletzt von jemandem gelobt worden bin. »Denkst du das wirklich?«

Sie tätschelt meine Hand. Am liebsten würde ich unsere Finger ineinander verschränken. Bei Vi habe ich mich immer wohl gefühlt. Ich war nicht der Prinz, der in den Augen seines Vaters nie gut genug war. Sondern Bas. Der Junge, der sie zum Lachen gebracht und an den sie sich angelehnt hat, wenn sie traurig war.

»Ja, das denke ich wirklich.« Victoria zieht ihre Hand zurück. Kälte breitet sich an jenen Stellen aus, die sie gerade noch berührt hat. »Wir sollten jetzt die Servicekräfte einweisen. In zwei Stunden kommt die Reisegruppe, da muss alles fertig sein.«

In einer geschmeidigen Bewegung steht Vi auf. Sie streicht sich den Rock glatt und sieht mich auffordernd an.

Mein Blick gleitet über ihren Körper. Erst habe ich das graue Kostüm einfach nur bieder und viel zu traditionell gefunden. Aber mir fällt wieder auf, wie gut es an Vi aussieht. Der Rock betont ihren knackigen Hintern, die Weste ihre vollen Brüste.

»Sebastien?«

Ich kneife die Augen zu. Verdammt, ich habe sie viel zu offensichtlich angestarrt. Räuspernd öffne ich die Lider, stehe auf und klopfe die Zettel einmal mehr in einen ordentlichen Stapel. »Sorry, ich bin gerade etwas neben der Spur«, stammle ich, ohne sie anzusehen.

»Schon okay.« Ich kann das Lächeln in ihrer Stimme hören. »Aber ich sage es gerne noch mal: Du wirst das gut machen. Kein Grund zur Sorge.«

»Okay.« Wieder räuspere ich mich. »Ich werde dann an meinem linken Ärmel zupfen, falls ich Hilfe brauche.« Um meine Worte zu unterstreichen, greife ich an die Knöpfe am Aufschlag und nestle daran.

»In Ordnung, dann weiß ich Bescheid.«

Vi öffnet die Bürotür und verlässt den Raum. Einmal atme ich durch und folge ihr. Vor dem größeren der beiden Seminarräume warten bereits die Servicemitarbeiter, die für den kleinen Willkommensempfang abgestellt sind. Vi und ich erklären, wie die Tische eingedeckt und welche Getränke ausgeschenkt werden sollen. Die Häppchen bereitet die Küche noch zu und liefert sie etwa zehn Minuten vor der angekündigten Ankunft der Gäste. Ein Blick auf die Uhr verrät mir, dass noch etwa eine Stunde Zeit ist.

Da wir alles, was wir vorbereiten konnten, getan haben, führt Vi mich zurück zur Rezeption. Dort hat Sandra bereits ein Flipchart mit einem Willkommensplakat darauf vorbereitet.

»Während wir die Gäste im Seminarraum unterhalten, wird Sandra die Check-Ins machen«, erklärt Vi. »Sie bringt uns alle Schlüsselkarten nach hinten, sobald sie fertig ist. Dann übergeben wir alles mitsamt einer Liste an den Ausflugsleiter, Herrn Hase.«

»Hase?« Ich kann mir das Grinsen kaum verkneifen.

»Ja.« Auch Vi schmunzelt. »Er teilt alles aus. Wir sind nur noch für Rückfragen da. Aber auch da kann ich gerne übernehmen.«

Wir gehen noch durch, was ich antworten muss, sollte ich von einem Gast angesprochen werden. Hauptsächlich geht es um die Mahlzeiten, die ich mir merken muss, weil die Gruppe auf eigenen Wunsch früher essen wird. Da mein Finger mittlerweile genug verheilt ist, werde ich ab morgen wieder in der Küche helfen. Also betrifft diese Information auch mich. Es wird irgendwie seltsam sein, nicht mehr mit Victoria zu arbeiten. Aber vielleicht ist das besser.

Die Zeit vergeht. Die Reisegruppe wird in einer Viertelstunde hier sein.

Mittlerweile fühlt sich mein Magen wie ein fester Knoten an. Meine Hände schwitzen. Victorias Stimme wird immer leiser in meinen Ohren, weil ein grauenhafter Tinnitus mir Kopfschmerzen bereitet.

»Entschuldige mich kurz«, ringe ich mir ab und hechte davon.

Mein Ziel ist die Toilette in der Nähe des Büros. Ich schaffe es gerade noch durch die Tür, da dreht sich mein Magen schon um. Hastig stürze ich zur Kloschüssel und übergebe mich. Ich habe heute vor Aufregung kaum etwas gegessen. Nur bittere Galle kommt hoch, während ich wieder und wieder würge. Tränen brennen in meinen Augen. Ich umklammere den Klositz und versuche, zu Atem zu kommen.

Das ist auch einer der Gründe, warum ich mich nicht an den Gedanken gewöhnen kann, einmal Fürst von Blanchebourg zu sein. Vor fremden Menschen zu sprechen oder mich mit ihnen unterhalten zu müssen macht mich nervös. So nervös, dass ich mich übergebe. Ich werde zum absoluten Nervenbündel. Die übertriebene Erwartungshaltung meines Vaters hat das nie besser gemacht. Erst als mir egal war, ob ich ihn enttäusche oder nicht, kam ich mit der Situation zurecht.

Mit einem Ächzen sinke ich gegen die Kabinenwand, lege den Kopf in den Nacken und schließe die Augen. Mir geht es deswegen nicht gut, weil ich Vi nicht enttäuschen will. Das ist mir mittlerweile klar. Sie hat mich gelobt und tief in mir will ich ihr beweisen, dass ich nicht nur dieser verzogene Prinz bin, den sie aus der Presse kennt.

Zittrig gleiten meine Finger durch meine Haare. Ich muss mir eingestehen, dass sie mir trotz allem, was geschehen ist, nicht so egal ist, wie sie es sein sollte. Vermutlich war sie das nie. Zwar habe ich wohl alle Chancen verspielt, ihr je wieder so nahe zu kommen wie damals. Aber ich sollte dennoch dazu stehen, dass ich mir zumindest eine Freundschaft mit ihr wünsche. Und wenn es nur daran liegt, dass ich viel von ihr lernen kann.

Deswegen werde ich mich jetzt zusammenreißen und den Platz an ihrer Seite einnehmen. Meine Knie fühlen sich zwar wie Pudding an, als ich aufstehe, aber mit jedem Schritt wird es besser. Ich spüle mir den Mund aus, lasse eiskaltes Wasser über meine Handgelenke fließen und atme gegen das Rumoren in meinem Bauch an.

Irgendwie wundert es mich, dass Vi mir nicht nachgelaufen ist. Sie bemerkt normalerweise, wenn es anderen nicht gut geht. Ich habe erwartet, dass sie zumindest nachfragt, ob ich in Ordnung bin. Aber vielleicht ist die Reisegruppe bereits da und sie konnte nicht fort. In dem Fall sollte ich ihr helfen.

Ich drehe das Wasser ab und verlasse die Toilette. In der Halle befindet sich zumindest noch kein Gast. Allerdings ist auch Vi nicht mehr an der Rezeption, nur Sandra. Sie knetet ihre Finger, als ich näher komme.

»Ist Victoria schon im Seminarraum?«, frage ich und hoffe, dass meine Stimme nicht so kratzig klingt, wie sie sich anfühlt.

»Nein.« Sandra seufzt. »Ich soll sie entschuldigen. Sie musste dringend weg.«

Als hätte mir jemand in den Magen getreten, breitet sich ein Stechen in meinem Körper aus. »Das ist ein Scherz, oder?«

Zögerlich schüttelt Sandra den Kopf. »Nein. Sie hat einen Anruf erhalten und musste zu ihren Eltern. Ich vertrete sie und …«

Es rauscht in meinem Kopf. Vi ist weg? Das mit ihren Eltern ist doch eine Ausrede! Sie hat mich schon einmal hintergangen und jetzt macht sie das, weil sie mir wegen des Balls eins auswischen will.

Zumindest brüllt das eine Stimme, die meinem immer noch pubertierenden Teil gehört. Die andere Stimme meines erwachsenen Ichs flüstert leise, dass Vi so etwas nie tun würde. Doch die Wut und die Enttäuschung gewinnen einmal mehr die Oberhand.

Ich presse meine Kiefer so fest zusammen, dass sie knacken. »Sie ist also bei ihren Eltern?« Fort ist die Unsicherheit. Alles, was meine Stimme jetzt zittern lässt, ist purer Zorn.

»Ja. Es ist wirklich …«

Ich lasse Sandra nicht aussprechen. Die Ausreden, die sie für Victoria erfindet, interessieren mich nicht. Ich werde zu diesem Haus gehen und sie zur Rede stellen. Sofort.

Doch bevor ich mich in Bewegung setzen kann, erklingen laute Stimmen. Ich wirble herum und entdecke eine größere Gruppe Menschen, die sich schwatzend auf uns zubewegt.

Sandra kommt hinter der Rezeption hervor. Sie berührt meinen Arm zögerlich. »Bitte, ich brauche jetzt deine Hilfe. Und Victoria auch«, flüstert sie.

Wenn sie denkt, dass sie mich damit milde stimmt, hat sie sich geschnitten. Vorhin noch wollte ich Victoria zeigen, dass ich verlässlich bin. Aber wenn sie Spiele spielen möchte, kann ich das auch. Dann jedoch fällt mir ein, dass ich mich hier bemühen muss, um die verdammten Aufgaben meines Vaters abzuschließen. Wenn ich das verbocke, verlängert sich mein Aufenthalt in dem Hotel vermutlich. Und nach heute will ich hier so schnell wie möglich weg.

»Ich mache das sicher nicht für Victoria«, knurre ich Sandra leise an. »Nur damit das klar ist.«

Sie schafft es nicht, etwas zu erwidern. Denn die Gruppe hat uns in dem Moment erreicht.

Sandra ist nicht ganz der Profi wie Victoria. Man merkt ihr an, dass sie überrumpelt ist und sich nicht wohl fühlt. Ihre Stimme klingt unsicher und ihr Blick huscht ständig zu dem Willkommensschild. Als sie mich vorstellt, sieht sie mich nicht an.

»Herr Sebastien de Violet hat einen kleinen Willkommensgruß für Sie vorbereitet.« Sie redet viel zu schnell. »Während er Sie begrüßt und Ihre Fragen beantwortet, werde ich die Zimmer zuteilen.«

Damit nimmt sie eine Liste von dem Anführer, also Herrn Hase, entgegen und zieht sich fluchtartig hinter die Rezeption zurück. Toll, sie hat mich ja wunderbar unterstützt. Nicht. Es wird immer klarer, dass Victoria mich blamieren wollte. Aber so leicht mache ich es ihr nicht.

Mit dem wärmsten Lächeln, das ich vorspielen kann, bedeute ich den Frauen und Männern, mir zu folgen. Im Gehen drehe ich mich um und informiere sie über die Essenszeiten. Wer nicht zuhört, findet die Infos auch in den Unterlagen, die Victoria in Mäppchen vorbereitet hat. Ich habe meine Schuldigkeit jedenfalls getan und ihnen alles erklärt.

Vor dem Seminarraum bleibe ich stehen und lasse die Gruppe eintreten. Herr Hase schüttelt mir die Hand. Was genau er dabei sagt, verstehe ich nicht, weil er einen sehr ungewöhnlichen Dialekt spricht. Ich lächle einfach, wünsche ihm einen schönen Aufenthalt und fordere ihn durch eine Handbewegung auf, den Raum zu betreten.

Das Häppchen-Buffet ist aufgebaut, die Servicekräfte schenken Getränke aus. Einer Frau winke ich zu. Sie kommt lächelnd zu mir.

»Richte Sandra aus, dass ich etwas zu klären hatte, wenn sie mit den Schlüsselkarten kommt.«

Das Lächeln verschwindet aus ihrem Gesicht. »Aber ... bleibst du nicht? Was ist, wenn ...«

»Ruf Sandra, wenn was sein sollte«, unterbreche ich sie.

Ehe sie eine Antwort stammeln kann, mache ich kehrt und stürme auf die Küche zu. Ein paar Köche sind noch hier, vermutlich kümmern sie sich bereits um die Vorbereitungen für das Abendessen. Ich ignoriere sie und verlasse das Hotel durch den Lieferanteneingang.

Direkt davor steht Victorias Wagen. Sie ist also nicht mit dem Auto gefahren. Wie dringend kann dieser angebliche Notfall gewesen sein, wenn sie zu Fuß unterwegs ist?

Ich beschleunige meine Schritte und renne förmlich über das Gelände. Den Weg zum Haus von Victorias Eltern würde ich im Schlaf finden. Wenn sie dort ist, kann sie sich warm anziehen. Verarschen lasse ich mich von ihr nicht.

Schon von Weitem jedoch sehe ich das Blaulicht. Die Wut, die mich gerade angetrieben hat, verraucht. Vielleicht gab es doch einen Notfall. Ein Krankenwagen befindet sich vor der Einfahrt und seine Türen sind weit geöffnet. Nur eine Person geht mit unsicheren Schritten davor auf und ab.

»Victoria.« Ich gebe mir Mühe, sanft zu sprechen.

Trotzdem wirbelt sie zu mir herum. Dicht vor ihr bleibe ich stehen. Ihre Augen sind gerötet von den Tränen, die auch ihre Wangen bedecken. Ein bitterer Geschmack breitet sich in meinem Mund aus. Ich Arschloch habe wirklich gedacht, dass sie mich im Stich gelassen hätte. Dabei weiß ich doch, dass sie so etwas nie machen würde.

»Victoria, was ist los?«

Ihre Nasenflügel beben. Sie presst die Lippen zu einem schmalen Strich zusammen und kann sie doch nicht daran hindern, zu zittern. Neue Tränen fließen aus ihren Augen. Ein leises Schluchzen dringt aus ihrer Kehle.

Wie von selbst öffne ich meine Arme. Ohne zu zögern, bewegt Vi sich auf mich zu. Ihre Hände landen an meiner Taille. Ich berühre ihren unteren Rücken und schiebe die zweite Hand zwischen ihre Schulterblätter. Wir sehen einander in die Augen. Es kommt mir vor, als würde alles in Zeitlupe passieren. Unendlich langsam schließt Vi die Entfernung zwischen uns. Ihr Kopf landet an meiner Schulter, meine Hand wandert zu ihrem Nacken hoch. Vi schluchzt leise, ihre Tränen sickern durch mein Hemd.

Ich schließe die Augen, berühre mit meinen Lippen ihren Scheitel. Es ist so verdammt lange her, dass ich sie auf diese Weise gehalten habe. Und doch kommt es mir vor, als wären wir nur für einen Moment voneinander getrennt gewesen. Vi fühlt sich so gut in meinen Armen an. Es ist eine Vertrautheit, die ich für immer verloren geglaubt habe. Ich wünschte nur, ihre Schultern würden nicht vom Weinen beben.

Sie umklammert mein Hemd, als hätte sie Angst, dass ich sie alleine lasse. Aber das werde ich nicht. Niemals.

»Ich bin da«, murmle ich an ihren Haaren. »Ich gehe auch nicht weg. Versprochen.«

Sie schluchzt lauter. Ich habe keine Ahnung, was passiert ist. Aber ich werde ihr alle Zeit geben, die sie braucht, bis sie darüber sprechen kann.

10 - VICTORIA

Mit jedem Herzschlag, den ich mich an Bas anlehne, fällt es mir leichter, zu atmen. Der Druck auf meiner Brust war zu viel für mich. Ich weiß nicht, wieso Bas hier ist, aber ich bin unglaublich dankbar für seine Nähe – auch wenn es vermutlich keine gute Idee ist, sie zuzulassen. Doch in diesem Moment ist seine Umarmung das Einzige, das mich davon abhält, wahnsinnig zu werden.

»Vi«, nuschelt er an meinen Haaren.

Er drängt mich nicht, zu reden. Dafür bin ich dankbar. Ich muss selbst noch verarbeiten, was geschehen ist.

»Sie bringen ihn ins Krankenhaus«, ist alles, was ich herausbekomme.

Bas hakt nicht nach. Er streicht nur beruhigend über meinen Rücken. Ich versuche, das Bild des Aufreißer-Prinzen mit dem Mann, der mich gerade hält, zu vereinbaren. Es gelingt mir nicht.

Bevor meine Gedanken Karussell fahren, erklingen Geräusche hinter mir. Bas lockert die Umarmung. Ich blicke über die Schulter zu den beiden Sanitätern, die eine Trage die beiden Stufen der Haustür hinabhieven und auf Rädern zu uns ziehen.

Mir wird schwer ums Herz, als ich Papa betrachte. Um seinen Kopf ist ein Druckverband gebunden, sein Gesicht ist blass. Er hat die Augen geschlossen und murmelt etwas.

»Wie gesagt bringen wir ihn zur Untersuchung ins Krankenhaus«, erklärt mir einer der Sanitäter.

»Ich komme mit«, sage ich schnell.

»Kann Sie jemand dort abholen?«, will der andere Sanitäter wissen.

Die beiden heben die Trage in den Wagen.

»Ich komme schon irgendwie heim«, erwidere ich.

Bas berührt meine Hand federleicht. Doch es genügt, um Gänsehaut über meinen Körper ziehen zu lassen.

»Hast du deinen Autoschlüssel bei dir?«, fragt er mit samtweicher Stimme.

»Ja. Aber ich fahre nicht mit dem Auto.«

»Gib ihn mir. Ich komme zum Krankenhaus und warte mit dir.«

Verwirrt drehe ich mich zu ihm um. Seine blauen Augen wirken unglaublich ernst und für einen Moment meine ich, den Bas darin zu erkennen, in den ich mich verliebt habe. Diesen fürsorglichen, verletzlichen, wissbegierigen Jungen, der mich selbst dann zum Lachen gebracht hat, wenn ich am Boden zerstört war.

»Wieso willst du das machen?« Es ärgert mich, wie kühl ich klinge.

Falls es Bas aufgefallen ist, ignoriert er es. »Weil du das Gleiche für mich machen würdest.« Er hält mir die offene Hand hin. »Bitte, Vi. Ich möchte dir nur helfen.«

Einen Moment zögere ich, weil ich nicht weiß, ob ich Bas vertrauen darf. Aber je länger ich in seinen Augen versinke, desto mehr wünsche ich mir, dass er bei mir bleibt. Mit zitternden Händen fische ich den Autoschlüssel aus der Tasche. Bas nimmt ihn und drückt meine Hand für einen Wimpernschlag, ehe er seine Finger zurückzieht.

»Ihr fahrt in das Krankenhaus, in dem wir vor einer Woche waren?«, fragt er nach, während er die ersten Schritte rückwärts geht.

»Ja«, krächze ich.

Er nickt. »Ich bin sofort bei dir. Versprochen.«

Ich schlucke und sehe ihm nach, wie er über die Einfahrt läuft und hinter einem anderen Haus verschwindet. Um den Rettungswagen nicht noch länger aufzuhalten, steige ich ein. Ein Sanitäter bleibt bei uns, der andere fährt.

Der Wagen schaukelt über das Kopfsteinpflaster. Papa blinzelt bei dem Ruckeln. Ich greife nach seiner Hand und zwinge mich, zu lächeln.

»Hey«, sage ich sanft.

Er schafft es nicht, seinen Blick auf mich zu fokussieren. »Victoria?«, fragt er heiser.

»Ja. Wir sind im Krankenwagen. Du bist zu Hause gestürzt. Weißt du das noch?«

Meine Kehle fühlt sich kratzig an. Ich räuspere mich, doch das Gefühl bleibt. Tränen brennen in meinen Augen und verschleiern meine Sicht. Was genau passiert ist, weiß ich nicht. Papa hat den Notfallknopf betätigt und ich wurde von der Rettung verständigt, als sie sich auf den Weg gemacht haben. Die Sanitäter haben mich nicht in das Haus gelassen, bevor sie sich selbst ein Bild verschafft haben. Zum Glück scheint Papa nicht schwer verletzt zu sein. Er dürfte beim Versuch, etwas vom Küchenboden aufzuheben, umgekippt sein und sich den Kopf gestoßen haben. Zur Sicherheit wird er im Krankenhaus untersucht und in der Nacht überwacht.

Mama war nicht im Haus. Sie hat einen Physiotherapie-Termin, zu dem die neue Pflegehilfe sie begleitet hat.

Schluchzend fahre ich mir durch die Haare und zerstöre dabei den geflochtenen Zopf. Papa war keine Stunde alleine und dennoch ist ihm etwas zugestoßen.

»Tut mir leid, dass du meinetwegen Kummer hast«, murmelt er. Seine Augen sind längst wieder geschlossen und er atmet so tief, als würde er schnarchen.

»Du machst mir keinen Kummer«, flüstere ich.

»Doch«, antwortet er leise. »Tut mir leid.«

»Es ist nicht deine Schuld.« Ich drücke seine Hand. »Mach dir keine Gedanken.«

Er schnarcht wieder vor sich hin. »War das Sebastien neben dir?«

Seine Worte sind so leise, dass ich mich anstrengen muss, sie zu hören. »Ja, er … war einfach da.«

»Habt ihr geredet?«

»Noch nicht.«

Er seufzt. »Ihr solltet reden. Man weiß nie, wie viel Zeit man hat, um alles zu klären.«

»Wenn du so etwas sagst, machst du mir Angst.« Ich kann nicht verhindern, dass meine Stimme zittert.

»Das Leben kann manchmal unerwartete Wendungen nehmen«, murmelt Papa. »Rede mit ihm. Besser früher als später.«

Der Rettungswagen hält und der Sanitäter scheucht mich aus dem Inneren, um Papa gemeinsam mit seinem Kollegen ins Krankenhaus zu bringen. Ich folge den beiden, die bei der Notaufnahme alles klären. Irgendwie komme ich mir vollkommen verloren vor.

Papa wird in einen leeren Behandlungsraum geschoben. Eine der Schwestern bemerkt mich und kommt zu mir.

»Wir bereiten ihn für ein CT vor. Es wird ein wenig dauern, Sie können inzwischen im Wartebereich Platz nehmen, ich finde Sie dann«, sagt sie mit beruhigender Stimme.

»Okay«, krächze ich.

Sie schenkt mir ein aufmunterndes Lächeln und kehrt in den Behandlungsraum zurück. Die Tür schließt sich und ich stehe alleine auf dem Gang. Meine Kehle fühlt sich so schmerzhaft an, als hätte ich Feuer geschluckt. Ich schnappe nach Luft und habe doch das Gefühl, zu ersticken. Zu viel. Das alles ist zu viel.

Fast denke ich, ich bilde mir nur ein, dass jemand meine Hand berührt. Doch als ich mich umdrehe, steht Bas hinter mir. Seine Miene ist unglaublich ernst und doch strahlt er Sanftheit aus. Wortlos öffnet er die Arme und ich schmiege mich ein weiteres Mal an ihn, als wäre nie etwas zwischen uns vorgefallen.

»Komm, wir setzen uns ans Fenster«, schlägt er vor.

Ich nicke nur, löse mich von ihm und folge ihm zu einer Bank vor einem großen Fenster.

»Ich muss noch meine Mutter anrufen«, krächze ich. »Wenn sie heimkommt und Papa ist nicht da ...«

»Schon gut. Soll ich dir etwas zu trinken holen?«

»Kakao?« Ich schniefe. »Bitte.«

Seine Mundwinkel wandern hoch und ein Grübchen erscheint auf seiner Wange. »Sicher. Ich bin gleich wieder da.«

Er deutet mit dem Kopf auf die Bank und schlendert davon. Ich ziehe das Handy heraus. Vor diesem Gespräch graut mir, aber ich muss es führen. Also wähle ich Mamas Nummer und versuche, mich zu beruhigen.

»Was ist passiert?«, sagt sie beim Abheben.

»Mama.« Ich atme tief durch. »Bist du schon daheim?«

»Nein. Wir sind im Auto. Was ist passiert, wieso rufst du während deiner Arbeitszeit an?«

Ich bewege mich auf das Fenster zu, lehne die Stirn an das Glas, das von der Klimaanlage eiskalt ist. »Ich bin im Krankenhaus.« Stille. »Papa hatte einen Unfall. Es geht ihm gut, sie müssen nur ein paar Untersuchungen machen und er wird über Nacht hierbleiben.«

Immer noch Stille. Dann ein Schluchzen.

»Was ist passiert?« Mama schnieft lautstark. »Kann ich mit ihm reden? Soll ich zu euch kommen?«

Ich schließe die Augen. »Ich weiß nicht, was genau passiert ist. Er hat selbst den Notfallknopf gedrückt, nachdem er gestürzt ist. Papa hat eine Platzwunde am Kopf, er ist aber ansprechbar. Die Untersuchungen und die Überwachung sind vermutlich reine Vorsicht. Du musst nicht herkommen. Ich werde auch gehen, wenn die Untersuchungsergebnisse vorliegen.«

Papa braucht Ruhe, deswegen sollte Mama nicht hier auftauchen. Sie liebt ihn, das weiß ich. Aber sie würde alle in den Wahnsinn treiben, weil sie sich sorgt.

»Aber ich … ich …«

»Mama, es ist alles gut«, rede ich beruhigend auf sie ein. »Ich bleibe hier, bis wir wissen, was los ist, und morgen hole ich ihn ab. Wenn er nach der Untersuchung nicht zu erschöpft ist, rufe ich dich noch einmal an, damit ihr reden könnt. Okay?«

Es macht mich nervös, dass sie so lange schweigt. Schließlich höre ich ein tiefes Seufzen. »Okay. Ich … warte dann.«

»Ich komme vorbei, bevor ich heimfahre, und wir reden. Okay?«

»In Ordnung. Ich hab dich lieb, Schatz.«

»Ich dich auch, Mama.«

Meine Augen brennen, als ich auflege. Verstohlen wische ich mir mit der Hand über das Gesicht. Ein Räuspern lässt mich erstarren.

»Wie lange stehst du schon da?« Ich drehe mich zu Bas um.

»Lange genug, um zu wissen, dass dich dieses Gespräch viel Kraft gekostet hat.« Er reicht mir einen kleinen Pappbecher. »Leider gibt es hier keine Kantine. Und selbst wenn, bezweifle ich, dass sie Marshmallows und Zimt dahätten.«

Ein Lächeln stiehlt sich auf mein Gesicht. »Das weißt du noch?«

Er zuckt mit den Schultern, obwohl auch er schmunzelt. »Du hast alles mit Zimt gegessen. Und die Marshmallows im Kakao waren dir sehr wichtig. So etwas vergisst man nicht. Ich hoffe nur, der Kakao ist genießbarer als der Kaffee, den der Automat ausspuckt.«

Bas verzieht den Mund und ich kichere bei dem Anblick. »So schlimm?«

Er schüttelt sich. »Lange nichts mehr so Ekelhaftes getrunken.«

Der Druck in meiner Brust wird leichter, jetzt, da Bas hier ist. Ich puste auf den Kakao und nehme einen Schluck. Das Getränk ist vor allem heiß und schmeckt nicht so schlecht, wie ich befürchtet habe. Mit echtem Kakao hat das aber wenig zu tun.

»Sollen wir uns setzen?« Bas deutet auf die Bank.

Ich gehe darauf zu und lasse mich auf dem weißen Holz nieder. Bas nimmt neben mir Platz.

»Erzählst du mir, was mit deinen Eltern los ist?« Seine Stimme ist warm, genau wie sein Blick, der meinen gefangen nimmt.

»Ist eine längere Geschichte.« Ich puste wieder auf den Kakao und halte mich an dem Becher fest.

»Ich denke, wir haben Zeit.« Bas legt seine Hand auf mein Knie. »Bitte, Vi. Rede mit mir.«

Nach einem tiefen Atemzug erzähle ich ihm alles. Von Papas Erkrankung und Mamas Pflege, ihrem Schlaganfall und dem Problem, Hilfe für sie beide zu finden. Weil ich nicht weiß, was er mitbekommen hat, erkläre ich ihm auch, was heute vermutlich geschehen ist. Bas hört aufmerksam zu. Als ich mit der Erzählung fertig bin, atmet er geräuschvoll aus.

»Wieso hast du mir nichts gesagt?« Er flüstert die Worte beinahe.

»Wann denn? Bei unserem ersten Treffen meintest du, du erinnerst dich nicht an mich.«

»Und wir beide wissen, dass das eine Lüge war.« Er fährt sich über den Nacken. »Eine dumme Lüge. Tut mir leid.«

»Schon gut.« Ich tätschle seine Hand auf meinem Knie. »Jedenfalls wusste ich nicht, wie ich dir von meinen Eltern erzählen sollte. Oder ob es ihnen überhaupt recht ist.«

»Weiß es mein Vater?« Kälte breitet sich in seinen Augen aus.

»Ja, der Fürst weiß es. Er hat immerhin versucht, meinen Eltern die Kündigung auszureden.«

»Und wieso hast du nicht mit mir gesprochen, als ihr diese Diagnose bekommen habt? Oder deine Mutter einen Schlaganfall hatte?«

Ich lege den Kopf schief. »Bas, wir haben seit bald zwölf Jahren kein Wort mehr miteinander gewechselt. Hätte ich dir einen Brief schreiben sollen? Und was hättest du dann gemacht? Hättest du ihn überhaupt geöffnet?«

Er presst die Lippen zu einem schmalen Strich zusammen. »Ich weiß nicht. Vielleicht habe ich nur darauf gewartet, dass du dich bei mir meldest.«

»Wieso?« Ich drehe mich, um ihn besser ansehen zu können. Unsere Knie berühren sich. Bas ist mir so nahe. Ich weiß nicht, ob ich für dieses Gespräch bereit bin. Aber dieser Moment ist genauso gut wie jeder andere auch. »Bas, du hast mich auf dem Sommerball mit Schleim übergossen, ausgelacht und bist dann aus meinem Leben verschwunden. Ohne Grund.«

Er kneift die Augen zusammen. »Wirklich? Ohne Grund? Denk nach, Victoria. Warum könnte ich so etwas gemacht haben?«

»Wenn ich die Antwort kennen würde, hätte ich ja wohl kaum *ohne Grund* gesagt.« Ich drücke den halb leeren Kakaobecher in meiner Hand, um sie am Beben zu hindern. »Bitte. Erklär es mir. Ich dachte, dass du dasselbe für mich empfindest wie ich für dich.«

»Seltsam, dass du das so ausdrückst. Denn ich war nicht derjenige, der dir Gefühle nur vorgespielt hat.«

»Was?« Der Becher fällt mir fast aus der Hand. »Wie kommst du darauf, dass ich …«

»Deine Freundin Verena hat mir damals gesagt, dass du mit ihrem Bruder Hannes liiert seist.« Er gibt ein tiefes Grollen von sich.

»Und du hast ihr einfach geglaubt? Wieso? Ich war in dich verliebt …«

»Ich habe euch gesehen. Dich und diesen Kerl. Wie er dich gehalten hat und du dich an ihn gedrängt hast. So umarmt man keinen gewöhnlichen Freund.«

Ich blinzle. Verena und Hannes waren im Gymnasium meine Schulkollegen. Sie sind Zwillinge und gingen in meine Klasse. Eng befreundet war ich mit ihnen nicht. Dass Hannes mich mochte, wusste ich. Für mich gab es jedoch immer nur Bas.

»Du streitest es nicht ab?« Seine Kiefer mahlen. »Also gibst du zu, dass du mich an der Nase herumgeführt hast?«

»Ich … war nie mit Hannes zusammen«, stammle ich. »Und ich kann mich nur an ein einziges Mal erinnern, dass ich ihn umarmt habe. Als er mir erzählt hat, er würde die Schule wechseln. Da hat er sich verabschiedet und mir gestanden, dass er mich mag. Aber das hat nie auf Gegenseitigkeit beruht.«

»Und das soll ich dir glauben?« Er schüttelt den Kopf. »Es sah vollkommen anders aus.«

»Ich weiß nicht, wie es ausgesehen hat.« Ich balle meine freie Hand zur Faust. »Aber ich hatte nie an einem anderen Interesse als an dir. Ich habe dir mein Herz geschenkt. Deswegen habe ich mich auf diesen blöden Ball so gefreut. Weil ich mit dir dorthin wollte. Ich war … so unglaublich verliebt in dich.«

Meine Stimme überschlägt sich. Neue Tränen brennen in meinen Augen. Wie konnte er Verena glauben? Und wieso hat er nicht mit mir geredet, sondern einfach seine eigenen Schlüsse gezogen?

Bas betrachtet mich schweigend. In meinem Bauch rumort ein kleiner Vulkan, der von meiner Wut genährt wird. Erst macht er mir Vorwürfe und jetzt sieht er mich einfach nur an?

Schnaubend schiebe ich seine Hand von meinem Knie und stehe auf. Viel zu heftig werfe ich den Becher in den Mülleimer. Der Kakao schwappt über, trifft mich aber immerhin nicht. Ich ertrage Sebastiens Nähe jetzt nicht mehr. Wie kann er nur so etwas von mir denken? Selbst wenn ich seine schwierige Situation wegen des Verlusts seiner Mutter und des distanzierten Verhältnisses zu seinem Vater als mildernden Umstand vorschiebe, hat er sich einfach nur wie ein Idiot verhalten.

Schnell stapfe ich auf die Seitentür in den Garten des Krankenhauses zu. Bevor ich sie erreiche, ist Bas bei mir und greift nach meiner Hand.

»Vi …«

»Nenn mich nicht so.« Ich drehe meinen Kopf, damit er meine Tränen nicht sieht. »So darf mich nur jemand nennen, der mich kennt. Und das hast du offensichtlich nie, sonst hättest du …«

»Ich war ein Idiot.« Er atmet geräuschvoll aus. »Egal was ich sage, es kann nie zum Ausdruck bringen, wie leid mir alles tut. Ich war … ein dummer Junge, der dachte, er hätte das Wichtigste in seinem Leben verloren. Dich.«

Die Wut ist immer noch da, trotzdem kribbelt es in meinem Magen. Er hat also doch etwas für mich empfunden ...

»Vi, ich wünschte, ich könnte die Zeit zurückdrehen und meinem jüngeren Ich den Kopf waschen«, flüstert er.

»Kannst du aber nicht.« Meine Stimme zittert. Bas hält immer noch meine Hand. Ich will mich gar nicht losmachen von ihm. Ansehen kann ich ihn aber auch nicht.

»Nein.« Er drückt meine Hand leicht. »Sieh mich bitte an.«

»Wozu?«

»Vi ... bitte.«

Ich schließe einen Moment die Augen. Als ich sie öffne, drehe ich mich zu ihm um. Bas wirkt blasser als vorhin noch. Seine Mundwinkel hängen förmlich nach unten und der Glanz ist aus seinen Augen verschwunden. Er sieht so aus, wie ich mich fühle.

»Ich habe mich wie ein Arschloch benommen«, beginnt er zu sprechen. »Dass ich in dem Jahr durch die Hölle gegangen bin, ist keine Entschuldigung für mein Verhalten. Aber ich dachte ... ich dachte, du, der einzige Mensch, dem ich ohne Bedenken vertraut habe, hast mich hintergangen. Und das hat sich angefühlt, als würde man mir das Herz herausreißen. Ich weiß nicht, ob ich mich heute besonnener verhalten würde. Wenn du Teil meines Lebens geblieben wärst, vielleicht. Ich kann die Vergangenheit nicht ungeschehen machen, so sehr ich es auch wollen würde. Alles, was ich tun kann, ist, dich um Verzeihung zu bitten. Heute weiß ich, dass ich mit dir hätte reden sollen. Und das werde ich von jetzt an auch machen.«

Mein Kopf schwirrt. Ich frage mich, ob Bas und ich noch ein Paar wären, wenn es dieses Missverständnis nicht gegeben hätte. Oder warum Verena mir diese Falle gestellt hat. Ob Hannes eingeweiht war. Wie es jetzt weitergeht ...

All das verstummt, als ich die Krankenschwester entdecke. Sie kommt auf uns zu. An ihrem Blick kann ich nicht deuten, ob alles in Ordnung ist oder nicht. Doch da lächelt sie.

»Der Arzt kommt gleich zu Ihnen. Ihrem Vater geht es gut, das wollte ich Sie nur wissen lassen.«

»Danke.« Ich lasse den Atem entweichen, den ich unbewusst angehalten habe.

Die Krankenschwester nickt, wendet sich ab und geht. Mir fällt ein Stein von Herzen. Trotzdem lehne ich mich an Bas, der seinen Arm um meine Schultern legt.

»Ich hole noch einen Kakao?«, schlägt er vor.

»Wasser bitte. Lass uns den Kakao auf später verschieben.« Ich hebe den Kopf, um ihm ins Gesicht sehen zu können. »Ich muss zu meiner Mutter und sie beruhigen. Aber danach … würde ich gerne reden. Ist das in Ordnung?«

»Klar.« Er hebt die Mundwinkel, doch das Lächeln erreicht seine Augen nicht. »Ich denke, es wird wirklich Zeit, dass wir einiges klären.«

11 - SEBASTIEN

Während der Fahrt zurück ins Dorf schweigt Vi. Sie hat eine Hand an ihrer Schläfe und blickt aus dem Fenster. Ich habe ihr angeboten, zurückzufahren, weil sie trotz der Entwarnung nach dem CT angespannt gewirkt hat. Ihr Vater hatte wohl Glück; außer einer leichten Hirnerschütterung ist nichts passiert. Deswegen bleibt er nur heute Nacht zur Beobachtung im Krankenhaus.

»Soll ich das Auto zu dir oder dem Haus deiner Eltern fahren?«, durchbreche ich die Stille, die mir langsam unangenehm wird.

Vi atmet tief aus, schließt einen Herzschlag die Augen und wendet sich anschließend mir zu. »Du kannst auch zum Hotel fahren. Ein Spaziergang bis zu meiner Mutter wird mir guttun.«

Ich würde lieber sie ansehen, als mich auf die Straße konzentrieren zu müssen. Immer noch versuche ich zu begreifen, was ich heute erfahren habe. Jemand hat Vi und mir übel mitgespielt. Denke ich zumindest. Ganz sicher bin ich mir nicht, aber diesen Zweifel würde ich gerne beseitigen.

»Bist du deswegen so angespannt?«, frage ich behutsam.

Aus dem Augenwinkel sehe ich sie nicken. »Mama war nie einfach. Aber seit sie den Schlaganfall hatte …« Vi seufzt. »Sie kommt nicht damit klar, sich nicht mehr selbst versorgen zu können. Und dass Papa jetzt gestürzt ist und sie nicht da war, wird ihr schwer zu schaffen machen. Ich hoffe nur, sie gibt sich nicht die Schuld. Sie hätte es nämlich nicht wirklich verhindern können.«

»Sag ihr das genau so«, schlage ich vor.

Vi lacht trocken. »Sie wird es mir nicht glauben. Es wundert mich, dass sie überhaupt zugestimmt hat, mich zu sehen. Für gewöhnlich verkriecht sie sich, wenn es ihr nicht gut geht.« Einen Moment schweigt Vi, ehe sie sich räuspert. »Wegen heute Abend …«

»Falls es dir zu viel ist, können wir das Gespräch auch verschieben.«

Vi legt ihre Hand auf meine am Schaltknüppel und ich halte den Atem an.

»Nein, Bas.« Ihre Stimme ist so warm und weich wie früher immer. »Ich möchte das heute klären. Wir haben … viel zu lange mit dem Groll aufeinander gelebt. Das soll enden.«

»Okay.« Mehr bringe ich nicht raus. Ja, wir sollten das klären. Ich habe nur keine Ahnung, wie der Abend verlaufen wird.

»Ich gebe dir Bescheid, wenn ich von meiner Mutter weggehe?«, schlägt Vi vor, als wir die Einfahrt zum Hotel erreicht haben.

»Mach das.« Ich ringe mir ein Lächeln ab.

Auf dem Parkplatz hinter dem Hotel halte ich an und stelle den Motor ab. Zögerlich wende ich mich Vi zu. Sie erwidert meinen Blick. Ihre Augen sind immer noch gerötet.

»Soll ich im Hotel etwas machen, während ich auf deine Nachricht warte?«, frage ich, um die erneute Stille zu überbrücken.

»Nein, aber lieb, dass du gefragt hast.« Sie nestelt an ihrer Tasche herum. »Ich melde mich bald.«

Mit einem Nicken öffne ich die Autotür, sprinte um den Wagen und umfasse den Griff auf der Beifahrerseite, bevor Victoria ihre Tür aufgemacht hat. Überrascht sieht sie zu mir auf, als ich ihr galant – wie ich es eigentlich gelernt habe – die Hand reiche.

Ein schüchternes Lächeln erhellt ihr Gesicht. Ihre Finger landen federleicht in meinen und sie steht in einer geschmeidigen Bewegung auf.

»Meine Dame.« Ich deute eine Verneigung an und reiche ihr den Autoschlüssel. »Es war mir eine Ehre, Sie chauffieren zu dürfen.«

Vi prustet los und auch ich lache. Es tut gut, sie etwas gelöster zu sehen. Die Anspannung an ihr schnürt auch mir die Luft ab.

»Ich freue mich auf den Kakao bei dir«, sage ich zum Abschied.

Sie lächelt und diesmal lässt es ihre Augen strahlen. »Ja, bis später.«

Ich beobachte sie, wie sie den Kiespfad entlangläuft und das Hotelgelände verlässt. Mittlerweile senkt sich die Sonne hinter dem Schloss. Von der Küche dringen Geräusche. Morgen beginnt diese Tortur erneut. Da mein Finger wieder in Ordnung ist, werde ich wieder Zwiebeln schneiden oder Kartoffeln schälen können. Was auch immer Thomas sich einfallen lässt, ich werde es über mich ergehen lassen.

Gerade will ich mich abwenden und zu dem Personalhaus gehen, da öffnet sich die Tür zur Küche.

»Auch wieder da.« Thomas tritt näher, verschränkt die Arme vor der Brust und mustert mich mit diesem finstern Blick, den er echt perfektioniert hat. »Wo warst du, wenn man fragen darf?«

»Ich habe Victoria beigestanden. Wieso?«

Er hat ein unglaubliches Pokerface. Nichts regt sich in diesem Gesicht bei meinen Worten. »Du hast deinen Posten unerlaubt verlassen.«

»Ich sagte doch ...«

»Hat sie dich darum gebeten?«, hindert er mich daran, weiterzusprechen. »Für mich sieht das einfach so aus, als hättest du keine Lust auf deine Arbeit gehabt.«

»Hör zu, du kennst mich nicht ...«

»Ich weiß genug über dich, um dich einschätzen zu können. Wenn du deinen Aufenthalt hier verkürzen willst, indem du Victoria um den Finger wickelst, und sie dann fallen lässt, wenn du sie nicht mehr brauchst, werde ich nicht dabei zusehen.«

Ich hebe mein Kinn höher, während ich die Entfernung zwischen uns verringere. Thomas ist ein wenig größer als ich und seine Schultern sind so breit wie ein Türrahmen. Mich schüchtert er damit aber nicht ein.

»Du willst ihr Beschützer sein?«, knurre ich. »Ist es möglich, dass du mehr an ihr interessiert bist, als du zugeben möchtest?«

»Ich lasse ungern zu, dass den Menschen, die mir wichtig sind, wehgetan wird.« Thomas hebt sein Kinn ebenfalls. »Mir ist egal, was ihr früher wart. Du hast einen gewissen Ruf, Bürschchen ...«

»Bürschchen?« Ich lache. Er redet einfach weiter.

»Und du hast ihr schon einmal wehgetan. Ich weiß nicht, was genau passiert ist, aber ich weiß, dass du sie verletzt hast. Das ist also meine einzige Warnung an dich. Wenn sie wegen dir leidet, sorge ich dafür, dass du es bereust. Ist das klar?«

Ich grinse ihn verwegen an. »Klar.«

Wir liefern uns ein Blickduell, das ich zuerst beende. Allerdings nur deswegen, weil mein Handy summt. Ich ziehe es heraus. Vi hat geschrieben. Ihre Mutter hat sie wohl nach ein paar Worten hinausgebeten.

In der Küche klirren Teller. Thomas, der mich beobachtet hat, fährt herum.

»Vielleicht solltest du da drinnen nach dem Rechten sehen und dich nicht in meine Angelegenheiten einmischen«, sage ich, bevor ich mich davon abhalten kann. Mir ist klar, dass es unklug ist, den Küchenchef zu verärgern. Aber ich möchte, dass er Vi und mich in Ruhe lässt.

»Morgen wirst du nicht mehr so dämlich grinsen«, brummt Thomas. »Freu dich auf eine Abendschicht mit jeder Menge Zwiebeln und Kartoffeln.«

»O ja, ich freue mich sehr darauf.« Ich grinse ihn herausfordernd an. »Noch was?«

Wieder klirrt es. Thomas stößt einen Fluch aus und lässt mich stehen. Soll mir recht sein. Ich muss jetzt ohnehin zu Vi.

So schnell ich kann, laufe ich den weißen Kiesweg entlang und über die mit Kopfstein gepflasterten Straßen. Das Haus ihrer Großmutter ist ziemlich groß. Wenn ich mich richtig erinnere, waren Vis Urgroßeltern noch Großbauern. Ihre Großeltern haben das Haus umgebaut, es strahlt allerdings noch den Charme der früheren Zeit aus. Die Fensterläden sind aus dunklem Holz und besitzen ein Herz in der Mitte. Das obere Stockwerk ist mit demselben dunklen Holz verkleidet, während die Wände im Erdgeschoss weiß sind und dunkle Querbalken dekorativ angebracht wurden. Der Garten vor dem Haus ist sehr gepflegt. Ich entdecke sogar einen Pfingstrosenstrauch.

Mist, ich hätte eine Pfingstrose vom Hotel mitnehmen sollen, denke ich. Vi hätte sich bestimmt darüber gefreut. Vielleicht bringe ich ihr das nächste Mal eine mit …

Ich schüttle den Kopf. Wer weiß, wie dieses Gespräch endet. Falls Vi mir klarmacht, dass sie sich nur aussöhnen will und sonst nie etwas zwischen uns laufen wird, muss ich das akzeptieren. Ich weiß ja selbst nicht, was ich will. Oder ob das Band zwischen Vi und mir jemals wieder so eng werden kann wie vor diesem verwünschten Ball.

Es hat keinen Sinn, mir jetzt den Kopf zu zerbrechen. Wir werden sehen, wohin uns das Gespräch heute führt.

Mit klopfendem Herzen hebe ich meine Hand an die Klingel und drücke den Knopf. Keine zwei Atemzüge später öffnet Victoria. Sie trägt mittlerweile eine Jeans statt des Rocks und die graue Jacke ist fort. Aber die Kombination aus Hose, Bluse und Samtweste steht ihr unglaublich gut.

Vi verlagert ihr Gewicht von einem Fuß auf den anderen. Da wird mir bewusst, dass ich sie wohl viel zu lange angestarrt habe.

»Komm doch rein.« Sie macht einen Schritt zur Seite.

Die Möbel im Vorzimmer sind noch von ihrer Großmutter, aber gut gepflegt. Die kleine Kommode in Weiß mit den aufgemalten rosa Rosen könnte aus einem alten Film stammen, ebenso die Garderobenhaken, die wie Hirschköpfe geformt sind. Ich schlüpfe aus den Schuhen und folge Vi ins Wohnzimmer.

Dort trifft Vergangenheit auf Moderne. Der Boden besteht aus Kirschholz, das alt wirkt und viele Furchen besitzt. Ein weißer Teppich, der wie ein Fell aussieht – aber vermutlich keines ist, weil Vi so was nie mochte – liegt vor einem Kamin, in dem säuberlich Holz aufgestapelt ist. Die Deckenleuchte besteht aus dunkel lackiertem Metall, das wie ein Geweih gebogen ist, die Möbel sind hell und schlicht und die wenigen Dekorationen, wie eine Schüssel aus kupferfarbenem Glas, geschmackvoll und stimmig ausgesucht.

»Willst du Kakao oder Wein?«, fragt Victoria, die bereits an der Tür zur Küche steht.

Das Esszimmer grenzt offen an das Wohnzimmer an, die Küche ist zwar abgetrennt, allerdings nur durch Fensterläden vor der Arbeitsfläche. Da sie offen stehen, kann ich hineinsehen und entdecke moderne Geräte wie einen Dampfgarer und einen Thermomix, sowie einen großen Kühlschrank mit Doppeltüren.

»Hast du heute eigentlich schon etwas gegessen?«, stelle ich die Gegenfrage.

Für den Empfang haben wir uns recht früh im Hotel getroffen. Ich habe vor Nervosität keinen Bissen heruntergekommen. Und erinnere mich daran, dass Vi früher kein Frühstücksmensch war. Da wir den Tag zusammen verbracht haben, weiß ich, dass sie bisher nicht viel zu sich genommen haben kann.

Sie schmunzelt. »Nein. Du auch nicht, oder?«

Statt mir antwortet mein Magen mit einem lautstarken Knurren. Vi kichert. Das ist so ziemlich das schönste Geräusch, das ich seit Langem gehört habe.

»Dann mache ich uns etwas zu essen, bevor wir Wein trinken.« Sie zwinkert und geht in die Küche.

Ich folge ihr. »Du musst dir keine Umstände machen.«

Vi zieht eine Pfanne heraus und stellt sie auf den Herd. »Das sind keine Umstände, ich habe schließlich auch Hunger.«

Sie dreht sich lächelnd zu mir um und kommt auf mich zu. Mein Herz schlägt mir bis zum Hals. Unsere Blicke nehmen einander gefangen, während Vi immer näher kommt. Sie sieht zu mir auf. Meine Haut kribbelt, mein Atem kommt stoßweise. Wann hat sich mein Verstand das letzte Mal verabschiedet, als eine Frau so vor mir gestanden hat? Alles, woran ich denken kann, ist der Wunsch, meine Lippen auf ihre zu senken.

»Ich brauche etwas aus dem Kühlschrank«, murmelt Vi.

Wie vom Blitz getroffen betrachte ich sie. Erst da wird mir klar, dass ich direkt vor den Doppeltüren stehe. »Oh, klar, entschuldige.« Ich lache verlegen und trete beiseite.

Sie öffnet eine der Türen und verschwindet dahinter. Das gibt mir die Gelegenheit, ihr Gesäß zu betrachten, ohne dass sie es merkt. In der Jeans sieht es noch besser aus als in dem engen Rock …

»Du isst noch Fleisch, oder?« Ihre Stimme klingt gedämpft, weil sie immer noch halb im Kühlschrank verschwunden ist.

»Ja.«

Vi sagt etwas, das ich nicht verstehe. Bevor ich nachfragen kann, richtet sie sich auf und tritt zurück. »Steaksandwich ist okay?«

»Klar. Kann ich helfen?«

Ihr Blick wandert zu meinem Finger, der nur noch in einem dünnen Verband steckt. »Ich sollte dir auf keinen Fall ein Messer geben«, meint sie und schmunzelt wieder.

»Wer den Schaden hat, braucht für den Spott wohl nicht zu sorgen, hm?« Ich zwinkere. »Thomas wird mir morgen sicher wieder Messer geben.«

»Vermutlich.« Sie kehrt zum Herd zurück. »Du kannst die Knoblauchbutter machen, wenn du willst.«

»Dann musst du mir nur verraten wie.«

»Knoblauch mit der Presse zerdrücken und mit Butter mischen.« Vi wirft mir einen Blick über die Schulter zu. »Schüsseln sind in dem Schrank da.«

Sie deutet mit dem Kinn in eine Richtung. Ich öffne eine Tür und finde tatsächlich Schüsseln dahinter.

»Bring mir noch eine große und eine kleine mit«, bittet sie.

Ich schnappe mir alles und kehre zu ihr zurück. Sie hat inzwischen den Ofen angemacht, ein breites Weißbrot – ich glaube, es heißt Ciabatta – aufgeschnitten und auf ein Blech gelegt. Vor ihr befindet sich ein schönes Stück Entrecote sowie Rucola, Avocado, Eier, Knoblauchzehen, Öl, Butter, eine Tube mit Wasabi, Senf und Cocktailtomaten.

»Und das ist kein Aufwand?« Ich runzle die Stirn.

»Ist es wirklich nicht. Steaksandwich kann ich mit geschlossenen Augen zubereiten.«

»Das hast du auch mal über Bolognese behauptet. Danach mussten wir zwei Tage die Küche putzen und eine neue Pfanne besorgen.«

Ihre Wangen färben sich dunkel, sie lacht aber. »Gott, ich habe diese Erinnerung so lange erfolgreich verdrängt.« Vi sieht mich an. »Dass du das nicht vergessen hast.«

»Bitte, das war mein Highlight. Besonders als der Rauchmelder anging, weil die Sauce so verbrannt war.« Ich grinse breit. »Das wird heute nicht passieren, oder?«

»Darf ich dich daran erinnern, dass ich nur abgelenkt war, weil ein gewisser Jemand unbedingt Italienischvokabeln lernen wollte?« Sie stemmt die Hände in die Hüften. »Und bei jeder Vokabel, die du richtig hattest, wolltest du … Du wolltest …«

Ihre Wangen werden noch dunkler. Ich erinnere mich gut an den Tag. Die Belohnung dafür, dass ich die Vokabel beherrscht habe, war ein Kuss. Für jedes Wort.

In meinen Fingerspitzen kribbelt es. »Na ja, heute lernen wir keine Vokabeln.« Meine Stimme ist belegt.

Vi räuspert sich. »Nein. Heute nicht.« Sie lässt die Hände sinken. »Bas, ich …« Vi schließt die Augen, atmet durch und sieht mich wieder an. »Lass uns das Essen fertig machen.«

Ich würde das Gespräch lieber vertiefen. Aber möglicherweise sage ich dann etwas Dummes. Bei Vi kann ich nicht besonnen sein. Das konnte ich noch nie.

Doch hinter uns liegen zwölf lange Jahre, in denen ich definitiv zur schlechtesten Version meiner selbst geworden bin. Und ein Missverständnis, das wir noch nicht vollkommen geklärt haben. Solange das nicht beseitigt ist, sollte ich nicht einmal darüber nachdenken, wie es sich angefühlt hat, Vi zu küssen. Doch genau zu dieser Erinnerung kehren meine Gedanken immer wieder zurück, während wir schweigend kochen.

12 - VICTORIA

Genüsslich seufzend schließt Bas die Augen. Ich kann meinen Blick nicht von ihm abwenden. Er wirkt so anders als bei seiner Ankunft vor einigen Tagen. Sanfter. Zufriedener. Das liegt bestimmt nicht nur an dem Sandwich, das er gerade voller Hingabe isst.

»Du bist eine unglaubliche Köchin.« Er öffnet die Lider und lächelt. »Das ist köstlich.«

Meine Wangen fühlen sich heiß an, trotzdem zucke ich mit den Schultern. »Ist nur ein bisschen Fleisch auf einem Stück Brot.«

»Aber alles daran ist perfekt.« Er beißt noch mal ab. Erneut erscheint ein seliges Lächeln auf seinen Lippen.

Wärme breitet sich in meiner Brust aus. Doch die vielen Fragen, die noch in meinem Kopf herumschwirren, dämpfen sie. Ich weiß nicht, wie ich das Gespräch mit Bas beginnen soll. So viele Jahre war ich wütend – vor allem jedoch enttäuscht von seinem Verhalten. Jetzt weiß ich zwar, was es ausgelöst hat, aber nicht, wieso er Verena geglaubt hat. Oder jetzt darauf vertraut, dass ich die Wahrheit sage, wenn er doch so überzeugt davon war, dass ich ihn belogen habe.

Zum Glück spricht Bas weiter, denn die Stille während des Kochens hat sich wie Blei auf meine Schultern gelegt. »Du könntest Thomas' Job jederzeit übernehmen.« Er grinst. »Dann würdest du mich durch die Küche scheuchen und nicht dieser Miesepeter.«

Ich lege den Kopf schief. »Thomas ist manchmal brummig.

Das ist seine Art. Ein Miesepeter ist er eigentlich nicht. Und er ist verdammt gut in dem, was er macht.«

Bas kneift die Augen zusammen. Eine Weile mustert er mich schweigend, ehe er wieder spricht. »Läuft da eigentlich etwas zwischen euch beiden?«

Ich verschlucke mich fast an dem Bissen, den ich gerade genommen habe. Hustend klopfe ich mir auf das Brustbein, bis ich wieder Luft bekomme. »Wo kommt die Frage jetzt bitte her?«

»Ist das ein Ja oder ein Nein?« Er lässt das halb gegessene Sandwich sinken. »Antworte bitte.«

»Nein.« Zur Untermalung schüttle ich heftig den Kopf. »Er ist für mich ein Freund geworden. Aber mehr wird da nie sein. Wieso fragst du das überhaupt?«

Bas richtet sich kerzengerade auf. »Weil Thomas mich vorhin bedroht hat.«

»Er hat was?«

»Er meinte, ich hätte einen Ruf und sollte bloß nicht versuchen, dich um den Finger zu wickeln, damit ich hier wegkomme. Falls ich es täte und dich dann fallen lasse, wird er es mich bereuen lassen.«

»Das hat er gesagt?« Ich muss mich zusammenreißen, um nicht zu schmunzeln. Es passt zu Thomas. »Denkst du nicht, er hätte dich aufgefordert, die Finger von mir zu lassen, wenn wir zusammen wären?«

»Dann hat er eben Interesse an dir.« Bas verschränkt die Arme vor der Brust. »Würde mich nicht wundern.«

Keine Ahnung, wie er das wieder meint. Ich schüttle nochmals den Kopf. »Hat er nicht. Thomas ist einfach sehr fürsorglich. Er hätte dir das auch gesagt, wenn du und Sandra eine Vergangenheit hättet. Wenn ihm jemand wichtig ist, will Thomas ihn beschützen. Und er kümmert sich um seine Leute. Es dauert zwar ein wenig, bis er einen in sein Herz schließt, aber danach stellt er sich immer vor einen und hilft, wo er kann.«

»Aha.« Bas hebt das Kinn. »Dann mag er mich wohl einfach nicht?«

»Na ja, du bist erst kurz hier und Thomas weiß, dass etwas zwischen uns vorgefallen ist, weil ich ihn nach dem Anruf deines Vaters eingeweiht habe.« Auch ich lege das Sandwich halb gegessen weg. »Er ist einer der Menschen, denen ich uneingeschränkt vertraue, aber es gibt keine Gefühle außer Freundschaft zwischen uns.«

Geräuschvoll atmet Bas aus. »Hast du eigentlich noch Kontakt zu Verena?«

Jetzt geht es also los. Das Gespräch, das wir führen müssen, aber dem ich ausweichen will. Doch wenn wir die Vergangenheit hinter uns lassen wollen, gibt es keinen Ausweg.

»Nein. Sie ist nach dem Gymnasium weggezogen«, antworte ich. »Und wir waren nicht wirklich eng befreundet.«

»Aber sie war immer bei uns, wenn wir etwas mit deinen Freunden gemacht haben«, wirft Bas ein.

»Ich glaube, das lag an dir«, spreche ich meinen Gedanken aus. »Verena und ich waren nie in derselben Clique. Sie hat sich immer für etwas Besseres gehalten und mich selten eines Blickes gewürdigt. Mit ihrem Bruder hatte ich mehr Kontakt. Er war eher schüchtern und zurückgezogen. Dass er etwas für mich übrighatte, wusste ich, weil er es Sandra gesagt hat und sie mir. Sonst hätte ich keine Ahnung gehabt, bis zu dem Moment, da er es mir selbst gestanden hat bei seiner Verabschiedung.«

Er spannt seine Kiefer an. »Also wusstest du, dass er in dich verliebt ist?«

»Über Sandra. Ich hätte nie etwas gemerkt.« Ich zwinge mich, seinem Blick standzuhalten, obwohl er im Moment eiskalt wirkt. »Darf ich fragen, wieso du Verena sofort geglaubt hast, dass ich nur mit dir spiele und eigentlich mit ihrem Bruder zusammen bin?«

»Habe ich nicht. Aber dann habe ich euch gesehen.« Seine Nasenflügel beben. »Vi, ich hatte damals das beschissenste Jahr meines Lebens. Und du weißt, wie schwer es mir fällt zu vertrauen. Bis heute kann ich die Menschen, die ich Freunde nenne, an einer Hand abzählen. Das war damals nicht anders.«

»Wir waren mehr als Freunde, Bas. Ich kannte dich fast mein ganzes Leben und du mich. Wie konntest du glauben, dass ich dir so etwas antun würde?« Ich schlucke gegen das Brennen in meiner Kehle an. Es lässt sich nicht vertreiben. »Wieso hast du nicht mit mir geredet?«

Immer noch beben seine Nasenflügel. Sein Kiefer knackt. »Weil ich ein dummes, verletztes Kind war«, ringt er sich schließlich ab. »Ein Kind, das seine Mutter kurz zuvor verloren hatte und von seinem Vater in die Öffentlichkeit gezerrt worden war. Das niemanden hatte und sich unendlich einsam gefühlt hat. In diesen Monaten haben so viele Leute mir vorgegaukelt, für mich da zu sein. Bis sie von mir bekommen hatten, was sie wollten. Dann waren sie fort und ich wieder alleine.«

Schwungvoll steht er auf. Aus Angst, er könnte einfach weglaufen, springe auch ich auf und will zu ihm. Doch Bas fährt sich nur durch die Haare und läuft vor dem Tisch auf und ab wie ein Tier, das in die Enge getrieben wurde.

»Als ich dich und diesen Kerl vor dem Haus deiner Eltern gesehen habe, ist eine Sicherung bei mir durchgebrannt«, gesteht er, ohne mich anzusehen. »Meine Welt lag schon in Scherben, aber dich in der Umarmung eines anderen zu sehen hat die kümmerlichen Bruchstücke endgültig zerstört. Du warst mein letzter Halt, Vi. Und ich dachte, du wärst genauso wie alle anderen. Weil ich auch gehört hatte, dass die Presse zu diesem Ball kommen soll.«

»Was?« Ich reiße die Augen auf. »Davon hatte ich keine Ahnung.«

Er bleibt stehen und sieht mich wieder an. Seine Schultern hängen tief, sein Blick ist erschöpft. Er wirkt so verloren, wie ich mich gerade fühle. »Wirklich nicht? Du wolltest nicht einfach fünf Minuten Ruhm, weil du mit dem Prinzen von Blanchebourg tanzt?«

Meine Resignation weicht Wut, die siedend heiß meinen Magen flutet. »Hast du mich eigentlich je wirklich gekannt?« Ich balle die Hände zu Fäusten. »Oder mir jemals zugehört? Weißt du noch, wie wir darüber gesprochen haben, dass niemand von unserer Beziehung wissen darf, weil ich nicht von der Presse belagert werden will? Oder warst du da gerade mit deinem Misstrauen mir gegenüber beschäftigt?«

Er hebt beschwichtigend die Hände. »Vi …«

»Nein, Sebastien. Ich verstehe wirklich viel. Ich kann nachvollziehen, dass du verletzt warst. Mir wäre es nicht anders gegangen. Aber dass du mir so etwas unterstellst!« Meine Stimme zittert und das Brennen in meiner Kehle wird unerträglich. Tränen sammeln sich in meinen Augen, verschleiern meine Sicht. Ich kann sie nicht wegblinzeln. »Ich war so unglaublich in dich verliebt.« Beim letzten Wort fließen die Tränen über meine Wangen. »Du warst mein bester Freund. Ich habe so mit dir gelitten nach dem Tod deiner Mutter. Am liebsten wollte ich zu dir, doch meine Eltern meinten, ich dürfe nur, wenn du mich darum bittest. Da du das nicht hast, ließen sie mich nicht nach Blanchebourg kommen.«

»Ich ... Hätte ich das nur gewusst«, murmelt er.

Ich ignoriere es. »Als du mit dieser Pfingstrose vor mir gestanden hast, habe ich meinen Mut zusammengenommen. Ich hatte gedacht, für dich würde ich nie mehr als eine Freundin sein. Und dann ... hast du mir die Blume überreicht. Und hast meinen stürmischen Kuss erwidert. Ich war so ... so glücklich.«

Schniefend wische ich mir mit den Händen über die Wangen. Jetzt schaffe ich es nicht mehr, Bas anzusehen. Zu sehr sticht die Erinnerung an den Abend vom Ball in meiner Brust. Und der Zorn, dass Bas so etwas von mir denkt, lässt mich zittern.

»Weißt du, was in mir zerbrochen ist, als du an dem Abend einfach verschwunden bist, nachdem du mich mit Schleim übergossen hattest?« Meine Worte sind nur ein kratziges Flüstern. »Ich habe meinen besten Freund verloren. Den Jungen, in den ich verliebt war. Und ich habe nie verstanden warum. Ich dachte, du hättest nur mit mir gespielt. Dass ich nie gut genug für dich gewesen wäre und ...«

»Oh, Vi.« Mit zwei Schritten überwindet er die Entfernung zwischen uns und zieht mich in seine Arme. Ich lasse es zu. Trotz all der Wut möchte ich von ihm gehalten werden. Bas lehnt seine Stirn an meine. »Das sollst du nie denken. Du warst immer zu gut für mich.«

»Ich bin ein Mädchen aus einfachem Haus, du der Thronfolger eines Fürstentums ...«

»Und das war mir immer egal.« Er bewegt den Kopf. Seine Stirn reibt über meine, unsere Nasenspitzen berühren sich. »Du warst immer besser als ich. Verantwortungsbewusst, liebevoll, großherzig. Du bist klüger als ich und umsichtiger. An deiner Seite konnte ich einfach Bas sein. Ich konnte zum ersten Mal frei atmen.«

»Mir ging es bei dir genauso.« Meine Stimme bricht bei jedem Wort ein bisschen mehr. »Ich hatte immer Angst, dass du dich früher oder später abwenden würdest, weil ich nichts Besonderes bin. Und dann … bist du wirklich gegangen.«

»Du bist das Besonderste, das ich jemals gesehen habe.« Sein Atem streicht über meine Haut. »Vi, du warst alles, was ich mir je gewünscht habe. Als ich dachte, du hättest mich hintergangen, war ich nicht mehr ich selbst. Ich habe meinen letzten Halt verloren. Um das zu überstehen, habe ich mich mit Alkohol betäubt. Aber immer, wenn ich die Augen geschlossen habe, habe ich dich gesehen. Damit ich dein Bild verdränge, habe ich mich auf jede Frau eingelassen, die sich mir an den Hals geworfen hat. Aber ich … ich konnte damit das Loch, das du hinterlassen hattest, nie füllen.«

Ich lehne mich ein wenig zurück, um ihm in die Augen sehen zu können. Sie schimmern von ungeweinten Tränen.

»Glaubst du mir jetzt, dass ich dir nie wehgetan hätte?«, frage ich heiser.

Sofort nickt er. »Es tut mir leid, Vi. Ich hätte …« Er atmet frustriert aus. »Ich kann die Zeit nicht zurückdrehen. Ich wünschte, ich könnte mir zumindest selbst in den Hintern treten, weil ich dir so weh getan habe, statt mit dir zu reden. Aber am meisten wünschte ich mir, dass ich dir den Schmerz nehmen könnte. Den hattest du niemals verdient. Bitte … verzeih mir. Auch wenn ich ein unglaublicher Trottel bin und es nicht verdiene … verzeih mir.«

Ich atme viel zu hastig, während ich Bas betrachte. Immer noch weiß ich nicht, wieso Verena behauptet hat, ich wäre mit Hannes zusammen. Vielleicht wollte sie sich Bas krallen oder mir einfach wehtun. Der Grund ist jetzt auch nicht mehr wichtig. Die Vergangenheit können wir schließlich nicht ändern.

Bas' Hände ruhen auf meiner Taille. Er übt keinen Druck aus, sieht mich nur an. Seine Wärme sickert durch meine Jeans an meine Haut. Ich kann kaum noch einen klaren Gedanken fassen. Der Wunsch, mich an ihn zu schmiegen, alles zu vergessen und mich in diesem Moment zu verlieren, verdrängt alles andere. Alles, bis auf einen noch viel größeren Wunsch: ihn zu küssen.

Es ist vermutlich eine blöde Idee. Trotz dieses klärenden Gesprächs steht so unendlich viel zwischen uns. Nicht nur die

Vergangenheit, auch die Zukunft. Er wird einmal der Fürst von Blanchebourg sein. Früher war mir das egal. Da habe ich die Tragweite seiner Herkunft nicht verstanden. Jetzt allerdings ist sie mir mehr als bewusst.

Trotzdem hebe ich mein Gesicht an. Bas' Blick wandert sofort zu meinen Lippen. Sein Brustkorb hebt und senkt sich so schnell wie meiner.

Langsam stelle ich mich auf die Zehenspitzen. Meine Hände zittern, als ich sie an Bas' Wangen lege. Er hält den Atem an.

Ich bekomme ebenfalls keine Luft mehr, möchte nur wissen, ob es sich noch so anfühlt wie früher. Ob ich wieder so schweben werde wie damals.

Deswegen überwinde ich die letzte Entfernung. Unsere Lippen berühren sich und sofort flutet Wärme meinen Körper. Bis mir klar wird, dass Bas sich immer noch nicht rührt.

Scheiße. Victoria, du bist so dumm, schimpfe ich mich selbst in Gedanken und will mich zurückziehen.

Da schiebt Bas eine Hand in meinen Nacken und beginnt ihn zu massieren. Es fühlt sich so gut an, dass ich ein leises Stöhnen nicht zurückhalten kann. Zärtlich knabbert Bas an meiner Unterlippe, streicht mit seiner Zunge darüber, bis ich meinen Mund für ihn öffne. Er ist nicht fordernd oder besitzergreifend, sondern sanft, beinahe schüchtern. Ganz anders, als ich es erwartet hätte. Ich schmelze in seinen Armen, genieße das Prickeln, das Bas in mir auslöst. Und das Schweben, das ich zum ersten Mal seit Jahren wieder spüre, wenn ich jemanden küsse.

13 - Sebastien

Vis Atem streicht über meine Haut und lässt die letzten Zweifel dahinschmelzen. Ich ziehe sie enger an mich, genieße das Gefühl, das ihre Nähe in mir auslöst.

Dieser Kuss ist falsch, weil viel zu viel zwischen uns steht. Und doch fühlt er sich so richtig an. Bis zu dem Moment, da unsere Lippen sich getroffen haben, war mir nicht bewusst, wie sehr ich ihn wollte.

Ein leises Seufzen entschlüpft Vi, als ich ihren Nacken kraule. Sie öffnet die Lippen und ich streiche mit der Zunge sanft über ihre. Vi antwortet sofort. Spielerisch vertiefen wir den Kuss, der meinen ganzen Körper in Flammen aufgehen lässt. Das hier hat nichts mehr mit den schüchternen Küssen in unserer Jugend zu tun. Wir beide sind reifer und wir beide tragen diese Sehnsucht in uns, die nur der jeweils andere stillen kann.

Vi drängt sich enger an mich. Ihr Körper schmiegt sich perfekt an meinen. Ich kann jeden ihrer Atemzüge an meiner Brust spüren, jedes Schaudern, das meine sanften Berührungen bei ihr auslösen.

Und verdammt, ich will mehr von ihr. Aber Vi könnte es falsch verstehen. Sie könnte denken, dass sie nur eine weitere Eroberung auf meiner Liste wäre. Selbst wenn sie den Kuss begonnen hat oder jetzt weiter gehen würde, wäre es falsch. Das mit uns … braucht Zeit, obwohl wir so unendlich viel davon wegen dieser dummen Missverständnisse verloren haben.

Bevor meine Willenskraft endgültig schwindet, ziehe ich mich von ihr zurück und beende den Kuss. Wir beide ringen um Atem. Vis Wangen sind gerötet. Sie senkt den Blick, während ich meine Stirn an ihre lehne.

Ihre Hände geben meinen Nacken frei und landen auf meinen Unterarmen. Sie hält sich an mir fest, sagt kein Wort, atmet nur und zittert leicht.

»Es tut mir leid«, raunt sie schließlich so leise, dass ich mich anstrengen muss, um sie zu hören.

»Bereust du den Kuss?« Ich streiche über ihren Rücken.

»Ich weiß nicht, was über mich gekommen ist«, stammelt sie, lehnt sich zurück und sieht mir ins Gesicht. »Ich wollte dich zu nichts drängen, aber ...«

Sanft lege ich eine Hand an ihre Wange. »Bereust du den Kuss?«, frage ich noch einmal.

Zögerlich schüttelt sie den Kopf. »Nur dass ich dich gedrängt ...«

»Hast du nicht.« Unendlich langsam lehne ich mich nach vorn, bis unsere Lippen sich federleicht berühren. Vi schaudert. Ich wünschte, ich könnte sie noch einmal so küssen wie vorhin. Aber dann würde ich nicht aufhören. »Ich habe den Kuss sehr genossen«, murmle ich an ihrer Haut.

Erleichtert seufzt sie auf und schmiegt ihre Wange an meine Schulter. Ich schließe die Arme um sie. Meinetwegen könnten wir bis morgen Früh so stehen bleiben. Vi nur zu halten lässt so viel Anspannung aus meinem Körper weichen. Ich weiß nicht, wieso diese Verena uns auseinanderbringen wollte. Aber sollte ich ihr je begegnen, kann sie sich warm anziehen. Sie hat mich um so viele Jahre mit Vi gebracht.

»Vi, kannst du mir verzeihen, was ich damals getan habe?« Sie hebt den Kopf und sieht mich verwirrt an. »Du hast vorhin nicht geantwortet. Kannst du ... mir jemals wirklich vergeben?«

»Ich ... würde gerne Ja sagen. Aber ...«

»Aber ich habe mich wie ein unreifer Affe verhalten«, helfe ich ihr aus, als sie nach den passenden Worten sucht.

»Bas, du hast gedacht, ich hätte mit dir gespielt, weil ich fünf Minuten Ruhm wollte«, erwidert sie und bringt etwas Abstand zwischen uns. »Das zu hören ... verletzt mich tiefer, als diese

Schleimattacke es je gekonnt hätte. Wie kannst du so etwas von mir denken?«

Sie wendet sich ab, das Glänzen in ihren Augen erkenne ich trotzdem. »Es tut mir unendlich leid, Vi. Ich war dumm und aufgewühlt und …«

Sie hebt eine Hand und ich verstumme. Vis Finger zittern, als sie damit über ihr Gesicht reibt. Ich Idiot habe sie einmal mehr zum Weinen gebracht, weil ich nicht nachdenke, bevor ich rede. Dass mein Vorwurf von damals absolut lächerlich war, ist mir schon lange klar. Sie hätte ihre Geschichte mehrfach an die Presse verkaufen können, als ich anfing, meinen Ruf selbst zu ruinieren. Die Schlagzeile *Der Pöbel-Prinz – Wie mir der Fürstensohn den schönsten Abend meines Lebens ruiniert hat* hätte sich bestimmt gut verkauft.

»Ich möchte dir verzeihen, Bas.« Vis Stimme zittert so sehr wie ihre Hand. »Nur wenn ich das tue, kann ich die Vergangenheit hinter mir lassen. Und das sollte ich.« Sie atmet heiser aus. »Ich muss diesen Teil meines Lebens gehen lassen.«

»Vi.« Ich bewege mich auf sie zu. Sie hält mich nicht auf, also berühre ich sanft ihre Schulter. »Ich möchte einen Neuanfang. Mit dir. Ich möchte …«

»Bas, vor zwölf Jahren wusste ich zwar, wer du bist, aber es war mir egal«, unterbricht sie mich. »Ich war verliebt und naiv. Damals dachte ich, wir könnten alles schaffen, solang wir uns haben.« Mein Herz klopft wild in meiner Brust, bis sie weiterspricht. »Heute weiß ich es besser. Es gibt einen Graben, den ich nicht überwinden kann. Nicht einmal dann, wenn ich dir wirklich verzeihe.«

Kälte klammert sich um mein Herz und bringt es beinahe zum Stillstand. »Was willst du mir damit sagen?«

Vi atmet bebend ein. »Auch wenn wir uns gegenseitig vergeben, können wir nicht dort weitermachen, wo wir aufgehört haben.«

Die Stille zwischen uns ist so unerträglich, dass mir selbst das Ticken der Wanduhr ohrenbetäubend laut vorkommt.

»Wieso?«, bringe ich schließlich heraus.

Ein bitteres Lachen dringt aus Vis Kehle. »Ist das nicht offensichtlich?«

»Wenn es das wäre, würde ich nicht fragen.«

»Bas, du bist der Erbprinz von Blanchebourg ...«

»Unglücklicherweise.«

»Und ich bin eine Hotelmanagerin«, fährt sie fort. »Unsere Herkunft wird immer zwischen uns stehen.«

Zärtlich streiche ich über ihren Arm. »Sieh mich bitte an.«

»Wozu?«

»Weil ich dir in die Augen sehen will, wenn ich dir die Wahrheit sage.«

Vi strafft die Schultern, unterdrückt ein Schluchzen, das ich trotzdem höre, und dreht sich zu mir um. Ihre Augen sind gerötet. Alles in mir wünscht sich, sie jetzt an mich zu ziehen und ihr Trost zu schenken. Sie soll nicht weinen, erst recht nicht wegen mir. Doch sie muss das hören.

Mit einem Lächeln, das meine Gesichtsmuskeln krampfen lässt, lege ich meine Hand an ihre Wange.

»Ich bin leider ein Prinz«, beginne ich und hebe einen Finger, als sie etwas erwidern will. »Lass mich ausreden. Sonst vergesse ich die Worte oder sage etwas Dummes.« Sie nickt kaum merklich. Also atme ich durch und hoffe, das, was ich sage, ergibt nicht nur in meinem Kopf Sinn. »Und ich habe mir einen sehr zweifelhaften Ruf *erarbeitet*. Du weißt, wieso mir die Krone eigentlich gestohlen bleiben könnte, weswegen es mir egal war, was die Leute von mir denken. Meinetwegen kann mir der Titel immer noch gestohlen bleiben, besonders wenn er uns beide voneinander trennt.«

Sie legt die Stirn in Falten. Zu meiner Überraschung sagt sie jedoch nichts, sondern sieht mich nur an.

»Vi.« Ich umfasse ihre Hand behutsam mit meiner. »Die Frau an meiner Seite wird es nie leicht haben. Weil ich es wirklich gründlich geschafft habe, mich als absolute Niete zu etablieren. Und vielleicht kann ich meine Verfehlungen nie wiedergutmachen. Der Graben, von dem du sprichst, hat nichts mit meinem Titel zu tun. Du bist eine wundervolle Person. Das warst du schon immer und du bist noch beeindruckender, als ich es in Erinnerung hatte. Ich bin das Problem.«

Die Falten auf ihrer Stirn vertiefen sich. Offensichtlich ergeben meine Worte außerhalb meines Kopfes doch nicht so viel Sinn.

»Worauf ich hinauswill«, stammle ich verlegen, »ist, dass ich derjenige bin, der dich erst verdienen muss. Ich denke, die Leute in Blanchebourg würden dich vergöttern. Oder bemitleiden, wenn du an meiner Seite bist. Weil ich derjenige bin, der in ihren Augen nicht auf den Thron passt.« Unsicher lachend reibe ich mir über den Nacken. »Gott, ergibt das überhaupt Sinn, was ich hier von mir gebe?«

Es kommt mir wie eine Ewigkeit vor, bis sie nickt. »Ich denke, ich verstehe, was du mir sagen willst.« Vi atmet geräuschvoll aus. »Aber Bas ... ich weiß nicht, ob das eine gute Idee ist. Selbst wenn meine Herkunft kein Problem ist, müsste ich meine Familie und Freunde zurücklassen und meinen Job aufgeben. Vielleicht ... sollten wir nur Freunde sein.«

Mein Herz zersplittert bei ihren Worten. Trotzdem ringe ich mir ein Lächeln ab. »Ist es das, was du willst?«

»Ja. Nein. Ach, ich weiß auch nicht.« Sie hebt die Schultern bis zu den Ohren. »Wenn ich jetzt sage, ich wolle nur deine Freundschaft, fühlt es sich wie eine Lüge an. Freunde halten einander nicht so, wie ich von dir gehalten werden will.« Ihr Blick wandert zu meinen Lippen. »Und sie küssen einander nicht so, wie wir uns gerade geküsst haben.«

»Definitiv nicht.« Ich streiche mit dem Daumen über ihren Handrücken. »Also willst du mich ... küssen?«

Sie hält den Atem an. Wieder kommt es mir wie eine Unendlichkeit vor, ehe sie nickt. »Ja«, haucht sie zur Bestätigung.

Das Kribbeln in meiner Brust ist so intensiv, dass es beinahe zu viel ist. Trotzdem warte ich geduldig, bis Victoria einen Schritt auf mich zumacht, ihr Gesicht hebt und die Augen halb schließt. Erst dann bewege auch ich mich, senke den Kopf und bedecke ihre Lippen mit meinen.

Der Kuss löscht den Brand in meiner Seele und entfacht einen neuen. Vi zu halten, ihren Atem auf meiner Haut zu spüren, ihre zarten Lippen mit meinen zu berühren ... das ist alles, was ich mir in diesem Moment wünsche. Alles, was ich brauche.

Ich will sie nie wieder loslassen. Und doch gebe ich sie frei, nachdem sie den Kuss beendet hat.

Vi mustert mich mit schief gelegtem Kopf. Es gab eine Zeit, da konnte ich ihre Gedanken erraten. Jetzt gelingt mir das nicht.

»Gib mir Zeit«, bittet sie schließlich. »Ich kann dir nicht vollkommen vergeben. Oder vertrauen. Du hast mich tief getroffen, Bas. Ich dachte, du würdest mich kennen und ich dich. Aber wie es aussieht, habe ich mich gründlich geirrt.«

Ich greife nach ihren Händen und verschränke unsere Finger miteinander. »Solange du uns nicht aufgibst, bekommst du alle Zeit, die du willst.«

»Gut, aber ich habe eine Bedingung.«

»Ich bin ganz Ohr.«

Sie befeuchtet ihre Lippen. »Im Hotel darf niemand etwas merken.« Ich will etwas erwidern, doch sie lässt mich nicht zu Wort kommen. »Zumindest nicht, bis ich mir sicher bin, wie es mit uns weitergeht. Und du darfst auch nicht erwarten, dass ich dich anders behandle als jeden Praktikanten. Dein Vater hat mir eine Aufgabe übertragen und ich kann dich nicht durchwinken.«

»Das will ich auch gar nicht«, sage ich schnell, bevor sie weiterspricht. »Ich weiß, welches Bild ich dir vermittelt habe. Mir ist klar, dass ich mich bessern muss.« Ich drücke ihre Hände sanft. »Damit ich mich für dich als würdig erweise.«

»Es geht nicht um mich«, hält sie dagegen. »Dein Vater …«

»Ich bezweifle, dass ich in den Augen meines Vaters je etwas richtig machen werde.« Es gelingt mir nicht, die Bitterkeit aus meiner Stimme zu bannen. »Zugegeben, am Anfang wollte ich mich irgendwie durchschummeln, um mein Erbe nicht zu verlieren. Da dachte ich aber auch noch, dass ich … über dich hinweg wäre.« Ich lache trocken. »Was für ein Irrtum. In dem Moment, als ich dich gesehen habe, war mir klar, dass ich verloren bin, obwohl ich so wütend auf dich war.«

Ein schwaches Lächeln erscheint in ihrem Gesicht. »Ging mir ganz genau so.«

Schmetterlinge tanzen in meinem Magen und verleihen mir Mut, weiterzusprechen. »Ich will mein Bestes geben. Nicht für meinen Vater. Für dich.«

Ihre Wangen färben sich dunkler. Ich wünschte, sie würde etwas sagen. Doch Vi schweigt und betrachtet mich nur mit leicht geöffneten Lippen und dem Funkeln in den Augen.

»Ab morgen bin ich der beste Praktikant, den du jemals

hattest«, verspreche ich ihr.

Sie kichert. »Oh, dann wirst du dich anstrengen müssen.«

»Keine Sorge, das werde ich.« Ich zwinkere, ehe ich ernst werde. »Und wie wird das dann mit uns funktionieren? Ich … möchte Zeit mit dir verbringen.«

Räuspernd löst Vi sich von mir. »Das wird sich machen lassen. Du musst dich nur eventuell in der Dunkelheit aus dem Hotel stehlen und im Dunkeln zurückkehren. Oder dir eine Ausrede einfallen lassen. Morgen haben wir Frühschicht und du hilfst beim Frühstück aus. Ab drei hast du frei und könntest ins Dorf gehen.«

»Und du?«

»Ich werde auch um drei gehen, weil ich meinen Vater aus dem Krankenhaus abhole. Wie der Rest des Tages aussieht, weiß ich allerdings nicht.«

Ihre Schultern hängen tief. Ich kann mir nicht einmal ausmalen, welche Last sie trägt. Sie arbeitet so hart und kümmert sich dennoch um ihre Eltern. Dabei macht gerade ihre Mutter es Vi wohl nicht leicht.

»Wenn du dich danach ausruhen willst, lass es mich einfach wissen«, sage ich sanft. »Und wenn du jemanden zum Reden brauchst, dann melde dich.«

»Okay.« Vi lächelt erschöpft. »Danke.«

»Nicht dafür.« Auch ich ringe mir ein Lächeln ab. »Da wir morgen Frühschicht haben, sollte ich dich schlafen lassen.«

Sie wirft einen Blick auf die Uhr. »Du hast recht«, murmelt sie.

Es ist gerade einmal zehn, aber wenn sie um fünf raus muss, wird es langsam spät für sie.

»Lass mich dir noch beim Abräumen helfen«, schlage ich vor und schnappe mir die beiden Teller, bevor Vi etwas erwidern kann.

»Das musst du nicht«, sagt sie und folgt mir mit den Gläsern in die Küche.

»Nein, aber ich will es.«

»Ja, nur haben wir noch gar nicht aufgegessen.« Vi umrundet mich. »Ich für meinen Teil habe noch Hunger.«

Mein Magen knurrt lautstark. Wir beide lachen auf.

»Okay, dann … essen wir schnell?« Ich betrachte die Teller und reiche Vi ihren.

Wir setzen uns an den Tresen und verspeisen die zweite Hälfte des Sandwichs. Auch kalt schmeckt es köstlich. Zufrieden stütze ich mich auf der Tischplatte ab und betrachte Vi. Sie kaut deutlich gründlicher als ich, lässt sich mehr Zeit. Ich hätte dieses Essen auch mehr genießen sollen, aber es war einfach zu gut für Zurückhaltung.

Als sie fertig ist, nehme ich ihren Teller und räume das Geschirr in die Spülmaschine.

»Schickst du mir eine Nachricht, wenn du in deinem Zimmer angekommen bist?«, bittet sie mich, während wir zur Tür gehen.

»Hast du Angst, dass ich mich auf dem Weg verirre?« Ich schmunzle. »So schlecht ist mein Orientierungssinn nicht.«

Sie bleibt ernst. »Schick mir trotzdem eine Nachricht. Sonst frage ich mich, ob es dir gut geht.«

Da ist sie wieder, diese Wärme, die nur Vi in mir auslösen kann. Bevor ich darüber nachdenke, hauche ich einen Kuss auf ihre Lippen. Vi erwidert ihn sanft. Tief in mir wünschte ich, ich könnte hierbleiben. Nicht weil ich unbedingt mit ihr schlafen will – obwohl ich auch das möchte –, sondern weil mir ihre Nähe jetzt schon fehlt. Doch mir ist klar, was sie von mir denken wird, wenn ich diesen Vorschlag mache. Also schiebe ich den Gedanken, so weit ich kann, von mir.

»Ich schicke dir eine Nachricht«, verspreche ich. »Gute Nacht, Vi.«

»Bis morgen ... Bas.«

Sie lächelt und mein Herz schlägt schneller. Ich zwinkere ihr zu, bevor ich ihr Haus verlasse.

Die immer noch angenehm warme Sommerluft empfängt mich. Einmal atme ich tief durch, dann setze ich mich in Bewegung. In meinem Kopf wirbeln die Eindrücke nur so durcheinander. Ich will Vi wieder in meinem Leben haben und sie soll wissen, dass ich für sie da bin. Selbst dann, wenn sie nur eine Freundschaft wollen sollte.

Deswegen ziehe ich mein Handy heraus, gleich nachdem ich mein Zimmer betreten habe.

<u>Ich</u>
Ich bin in einem Stück angekommen.

Sie antwortet sofort.

<u>Victoria</u>
Gut. Das beruhigt mich. Schlaf gut.

<u>Ich</u>
Du auch.

Einen Moment zögere ich, ob ich ein Herz-Emoji dazu setzen soll. Dafür ist es vielleicht noch zu früh. Also suche ich diese Blüte, die mich ein wenig an eine Pfingstrose erinnert, und setze sie hinter meine Worte.

Vi liest die Nachricht und antwortet mit einem errötenden Smiley.

Grinsend lege ich das Handy weg und sinke auf mein Bett. Ich hatte erwartet, dass der Aufenthalt in Greifenstein mich noch mehr aufwühlen würde. Alleine die Vorstellung, Vi vielleicht mit einem anderen Mann zu sehen, hat mir Übelkeit verursacht. Obwohl ich sicher war, dass es für uns keine Zukunft gibt. Doch jetzt, da ich weiß, was damals geschehen ist … können wir vielleicht einen Neuanfang wagen. Ich werde jedenfalls alles tun, das in meiner Macht steht, um Vis Herz zurückzugewinnen.

14 - VICTORIA

Mit einem Schmunzeln beobachte ich Bas, wie er die Teller abräumt, um sein Gleichgewicht ringt und es dennoch unfallfrei damit in die Küche schafft. Der Frühstücksdienst neigt sich bereits dem Ende zu und Bas hat sich erstaunlich gut geschlagen. Er hat alle Aufgaben erfüllt, ohne sich zu beschweren, hat sogar gelächelt und wirklich aufmerksam die Tische, für die er eingeteilt ist, betreut.

Während der Schicht wahren wir Abstand, reden nur professionell miteinander. Bas hält sich an meine Bedingungen und er gibt sich Mühe mit seinen Aufgaben. Das lässt mein Herz flattern. Besonders wenn sich unsere Blicke treffen und er mir ein schüchternes Lächeln schenkt.

Meine Gedanken kehren immer wieder zu dem Kuss letzten Abend zurück. Verstohlen berühre ich meine Lippen, als niemand mich beobachtet. Ich weiß, dass ich das, was Bas und ich einmal waren, schmerzlich vermisst habe. Trotzdem kann ich mich nicht einfach auf ihn einlassen. Seine Worte brennen immer noch auf meiner Seele. Hat er wirklich gedacht, ich hätte nur mit ihm gespielt? Oder ihn bei dem Empfang gestern alleine gelassen, weil ich mich rächen wollte?

Für mich war Bas mein bester Freund, über den ich alles wusste und dem ich blind vertraut hätte. Offensichtlich beruhte das nie auf Gegenseitigkeit und das … schmerzt mehr, als ich je erwartet hätte.

Nachdem die letzten Gäste den Frühstücksraum verlassen haben, hilft Bas beim Aufräumen. Er ist in den nächsten Tagen in der Küche eingeteilt und soll heute noch eine Einschulung bekommen. Ich hoffe nur, Thomas ist nicht zu hart zu ihm. Zwar ist der Finger mittlerweile gut verheilt, aber ich möchte nicht riskieren, dass die Wunde aufreißt oder er sich noch einmal verletzt.

Deswegen gehe ich in der Küche vorbei, um meine Schürze abzugeben und mit dem Chefkoch zu sprechen. Er beugt sich gerade über die Arbeitsplatte und sieht Listen durch. Als er mich bemerkt, hebt er den Kopf.

»Neues Menü?«, frage ich mit einem Lächeln.

»Ja, die Erdbeeren werden jetzt reif. Das sollten wir nutzen«, erwidert er. »Wie geht es deinen Eltern?«

»Den Umständen entsprechend. Ich hole Papa heute vom Krankenhaus ab. Die Nacht war komplikationslos. Wir hatten wohl Glück.«

Nachdenklich nickt Thomas. »Hast du darüber nachgedacht, sie in ein Heim zu …«

»Nein«, unterbreche ich ihn schnell. »Das kann ich ihnen nicht antun. Es würde sie brechen.«

Beschwichtigend hebt er die Hände. »Schon gut. Es war nur ein Vorschlag. Sie wären ständig betreut und beaufsichtigt.«

»Ja, aber Mama kommt schon mit der Pflegehilfe nicht klar. Was, denkst du, passiert, wenn sie ständig von jemandem bevormundet wird?« Ich schüttle den Kopf. »Nein, so wird das nichts.«

Mit einem tiefen Seufzen kommt Thomas zu mir und legt eine Hand auf meine Schulter. »Wenn du reden willst …«

In dem Moment klirrt Geschirr. Ich fahre herum und entdecke Bas, der einige Teller fallen lassen hat. Mit finsterem Blick fixiert er Thomas' Hand, die immer noch auf meiner Schulter ruht.

»Steh nicht rum. Räum die Scherben auf, bevor sich jemand verletzt«, weist Thomas ihn an.

Bas rührt sich einen Augenblick lang nicht, er starrt mich nur an. Schließlich setzt er sich doch in Bewegung und holt einen Besen.

»Immerhin kann er Anweisungen folgen«, brummt Thomas.

»Sei nicht ungerecht zu ihm.« Ich wende mich dem Koch zu. »Ich weiß, er vermittelt kein gutes Bild, doch die letzten Tage war er sehr fleißig.«

Der Chefkoch verzieht den Mund. »Abgesehen von gestern, als er einfach abgehauen ist, meinst du?«

»Er hat mir geholfen«, verteidige ich Bas.

»Und war das seine Intention, als er das Hotel fluchtartig verlassen hat?« Thomas' Augenbraue wandert hoch. »Bezweifle ich.«

»Das ist unwichtig.« Ich hebe eine Hand, ehe der Koch weitersprechen kann. »Ich werde ihn abmahnen und damit ist die Sache beendet. Sag mir lieber, welche Aufgabe du heute für ihn geplant hast.«

Seine Kiefer mahlen. Ich weiß, dass Thomas misstrauisch ist. Er kennt in Grundzügen die Geschichte von Bas und mir und er sieht das Bild, das die Medien von Bas zeichnen. Thomas hat ein großes Herz, aber man muss sich seinen Platz darin erst verdienen. Ich hoffe, es gelingt Bas, denn er könnte viel von dem Chefkoch lernen.

»Er darf die großen Töpfe schrubben«, verkündet Thomas in dem Moment, als Bas mit dem Besen aus der Abstellkammer zurückkehrt. »Dabei lernt er bestimmt viel über Demut.«

Ich riskiere einen Blick zu Bas. Seine Lippen sind zusammengekniffen, genau wie seine Augen. Was macht ihn nur so wütend?

Da fällt es mir ein. Er hat mich gefragt, ob zwischen Thomas und mir etwas läuft …

»Bevor du deinen Dienst bei Thomas antrittst, möchte ich dich wegen gestern im Büro sehen«, sage ich deswegen.

Mehr als ein Nicken bekomme ich nicht zur Antwort. Bas senkt den Kopf und kehrt die Splitter zusammen. Ich wende mich Thomas zu, der mich mit hochgezogener Augenbraue mustert. Jetzt zu sagen, dass er es nicht übertreiben soll, wäre falsch. Erstens weil der Chefkoch denken würde, dass ich Bas aus den falschen Gründen schützen will. Zweitens weil Bas dann den Eindruck bekommen könnte, ich würde ihm alles durchgehen lassen. Also werfe ich dem Koch nur einen vielsagenden Blick zu. Was er damit macht, ist seine Sache. Mehr kann ich für Bas im Moment nicht tun.

Ich lege die Schürze ab und verlasse die Küche. Im Esszimmer wird noch geputzt, also wünsche ich den Servicekräften einen schönen Tag und gehe in Richtung Rezeption.

Sandra verabschiedet dort gerade ein Paar, das hier einen Kurzurlaub verbracht hat. Nachdem die Gäste gegangen sind, gehe ich hinter den Tresen und ordne ein paar Papiere. Eigentlich brennen mir einige Fragen auf der Seele, aber ich möchte dieses Gespräch nicht unterbrechen, wenn Bas kommt. Vor meiner Frühstücksschicht habe ich natürlich herausgefunden, wie der Tag gestern noch verlaufen ist. Zumindest weiß ich, dass Bas nicht Hals über Kopf weggelaufen ist, sondern sich erst um die Reisegruppe gekümmert hat. Das muss ich ihm zugutehalten.

Schritte nähern sich und ich sehe von den Unterlagen auf. Bas hat mittlerweile die weiße Kochjacke über der dunklen Hose an. Seine Miene ist immer noch finster.

»Danke, dass du gekommen bist«, sage ich und werfe Sandra einen Blick zu, um sie zu fragen, ob sie einen Moment ohne mich auskommt. Wir brauchen keine Worte, dafür kennen wir uns lange genug. Sie nickt nur und ich bedeute Bas, mir ins Büro zu folgen.

Er lässt mir den Vortritt und schließt die Tür hinter sich.

»Wegen vorhin«, setze ich an und weiß nicht, wie ich weitermachen soll. Da war schließlich nichts. Thomas hat mich an der Schulter berührt. Das hat er schon öfter gemacht. Es ist eine vertraute Geste. »Ich …« Geräuschvoll lasse ich den Atem entweichen. Ich habe keine Ahnung, was ich ihm sagen soll. »Du hast dir nicht wehgetan? Mit den Tellern, meine ich.«

Bas verschränkt die Arme vor der Brust. »Nein. Wolltest du mich deswegen sehen?« Seine Miene ist immer noch finster. Ja, er ist sauer.

»Eigentlich wollte ich dich bitten, nichts falsch zu verstehen.«

Eine Augenbraue wandert höher. »Du meinst, dass der Chefkoch deine Schulter anfasst?« Ich suche nach Worten, doch Bas spricht weiter. »Klar stört mich das. Aber du hast mir gestern erklärt, dass ihr nur Freunde seid. Und ich … glaube dir.«

»Wirklich?« Das überrascht mich. Ich weiß, wie schwer es Bas fällt, jemandem zu vertrauen. Und dieser finstere Blick hat mich schon das Schlimmste befürchten lassen.

»Sollte ich nicht?« Er lässt die Arme sinken. »Vi, ich … möchte nicht die gleichen Fehler wie vor zwölf Jahren machen. Wir haben geredet und ich vertraue dir.«

»Wieso schaust du dann so zornig?«

Er verzieht den Mund. »Nur weil ich dir vertraue, heißt das nicht, dass ich den Kerl mag oder es gut finde, dass er dich berührt.«

Erleichtert kichere ich. Bas schiebt die Augenbrauen zusammen. Bevor er etwas sagen kann, schließe ich die Entfernung zwischen uns, lege meine Hände auf seine Schultern, stelle mich auf die Zehen und hauche einen Kuss auf seine Lippen.

Seine Augen weiten sich, ehe er lächelt. Einen Moment lehnt er seine Stirn an meine und atmet durch.

»Ich weiß, mir steht Eifersucht nicht zu«, murmelt er. »Aber ich habe Angst, dich zu verlieren.« Bas lacht trocken. »Wie das klingt. Entschuldige.«

Sanft schüttle ich den Kopf. »Danke, dass du es mir gesagt hast. Ich weiß, das ist bestimmt schwer, aber … versuch, dich mit Thomas zu arrangieren.« Bas verkrampft sich. »Die nächsten vier Wochen bist du ihm zugeteilt. Erst danach wechselst du ins Housekeeping.«

»Vom Regen in die Traufe«, brummt er.

Ich hebe den Kopf, damit wir uns ansehen können. »Bas, du sollst alle Stationen machen. Du wirst auch kellnern und in der Haustechnik arbeiten, bevor du in die Administration wechselst. Ich kann dir das nicht ersparen.« Lächelnd berühre ich seine Hände. »Außerdem hast du gesagt, du willst der beste Praktikant aller Zeiten sein.«

»Auf das nagelst du mich fest, hm?« Er streicht zärtlich über meine Arme. »Okay. Ich gebe mein Bestes. Aber ich bezweifle, dass ich mit Thomas jemals klarkommen werde.«

»Wir werden sehen.« Ich mache einen Schritt zurück. »Lass den Kopf ein wenig hängen, wenn du rausgehst.«

»Wieso?«

»Weil ich dich offiziell wegen gestern gerügt habe. Ich muss dir sagen, dass es unverantwortlich war, einfach zu gehen.« Bas räuspert sich und sucht wohl nach Worten, da spreche ich weiter: »Ich erzähle aber jedem, der es wissen will, dass du mir sehr geholfen hast und ich es deswegen bei einer Verwarnung belasse. Fühl dich also verwarnt und bitte … lauf nicht wieder einfach fort.«

Er schmunzelt. »Oh. Na gut, dann schaue ich geknickt.« Bas öffnet den Mund und schließt ihn wieder. Vermutlich will er noch etwas sagen, lässt es dann aber.

»Viel Glück in der Küche.«

Bas nickt, lässt den Kopf sinken und verlässt das Büro. Ich warte noch einen Moment, atme durch und kehre dann an die Rezeption zurück.

Sandra betrachtet mich mit einem mitfühlenden Lächeln, als ich neben sie trete und mir die An- und Abreisen des heutigen Tages durchsehe.

»War es schwer, ihn abzumahnen?«, fragt sie leise.

Tief seufzend nicke ich. »Er hat mir gestern geholfen.« Ich erzähle ihr, was genau geschehen ist. Wir hatten nicht viel Zeit, bevor ich beim Frühstück aushelfen musste. Jetzt hole ich alles nach. Nur dass Bas am Abend noch zu mir gekommen ist und wir uns geküsst haben, lasse ich aus.

»Also … habt ihr euch ausgesprochen im Krankenhaus«, fasst Sandra zusammen.

Ich nicke. »Wie es aussieht, hat Verena ihm glaubhaft gemacht, dass ich mit ihrem Bruder zusammen bin.« Ich beiße mir auf die Unterlippe und stelle die Frage, die mich beschäftigt: »Hast du eine Ahnung, warum sie das gemacht haben könnte?«

Sandra legt den Kopf schief und betrachtet mich mit hochgezogenen Augenbrauen. »Ist das eine ernst gemeinte Frage?«

»Würde ich sie sonst stellen?«

Meine Freundin seufzt. »Du folgst ihr offensichtlich nicht in den sozialen Netzwerken.«

»Ich habe mit ihr keinen Kontakt, seit wir maturiert haben. Wieso sollte ich ihr folgen?«

Mit einem Kopfschütteln betrachtet Sandra mich. »Erinnerst du dich, als unsere Klasse als Chor bei einem Fest gesungen hat? Und sie ein Solo hingelegt hat, obwohl es keines gab?«

Ich verdrehe die Augen. »Wie könnte ich das vergessen.«

»Verena stand immer gerne im Mittelpunkt. Sie postet jetzt auch ständig Fotos von ihr und Prominenten, denen sie angeblich zufällig begegnet ist. Und jetzt rate mal, wieso sie versucht hat, Sebastien und dich auseinander zu bringen.«

»Weil sie gehofft hat, dann bei ihm landen zu können?«, frage ich ungläubig. »Das ... aber ... wieso?«

»Er ist der Erbprinz eines kleinen, aber sehr reichen Landes. Und er sieht gut aus. Sebastien wird einmal ein Vermögen erben. Natürlich war er interessant für Verena. Und du hast ihr im Weg gestanden. Es könnte also gut sein, dass es so gewesen ist. Das passt zu Verena. Sie hat auch mir den Freund ausgespannt, weil er bereits ein Auto hatte und sie herumkutschieren konnte.« Sandra mustert mich ernst. »Glaubst du ihm?«

»Sebastien?«, hake ich nach. Meine Freundin nickt. »Warum sollte er mich anlügen?«

»Warum sollte er dir einen Eimer Schleim über das Ballkleid kippen?« Sie legt die Stirn in Falten. »Vielleicht hofft er, er kann sich vor der Arbeit drücken, wenn er sich entschuldigt und dir einen Grund liefert, ihm zu verzeihen.«

»Ich habe ihm gesagt, dass ich das nicht so schnell kann. Er hat es verstanden.«

Sandra betrachtet mich viel zu intensiv. Mir schwant Übles. »Du magst ihn immer noch, oder?«

Ich kann nicht verhindern, dass meine Wangen zu glühen beginnen. »Er war mein bester Freund. Du weißt, wie es mir gegangen ist, als er fort war.«

Sie greift nach meinen Händen. »Genau deswegen mache ich mir ja Sorgen um dich. Ich weiß schon, dass man nicht alles glauben darf, was in den Zeitungen steht. Aber Sebastien ... er ist nicht mehr der Junge, der er früher war. Und ich will nicht, dass er dir wehtut.«

»Wieso denken alle, dass ich mich so leicht überrumpeln lasse?« Ich kann den Zorn nicht aus der Stimme bannen. »Thomas schüchtert Sebastien ein, weil er mich beschützen will, und jetzt warnst du mich auch noch. Ich komme klar. Ich bin erwachsen. Und ich mag daran glauben, dass Sebastien und ich Opfer einer Intrige geworden sind, uneingeschränkt vertrauen werde ich ihm deswegen aber nicht.«

Sandra hebt die Mundwinkel zu einem verkrampften Lächeln. »Okay.« Mehr sagt sie nicht. Das muss sie aber auch nicht.

»Tut mir leid«, murmle ich. »Ich weiß, du willst mir helfen. Und ich bin dir dankbar. Aber ich …« Ich atme geräuschvoll aus. »Ich kann jetzt vielleicht endlich mit der Vergangenheit abschließen. Und das möchte ich. Wenn Sebastien und ich wieder Freunde werden, ist das umso besser.«

Ich verkneife mir, ihr zu sagen, dass es vielleicht mehr werden könnte. Oder wie sehr mir Bas gefehlt hat. Das ist mir nämlich einmal mehr bewusst geworden. Ich habe Bas als Freund und Vertrauten unglaublich vermisst.

»Ich wünsche dir, dass du endlich darüber hinwegkommst.« Sandra drückt meine Hand. »Ich bin auf jeden Fall für dich da, wenn du etwas brauchst.«

»Danke.« Ich schenke ihr ein Lächeln. »Lass uns jetzt die Abreisen vorbereiten.«

Mit einem Nicken machen wir uns an die Arbeit. Meine Gedanken driften aber immer wieder ab. Dank des Gesprächs mit Sandra habe ich keinen Zweifel mehr, dass Verena Bas und mich sabotiert hat. Das rechtfertigt zwar nicht, was Bas als Reaktion darauf getan hat, aber zumindest setzen sich die Puzzleteile langsam zusammen.

Es wird wirklich Zeit, nach vorne zu schauen. Ich habe lange genug unter der Vergangenheit gelitten.

15 - SEBASTIEN

Ächzend falle ich mit dem Gesicht voraus auf die harte Matratze in meinem Zimmer. Das Kissen bremst meinen Sturz und dämpft den Fluch, den ich vor mich hinmurmle. Thomas liebt es, mich zu schinden. Seit einer Woche bin ich ab Mittag in der Küche, helfe, die sogenannte Mise en Place, also die ganzen Vorbereitungen für den Abendservice, zu machen, und darf nach Dienstschluss alleine putzen. Ja. Alleine. Thomas beaufsichtigt mich zwar, rührt aber keinen Finger. Außer wenn er mir erklärt, wo ich zu schlampig war.

Ich schließe die Augen, die von den vielen Zwiebeln, die ich heute hacken musste, immer noch brennen. Vielleicht sollte ich mir diesmal absichtlich in die Hand schneiden. Dann bin ich Thomas los. Egal wie viel Mühe ich mir gebe, er wirkt nie zufrieden. Aber wenn er denkt, er bringt mich so dazu, aufzugeben, irrt er sich. Ich mache das, um Vi zu beweisen, dass ich verlässlich bin.

Seit Tagen habe ich sie nur flüchtig gesehen. Da Thomas für mich verantwortlich ist, hat er ihr vorgeschlagen, ihre gewöhnlichen Schichten zu übernehmen. Darüber bin ich froh, denn Vi sieht jetzt nicht mehr so erschöpft aus wie vor einer Woche noch. Allerdings haben wir so kaum Zeit füreinander. Sie hat derzeit fast nur Frühschichten und verbringt die Nachmittage mit ihren Eltern. Abends bin ich einfach nur erschöpft. Außerdem … hat Vi mich seit meinem letzten Besuch bei ihr nicht wieder zu sich eingeladen. Und aufdrängen will ich mich nicht.

Seufzend drehe ich mich auf den Rücken und starre die Zimmerdecke an. Ich für meinen Teil habe längst begriffen, dass ich mehr von Vi will als bloße Freundschaft. Aber sie hadert noch. Was ich verstehe. Meine Worte haben sie tief getroffen. Ich weiß selbst nicht, wie ich auf die Idee gekommen bin, Vi könnte alles nur für einen Zeitungsartikel gemacht haben. Doch ich verstehe, dass sie Zeit braucht. Deswegen möchte ich, dass unsere Treffen von ihr ausgehen.

Wir schreiben uns jedoch regelmäßig, weshalb ich auch jetzt mein Handy schnappe, um mich bei ihr zu melden. In dem Moment poppt eine Nachricht von ihr auf.

Victoria
Bist du noch wach?

Mit einem Schmunzeln tippe ich meine Antwort.

Ich
So wach man nach drei Stunden putzen sein kann.

Ich übertreibe. Das wissen wir beide. Es ist gerade einmal Mitternacht, ich habe also nur etwas mehr als eine Stunde geputzt.

Die Punkte erscheinen. Vi tippt. Ich hoffe ja, dass sie eine schlagfertige Antwort schreibt. Es würde mir jetzt guttun, ein wenig mit ihr zu scherzen.

Victoria
Ist es … unverschämt, wenn ich dich bitte, zu mir zu kommen?

Noch ehe ich etwas tippen kann, kommt die nächste Antwort:

Victoria
Ich brauche jetzt einen Freund.

Meine Kehle wird eng. Das klingt nicht gut. Hastig tippe ich, da erscheint die nächste Nachricht.

<u>Victoria</u>
Tut mir leid, wenn ich dich dränge, ich ... Es war ein langer Tag. Wenn du schlafen willst, ist das okay.

<u>Ich</u>
Ich bin in fünf Minuten bei dir.

Hastig werfe ich das Handy auf das Bett und reiße mir die verschwitzten Küchenklamotten vom Leib. Das Wasser der Dusche ist noch nicht warm, als ich daruntersteige. Aber ich will mir nicht zu lange Zeit lassen. Vi braucht mich. Und ich sollte nicht nach Zwiebeln stinkend bei ihr erscheinen. Also wasche ich mich in dem eiskalten Wasser, trockne mich schnell ab und ziehe mir eine saubere Jeans an. Beim Shirt wird es schwieriger. Die Waschmaschine in diesem Haus ist kaputt. Also rieche ich an einem T-Shirt und hoffe, dass es noch geht. Irgendwann muss ich Vi oder Sandra fragen, ob es einen Waschsalon gibt oder ich meine Kleidung anders säubern kann. Aber nicht jetzt. Jetzt braucht Vi mich.

Ich stecke mein Handy ein und stürme aus dem Haus. Der Weg über das Hotelgelände ist nur noch von Laternen beleuchtet. Trotzdem renne ich ihn hinunter. Das Geräusch meiner Schritte wird von den Hauswänden zurückgeworfen. Über mir donnert es. Erst jetzt wird mir bewusst, dass die Luft deutlich abgekühlt hat. Wahrscheinlich wird es bald regnen. Mir ist das allerdings egal. Selbst wenn ich wie ein begossener Pudel bei Vi ankomme, ist es mir gleichgültig.

Um Atem ringend läute ich an ihrer Tür. Es dauert keinen Herzschlag, da öffnet Vi. Ihre Wangen sind gerötet, die Augen geschwollen. Meine Brust wird noch enger, als sie ohnehin schon ist.

»Was ist passiert?«, frage ich, während ich sie in meine Arme ziehe.

Vi sagt kein Wort. Sie schmiegt sich nur an mich, vergräbt ihr Gesicht an meiner Brust. Ihre Schultern beben. Ich spüre ihr Schluchzen unter meinen Händen, die beruhigend über ihren Rücken streichen.

»Vi ...«

»Gib mir ... einen Moment«, bringt sie atemlos heraus.

Ich nicke und bugsiere sie behutsam ins Haus hinein. Der Wind ist stärker geworden, das Donnern lauter. Falls es gleich regnet, soll Vi nicht nass werden.

Mit dem Fuß schließe ich die Tür und ziehe Vi enger an mich. Ich weiß nicht, wie lange wir so in ihrem Vorzimmer stehen. Jedenfalls prasselt der Regen bereits auf das Hausdach, als Vi sich von mir löst.

»Oje, ich habe meine Mascara auf deinem Shirt verteilt.« Schniefend streicht sie mit den Fingerspitzen über die dunklen Flecken. »Tut mir leid.«

»Muss es nicht.« Ich berühre ihre Wange zärtlich. »Vi, was ist los? Ist mit deinen Eltern etwas passiert?«

Es kommt mir wie eine Ewigkeit vor, bis sie endlich zu mir aufsieht. Tränen schimmern in ihren Augen. »Nur der ganz normale Wahnsinn«, krächzt sie.

»Willst du darüber reden?«

Sie presst die bebenden Lippen zusammen, schluckt lautstark und nickt. Wortlos greift sie nach meiner Hand und führt mich ins Wohnzimmer. Eine Flasche Wein und zwei Gläser warten bereits auf uns. Vi zieht mich auf das Sofa und greift dann nach dem Wein. Ich nehme ihr die Flasche ab, entkorke sie und schenke uns beiden einen Schluck ein.

Vi betrachtet das Glas, das ich ihr reiche, nur. Also halte ich inne und gebe ihr die Zeit, die sie braucht, um sich zu sammeln.

»Ich weiß langsam nicht mehr, was ich machen soll«, murmelt sie schließlich. »Mama weigert sich, weiter zur Physiotherapie zu gehen, weil Papa sich heute wieder verletzt hat, als sie fort war.«

»Geht es ihm gut?«

Unendlich langsam nickt Vi. »Er hat sich nur in den Finger geschnitten, als er einen Apfel schälen wollte. Aber sie hat Panik bekommen und gemeint, sie würde ihn ab jetzt nicht alleine lassen.« Vi seufzt schwer. »Zu allem Übel hat sie auch die neue Pflegehilfe vor die Tür gesetzt. Weil sie der Meinung ist, dass die Frau ihr nicht hilft, sondern sie nur bevormunden will.« Mit einem weiteren Seufzen reibt Vi sich über die Stirn. »Ich habe heute mit Mama gestritten. Und bin doch nicht zu ihr durchgedrungen.«

Behutsam nehme ich ihr das Glas aus der Hand, das sie festhält, als hinge ihr Leben davon ab. Ich stelle es mit meinem auf dem Tisch ab und verschränke meine Finger mit ihren.

»Lass uns überlegen, welche Möglichkeiten dir bleiben«, schlage ich vor.

Sie gibt ein ersticktes Lachen von sich. »Nicht viele. Ich könnte mich selbst mehr um sie kümmern, aber dann müsste ich kündigen. Das wollen weder ich noch meine Eltern.«

»Okay, dann weiter. Was wäre noch möglich?«

Sie senkt den Blick. »Thomas hat vor Kurzem vorgeschlagen, ein Heim in Betracht zu ziehen. Er meint es gut. Aber das würde Mama umbringen.«

»Wenn sie noch so ist wie vor einigen Jahren, hast du damit recht. Sie würde verwelken wie eine Pflanze ohne Wasser. Und deinem Vater würde es ähnlich ergehen.«

Vi sieht mich flüchtig an. »Damit sind dann aber die Möglichkeiten erschöpft. Mit der Pflegehilfe funktioniert es nicht. Verwandte, die sich um sie kümmern könnten, haben wir nicht. Mal abgesehen davon bezweifle ich, dass es so besser klappen würde als mit einer fremden Hilfe.« Ihre Lippen zittern. »Was soll ich nur tun, Bas?«

Der Anblick lässt mein Herz brechen. Vi wirkt so verzweifelt, wie ich sie noch nie gesehen habe. Bevor ich weiß, was ich tue, lege ich meine Arme um sie und ziehe sie an mich. Gemeinsam sinken wir gegen die Rückenlehne.

»Du und deine Mutter, ihr seid euch in vielen Dingen ähnlich«, raune ich in ihr Ohr. »Was würde dich dazu bringen, Hilfe anzunehmen?«

»Wenn ich denken würde, dass ich es alleine nicht mehr schaffe.«

»Okay, aber nehmen wir an, du würdest das nicht so sehen. Wann würdest du einlenken?«

Sie hält inne. »Vermutlich wenn jemand, der mir wichtig ist, mir gesteht, dass ich ihn durch mein Verhalten verletze.«

Zärtlich streiche ich über ihre Arme. »Hast du ihr schon einmal gesagt, wie sehr es dich belastet, dass sie so ... willensstark ist?«

»Du meinst stur.«

»Willensstark klingt freundlicher.« Ich hauche einen Kuss auf ihre Schläfe. »Vi, deine Mutter war immer stark. Sie war die treibende Kraft deiner Familie. Dein Vater war der Ruhepol, deine Mutter der Motor. Vermutlich denkt sie, sie nimmt dir eine Last ab, wenn sie sich so verhält. Vielleicht … redest du in Ruhe mit ihr, erzählst ihr, wie es dir mit allem geht? Und bittest sie, mit dir eine Lösung zu finden?«

Langsam hebt Vi den Kopf. Unsere Blicke treffen sich. »Bas, das … Daran habe ich nicht gedacht.« Sie lächelt traurig. »Ich dachte, Mama würde erkennen, wie es mir geht. Aber sie wollte mich wohl die ganze Zeit nur beschützen.«

»Das glaube ich auch. Ihr solltet reden.« Zögerlich schmunzle ich. »Immerhin das habe ich in den letzten Wochen gelernt. Hätte ich damals mit dir geredet, statt mich kindisch zu verhalten, wäre heute so vieles anders.«

Sie greift nach einer Taschentuchbox und putzt sich die Nase. Ihre Hand wandert an ihr Ohrläppchen, während sie mich betrachtet.

»Sag schon«, fordere ich sie auf, weil sie mich eine gefühlte Ewigkeit nur anschaut.

»Woher weißt du, dass ich etwas sagen will?«

Sie blinzelt, als ich ihre Hand nehme. »Du berührst immer dein Ohr, wenn du unsicher bist und nach Worten suchst.«

Ihr Mund öffnet sich leicht. »Wie … Wieso weißt du das?«

»Ich kenne dich ein wenig, Victoria.« Langsam, um ihr die Zeit zu geben, die Hand zurückzuziehen, beuge ich mich darüber. Ihr Blick nimmt meinen gefangen, während ich einen Kuss auf ihre Haut hauche. »Also, was geht durch deinen bezaubernden Kopf?«

Einen Moment mustert sie mich schweigend, ehe sie endlich spricht. »Die letzten Wochen waren … aufwühlend. Und meine Gedanken kehren immer wieder zu einer Frage zurück, auf die ich nie eine Antwort bekommen werde.«

»Welche denn?«

Sie holt tief Luft. »Denkst du, wir wären bis heute ein Paar geblieben, wenn uns damals niemand getrennt hätte?«

»Ja, das denke ich«, antworte ich, ohne zu zögern. »Ich hätte meinen Vater überzeugt, mich in ein Internat in der Nähe zu schicken. Hätte in Österreich studiert und jede freie Minute mit dir verbracht.«

»Meinst du das ernst?« Ihre Stimme bebt leicht.

»Jedes Wort. Du bist die Frau, die ich an meiner Seite will. Die ich brauche. Und je länger ich in deiner Nähe bin, desto sicherer werde ich mir.« Ich richte mich zu voller Größe auf. »Vi, ich … ich habe immer noch Gefühle für dich.«

Ihr Brustkorb hebt und senkt sich schneller. »Bas, ich … ich …« Sie verstummt, greift nach dem Weinglas und leert es.

»Wenn du nichts für mich empfindest, dann ist das okay«, ringe ich mir ab, obwohl sich jedes Wort wie Säure auf meinem Herzen anfühlt. »Ich habe es verbockt und ich …«

»Das ist es nicht«, unterbricht sie mich. »Aber meine Gefühle für dich machen mir Angst.«

»Also … magst du mich noch?«

Sie stellt das Glas wieder ab. »Tief in mir habe ich nie aufgehört, dich zu mögen.«

»Obwohl ich ein unglaublich dummes Rindvieh bin?«

Es dauert einen Atemzug, bis sie mich wieder ansieht. Ihre Augen schimmern stärker als vorhin noch. »Das bist du. Und trotzdem … bist du der Erste, den ich sehen will, wenn es mir nicht gut geht.« Sie lacht verbittert und wischt die Tränen fort, die erneut ihre Wangen hinabkullern. »Was sagt das über mich aus?«

»Dass dein Herz unendlich groß ist«, raune ich und rücke näher. Unsere Hüften berühren sich. Ich würde Vi am liebsten in meine Arme ziehen und nie wieder loslassen. »Egal wie lange es dauert, bis du mir vergeben kannst … ich werde warten. Und für dich da sein. Als Freund.«

»Wirklich?« Sie schnieft.

»Ja. Wann immer du reden willst … ruf mich an.«

Sie mustert mich. »Aber du siehst so müde aus. Ich hätte dich nicht bitten sollen, nach der Spätschicht zu kommen.«

Mein Herz schlägt schneller und das Lächeln auf meinen Lippen wärmt meine Brust. »Mach dir um mich keine Sorgen. So müde bin ich nicht. Und selbst wenn … du bist wichtiger.« Ich streiche ihre Tränen fort. »Egal wann … melde dich. Selbst um drei Uhr morgens. Es dauert dann vielleicht ein wenig, bis ich vor der Tür stehe, aber ich werde kommen.«

Vi atmet zittrig aus und lehnt ihren Kopf an meine Schulter. »Bleibst du noch ein bisschen?«

Ich greife nach einer Decke und breite sie über ihr aus, weil ich die Gänsehaut auf ihren Armen entdecke. »So lange du willst«, murmle ich an ihrem Ohr.

Sie kuschelt sich an mich und schließt die Augen. Ich störe sie nicht, beobachte nur ihr Gesicht, das sich nach und nach entspannt, während ihr Atem tiefer wird. Zärtlich hauche ich einen Kuss auf ihre Stirn.

»Schlaf gut, Vi.«

Draußen prasselt der Regen und reinigt die Luft. Zwischen mir und Vi liegen noch viele Gräben. Aber ich werde sie überwinden. Egal wie lange es dauert.

16 - VICTORIA

Wärme hüllt mich ein, hält mich in dem traumlosen Schlaf gefangen. Meine Gedanken sind noch angenehm träge, kreisen aber um den letzten Abend. Seltsam, ich kann mich nicht erinnern, wie er geendet hat ...

Zögerlich öffne ich die Augen. Mein Herz macht einen freudigen Hüpfer, als ich in Bas' Gesicht blicke. Er schläft noch. Seine dichten Wimpern ruhen auf seinen Wangen, seine Lippen sind leicht geöffnet. Er atmet leise und gleichmäßig.

Seufzend nehme ich jedes Detail in mir auf. Von seinem dunklen Dreitagebart bis hin zu dem sanften Ausdruck auf seinem Gesicht. Wir liegen einander gegenüber auf der Couch, die eigentlich zu eng ist, um so zu schlafen. Ich bin wohl eingenickt und Bas hat mich nicht geweckt, sondern die ganze Nacht in seinen Armen gehalten. Er ist bei mir geblieben. Vielleicht habe ich deswegen zum ersten Mal seit Langem so gut geschlafen.

Zärtlich streiche ich über seine Wange. Bas hält den Atem an und öffnet die Augen. Es dauert einen Herzschlag, bis sein Blick klar wird. Dann lächelt er. »Hey«, krächzt er.

»Hey«, erwidere ich ebenso heiser.

Bas streckt sich und umarmt mich erneut. Ich schmiege mein Gesicht an seine Schulter, atme den herben Duft seines Parfums ein. Würden die Morgen ähnlich aussehen, wenn wir vor zwölf Jahren nicht auseinandergerissen worden wären? Bas klang ziemlich sicher, dass wir immer noch ein Paar wären ...

»Du hättest nicht bleiben müssen«, nuschle ich an seinem Shirt und füge hastig hinzu: »Aber ich bin froh, dass du hier bist.«

Als Antwort berühren seine Lippen meine Stirn. Dieser Moment ist so unglaublich perfekt.

»Ich hatte Angst, dich zu wecken. Also habe ich dich gehalten. Irgendwann bin ich wohl auch eingeschlafen.« Er lacht in sich hinein. »Wird nicht so lange gedauert haben, ich war nach der letzten Schicht echt erschöpft.«

»Und ich habe dich auch noch hergerufen.« Seufzend schiebe ich mich ein wenig zurück, um ihn anzusehen. »Tut mir leid.«

»Mir nicht.« Er lächelt und löst damit ein angenehmes Prickeln in meiner Brust aus. »Ich bin froh, dass ich bei dir sein konnte.«

Am liebsten würde ich ihn bitten, ab jetzt jeden Abend zu mir zu kommen. Doch ich wage es nicht. Zum einen weiß ich nicht, ob er das überhaupt will, und zum anderen ist es vielleicht zu früh für diese Nähe, die ich bereits viel zu sehr genossen habe.

Bas wirft einen Blick auf die Armbanduhr. »Es ist früh, du könntest noch etwas schlafen.«

»Ob ich schlafen kann, weiß ich nicht«, erwidere ich. »Aber wenn es dich nicht stört, würde ich gerne noch eine Weile so liegen bleiben.«

»Gern.« Sein Atem streicht über meine Schläfen, als ich mich wieder an ihn schmiege. »Ich muss erst um drei im Hotel sein. Wir haben also Zeit. Außer du möchtest mit deinen Eltern sprechen.«

Ich schüttle den Kopf. »Erst morgen. Da habe ich Frühdienst und kann am Nachmittag mit ihnen reden. Falls es nicht gut läuft, habe ich dann ein paar Flaschen Wein oder jede Menge heiße Schokolade hier …«

»Vi, ich habe morgen frei.« Bas' Stimme ist gedämpft. »Also wenn du etwas brauchst, musst du es nur sagen. Ich bin fünf Minuten später bei dir.«

Ich kann nicht anders, ich lächle. »Okay. Vielleicht komme ich darauf zurück.«

»Mach das.«

Immer noch lächelnd schließe ich die Augen und schlafe doch wieder ein.

In der Lobby herrscht Chaos, als ich sie betrete. Sandra wühlt in einer Schublade herum, Cora hämmert auf die Tastatur des Computers ein.

»Das kann doch nicht einfach verschwunden sein«, faucht Sandra. »Wenn du dich darum gekümmert hast, muss es hier irgendwo liegen.«

»Ich schwöre dir, ich habe diese Reservierungen vorgenommen«, stammelt Cora und verstummt, als sie mich bemerkt.

Etwa einen Meter vom Tresen entfernt bleibe ich stehen, verschränke die Arme vor der Brust und sehe zwischen den beiden Frauen hin und her. »Was ist hier los?«

Meine Stimme ist ruhig. Ich kann Cora ansehen, dass sie etwas falsch gemacht hat. Sie ist so blass wie eine weiße Wand und presst die Lippen zu einem schmalen Strich zusammen. Ihr Brustkorb hebt und senkt sich viel zu schnell. Ja, sie hat Panik. Da muss ich sie nicht noch mehr einschüchtern.

»Heute soll eine Reisegruppe ankommen«, erklärt Sandra. Sie bemüht sich zwar, langsam zu sprechen, aber es gelingt ihr nicht. »Mit zwanzig Leuten. Sie haben angerufen, um uns mitzuteilen, dass sie erst gegen sieben anreisen und ob wir bitte das Abendessen für sie verschieben können. Da ist mir bewusst geworden, dass wir keine einzige Reservierung für diese Gruppe haben.«

Innerlich zähle ich bis fünf, gehe gedanklich meinen Notfallplan durch. »Okay. Wann und wie haben sie reserviert?«

Sandra sieht zu Cora, die kein Wort herausbringt. »Also, Cora meinte, sie habe vor zwei Wochen telefonisch etwas angenommen und es noch einmal schriftlich bekommen.«

Auch ich schaue zu Cora, die vor meinen Augen zu schrumpfen scheint. »Wann genau?«

»An ... an dem Tag, als der Prinz zum ersten Mal Dienst hatte«, stammelt sie und weicht meinem Blick aus.

Sieh an. An dem Tag also, an dem sie mit Bas geflirtet hat, hat Cora eine größere Reservierung verbockt. Ich will es nicht, aber Eifersucht wallt in mir hoch und macht mich wütender, als ich sein sollte. Mit aller Kraft kämpfe ich das nagende Gefühl nieder, atme durch und straffe die Schultern.

»Wie kamen die schriftlichen Informationen? Per Mail? Fax?«, frage ich Cora.

»Ich … ich dachte per Mail, aber ich finde nichts …«, wispert sie und malträtiert die Tastatur erneut.

»Okay. Such weiter, ich helfe dir dabei. Sandra, bitte check, wie viele Zimmer wir frei haben und ob wir die Gruppe überhaupt hier unterbringen können. Ich rede dann mit dem Housekeeping und der Küche, damit wir das noch rechtzeitig stemmen.«

»In Ordnung«, sagen beide wie aus einem Mund.

Während Sandra in unserem System die Belegung checkt, durchsuche ich noch einmal sämtliche Postfächer. Ich scrolle durch die Mails, betrachte nur jene, die an dem Tag, an dem Bas mit der Arbeit begonnen hat, angekommen sind.

Nach einer gefühlten Ewigkeit finde ich die Mail im »Erledigt«-Ordner.

»Hab sie«, verkünde ich und gleiche mit Sandra die Infos ab.

Nein, Cora hat für keine einzige Person der Reisegruppe eine Reservierung vorgenommen. Zumindest nicht unter den Namen, die in der Mail stehen.

»Wir haben echt mehr Glück als Verstand«, brummt Sandra. »Es geht sich auf das letzte Zimmer aus, dass wir die Leute unterbringen.«

Noch während sie spricht, greife ich zum Telefon und rufe Melissa, die Leiterin unseres Housekeepings, an. »Hi, hier ist Victoria. Ich habe einen kleinen Notfall.«

Schnell erkläre ich die Lage, ohne jemandem die Schuld zuzuschieben. Melissa seufzt zwar mehrfach, verspricht mir aber, die Zimmer rechtzeitig fertig zu bekommen.

Kaum ist das Telefonat zu Ende, scrolle ich durch die Anmerkungen bezüglich des Essens. »Die haben ein Menü gebucht.« Ich atme geräuschvoll aus. »Da können wir schwer Ersatz bieten. Hoffen wir mal, dass Thomas genauso zaubern kann wie Melissa.«

Schnell drucke ich das Menü aus, schnappe mir den Zettel und laufe Richtung Speisesaal.

»Victoria, es tut mir so leid!«, ruft Cora mir nach.

Abrupt bleibe ich stehen. »Wir reden später«, entgegne ich, ohne mich zu ihr umzudrehen. Bevor sie noch etwas sagen kann, renne ich los.

Es ist besser für uns beide, wenn meine Wut ein wenig verraucht ist. Fehler passieren, das weiß ich. Ich kann trotzdem nicht anders. Sie hat etwas verbockt, weil sie mit Bas geflirtet hat. Das nagt an mir und schürt meinen Zorn.

Geladen stürme ich in die Küche. Mein Blick wandert zu Bas, der gerade Kartoffeln schält. Wie alle im Raum dreht er sich zu mir um, weil die Tür gegen die Wand schlägt.

Thomas wischt sich die Hände an einem Tuch ab und kommt zu mir. Wortlos sieht er mich an und wartet, bis ich zu sprechen beginne. Also atme ich durch, räuspere mich und erkläre auch ihm, was geschehen ist.

»Zwanzig Leute, die alle das gleiche Menü wollen«, brummt er und überfliegt die Liste mit den sechs Gängen. »Ich bin nicht sicher, ob wir die Zutaten dafür so schnell auftreiben können.« Er tippt auf die zweite Vorspeise. »Spargel hat nämlich im Moment keine Saison mehr. Den in der richtigen Qualität und Menge zu kriegen …«

»Ich weiß, es ist alles andere als ideal«, unterbreche ich ihn. »Und ich wünschte, es wäre nicht so. Aber der Schaden ist angerichtet. Für den Fall, dass wir irgendetwas nicht hinbekommen, müssen wir uns ohnehin eine Erklärung einfallen lassen, wieso wir keine Rücksprache gehalten haben.« Ich ringe die Hände. »Denkst du, ihr bekommt das hin?«

Noch einmal betrachtet Thomas den Zettel. »Es ist nicht besonders aufwendig oder schwierig. Falls wir also die Zutaten bekommen, sollte es kein Problem sein, das neben dem à la Carte Geschäft am Abend zu stemmen.«

»Oh, ich danke dir …«

»Allerdings«, fällt er mir ins Wort und sieht dabei wieder mich an, »sind wir ziemlich gut gebucht heute. Neben den Hotelgästen haben sich auch einige Leute aus dem Dorf angemeldet. Sie feiern einen Geburtstag oder so. Wir haben also keine Sitzplätze und vermutlich zu wenig Servicepersonal, weil wir da ohnehin schon zu schwach besetzt sind.«

»Verdammt«, entschlüpft es mir.

Nachdenklich reibe ich mir über die Stirn und suche nach einer Lösung. Da räuspert jemand sich direkt vor mir. Als ich aufsehe, steht Bas neben Thomas.

»Das Wetter soll heute gut sein«, beginnt er zu reden. »Früher haben deine Eltern Veranstaltungen oft im Garten gemacht, weil es zu wenig Platz im Speisesaal gab. Wäre das eine Möglichkeit?«

Überrascht öffne ich den Mund. Ein Blick zu Thomas genügt, um zu wissen, dass auch er nicht daran gedacht hat.

»Du hast recht.« Ich kichere erleichtert und wippe aufgekratzt auf meinen Fußballen. »Das habe ich beinahe vergessen. Der Garten! Da kann man Tische aufstellen.«

»Sofern man welche hat«, dämpft Thomas meine Hochstimmung. »Wir haben schon ewig nichts mehr draußen aufgebaut.«

»Im Keller lagern noch Möbel«, überlege ich laut. »Ich müsste sie prüfen, aber wenn sie noch brauchbar sind, wäre das Platzproblem gelöst. Und ich könnte im Service einspringen. Vielleicht kann ich ein paar zusätzliche Leute motivieren …«

»Schau erst einmal, ob die Möbel passend sind«, schlägt Thomas vor. »Wenn nicht, müssen wir uns nämlich etwas anderes überlegen.«

Er sieht zu Bas, der nur Augen für mich hat. Einen Moment ist mir das unangenehm. Thomas könnte Verdacht schöpfen. Allerdings wartet Bas wohl ab, ob ich seine Idee annehme.

»Gut gemacht, de Violet«, brummt der Koch. »Und weil du den Einfall hattest, kannst du Victoria gleich begleiten, um nach den Möbeln zu sehen.«

Immer noch schaut Bas mich an. »Ist das in deinem Sinne?«

»Natürlich. Das würde mir sehr helfen. Danke«, antworte ich viel zu schnell. Aber ich will keine Zeit verlieren. Deswegen drehe ich um und haste aus der Küche. Bas' Schritte verfolgen mich bis zum Kellerabgang. Ich schalte das schwache Licht an und stürme die Treppen hinunter.

»Vi, mach langsam«, sagt Bas atemlos. »Es bringt niemandem etwas, wenn du dir den Hals brichst.«

»Ich breche mir schon nicht den Ha…« Keuchend knicke ich auf der letzten Stufe um. Bevor ich am Boden aufkomme, fängt Bas mich auf.

»Würdest du das bitte noch einmal wiederholen?«, raunt er mir ins Ohr und beschert mir einmal mehr Gänsehaut. »Hast du dir wehgetan?«

»Nein«, antworte ich, obwohl ich es nicht weiß.

Behutsam hilft Bas mir, wieder aufzustehen. Ich trete zögerlich auf den linken Fuß, der umgeknickt ist, und atme auf, weil ich keine Schmerzen habe.

»Glück gehabt«, murmle ich.

»Ja.« Bas gibt ein Schnauben von sich. »Bitte, Vi ... pass auf. Ich weiß, dass das eine blöde Situation ist. Aber wenn dir etwas passiert, sind die anderen verloren.«

Ich mache eine wegwerfende Geste. »Du übertreibst.«

»So? Ich möchte sehen, wie Sandra den heutigen Abend ohne dich managt.« Bevor ich etwas entgegnen kann, hebt er abwehrend die Hände. »Sie ist sicher gut. Aber du ... du hast den Weitblick und die Ruhe. Außer wenn du über Treppen fliegst.«

Ein Schmunzeln stiehlt sich auf sein Gesicht. Am liebsten würde ich seufzen, meine Hände an seine Wangen legen und ihn küssen. Es fühlt sich wie eine Ewigkeit an, dass wir uns zuletzt geküsst haben.

Jetzt ist allerdings nicht der richtige Zeitpunkt dafür, also schiebe ich die Sehnsucht so tief wie möglich in mein Herz und verschließe sie dort.

»Nicht mehr fliegen üben, wenn ich Treppen hinunter laufe, schon klar.« Ich ringe mir ein Lächeln ab. »Lass uns jetzt wegen der Möbel schauen.«

Er öffnet den Mund, schließt ihn dann jedoch seufzend wieder. Mit einem Nicken folgt Bas mir tiefer in den Keller.

Hier lagern Möbel aus den Zimmern, die wir als Ersatz gekauft haben, falls wir etwas kurzfristig tauschen müssen. Von Staub überzogene Decken liegen auf den Nachtkästchen, Tischen, Sesseln und Kommoden. Zum Glück müssen wir nur selten etwas ersetzen.

Die Dekorationen für Feste bewahren wir ebenfalls im Keller auf. Sie sind in großen Kartons verstaut. Für Weihnachten haben wir am meisten Dekoration, aber auch für Ostern und Valentinstag gibt es eine eigene Kiste. Außerdem haben wir Dekorationen für die Jahreszeiten.

Als mein Blick auf die Box mit den Sachen für den Sommerball fällt, verknotet sich mein Magen. An diesem Tag im Jahr habe ich das Hotel immer gemieden. Zu schmerzhaft waren die Erinnerungen, die jedes Mal, wenn ich die Lampions und Girlanden für den Ballsaal gesehen habe, hochgekommen sind. Ob ich es dieses Jahr schaffe, an dem Abend anwesend zu sein?

Verstohlen sehe ich zu Bas. Wird er dann überhaupt noch hier sein oder wird er bereits wieder in Blanchebourg leben, um seine Ausbildung fortzusetzen?

»Alles okay?«, fragt er und berührt meine Hand.

Ich verschränke unsere Finger miteinander. »Ja. Ich mag den Keller nur nicht, seit mir jemand erklärt hat, dass hier Spinnen so groß wie Fußbälle lauern.«

Bas grinst breit. »Oh, keine Sorge, solange ich bei dir bin, lassen sie dich in Ruhe.«

»Beruhigend.« Ich stupse ihm mit dem Ellbogen gegen die Seite. Es ist unglaublich schön, wieder mit Bas zu scherzen. Er hat mir wahnsinnig gefehlt. Alles an ihm. Bevor ich mich wieder in Gedanken verlieren kann, räuspere ich mich und deute mit dem Kinn in eine Ecke. »Die Gartentische sollten da hinten sein.«

Ich lasse seine Hand los und packe das ergraute Tuch. Bas greift ebenfalls danach. Gemeinsam ziehen wir es von den Möbeln.

Die Tische bestehen aus hellem Holz, die Stühle ebenfalls. Alles wirkt verstaubt, aber mit etwas Arbeit könnte man die Möbel wieder verwenden.

»Ich glaube, wir haben wirklich Glück.« Lächelnd wende ich mich Bas zu. »Vor allem, weil du daran gedacht hast.«

»Dir wäre es auch eingefallen.« Er zwinkert. »Ich war diesmal nur schneller.«

Einen wundervollen Augenblick sehen wir einander nur an. Mein Herz schlägt mir bis zum Hals. Ich kann gar nicht in Worte fassen, was es mir bedeutet, dass Bas an meiner Seite ist. Und selbst wenn diese Wochen die einzigen sein sollten, in denen wir einander wieder so nahe sind, will ich sie genießen. Ich habe schon viel zu viel Zeit mit ihm verloren.

»Lass uns gleich etwas raufbringen«, schlage ich vor und greife nach einem Tisch.

Bas lacht, legt seine Hände auf meine und schüttelt den Kopf. »Wir bitten Thomas, ein paar Leute aus der Küche abzustellen. Oder jemandem vom Serviceteam. Du schleppst keine Tische und Stühle hoch.«

»Aber …«

»Nein, Vi. In diesem speziellen Fall bitte ich dich, mir keine Anordnung zu geben, sondern auf mich zu hören.« Er betrachtet mich mit durchdringendem Blick. »Bitte.«

Einen Atemzug zögere ich, ehe ich die Hände sinken lasse. »Okay. Aber nur, weil ich noch genug andere Dinge zu erledigen habe.«

Bas schmunzelt und verschränkt unsere Finger miteinander. Er führt mich zur Treppe zurück und hält meine Hand, bis wir den Keller verlassen haben. Erst dann lässt er los und folgt mir zur Küche.

Mit den Möbeln hätten wir ein Problem für diesen Abend gelöst. Blieben nur noch etwa ein Dutzend weitere. Doch mit Bas an meiner Seite bin ich optimistisch. Ich glaube, gemeinsam können wir die kleine Katastrophe doch noch abwenden.

17 - SEBASTIEN

Die Sonne, die auf den Schlossgarten hinunterscheint, blendet mich, und meine Finger brennen schon von dem Putzmittel. Trotzdem höre ich nicht auf, die Stühle zu schrubben. Die Staubschicht, die auf den Möbeln klebt, ist bestimmt zehn Jahre alt und etwa einen Fingerbreit dick. Ich habe keine Ahnung, warum Vis Eltern sie so lange nicht benutzt haben. Früher gab es ständig Feste im Schlossgarten. Aber Vi selbst hatte sogar vergessen, dass sie diese Möbel besitzen. Was ist nur in den Jahren, seit ich zuletzt hier war, passiert?

»De Violet!«, ruft Thomas mich.

»Hier!« Ich stehe auf und wende mich zu dem Küchenchef um.

Eigentlich sollte ich jetzt Gemüse putzen oder Kartoffeln schälen. Aber Vi hat mit den Zimmern für die Reisegruppe genug zu tun. Und außer mir hat keiner Zeit, die Möbel zu reinigen.

Also straffe ich meine Schultern und mache mich gedanklich bereit, dem Chefkoch Konter zu geben, wenn er mich in die Küche abkommandiert. Deswegen muss er hier sein. Thomas verschränkt die Arme vor der Brust und mustert mich finster.

»Immer noch am Putzen?«, fragt er brummig.

»Sonst hat keiner Zeit. Victoria braucht die Möbel aber. Ich beeile mich.«

Jetzt kommt es sicher gleich. Er wird mir vorwerfen, dass ich mich vor der Arbeit drücke, obwohl man sieht, dass ich etwas gemacht habe. Die Hälfte der Stühle ist bereits sauber, ebenso die Tische. Das muss er bemerken.

Langsam lässt er die Arme sinken. »Dann will ich dich nicht aufhalten.«

Blinzelnd betrachte ich ihn. »Was?«

»Nun, du hast noch einiges vor dir und in der Küche warten dann die Kartoffeln auf dich. Nur nicht nachlassen.«

Bevor ich auch nur ein Wort herausbringe, ist er fort. Hat der griesgrämige Küchenchef mich gerade vom Haken gelassen?

Ich schüttle den Kopf. Ist nicht wichtig.

Mir bleibt keine Zeit, zu lange darüber nachzudenken. Die Tische müssen noch eingedeckt werden, also sollte möglichst schnell alles sauber sein. Deswegen tauche ich den Schwamm in den Eimer mit Wasser und Putzmittel und mache weiter.

Schweiß strömt mir über den Rücken, als ich fertig bin. Aber dafür glänzt alles. Ich glaube, so hart habe ich noch nie gearbeitet.

Trotzdem gönne ich mir keine Pause. Zwar bin ich nicht sicher, wie man das Besteck und die Gläser anordnet, aber die Tischdecken kann ich zumindest auflegen.

Ich bin gerade mit der letzten fertig, da erscheint Vi im Garten.

»Hast du die alleine geputzt?«, fragt sie bestürzt.

»Ja. Aber keine Sorge, ich habe gründlich gearbeitet.« Ich lächle sie an. »Wenn du mir zeigst, wie ich richtig eindecke, mache ich auch das.«

Vi schiebt die losen Strähnen ihres Zopfes hinter das Ohr. Ihre Wangen sind gerötet und auf ihrer Stirn glänzt Schweiß. Sie hat sicher beim Putzen der Zimmer geholfen und nicht nur alles überwacht.

»Bas.« Sie spricht meinen Namen so zärtlich aus, dass ich Gänsehaut bekomme. »Ich weiß gar nicht, wie ich dir danken soll.«

»Für dich mache ich das gerne.«

Ich überwinde die Entfernung zwischen uns und berühre verstohlen ihre Hand. Dann versinke ich in ihren Augen. Mein Herz schlägt wild in meiner Brust, weil Vi mich so liebevoll ansieht. Ich atme tief ein und beuge meinen Kopf. Vi schließt die Augen halb und hebt ihr Gesicht. Doch bevor unsere Lippen sich treffen, ruft jemand Vis Namen.

Panisch fahren wir auseinander. Ich packe ein Tischtuch und schüttle es aus. Sandra stürmt in den Garten.

»Die Reisegruppe ist da«, keucht sie.

»Okay. Heiße sie willkommen. Ich muss mich vorzeigbar machen«, erwidert Vi vollkommen ruhig.

Wie kann sie nicht um Atem ringen wie ich? Wir wären fast erwischt worden. Was aber schlimmer ist … wir sind bei dem Kuss, nach dem ich mich seit Tagen sehne, unterbrochen worden.

»Gut, dann … bis gleich.« Sandra läuft davon.

Vi seufzt. »Ich muss die Gäste empfangen.« Sie schnappt sich Besteck, eine Serviette und zwei Gläser von dem kleinen Wagen, mit dem ich alles hinausgebracht habe. Mit zwei schnellen Handgriffen deckt sie einen Platz damit ein. »So sollte das aussehen. Ich werde nachher noch einmal vorbeischauen, sobald ich kann.«

»Dann muss ich nur schon wieder in der Küche sein.« Ich verdrehe die Augen. »Ich hoffe, ich kann die Tische einigermaßen richtig eindecken.«

»Bestimmt.« Sie rückt näher an mich heran und haucht einen Kuss auf meine Wange. »Danke noch mal. Ich … Danke, Bas.«

Ich kann mich nicht bewegen, genieße nur das Prickeln, das ihre Lippen auf meiner Haut hinterlassen. Selig lächelnd sehe ich Vi nach, wie sie im Hotel verschwindet. Für mich gibt es keinen Zweifel mehr … ich will mit ihr zusammen sein. Jeder Tag, den wir gemeinsam verbringen, bestärkt mich darin, dass sie die Eine für mich ist. Hoffentlich sieht sie das genau so.

Konzentriert decke ich die Tische ein, werfe dabei immer wieder einen Blick auf den Platz, den Vi gemacht hat. Als ich fertig bin, atme ich durch und kehre in die Küche zurück.

Thomas hat sämtliche Köche, die heute frei gehabt hätten, zur Arbeit gebeten. Das Menü für zwanzig Leute aus dem Boden zu stampfen stellt selbst ihn vor ein Problem. Aber der Chefkoch ist souverän wie immer. Er bemerkt mich sofort, kommandiert mich zum Kartoffelschälen ab und kümmert sich dann um die restlichen Vorbereitungen.

Ich schäle, so schnell ich kann. Kaum bin ich fertig, legt Thomas mir den Spargel hin, den er wie durch ein Wunder bekommen hat. Auch den muss ich schälen. Aber es macht mir nichts aus, weil ich es für Vi mache. Das Prickeln des Kusses auf meiner Wange beflügelt mich.

So vertieft, wie ich in die Arbeit bin, bemerke ich kaum, dass der Abendservice beginnt. In der Küche war es die ganze Zeit so stressig, dass man die Veränderung nicht wahrnimmt. Nur daran, dass die Servicekräfte Bestellungen abfragen, wird mir klar, wie spät es schon sein muss.

»Was soll ich jetzt machen?«, frage ich Thomas, nachdem ich den Spargel abgegeben habe.

»Wie gut kannst du Suppe eingießen?«, will er wissen.

»Wenn mir jemand zeigt, worauf ich achten soll, hoffentlich gut.« Ich ringe mir ein Lächeln ab.

»Joe, zeig unserem Praktikanten, wie man Suppe richtig vorbereitet!«, ruft Thomas über seine Schulter hinweg.

Ich werde zu einer Station geführt, an der drei große Suppentöpfe und jede Menge Geschirr sowie Garnierungen auf mich warten. Joe erklärt mir, wie welche der drei Suppen aussehen soll und wann ich sie eingießen muss, damit sie rausgehen kann. Er wartet, bis Thomas eine Bestellung aufruft, bereitet mit mir die Suppen vor und bringt sie zum Pass.

»Jetzt du, de Violet«, fordert er mich auf und kehrt an seinen Posten zurück.

Zwar zittern meine Hände, als die erste Bestellung aufgerufen wird, aber ich schaffe es, die zwei Suppen unfallfrei zum Pass zu bringen.

»Sieht gut aus«, brummt Thomas, stellt sie auf ein Tablett und klingelt dem Kellner.

Ich will mich abwenden, als Vi die Küche betritt. Mein Mund klappt auf. Sie trägt ein lilafarbenes Dirndl mit einer glänzenden grün-violetten Schürze. Die Rüschen der kurzärmeligen Bluse umrahmen ihren Ausschnitt unglaublich gekonnt. Sie hat die Haare zu einer Flechtfrisur hochgesteckt und sieht einfach zum Anbeißen aus.

»Was machst du hier?«, fragt Thomas überrascht.

»Im Service sind heute drei Kräfte wegen Krankheit ausgefallen. Wir haben also ein gröberes Problem da draußen. Sandra und Cora helfen auch mit, aber wir sind trotzdem unterbesetzt.« Vi schnappt sich die Suppen. »Wünsch mir Glück, ich werde es brauchen.«

Eilig verlässt sie die Küche. Ich beiße mir auf die Unterlippe.

»Thomas, kann ich draußen helfen?«, frage ich, bevor mich der Mut verlässt.

Der Chefkoch sieht mich über die Schulter hinweg an. »Im Service? Warum?«

Ich gebe mir Mühe, gleichgültig zu wirken. »Weil es euch leichter fällt, die Suppen einzugießen, als Victoria, den Service mit zu wenig Personal zu stemmen. Ich weiß, dass ich nicht die größte Hilfe bin, aber ich kann den Leuten da draußen etwas abnehmen. Und wenn es nur das schmutzige Geschirr ist, das ich abräume.«

Thomas mustert mich finster. Ob er denkt, ich wolle mich einfach vor der Küchenarbeit drücken?

Bevor er antworten kann, kommt Cora herein. Sie wirkt abgehetzt und blass.

»Cora, hol ein Hemd und eine Weste für de Violet«, weist Thomas sie an. »Ihr habt einen neuen Servicemitarbeiter bekommen.«

Cora sieht von ihm zu mir und wieder zurück. »Weiß Victoria davon?«

»Ihr braucht Hilfe«, erwidert Thomas brummig. »Aber wenn du sie zuerst fragen willst, nur zu. Lass dir nur nicht zu viel Zeit.«

Cora nimmt das Tablett und stürmt aus der Küche.

»Danke, Thomas.«

»Du musst mir nicht danken.« Er sieht mich nicht an, sondern arrangiert die Komponenten eines Tellers um. »Victoria braucht Hilfe. Da draußen hast du sicher mehr zu tun als hier. Also bedank dich nicht. Ich habe dir damit keinen Gefallen getan.«

Ich komme zu keiner Antwort. Vi selbst bringt mir Hemd und Weste. Sie lächelt und ihre Augen strahlen. Das genügt mir als Belohnung.

»Wenn du umgezogen bist, komm zu mir«, sagt sie. »Ich zeige dir dann die Tische, für die du zuständig bist.«

Sie nimmt ihre Bestellung mit hinaus. Ich sehe ihr einen Herzschlag nach, dann wende ich mich ab.

»De Violet!«, ruft Thomas mich zurück. »Mach mir da draußen keine Schande.«

»Geht klar.«

Ich hechte in den Umkleideraum, schäle mich aus der verschwitzten Kochjacke und werfe sie in meinen Spind. Hastig ziehe ich das Hemd an, knöpfe es zu und schlüpfe in die Weste. Mit den Händen versuche ich, meine Haare in Ordnung zu bringen, was mir nicht wirklich gelingt. Sie sehen immer irgendwie unordentlich aus. Aber so sind sie eben.

Als ich fertig bin, laufe ich in den Gastraum. Vi kommt mir mit einem Stapel schmutzigem Geschirr entgegen. Ich nehme es ihr ab und sie lächelt.

»Danke. Die Tische im Garten sind von der Reisegruppe. Sandra kümmert sich derzeit alleine darum. Kannst du ihr helfen? Sie sagt dir, was sie braucht.«

»Klar, mache ich gleich.«

Ich bringe die Teller in die Küche und eile dann in den Garten. Sandra nimmt gerade Getränkebestellungen auf und sammelt die bereits geleerten Gläser ein. Ich gehe zu ihr, raune ihr Vis Worte zu und sie übergibt mir die Getränkekarten.

»Am besten räumst du ab, schaust, ob die Leute noch etwas trinken möchten, und winkst mich dann zu dir«, sagt sie leise. »Da sie alle das gleiche Menü haben, müssen wir beim Servieren schnell sein. Wie viele Teller kannst du tragen?«

»Unfallfrei? Drei höchstens.«

»Okay, kein Problem. Dann müssen wir öfter und schneller gehen.« Sie deutet mit dem Kinn auf einen Tisch, an dem drei Frauen um die Vierzig sitzen. »Bei denen musst du aufpassen. Die haben zu dritt bereits drei Flaschen Wein geleert und wir haben noch nicht mal den ersten Gang serviert.«

»Soll ich ihnen keinen Wein mehr bringen?«

Sandra zuckt mit den Schultern. »Das ist nicht unsere Sache. Pass nur auf. Eine von ihnen hat mir vorhin an den Hintern gegriffen.« Sie verdreht die Augen.

Ich sammle ein paar leere Gläser ein und folge Sandra in die Küche, wo wir die erste Vorspeise abholen. Zum Glück ist es ein kleines Tartar mir etwas Salatgarnitur. Nichts, das umkippen oder das ich jemandem siedend heiß in den Schoss gießen kann.

»Serviere immer von rechts«, weist Sandra mich an, als wir den Garten betreten.

Ich stelle mich auf die rechte Seite der Dame, der ich das Essen serviere, stelle den Teller ab und atme auf, weil ich die anderen beiden dabei nicht fallen lassen habe. Auf dem Weg zurück zur Küche laufe ich beinahe in Vi rein, die fünf Teller balanciert.

»Alles okay?«, fragt sie schnell.

»Ja.« Mehr sage ich nicht. Wir haben keine Zeit. Schließlich muss ich auch noch die restlichen Teller servieren.

Als ich fertig bin, nehme ich Getränkebestellungen auf und sammle die ersten leeren Teller ein.

»Sie kommen mir bekannt vor«, säuselt eine Frau um die dreißig. Sie stützt das Kinn auf ihre Hand und klimpert mich mit ihren langen falschen Wimpern an. »Sind wir uns schon mal begegnet?«

»Ich glaube nicht.« Unsicher lächle ich. »Darf es noch etwas zu trinken sein?«

Sie schüttelt den Kopf und ich suche das Weite. Bisher hat mich niemand darauf angesprochen, ob ich Prinz Sebastien bin. Warum auch? Auf den Bildern der Tratschzeitungen sehe ich anders aus als hier. Und wer erwartet schon, dass ein Prinz ihm Frühstück serviert? Aber irgendwie befürchte ich, diese Frau könnte mich erkannt haben.

Falls es so ist, kann ich mir nur eine Ausrede überlegen. Doch den restlichen Abend spricht sie mich nicht mehr an. Und ich denke auch nicht mehr wirklich darüber nach. Meine Beine liefern sich nämlich einen erbitterten Kampf mit meinen Armen darum, was mehr schmerzen kann. Ich glaube, mir fallen bald die Hände ab, so schwer sind sie mittlerweile. Dass ich morgen noch gehen kann, wage ich zu bezweifeln. Dabei laufe ich in Sneaker herum. Vi und Sandra tragen hohe Absätze. Mein Respekt für die beiden wächst mit jeder Minute.

Mit zitternden Armen stelle ich die letzten Dessertteller vor den Gästen ab. »Guten Appetit«, wünsche ich und wende mich ab.

Sandra nimmt die Bestellungen für Kaffee und letzte Getränke auf. Ich will in die Küche zurück. Kaum habe ich das Schloss betreten, berührt mich jemand am Arm.

Lächelnd drehe ich mich um. Und erstarre. Statt Vi, die ich vermutet habe, steht die Frau, die mich angesprochen hat, hinter mir. Ihre Lippen sind blutrot geschminkt, der Ausschnitt ihres Kleides viel zu tief. Sie betrachtet mich und fährt sich mit der Zunge über die Lippen. In mir verkrampft sich alles.

»Du siehst aus wie jemand, den ich kenne«, lallt sie. Offensichtlich hatte sie auch etwas zu viel Alkohol zum Essen.

»Ich versichere Ihnen, dass wir uns nicht kennen«, sage ich, so höflich ich kann.

Sie kichert, schlingt die Arme um meinen Nacken und drängt sich an mich. »Nein, wir kennen uns nicht. Aber ich kenne dich.« Ich versuche, sie von mir zu schieben, was nur dazu führt, dass sie sich noch enger an mich schmiegt. »Du bist dieser heiße Prinz aus Blanchebourg.« Wieder kichert sie. »Komm, ich zeige dir mein Zimmer.«

»Meine Dame.« Ich bringe meine Hände an ihre Arme und drücke sie von mir fort. Doch sie klammert sich an mich wie ein Saugnapf. »Ich bin kein Prinz und ich werde ganz sicher nicht mit Ihnen auf Ihr Zimmer …«

Sie presst ihre Lippen auf meine. Jetzt reicht es. Ich will ihr sicher nicht wehtun, aber es gibt Grenzen. Mit Gewalt schiebe ich sie von mir.

»Was geht hier vor?«, erklingt in dem Moment Vis Stimme.

Mein Magen zieht sich zusammen. Ich starre Vi an, die ihre Arme vor der Brust verschränkt hat. Ihr Blick ist finster. Oh, verdammt.

»Es ist nicht so, wie es aussieht«, stammle ich.

Sie betrachtet erst mich, dann die Frau, die sich seufzend an mich schmiegt.

»Nicht? Also belästigt dich diese Dame nicht?«, fragt Vi ungewöhnlich ernst.

Mein Mund klappt auf und wieder zu. Ich dachte, sie würde denken, ich hätte mich an diese Frau herangemacht …

»Denn für mich sieht es aus, als hätte sie sich dir aufgedrängt«, fährt Vi fort und kommt näher. »Ich muss Sie bitten, meinen Mitarbeiter loszulassen, ansonsten muss ich Sie des Hotels verweisen.«

Schnaufend sieht die Frau auf. »Er ist dieser Prinz, der so viele Frauen hat«, rechtfertigt sie sich. »Ich habe ihm nur ein Angebot gemacht.«

»Das er offensichtlich nicht annehmen will. Also lassen Sie ihn los.« Vi bleibt ruhig, aber bestimmt. Sie zerrt nicht an der Frau herum, sondern redet auf sie ein, bis sie mich freigibt.

Inzwischen ist Sandra von draußen hereingekommen. Vi erklärt kurz, dass Sandra auf diese Frau aufpassen soll, ehe sie mich am Arm berührt und in Richtung Küche führt.

Der Gastraum ist so gut wie leer. Nur die Servicekräfte sind noch hier und putzen.

»Vi«, flüstere ich und berühre ihre Hand. »Bitte, rede mit mir.«

Sie sieht sich um. Statt direkt in die Küche zu gehen, winkt sie mich zu einem kleinen Abstellraum und schließt die Tür hinter uns.

»Vi …«

»Es tut mir leid«, platzt es aus ihr heraus. Ihre Lippen beben und sie presst sie zu einem schmalen Strich zusammen. »Geht es dir gut?«

Verwirrt sehe ich sie an. »Ja. Alles okay. Was tut dir leid?«

Sie zögert, dann legt sie ihre Arme um mich. »Dass dir das passiert ist. Ich hätte … Es tut mir leid.«

»Vi.« Ich streiche über ihren Rücken. »Nicht so schlimm.«

»Doch.« Sie schnieft und schaut zu mir auf. »Ich hätte dich beschützen müssen. Solche Übergriffe dürfen nicht passieren. Es … tut mir leid.«

»Hör auf dich zu entschuldigen«, sage ich sanft. »Es ist nicht deine Schuld. Solche Frauen gibt es immer wieder. Das war nicht die erste, die sich an mich rangemacht hat. Für gewöhnlich habe ich allerdings Bodyguards, die einschreiten, wenn ich ihnen ein Zeichen gebe.« Ich lache und hoffe, dass Vi damit ein wenig Anspannung ablegen kann. Aber sie sieht mich immer noch vollkommen aufgelöst an. »Bitte mach dir keine Vorwürfe. Mir ist nur wichtig, dass du nicht denkst, ich hätte versucht, diese Frau abzuschleppen. So etwas mache ich nicht.« Sie hebt die Augenbrauen. »Okay, ich habe so etwas gemacht. Aber jetzt nicht mehr.« Ich berühre ihre Wange mit den Fingerspitzen. »Ich will nur dich, Vi.«

»Bas …«

Sie schmiegt sich an mich. Das hier ist perfekt. Die Frau vorhin hat sich einfach nur an mich gedrängt. Aber Vi … sie und ich verschmelzen förmlich miteinander. Ich würde sie am liebsten ewig so halten. Doch sie löst sich von mir.

»Ich bringe dich zu Thomas. In der Küche bist du sicher und kannst dich von dem Schock erholen«, sagt sie.

»Ich muss nicht ...«

»Bitte, Bas. Ich muss mich um diese Dame kümmern und dann ... möchte ich für dich da sein.«

Sie sieht mich so ernst an, dass ich nur wortlos nicke und ihr in die Küche folge.

Ein paar Köche putzen noch. Thomas ist unter ihnen. Als wir eintreten, erklärt Vi ihm knapp, was geschehen ist, ehe sie wieder geht.

»Setz dich, de Violet«, weist Thomas mich an und deutet auf eine Holzkiste.

»Ich kann putzen«, erwidere ich.

»Victoria will, dass du durchatmest.« Thomas schrubbt eine Arbeitsfläche. »Ich lege mich nicht mit ihr an, wenn sie ihren Beschützerinstinkt aktiviert hat. Und den hat sie eindeutig angenommen für dich.« Er atmet geräuschvoll aus. »Tut mir leid, dass dir das passiert ist. Du hast dich heute so reingehängt und dann ... macht ein Gast so etwas.«

Ich winke ab. »Es ist nicht so schlimm. Ich bin es ... gewohnt.«

Er hält in seiner Tätigkeit inne. »Das tut mir leid, Sebastien.«

»Hast du mich gerade mit dem Vornamen angesprochen?« Ich runzle die Stirn. »Das ist das erste Mal ...«

Brummend richtet Thomas sich auf. »Heute hast du dafür gesorgt, dass ich meine Meinung zu dir überdenken muss.« Er trocknet seine Hände ab und kommt zu mir. Ächzend lässt er sich neben mir auf der Kiste nieder. »Du hast heute verdammt gute Arbeit geleistet.«

»Hör bloß auf, mich zu loben.« Ich lache viel zu hoch. »Sonst gewöhne ich mich daran.«

»Wenn du dich weiterhin so bemühst, kannst du dich daran gewöhnen.« Er klopft mir auf die Schulter und senkt die Stimme. »Ich weiß, dass du es für Victoria machst. Aber es ändert nichts daran, dass du heute sehr fleißig warst.«

Meine Hände beginnen zu schwitzen. »Keine Ahnung, was du meinst.«

»Nicht?« Thomas verzieht den Mund zu einem schiefen Grinsen. »Glaub mir, ich sehe mehr, als manche mir zutrauen. Du hast dich so reingehängt, weil sie Hilfe gebraucht hat. Ich bin nur noch nicht sicher, was ich davon halte. Aber ich hoffe für dich, dass du aufrichtig zu ihr bist.«

Ich straffe meine Schultern und halte seinem Blick stand. Nichts, was ich sage, würde ihn überzeugen, nachdem er mir klargemacht hat, dass er mich büßen lässt, wenn ich Vi verletze.

Thomas beendet den Blickkontakt als Erster. »Du hast morgen frei.« Er steht auf und klopft sich Mehl von der Hose. »Und ich werde deine Schichten tauschen. Damit du übermorgen auch noch frei hast.«

»Gibt es dafür einen Grund?«

»Victoria hat übermorgen frei.« Er wirft mir einen vielsagenden Blick zu. »Allerdings bin ich sicher, sie wird herkommen, weil sie sich für dich verantwortlich fühlt. Ich denke, es wäre besser, wenn sie den Tag auch wirklich zum Erholen nutzen kann. Oder siehst du das anders?«

Ich schüttle den Kopf. »Dann … danke.«

»Keine Ursache.« Er macht sich wieder daran, die Arbeitsfläche zu putzen.

Es dauert nicht lange, da kehrt Vi zurück. Sie lässt ihre Schultern hängen und einige Strähnen lösen sich aus ihrer Frisur. Ich erhebe mich, als sie zu mir kommt.

»Ich bringe dich zu deiner Unterkunft«, sagt sie laut genug, damit alle es hören können.

Sie verabschiedet sich von Thomas und den anderen und verlässt mit mir das Schloss. Wir gehen ein paar Schritte über den Kiesweg zu dem Haus für die Angestellten.

»Vi«, sage ich leise und greife nach ihrer Hand. »Mach dir bitte keine Vorwürfe mehr. Es geht mir gut.«

»Wirklich?« Sie bleibt stehen und dreht sich zu mir. »Ich fühle mich nämlich schrecklich. Zwar konnte ich die Dame überzeugen, dass sie sich bei dir geirrt hat, einsichtig war sie aber nicht. Es ist gut, dass du morgen frei hast. Du solltest ihr nicht noch einmal begegnen.« Sie legt ihre Hände an meine Hüften. »Bas … ich denke, du solltest heute nicht alleine sein. Möchtest du … also … Willst du zu mir mitkommen? Auch wenn wir nur auf der Couch schlafen?«

»Auf der Couch?«

»Ich weiß, es ist lächerlich. Aber es fühlt sich falsch an, mit dir in einem Bett zu schlafen. Noch, zumindest. Obwohl die Couch ja nichts anderes ist, aber …«

»Wie wäre es mit einem Kissenlager auf dem Wohnzimmerboden?«, unterbreche ich sie. »Wie früher.«

Vi lächelt. »Das klingt … gut. Lass uns das machen.« Sie lässt mich los. »Ich gehe vor. Hol dir Kleidung zum Wechseln und komm dann nach.«

»Okay.«

Sie zwinkert und schlägt dann den Weg Richtung Dorf ein. Da ich nichts Sauberes mehr habe, zähle ich einfach bis dreißig, bevor ich ihr folge.

18 - Victoria

Ich habe die Tür kaum hinter mir geschlossen, da klopft es bereits. Mein Herz pocht wild und gleichzeitig zieht es sich schmerzhaft zusammen. Ich will Bas' Nähe. Und ich fürchte mich davor.

Meine Hand bebt, als ich die Tür öffne. Bas ringt um Atem, aber er lächelt.

»Bist du hergelaufen?«, frage ich verwirrt.

»Ja. Darf ich reinkommen?«

Mein Blick schweift über seinen Körper. Er trägt noch dieselben Sachen wie vorhin. »Wieso hast du dich nicht umgezogen?«

Ich mache einen Schritt zurück, damit er mein Haus betreten kann. Bas schließt die Tür hinter sich.

»Im Moment habe ich keine saubere Kleidung.« Er lächelt unsicher. »Die Waschmaschine im Wohnheim streikt leider. Das hier ist vermutlich die Kleidung, die am wenigsten verschwitzt ist.«

»Oh, das wusste ich nicht. Also, das mit der Waschmaschine. Bisher hat sich keiner deswegen gemeldet.«

Er zuckt mit den Schultern. »Ich wollte erst vor drei Tagen waschen, weil mir bewusst geworden ist, dass ich mich selbst darum kümmern muss.« Bas lacht verlegen. »Vielleicht habe ich mich auch nur doof angestellt.«

»Morgen hast du ja frei«, spreche ich los, bevor ich mich davon abhalten kann. »Du könntest meine Maschine benutzen.«

»Aber du bist nicht da.«

Diesmal zucke ich mit den Schultern. »Ich lasse dir den Schlüssel da. Du kannst die Wäsche holen, einschalten und im Garten aufhängen. Dann ist alles schnell trocken.«
»Stört es dich nicht, wenn ich hier bin, obwohl du arbeitest?«
»Wieso sollte es? Ich vertraue dir.« Bas lächelt und meine Knie werden weich. »Ich hole dann mal Kissen und Decken. Es ist schon spät …«
»Kann ich dir helfen?« Er folgt mir zu dem Treppenaufgang.
»Ja, du kannst ein paar Decken tragen.« Die Stufen knarren unter unseren Füßen. Das Haus ist recht alt und an manchen Stellen könnte es eine Renovierung gebrauchen. Aber ich liebe es hier. Falls Bas und ich … ein Paar werden, müsste ich fort. Meine Familie zurücklassen und das Hotel.

Ich schiebe den Gedanken von mir. Meine Gefühle für Bas verwirren mich schon genug, ich muss nicht an mögliche Szenarien der Zukunft denken. Dazu bin ich heute einfach zu müde.

In meinem Schlafzimmer drehe ich das Licht auf, schreite zum begehbaren Schrank und hole Decken und Kissen heraus, die ich dort verwahre. Bas sieht sich inzwischen um, betrachtet die antiken Möbel aus dunklem Holz, die noch von meinen Urgroßeltern stammen. Nur die Matratzen im Doppelbett sind neu, der Rahmen hat schon einige Jahrzehnte auf dem Buckel.

»Hier.« Ich drücke ihm das Bettzeug in die Hand. »Ich schnappe mir die Decken vom Bett und komme dann ins Wohnzimmer.«

Sein Blick gleitet über meinen Körper. »Ziehst du dich um?«
»Ich … ähm … Soll ich?«
Er schmunzelt. »Mir gefällt es sehr, dich im Dirndl zu sehen. Aber ich denke, es ist nicht bequem, oder?«
»Na ja, du kannst dich wohl auch nicht umziehen.«
»Wenn es okay ist, ziehe ich das Hemd und die Hose aus. Ich schlafe in Shirt und Boxershorts …«
In meinem Magen kribbelt es. »Ja, okay. Dann … bis gleich.«
Bas verlässt mein Schlafzimmer. Ich atme durch, ehe ich in Rekordzeit aus dem Dirndl und in meinen Pyjama schlüpfe, Decke und Kissen vom Bett ziehe und nach unten laufe.

Vor dem kalten Kamin hat Bas bereits das Lager vorbereitet. Noch trägt er seine Hose, das Hemd und die Weste hat er aber abgelegt.

»Ist es für dich wirklich okay, wenn wir auf dem Boden schlafen?« Ich lege die Decke über die anderen.

»Ich glaube, als Kinder hat das mehr Spaß gemacht. Aber ich verstehe, wieso du es so willst.« Er lächelt mich an. In mir erhebt sich ein Orkan aus Schmetterlingen. »Es ist für mich in Ordnung, wenn ich auf diese Weise bei dir sein kann.«

Unendlich langsam hebt er seine Hand an meine Wange. Ich versinke in seinen Augen, die eine vertraute Wärme besitzen. Alles an Bas ist mir vertraut und doch so neu. Wir sind nicht mehr die Kinder von damals und ich bin mir nicht sicher, wie es mit uns weitergehen soll.

»Du siehst müde aus.« Bas liebkost meine Wange. »Lass uns schlafen. Du musst morgen früh raus.«

»Ich gebe dir gleich den Schlüssel«, stammle ich und bringe etwas Abstand zwischen uns.

Hastig laufe ich ins Vorzimmer, hole den Ersatzschlüssel aus einer Schublade und kehre ins Wohnzimmer zurück. Es verwirrt mich, wie sehr ich mich nach Bas' Berührung sehne. Vielleicht bin ich deswegen heute so unvorsichtig gewesen. Was habe ich mir nur dabei gedacht, ihm im Schlossgarten so nahe zu kommen? Man hätte uns sehen können. Aber … Gott, ich würde ihn so gerne küssen.

Als ich zurückkomme, liegt Bas' Hose auf der Couchlehne und er selbst sitzt auf den Decken. Nur die kleine Lampe neben der Couch ist noch an, die restlichen Lichter hat er gelöscht. Wieder lächelt er, als ich ihm den Schlüssel überreiche.

»Danke für dein Vertrauen«, sagt er leise. »Und dass ich deine Waschmaschine nutzen darf. Ich hoffe, ich mache sie nicht kaputt.«

»Nur wenn du Steine darin wäschst.« Ich sinke neben ihm auf das Lager. »Du weißt, dass du helle Kleidung nicht mit dunkler zusammen waschen sollst, oder?«

»Irgendwann habe ich das schon mal gehört.« Er zwinkert. »Ich bekomme das hin.«

»Okay.« Ich räuspere mich. »Morgen rede ich mit meinen Eltern.«

»Und das macht dich nervös.« Er wartet, bis ich nicke. »Ich kann einen Schokoladenkuchen besorgen. Gibt es den Bäcker noch, bei dem wir als Kinder Kekse bekommen haben?«

Ein Lächeln stiehlt sich auf mein Gesicht. »Ja, den gibt es noch.«

»Gut. Dann hole ich Kuchen und warte hier auf dich. Wenn du nach dem Gespräch alleine sein willst, gehe ich einfach und lasse den Kuchen da. Aber solltest du reden wollen, bleibe ich natürlich.«

Ich halte den Atem an. »Danke«, hauche ich. Für mehr traue ich meiner Stimme nicht genug. Sie zittert bei diesem einen Wort schon zu sehr.

Zögerlich rücke ich näher an Bas heran. Er hebt einen Arm, legt ihn um meine Schulter und wir lehnen uns zurück. Meine Wange ruht auf seinem Oberarm, mit der Hand streiche ich über seine Brust. Es fühlt sich schön an, so zu liegen. Ob es seltsam ist, wenn ich Bas jetzt um einen Kuss bitte?

Verstohlen hebe ich den Blick. Bas hat die Augen geschlossen. Er atmet sehr gleichmäßig, sein Gesicht wirkt vollkommen entspannt. Der Tag muss für ihn anstrengend gewesen sein. Er hat so viel gemacht ... für mich. Ich weiß, dass er sich so reingehängt hat, weil er mir helfen wollte.

Das Kribbeln in meiner Brust wird fast schmerzhaft. Bevor ich darüber nachdenken kann, was es bedeutet, schmiege ich mich wieder an Bas, schließe die Augen und ergebe mich meiner eigenen Erschöpfung.

Vor dem Speisesaal bildet sich eine Schlange, weil wir den Garten wegen des Personalmangels nicht nutzen können. Die Reisegruppe blockiert die Hälfte der Plätze, da sie zu zweit an Vierertischen sitzen. Ich bin froh, wenn sie wieder abreisen. Nicht zuletzt, weil die Frau, die Bas gestern belästigt hat, ständig nach jemandem Ausschau hält. Ich bin sicher, sie sucht nach ihm. Aber sie sind nur noch zwei Tage hier und ich habe sehr deutlich gemacht, dass wir nur eine einzige Warnung aussprechen. Wenn eine der Frauen noch einmal versucht, meine Mitarbeiter zu nötigen, dürfen sie abreisen. Meine Drohung hat zumindest bei der Reiseleiterin gewirkt. Ich hoffe, sie hat ihre Begleiter ab jetzt unter Kontrolle.

Ich bin froh, dass Cora heute Spätdienst hat. Noch fühle ich mich nicht bereit, mit ihr zu reden. Der freie Tag morgen hilft mir hoffentlich, wieder klare Gedanken zu fassen – sofern ich das Gespräch mit meinen Eltern heute gut überstehe. Falls mir das auch nachhängt, weiß ich nicht, wie ruhig ich bei Cora bleiben kann. Jeder macht Fehler. Aber das … sollte nicht passieren.

Nach dem Frühstücksservice gehe ich mit Sandra die Aufgaben durch, die an meinem freien Tag für sie anfallen. Wie immer verdreht sie die Augen dabei. »Victoria, ich mache das nicht zum ersten Mal ohne dich. Du erinnerst dich daran, dass du auch mal Urlaub hast und ich dich vertrete?«

»Ja, aber diese Reisegruppe …«

»Habe ich im Griff«, versichert sie mir mit ernster Miene. »Sebastien ist okay?«

»Denke schon.« Ich räuspere mich. »Passt du morgen auf ihn auf? Er ist zwar in der Küche, aber …«

»Er hat morgen doch auch frei.« Sandra blinzelt. »Steht zumindest auf dem Dienstplan.«

Ich runzle die Stirn und öffne die Dienstpläne auf meinem Computer. Tatsächlich ist bei Sebastien morgen ein freier Tag eingeteilt.

»Okay. Wusste ich nicht.« Ich schließe die Pläne wieder. »Gut, dann musst du nicht auf ihn aufpassen. Falls aber irgendetwas sein sollte …«

Sandra stöhnt. »Victoria, ich weiß, wie ich dich erreichen kann. Was ich nur machen werde, wenn der Dachstuhl brennen sollte. Mach dir keine Sorgen.« Sie tätschelt meine Schulter. »Geh jetzt. Du hast schon lange keinen freien Tag mehr gehabt. Ich kümmere mich um alles.«

Ich suche nach Gründen, noch zu bleiben. Was nur daran liegt, dass ich das Gespräch mit meinen Eltern aufschieben möchte. Allerdings hätte ich es auch gerne hinter mir, weil ich danach Bas wiedersehe. Der Gedanke jagt erneut Schauer durch meinen Körper. Ich will ihn wirklich sehen. Heute Morgen ist er kurz aufgewacht, als mein Wecker geklingelt hat. Bas hat mich in seine Arme gezogen, einen Kuss auf meine Stirn gehaucht und mir einen schönen Tag gewünscht. Er hat wieder geschlafen, bevor ich das Wohnzimmer verlassen habe. Aber dieser Moment … dieser perfekte kurze Moment lässt mich hoffen und vor Unsicherheit zittern.

»Gut, dann sehen wir uns übermorgen«, ringe ich mir ab und erhebe mich.

»Genieß den freien Tag!«, ruft Sandra mir hinterher.

Mit unsicheren Schritten verlasse ich das Hotel. Die Sonne strahlt heute, die Luft ist angenehm warm und der Duft von Rosen umgibt mich. Trotzdem fühle ich mich, als würde ich zum Schafott geführt.

Der Weg zum Haus meiner Eltern ist mir noch nie so beschwerlich vorgekommen. Aber ich muss ihn gehen, muss mit ihnen reden. Bas hat recht. Mama weiß vermutlich gar nicht, wie ich mich fühle, wenn sie eine Pflegehilfe nach der anderen vergrault.

Der Knoten in meinem Magen zieht sich noch mehr zusammen, als ich vor der Haustür ankomme und klopfe. Es dauert eine Weile, ehe Mama aufmacht.

»Victoria.« Sie strahlt mich an. »Mit dir habe ich heute nicht gerechnet.«

Wir umarmen uns. »Darf ich reinkommen? Ich … möchte mit euch reden.«

Das Lächeln verschwindet aus ihrem Gesicht. »Ist etwas passiert?«

»Nein. Ich möchte nur … reden.«

Mama nickt und führt mich ins Wohnzimmer. Papa richtet sich im Rollstuhl auf, als ich eintrete. »Victoria.« Er lächelt warmherzig, während ich ihm Küsschen auf die Wangen hauche. »Schön, dich zu sehen.«

»Ich mache uns Kaffee?«, schlage ich vor und gehe in die Küche, bevor Mama sich darum kümmern kann.

Dem Kaffee zuzusehen, wie er aus der Maschine fließt, beruhigt meine Nerven ein wenig. Ich richte Milch und Zucker auf einem Tablett her, stelle die Tassen dazu und kehre ins Wohnzimmer zurück.

Papa hält Mamas träge Hand. Mit der anderen spielt sie mit der zarten Kette um ihren Hals. Das macht sie immer, wenn sie nervös ist.

»Worüber möchtest du reden?«, fragt Papa, nachdem ich die Kaffeetassen verteilt habe.

Ich versuche trotz des Knotens in meinem Magen tief einzuatmen. Es gelingt mir nicht. Einen Moment denke ich an Bas und beginne zu sprechen. »Es geht um die Pflegehilfen.«

Mama verzieht den Mund. »Ich habe dir gesagt, dass wir keine brauchen. Wenn ich nicht zur Physiotherapie gehe – die mir ohnehin nicht hilft –, kann ich mich um alles kümmern.«

»Mama.« Ich räuspere mich, weil meine Stimme brüchig klingt. »Bitte. Ich verstehe, dass du stolz bist. Und dass du alles alleine machen möchtest. Du bist das gewohnt. Aber …« Ich halte ihr die Hand hin. Sie zögert, ergreift sie dann aber. »Ich mache mir Sorgen um dich. Ich habe Angst, dass ich dich verliere.« Meine Augen brennen. Ich blinzle heftig gegen die Tränen an.

»Wieso solltest du mich verlieren?« Auch Mamas Stimme zittert. »Es geht mir gut und …«

»Nein, tut es nicht.« Ich schluchze leise. »Ich sehe, wie anstrengend alles für dich ist, auch wenn du versuchst, es vor mir zu verbergen. Mir entgeht nicht, wie du ächzt, wenn du länger stehst, oder wie deine Hände zittern, wenn du sauber gemacht hast. Ich habe Angst, Mama. Und ich fühle mich so unendlich schuldig, weil ich euch im Stich lasse.«

»Victoria.« Papa schüttelt heftig den Kopf. »Du lässt uns nicht im Stich. Du bist jede freie Minute bei uns, kümmerst dich um uns. Wenn sich jemand schuldig fühlen muss, dann wir.«

Mein Blick wandert von ihm zu Mama, die ihre Lippen fest zusammenpresst. Ihre Augen schimmern verräterisch, als sie nickt. »Ich bin immer froh, wenn du hier bist«, gesteht sie. »Denn ich … ich kann dann loslassen. Du kümmerst dich um Papa und ich kann durchatmen.«

»Aber Mama … genau das sollte eine Pflegehilfe dir ermöglichen.« Ich drücke ihre Hand. »Dass du immer durchatmen kannst. Nicht nur ein paar Stunden alle paar Tage.«

»Ach, diese Hilfskräfte …« Mama lässt meine Hand los und wischt sich über die Augen. »Denen kann ich nicht vertrauen. Sie bleiben nie lange …«

»Weil du sie fortscheuchst«, sagt Papa sanft.

»Wenn sie unfähig sind!« Mama atmet heftig. »Du hast dich unter ihrer Aufsicht verletzt.«

»Ich habe mir in den Finger geschnitten.« Papa tätschelt ihre Hand. »Das passiert mir auch ständig, wenn du da bist. Scheuchst du dich demnächst auch aus dem Haus deswegen?«

»Mama.« Ich greife wieder nach ihrer Hand. »Ich wollte euch das nicht sagen. Aber es belastet mich, wenn ihr ohne eine Hilfskraft seid. Ich denke dann ständig an euch, mache mir Sorgen und fühle mich schlecht, weil ich mich nicht um euch kümmere.«

»Das musst du nicht, Victoria«, murmelt Mama heiser.

»Und doch tue ich es.« Ich schlucke schwer. »Bitte, Mama. Versuch, die Hilfe anderer anzunehmen. Wenn du es nicht für dich selbst tun willst, dann ... tu es für mich.« Schniefend wische ich mir mit dem Handrücken über die Nase. »Ich will dich nicht verlieren. Ich habe dich viel zu lieb und ich möchte, dass ihr beide noch viele Jahre bei mir seid.«

Mamas Lippen beben. »Victoria. Ich ... ich wusste nicht ...« Sie lässt Papas Hand los, rückt näher zu mir und zieht mich in ihre Arme. »Es tut mir leid.«

Mehr sagt sie nicht. Aber das muss sie auch gar nicht. Sie hält mich in ihren Armen, die genauso zittern wie meine. Wir schmiegen uns aneinander und ich lasse all meine Anspannung los. Vielleicht bin ich zu ihr durchgedrungen. Ich hoffe es, denn es würde ein enormes Gewicht von meinen Schultern nehmen.

»Ich werde versuchen, mich mehr mit den Pflegehilfen anzufreunden«, murmelt Mama an meinem Ohr.

»Tu es oder tu es nicht, es gibt kein Versuchen«, sagt Papa mit bebender Stimme.

Mama atmet geräuschvoll aus, lässt mich los und wendet sich ihm zu. »Ehrlich, du verwendest Zitate aus Star Wars gegen mich?«

Er grinst, obwohl seine Augen schimmern. »Wenn es hilft.«

Ich lache leise und wische mir die Tränen von den Wangen. Auch Mama kichert, obwohl sie genauso weint wie ich. Wir lächeln uns an und verschränken unsere Finger miteinander.

»Danke, dass du uns von deinen Sorgen erzählt hast«, meint Papa wieder ernst. »Wir hatten keine Ahnung, wie es dir damit geht.«

»Ich bin auch froh, dass wir geredet haben«, gestehe ich. »Ohne Sebastien hätte ich mich das vermutlich nie getraut.«

»Sebastien?« Mama blinzelt. »Was hat er damit zu tun?«

Nach einem Räuspern erzähle ich ihnen, was in den letzten Tagen passiert ist. Meine Eltern hören mir zu. Papa lächelt, Mama mustert mich skeptisch.

»Seid ihr ... ein Paar?«, fragt sie, als ich fertig bin.

Ich senke den Blick. »Nein. Ich ... ich weiß noch nicht mal, was ich für ihn empfinde.«

»Das klingt aber anders.« Papa wartet, bis ich ihn ansehe, ehe er weiterspricht: »Für mich klingt es, als wärst du bis über beide Ohren in ihn verliebt. Deine Augen strahlen, wenn du von ihm redest. Euch verbindet viel.«

»Und genauso viel trennt uns.« Ich hebe frustriert die Hände. »Er ist ein Prinz. Nicht nur das, er ist der Thronfolger. Und ich bin ...«

»Eine einzigartige Frau, die es verdient hat, glücklich zu sein«, unterbricht Mama mich. »Victoria, als Sebastien dich so hintergangen hat, war ich unglaublich zornig. Ich habe zuschauen müssen, als du gelitten hast. Es hat mich zerrissen, dich so zu sehen. Du warst danach nicht mehr dieselbe, hast niemanden an dich herangelassen. Aber wenn ihr euch ausgesprochen habt und Sebastien dein Herz wirklich verdient ... solltest du nicht darüber nachdenken, was euch im Weg stehen könnte.« Sie sieht zu Papa, der ihr eine Hand auf das Knie legt. »Für das, was einem wichtig ist, sollte man kämpfen. Du würdest es bereuen, wenn du dich nur wegen vermutlich unbegründeter Zweifel davon abbringen ließest, mit dem Mann, den du liebst, zusammen zu sein.«

»Deine Mutter hat recht.« Papa schenkt mir ein Lächeln. »Du weißt erst, ob das mit euch klappt, wenn du es versuchst. Denn wenn du es nicht tust ... gibt es vielleicht keine weitere Chance.«

Ich schlucke und versuche, meine Gedanken unter Kontrolle zu bringen. Es geht nicht. Sie schwirren wild in meinem Kopf umher. Bas und ich haben so viel Zeit verloren, weil uns jemand trennen wollte. Er und ich haben unseren Schmerz auf andere Weise betäubt. Ich habe mich in die Arbeit gestürzt, weil mich nur das erfüllt hat, aber in Wahrheit habe ich damit lediglich die Leere zu verdrängen versucht, die er hinterlassen hat. Ohne ihn ... bin ich nicht vollständig. Wieso habe ich das nicht erkannt?

Mein ganzer Körper kribbelt vor Aufregung. »Vielleicht sollte ich mit ihm reden.«

»Dann geh.« Mama tätschelt meine Hand. »Rede mit ihm. Und wenn ihr alles geklärt habt, würde ich mich freuen, wenn ihr mal gemeinsam zu uns kommt.« Lächelnd deutet sie mit dem Kinn Richtung Tür. »Worauf wartest du? Geh schon.«

Ich springe auf, umarme zuerst Mama, dann Papa. »Ich danke euch. Für alles. Und ich komme mit Sebastien bald vorbei.«

Sie zwinkern mir zu und ich stürme förmlich aus dem Haus. Noch scheint die Sonne, aber sie senkt sich bereits tief über die Hausdächer. Laufend schlage ich den kürzesten Weg zu meinem Zuhause ein. Ohne stehen zu bleiben, ziehe ich den Schlüssel aus der Tasche. Mein Herz rast, als ich die Tür aufsperre.

»Bas?«, rufe ich, weil alles still ist.

Ist er doch gegangen? Habe ich zu lange gebraucht? Bei dem Gedanken wird meine Brust eng. Ich will nicht, dass er fort ist ...

»In der Küche!«, antwortet er in dem Moment.

Ich werfe die Tür hinter mir zu und renne ins Wohnzimmer, das mit der Küche verbunden ist. Bas steht mit den Händen hinter dem Rücken in der Tür und lächelt mich an.

»Wie war das Gespräch?«, will er wissen.

Mein Herz schlägt immer schneller, während ich zu ihm gehe. »Gut.« Ich lege meine Hände an seine Wangen. »Ich bin froh, dass du hier bist. Ich muss dir etwas sagen.«

»Okay. Aber bevor du das machst ...« Er löst die Arme hinter dem Rücken und hält mir eine dunkelrosa Blüte hin.

Ich halte den Atem an. »Eine Pfingstrose.« Zögerlich löse ich den Blick von der Blume und sehe Bas an. »Aber es ist Ende Juni. Wie hast du ...«

»Hinter dem Schloss steht ein Strauch, der offensichtlich jedes Jahr spät blüht.« Er lächelt und meine Knie werden noch weicher. »Früher hast du die Blume gern gehabt. Deswegen habe ich sie gepflückt. Ich dachte, du freust dich darüber ...«

»Bas.« Ich hauche seinen Namen mehr, als dass ich ihn ausspreche. Behutsam löse ich die Hände von seinen Wangen und nehme ihm die Blume ab. »Danke.«

»Gerne.« Sein Blick nimmt meinen gefangen. »Willst du über das Gespräch mit mir reden?«

Kopfschüttelnd lege ich die Blume auf die Arbeitsplatte neben mir. »Eigentlich nicht. Obwohl mir bei dem Gespräch tatsächlich etwas klar geworden ist.«

Er hebt eine Augenbraue. »Und was wäre das?«

Ich nehme all meinen Mut zusammen, verschränke meine Hände in seinem Nacken und schließe die Entfernung zwischen uns. Bas schluckt, als unsere Körper sich aneinanderschmiegen. Zögerlich berührt er mich an der Taille.

»Mir ist klar geworden, dass ich mir nur selbst etwas vormache, wenn ich behaupte, ich wüsste nicht, was ich will.« Ich bekomme kaum noch Luft. Was, wenn Bas nicht dasselbe empfindet? Aber meine Eltern haben recht. Ich muss es riskieren. »Und ich will dich, Bas.«

Seine Pupillen weiten sich. »Was hast du gesagt?«

»Ich will dich.« Meine Stimme versagt und ich weiß nicht, ob er meine Worte überhaupt gehört hat.

Bas sieht mich nur an. Sein Blick wandert zu meinen Lippen. Unendlich langsam beugt er seinen Kopf. Ich strecke mich ihm entgegen, überwinde die letzte Entfernung zwischen uns. Ein Kribbeln erfasst mich, als unsere Lippen sich endlich finden. Seufzend öffne ich den Mund und schmiege mich noch mehr an Bas. Er schließt die Arme fester um mich. Seine Zunge umspielt meine und entlockt mir ein weiteres Seufzen.

Ich löse die Hände von seinem Nacken, gleite mit den Fingern durch seine dunklen Haare. Bas schiebt seine Hand zu meinem Hinterkopf und zieht mich so noch enger an sich.

Dieser Kuss ist alles, was ich mir je hätte wünschen können. Ich verschmelze in diesem Moment mit Bas und die letzten Zweifel lösen sich in Luft auf. Jetzt weiß ich, dass Bas der Mann ist, den ich liebe. Um den ich kämpfen und für den ich jede Hürde nehmen werde, die sich uns in den Weg stellt.

19 - SEBASTIEN

Mein Herz rast, als Vi sich enger an mich schmiegt. Das ist nicht einfach nur ein Kuss. Es ist ein Geständnis. Von uns beiden.

Sie hat sich für mich entschieden. Trotz allem, was ich ihr angetan habe ... trotz meiner unzähligen Fehler ... will sie mich. Und ich ... will sie. Niemals werde ich sie gehen lassen. Was auch immer es kosten mag, sie an meiner Seite zu haben, ich werde jeden Preis bereitwillig zahlen. Denn ohne Vi ... fühle ich mich verloren.

In diesem perfekten Moment gibt es nur sie und mich. Die Vergangenheit verschwimmt für mich, die Zukunft liegt noch in weiter Ferne. Ich möchte nicht, dass dieser Kuss je endet. Und doch beende ich ihn, als Vi sich zurückzieht.

Ich lehne meine Stirn an ihre und ringe genauso um Atem wie sie. Nach einem Augenblick hebt sie den Kopf. Ich betrachte ihre geröteten Wangen und das sanfte Lächeln, das ihre geschwollenen Lippen umspielt.

Sie verschränkt unsere Hände ineinander und lächelt breiter. Ich weiß nicht, was ich sagen soll. Also beuge ich mich nach vorn und küsse sie zärtlich. Vi seufzt. Sie fühlt sich so perfekt an, verdrängt die Einsamkeit in meinem Herzen. Für sie will ich ein besserer Mensch werden.

Ich beende den Kuss, ziehe sie aber in meine Arme. Ich will sie nur halten, ihre Wärme spüren und mich in diesem Moment an sie verlieren.

»Danke, dass du hier bist«, raunt Vi nach einer Weile.

»Ich habe doch gesagt, ich bringe Kuchen.« Mit dem Kinn deute ich zur Küche, obwohl sie es nicht sehen kann. »Extra schokoladig, wie du es früher gerne hattest.«

Sie lacht, kuschelt sich einen Herzschlag noch enger an mich und sieht dann auf. Ihre Augen strahlen wie früher, als nichts zwischen uns stand. Wenn ich sie so betrachte, weiß ich, dass sie die Einzige ist. Es gibt keine Zweifel mehr. Sie ist das Licht meines Lebens, mein sicherer Hafen. Jetzt muss ich nur noch dasselbe für sie werden.

»Warst das nicht du, der diesen Kuchen beinahe jedes Mal alleine gegessen hat?«, zieht sie mich auf.

Ihr warmes Lächeln haut mich beinahe um. Es ist so ehrlich und offen … niemand außer ihr sieht mich so an.

»Nur wenn ich schneller war als du.« Zärtlich streiche ich ihr eine lose Haarsträhne hinter das Ohr. »Du warst die Naschkatze von uns beiden.«

»Stimmt doch gar nicht«, protestiert sie. »Du hast mehr genascht als ich.«

»Nun, heute bin ich bereit, den Kuchen fair mit dir zu teilen: zwei Drittel für mich, eines für …« Ich lache, als sie gegen meine Schulter schnippt. »Was? Ich bin größer, ich brauche mehr Kuchen.«

»Und ich bin kleiner, ich muss noch wachsen. Her mit dem Kuchen.«

Mit schiefem Grinsen lasse ich sie los, gehe in die Küche und bringe den kleinen Kuchen sowie zwei Teller zur Arbeitsplatte. Vi hat sich inzwischen auf einen Hocker davor gesetzt und sieht mich erwartungsvoll an. Ich stelle alles vor ihr ab und teile das Gebäck in zwei Hälften, die ich auf den Tellern platziere. Vi schiebt die Gabel in ihr Stück, hebt sie aber vor meinen Mund.

Sie hält den Atem an, als ich ihre Hand umfasse und das Kuchenstück von der Gabel esse. Ihr Blick ist so intensiv, dass ich kaum noch Luft bekomme. Als sie auch noch die Lippen leicht öffnet, nachdem ich ihre Hand freigegeben habe, würde ich sie am liebsten sofort wieder küssen. Doch wir haben noch ein paar Dinge zu klären.

»Also … das Gespräch war so weit in Ordnung?« Ich setze mich auf den Hocker ihr gegenüber.

»Ja, ich denke, ich bin zu meiner Mutter durchgedrungen.« Sie stochert in ihrem Kuchen herum. »Dafür haben sie mir klargemacht, dass ich zu meinen Gefühlen für dich stehen muss.«

Beinahe verschlucke ich mich an meinem Kuchenstück. »Ehrlich?«

Sie nickt. »Ich weiß schon länger, dass ich mehr für dich empfinde, als ich mir gegenüber selbst zugeben wollte. Aber ich hatte Angst.« Ihre Stimme wird mit jedem Wort dünner.

»Wovor?« Ich umschließe ihre Hand mit meiner, ziehe sie an meine Lippen und hauche einen Kuss darauf.

»Dass du mich wieder verlässt«, antwortet Vi. »Dass du feststellst, wie wenig ich zu dir passe, und gehst. Und ich mit gebrochenem Herzen zurückbleibe.«

»Darüber musst du dir keine Sorgen machen.« Ich schmiege mein Gesicht an ihre Hand. »Für mich bist du perfekt.«

»Ja, für dich. Aber für deinen Vater? Dein Land?«

»Vi ... hast du dir die Berichte über mich durchgelesen?« Sie schüttelt den Kopf. »Vielleicht solltest du das. Selbst renommierte Tageszeitungen schreiben nicht sehr schmeichelhaft oder zurückhaltend über mich. Ich bin die größte Enttäuschung seit Jahrhunderten für mein Land.« Sanft streiche ich über ihre Hand, gleite über das Handgelenk bis zum Unterarm. »Aber du ... du bist umwerfend. Und ich habe langsam den Verdacht, dass mein Vater mich zu dir geschickt hat, weil er genau das weiß.«

»Was?«

Wieder küsse ich ihre Hand. »Dass du für mich besonders bist. Ich habe zwar gedacht, er wüsste nichts, aber ... es wäre ein zu großer Zufall, dass er mich hergeschickt hat, ohne Ahnung davon gehabt zu haben.«

Dass mein Vater mir angedroht hat, mich nach Beendigung meines Praktikums zu verheiraten, lasse ich aus. Mit Vi will ich nichts überstürzen. Ich möchte ihr die Ängste nehmen, sie nicht noch verstärken.

Vis Miene bleibt ernst. Ich kann ihre Bedenken verstehen. Mittlerweile ist es zwar nicht mehr unüblich, dass Bürgerliche in Adelsfamilien einheiraten, allerdings ist die Bürde groß.

»Weißt du, ich habe viel eher Angst, dass du irgendwann realisierst, dass ich all die Last gar nicht wert bin«, gestehe ich kleinlaut.

»Wie ... meinst du das?«

»Wir beide wissen, dass ich eines Tages Fürst von Blanchebourg sein werde. Bisher war mir egal, was die Leute von mir halten. Ich weiß aber, welche Verantwortung mein Vater hat.« Mein Magen verknotet sich. Seit Maman gestorben ist, trägt mein Vater diese Last alleine, weil ich mich von ihm abgewandt habe. Aber ich habe mich so verraten gefühlt. So im Stich gelassen. Schnell schiebe ich den Gedanken weg. Jetzt ist nicht der Moment für Reue. »Wenn ich der Mann sein will, den du verdienst, werde ich mich ab jetzt mehr anstrengen müssen. Und das bedeutet, dass du irgendwann an meiner Seite stehen wirst. All die Verpflichtungen werden eines Tages auch deine. Eventuell bin ich all das nicht wert.«

»Oh, Bas.« Sie rutscht vom Hocker, umfasst mein Gesicht mit ihren Händen und sieht mich mit glänzenden Augen an. »Wieso sagst du so etwas? Du bist für mich auch etwas Besonderes. Ich würde mich nie abwenden, nur weil ich viel Arbeit hätte an deiner Seite. Allerdings befürchte ich eben, dass ich dich blamieren werde.«

Ich lache verbittert. »Vi, ich habe mich selbst genug blamiert. Du verleihst mir nur Glanz. Ich habe dich beobachtet und ich weiß, dass du jetzt schon eine perfekte Fürstin wärst.«

»Mach dich nicht lustig über mich.« Sie verzieht den Mund zu einer Schnute und lässt mich los.

»Aber das mache ich doch gar nicht. Ich meine jedes Wort ernst.« Ich lege meine Hände an ihre Taille. »Victoria Kaltenbach, du bist königlicher, als ich es je sein werde. Und ich wünsche mir nichts sehnlicher, als dich eines Tages als Frau an meiner Seite vorzustellen. Wenn mein Ruf ein bisschen besser ist.«

Vi schluckt schwer, nickt aber sofort. »Das wäre ein Punkt, den ich ohnehin mit dir klären wollte. Ich möchte nicht, dass jemand von uns weiß. Also, meine Eltern werde ich einweihen, weil ich ja schon mit ihnen gesprochen habe. Aber im Hotel möchte ich es geheim halten. Ich würde beinahe jedem dort mein Leben anvertrauen, aber ich will vermeiden, dass es herauskommt, bevor du mit deinem Praktikum fertig bist.«

»Mein Vater wird nicht denken ...«

»Es geht mir nicht nur um deinen Vater. Ich ... will einfach nicht, dass irgendwann jemand von der Presse vor mir steht und mir peinliche Fragen stellt.« Sie räuspert sich. »Es war schon schwierig genug, alle davon zu überzeugen, ihren Familien nichts von dir zu erzählen. Ich nehme an, man könnte Geld mit den richtigen Fotos verdienen …«

»Das befürchte ich auch.« Mit einem Seufzen lasse ich den Kopf sinken. »Gut. Im Hotel bleiben wir auf Abstand. Wie sieht es nach Dienstschluss aus?«

»Du hast meinen Schlüssel noch. Mein Haus wird dir immer offen stehen.«

»Das ist schön, aber willst du, dass ich zu dir komme?«

Sie lächelt. »Ernstgemeinte Frage?«

»Ja, Vi. Ich will mich nicht einfach hier breit machen, wenn du das gar nicht möchtest.«

Immer noch lächelnd verschränkt sie ihre Hände in meinem Nacken und kommt näher. Da ich auf dem Hocker sitze, steht sie jetzt zwischen meinen Knien und schaut mir in die Augen.

»Ich möchte jede freie Minute mit dir verbringen, Bas«, raunt sie. »Sofern du das auch willst.«

Als Antwort senke ich meine Lippen auf ihre. Ich hoffe, Vi versteht mich auch so. Sie seufzt, schmiegt sich an mich und öffnet ihren Mund, als meine Zunge darüberstreicht. Ich schmecke die Süße der Schokolade und des Kusses, fühle Vis Wärme, die mich ausfüllt. Dieser Kuss ist wieder anders als die davor. Und ich kann mich nicht entscheiden, welchen ich bisher am besten finde. Sie sind alle einzigartig und ich werde nie aufhören, sie zu genießen.

Atemlos lösen wir uns voneinander und lächeln uns an.

»Es darf dich nur keiner erwischen, wie du zu mir kommst«, meint Vi nach ein paar Herzschlägen.

»Oh, ich finde Möglichkeiten, mich herzuschleichen. Immerhin kenne ich das Dorf recht gut.«

Sie schmunzelt. »Ach, übrigens … Sandra hat mir gesagt, du hast morgen auch frei?«

»Ja, Thomas meinte, er wolle nicht riskieren, dass du an deinem freien Tag reinkommst, nur um mich zu überwachen.«

»Aha.« Sie verdreht die Augen. »Er kennt mich zu gut.«

»Da wir beide frei haben … wollen wir etwas unternehmen?«

»Um ehrlich zu sein, hatte ich gehofft, wir würden meine Eltern besuchen oder einfach hierbleiben.« Sie zuckt mit den Schultern. »Die schönsten Erinnerungen habe ich an die Tage rund um Weihnachten, als der Schnee einen Meter hoch gelegen hat und wir uns vor den Kamin gesetzt haben, um heiße Schokolade zu trinken. Du hast mich damals gehalten und wir haben ein Buch gelesen.« Sie kichert. »O je, ich bin eine absolute Langweilerin.«

Schnell schüttle ich den Kopf. »Das waren unglaublich schöne Tage. An diesem Abend, an dem wir vor dem Kamin gelesen haben, ist mir übrigens klar geworden, dass ich in dich verliebt bin.«

Ihr Mund klappt auf. »Was?«

»Ja. Weil ich so glücklich war wie nie zuvor. Und ich wusste, dass das an dir lag, weil ich sonst nicht besonders gerne klassische Literatur gelesen habe. Aber mit dir war das unglaublich schön.« Ich zwinkere. »Um den Kamin anzuheizen, ist es zu warm, aber wir können trotzdem gerne den Tag davor verbringen. Solange ich dich halten darf, ist mir alles recht.«

»Bas.« Der Klang meines Namens aus ihrem Mund lässt mich vor Glückseligkeit schaudern. Vi lehnt sich nach vorn und küsst mich zärtlich. »Dann lass uns morgen das Haus nicht verlassen. Wir stehlen uns diese Zeit, in der es nur uns gibt. Ich will deine Nähe einfach nur genießen, ohne daran zu denken, was irgendwann einmal sein könnte.«

»Ganz gleich, was passiert … ich werde dich beschützen. Egal vor wem. Ich sorge dafür, dass du sicher bist.«

Sie nickt und schließt die Augen. Ich ziehe Vi an mich. Die Angst vor dem, was einmal geschieht, wenn wir unsere Beziehung offiziell machen, kann ich ihr nicht nehmen. Aber ich kann dafür sorgen, dass sie sich dennoch sicher fühlt. Und für den Moment … möchte ich sie einfach nur halten und nicht der Prinz sein, der alle enttäuscht – sondern einfach nur Bas, der endlich mit der Frau zusammen ist, die er liebt.

20 - Victoria

Nicht so schnell!«, rufe ich noch, aber da schwappt bereits eine Ladung Suppe über den Topfrand.

Bas flucht leise, legt den Kochlöffel weg und greift nach einem Küchentuch. »Entschuldige«, brummt er, während er den Herd säubert.

»Nichts passiert.« Ich lächle ihn an. Es dauert einen Moment, dann schmunzelt auch er. »Du hast heute halt etwas zu viel Elan.«

»Ich will dir einfach beweisen, dass ich Risotto mittlerweile beherrsche.« Er zwinkert. »Thomas hat es zwar nicht rausgehen lassen, aber er hat mich dennoch gelobt. Vier Wochen unter seiner Fuchtel haben aus mir einen vorzeigbaren Hilfskoch gemacht.«

Bas strahlt förmlich vor Stolz. Nach und nach hat Thomas ihm andere Dinge übertragen, als Kartoffeln zu schälen oder Lauch klein zu schneiden. Er hat ihn ein wenig mitkochen lassen, auch wenn Bas keine Gerichte rausschicken durfte. Das hat seinem Selbstwertgefühl ganz offensichtlich gutgetan. Und seinem Verhältnis zu Thomas. Seit jenem Abend, an dem Bas geholfen hat, die Reisegruppen-Katastrophe abzuwenden, scheint der Chefkoch ihn mit anderen Augen zu sehen.

»Kaum zu glauben, dass heute schon mein letzter Tag in der Küche war.« Bas seufzt wehmütig. »Ich denke, mir wird der alte Griesgram fehlen.«

»Du siehst ihn ja weiterhin. Außerdem lernst du im Housekeeping neue Leute kennen. Melissa ist ein Schatz. Du wirst sie mögen.«

»Ja, aber ob ich es mögen werde, zu putzen?« Bas rührt das Risotto. »Oder ob Melissa glücklich ist, wie ich Betten mache?«

»Du wirst alles lernen, keine Sorge.« Ich tätschle seine Schulter, bevor ich mich auf die Zehenspitzen stelle und einen Kuss auf seine Wange hauche.

Bas lächelt und wie jedes Mal, wenn er mich mit diesem verliebten Blick ansieht, flattern unzählige Schmetterlinge in meiner Brust. Bald zwei Wochen sind wir ein Paar. Bas hat jede Nacht bei mir verbracht. Und obwohl er laut den ganzen Medienberichten ein Aufreißer ist, haben wir die Nächte nur kuschelnd nebeneinander gelegen. In seinen Armen einzuschlafen und aufzuwachen fühlt sich unglaublich schön an. Ich will im Moment nichts überstürzen, sehne mich allerdings längst nach mehr. Vielleicht ist es aber besser, dass auch Bas keine Anstalten macht, mit mir zu schlafen.

Es ist ohnehin schon schwer genug, ihn im Hotel nicht anzuschmachten, wenn ich ihn sehe. Unser Geheimnis darf noch nicht öffentlich werden. Ich bin sicher, wenn wir uns auf einer körperlichen Ebene noch näher kommen, werde ich mich früher oder später verraten.

Denn auch wenn es sich richtig anfühlt, mit Bas zusammen zu sein ... fürchte ich mich vor dem Moment, in dem jemand herausfindet, dass wir ein Paar sind. Noch gehört Bas nur mir. Jede Minute mit ihm ist kostbar. Doch ich weiß, dass diese Zeit nur geborgt ist. Irgendwann endet sein Praktikum. Und dann ... wird sich zeigen, wie es weitergeht.

Daran möchte ich nicht denken. Also stehle ich mir einen Kuss, ehe ich auf das Risotto deute. »Das braucht mehr Flüssigkeit.«

»Oh, Mist.« Bas kippt eine Ladung warme Suppe in den Topf mit Reis. »Du lenkst mich ab.«

»Na, wenn ich störe, kann ich gehen ...«

»Von stören habe ich nichts gesagt.« Er umfasst meinen Ellbogen, bevor ich einen Schritt zurückmachen kann. »Nur von ablenken. Und ich lasse mich gerne von dir verwirren.«

»Ich verwirre dich also?«

Ich schmunzle, weil Bas geräuschvoll ausatmet.

»Du weißt, was ich meine.« Er legt seinen Arm um meine Taille. »Bleib bei mir. Ich esse lieber verkorkstes Risotto, als auch nur einen Moment mit dir zu verpassen.«

Ich lehne mich an ihn und schließe die Augen. »Wir haben uns heute wirklich kaum gesehen …«

»Weil ich Frühstücksdienst hatte und du Spätdienst.« Bas' Muskeln bewegen sich, da er den Reis umrührt. »Einen Vorteil hat es, im Housekeeping zu arbeiten. Ich habe jeden Tag den gleichen Dienst.«

»Das stimmt. Ich werde versuchen, ein paar Schichten zu tauschen, damit wir öfter gleichzeitig arbeiten.« Langsam öffne ich die Augen. »Du musst im Housekeeping aufpassen, dass dich niemand sieht.«

Seit dem Vorfall mit dieser betrunkenen Frau, die Bas erkannt hat, habe ich ihn nicht mehr direkt mit Gästen arbeiten lassen. Natürlich habe ich auch den Fürsten gleich informiert, dass jemand seinen Sohn hier gesehen haben könnte. Die Presse hat nämlich zum gleichen Zeitpunkt zu rätseln begonnen, was mit Bas geschehen ist, da er vollkommen aus der Öffentlichkeit verschwunden ist. Jeder Hinweis könnte die Bombe platzen lassen. Der Fürst hat daraufhin eine Stellungnahme ausgegeben, dass sein Sohn sich derzeit in einer Ausbildung befindet und sich deswegen eine Weile zurückziehen wird. Wirklich sicherer fühle ich mich dadurch nicht.

»Ich passe auf«, verspricht er. »Mach dir deswegen keine Sorgen.«

Ich nicke und löse mich von ihm. »Soll ich die Pilze anrösten?«

»Das mache ich schon. Und ich reibe auch den Parmesan.« Er grinst. »Ich schaffe es sogar, mich nicht zu verletzen dabei. Da staunst du, oder?«

»Hätte vor vier Wochen keiner erwarten können«, gebe ich mit einem Zwinkern zu. »Also kann ich nur hier stehen und dir zusehen?«

»Genieß den Anblick.«

»Das mache ich.« Ich küsse ihn zärtlich. »Sehr sogar. Du kannst gerne öfter kochen.«

»Nur wenn du es dann auch isst. Außer Risotto kriege ich nichts hin.«

»Unsinn. Du kannst bestimmt mehr. Und selbst wenn nicht … ich könnte dir einiges beibringen.«

»Da bin ich sicher.« Sein Blick ist so sanft, dass ich förmlich darunter schmelze. »Vielleicht komme ich auf das Angebot zurück.«

Er wendet sich wieder dem Risotto zu, das langsam fertig wird. Es gelingt ihm problemlos, den Reis zu rühren und die Pilze anzurösten. Seine Bewegungen sind geschmeidig und jeder Handgriff sitzt. Ja, er hat in den letzten Wochen definitiv viel gelernt.

Ihm zuzusehen löst ein Kribbeln in mir aus, das mir längst vertraut ist. Es ist mehr als bloße Verliebtheit, die mich lächeln lässt. Selbst wenn immer noch ein Damoklesschwert über uns schwebt, habe ich mein Herz längst vollkommen an Bas verloren. Das sollte mir Angst machen. Aber ich genieße es einfach.

So lange habe ich es nicht geschafft, mich für jemanden zu öffnen. Jede meiner Beziehungen war zum Scheitern verurteilt, weil ich meinem Partner nie vertrauen konnte. Und weil ich nie das empfunden habe, was ich bereits für Bas fühle. Doch jetzt ... ist es einfach perfekt.

»Du könntest den Wein einschenken, das Essen ist gleich fertig«, verkündet Bas.

Ich schüttle meine Gedanken ab und mache mich an meine Aufgabe. Bas selbst hat den Weißwein ausgesucht, den ich jetzt aus dem Kühlschrank hole. Es ist einer aus der Gegend und passt hervorragend zu dem Risotto, das er zubereitet. Nicht zuletzt deswegen, weil er den Wein auch zum Aromatisieren verwendet hat.

»Willst du am Esstisch essen oder dich an die Arbeitsfläche setzen?«, frage ich Bas.

»Ich habe den Esstisch schon vorbereitet. Nur der Wein fehlt.«

Schmunzelnd verlasse ich die Küche und gehe zum Essbereich. Mein Herz setzt einen Schlag aus, als ich den gedeckten Tisch betrachte. Zwei Kerzenständer befinden sich darauf. Das Licht der Kerzen taucht den Raum in angenehme Wärme. Ein Blumenarrangement befindet sich zwischen ihnen. Goldene Platzteller und perfekt arrangiertes Besteck laden förmlich dazu ein, hier zu essen.

»Wann hast du das alles vorbereitet?«, rufe ich.

»Bevor ich zu kochen begonnen habe«, raunt Bas mir ins Ohr.

Ich zucke leicht zusammen und drehe mich zu ihm um. Er hält zwei tiefe Teller mit köstlich riechendem Risotto in den Händen. Mein Magen knurrt bei dem Duft, der mir in die Nase steigt. Bas schmunzelt darüber.

»Hungrig? Lass uns essen«, schlägt er vor.

»Du hast den Tisch selbst eingedeckt?« Ich will mich setzen, da stellt Bas die Teller ab, zieht den Stuhl zurück und wartet geduldig, bis ich Platz genommen habe. Erst dann rückt er ihn zurecht.

»Ja. Mit der Hilfe von ein paar YouTube-Videos.« Er platziert das Risotto vor mir. »Habe ich es trotzdem falsch gemacht?«

»Nein. Nur hast du für Hauptgang und Nachtisch eingedeckt.«

»Na, dann passt es doch.« Er schmunzelt verschwörerisch. »Iss das Risotto auf und ich habe eine Überraschung.«

Verwirrt schenke ich den Wein in die Gläser. Wir stoßen an und ich beginne zu essen.

»Das ist dir wirklich hervorragend gelungen«, lobe ich Bas.

Der Reis ist perfekt, der Geschmack reichhaltig. Ich habe selten ein so gutes Risotto gegessen.

»Freut mich. Dann muss ich mich bei Thomas bedanken, weil er mir das beigebracht hat.«

Ich nicke und genieße das Essen. Es ist lange her, dass jemand für mich gekocht hat …

»Möchtest du die Überraschung haben?« Bas deutet auf meinen leeren Teller. »Oder noch einen Nachschlag?«

»Du weißt, dass ich jetzt zu neugierig bin, was du als Nachtisch vorbereitet hast.«

Er zwinkert, nimmt unsere Teller und geht zur Küche. »Mach die Augen zu, ja?«

Ich schlucke und schaffe es nicht, meine Miene nicht entgleiten zu lassen. Das waren exakt die Worte, die er zu mir gesagt hat, bevor er mich mit Schleim übergossen, ausgelacht und verlassen hat.

Bas räuspert sich. »Ich weiß, was du denkst. Aber … ich schwöre dir, dass es diesmal etwas Gutes ist. Bitte. Vertrau mir.«

»O…kay«, ringe ich mir ab.

Bas sieht mich immer noch an. Langsam schließe ich die Augen und keuche, als er meine Stirn küsst.

»Danke, Vi«, flüstert er, dann ist er fort.

Ich fühle mich wie damals, als ich auf das Ergebnis meiner Abschlussprüfung gewartet habe. In meinem Magen rumort es, meine Finger kribbeln unangenehm. Ich muss mich zwingen, ruhig sitzen zu bleiben und nicht auf und ab zu wippen vor Anspannung.

Als sich Schritte nähern, presse ich die Lippen zu einem schmalen Strich zusammen und bohre die Fingernägel tief in meine Oberschenkel. Geschirr klappert. Ich halte den Atem an, bis Bas über meine Hände streicht.

»Augen auf«, flüstert er in mein Ohr.

Blinzelnd öffne ich die Lider. Mein Herz hüpft wild in meiner Brust. Vor mir befindet sich ein Teller mit kleinen Desserts. Ein Glas Panna Cotta steht neben einem Stück Tiramisu und einem Klecks Schokoladenmousse mit Himbeer-Coulis. Das Schönste auf dem Teller ist aber das kleine Schokoherz, das Bas mit Soße aufgemalt hat.

»Wie hast du …«

»Ich habe Thomas gebeten, mir zu zeigen, wie man Desserts macht.« Bas zieht seinen Stuhl näher an meinen heran. »Nichts davon habe ich alleine zubereitet. Aber ich könnte es. Vielleicht.« Er deutet auf den Teller. »Ich hoffe, ich habe noch alles richtig in Erinnerung? Das waren doch die Desserts, die du am liebsten hattest, od…«

Ich unterbreche ihn, indem ich seine Wangen umfasse, ihn enger an mich ziehe und seine Lippen mit meinen bedecke. Bas rückt noch näher an mich heran. Trotzdem stehe ich auf, ohne den Kuss zu unterbrechen, und setze mich auf seinen Schoß. Das Gefühl seiner Hände auf meiner Taille lässt mich schaudern. Ich möchte mehr. Doch wie immer hält mich Bas einfach nur fest. Manchmal streicht er über meinen Rücken, doch seine Finger gehen nie auf Erkundung.

Einerseits finde ich es schön, dass er nicht nur das Eine im Sinn hat, andererseits verunsichert mich seine Zurückhaltung. Aber ich weiß, was ich will: ihn.

Deswegen bringe ich meine Hände an sein Hemd und öffne den obersten Knopf. Er hält den Atem an und löst seine Lippen von meinen.

»Vi.« Seine Stimme ist nur ein heiseres Flüstern. In seinen Augen spiegelt sich die gleiche Sehnsucht wie in meinem Herzen.

Wortlos öffne ich den nächsten Knopf. Dann noch einen. Ich halte seinen Blick mit meinem gefangen, während ich den Stoff von seinen Schultern schiebe. Er trägt ein T-Shirt unter dem Hemd, dessen Saum ich umfasse.

Die ganze Zeit über halte ich den Atem an, sehe nur in Bas' Augen. Er nickt kaum merklich auf meine stumme Frage, ob ich ihm das Shirt ausziehen kann. Langsam schiebe ich den Stoff hoch, warte, bis Bas seine Arme gehoben hat, damit ich das Kleidungsstück über seinen Kopf bekomme.

Mein Herz klopft so laut, dass ich sicher bin, Bas kann es hören. Ich werfe das Shirt auf den Boden und berühre mit den Fingerspitzen Bas' Wangen. Er schaudert, als ich über seinen Hals streiche, seine trainierten Muskeln am Oberkörper nachzeichne.

Zittrig atme ich aus, beuge mich nach vorn und küsse ihn. Dabei gleiten meine Hände an seinen Hosenbund. Bevor ich den Knopf öffnen kann, umfasst Bas meine Finger und zieht sie zurück.

Ein eisiger Schauer läuft über meinen Rücken. Bin ich zu weit gegangen?

Ich ziehe mich zurück und sehe Bas wieder ins Gesicht.

»Vi ... willst du das wirklich?« Er wirkt mindestens so unsicher, wie ich mich fühle.

»Ja, ich schon. Aber du nicht?« Meine Stimme ist viel zu hoch. Verdammt, ich bin wirklich zu weit gegangen.

»Doch, aber ...« Er beißt sich auf die Unterlippe. »Du weißt nicht, wie sehr ich mich nach dir sehne. Ich will das mit dir nur richtig machen. Also wenn du denkst, ich hätte für dich gekocht, um dich ins Bett zu kriegen ...«

»Wieso sollte ich das denken?« Ich schüttle hastig den Kopf. »Du hast dich wie der perfekte Gentleman verhalten. Wir kennen uns so lange. Ich empfinde jetzt schon so viel für dich.«

Ich stocke, als Bas warm lächelt. »Wirklich? Wie viel denn, *ma minette*?«

Er hat mich Kätzchen genannt. Der Klang dieses Wortes aus seinem Mund verursacht bei mir Gänsehaut und einen Sturm aus Schmetterlingen in meinem Magen.

»Sehr viel«, raune ich und hauche einen Kuss auf seine Lippen. »Ich bin bis über beide Ohren in dich verliebt.«

Bas überwindet die Entfernung zwischen uns und küsst mich stürmisch. »Ich liebe dich, Vi«, nuschelt er an meinen Lippen. »Ich glaube, ich habe dich mein Leben lang geliebt.«

Eine Woge aus Wärme flutet meinen Körper und lässt mich gleichzeitig zittern. Schnell verschränke ich meine Finger mit Bas', ziehe ihn auf die Beine und sehe ihm wieder in die Augen. Ohne ein Wort zu sagen führe ich ihn durch das Wohnzimmer, bis zum Treppenaufgang.

Zielstrebig gehe ich in mein Schlafzimmer. Kaum haben wir es betreten, umfasst Bas meine Taille und dreht mich zu sich um. Unsere Lippen finden einander wieder. Ich dränge mich an Bas, der seine Arme um mich legt und mir Halt gibt.

Langsam, ohne den Kuss zu beenden, bewegen wir uns auf das Bett zu. Als ich die Bettkante an meinen Kniekehlen spüre, lege ich meine Hände in Bas' Nacken, setze mich auf die Matratze und ziehe ihn mit mir. Er umfasst meine Handgelenke und schiebt meine Arme über meinen Kopf. Seine Lippen geben meine frei, wandern langsam meinen Hals hinab. Quälend langsam öffnet er die Blusenknöpfe und schiebt den Stoff zur Seite.

Ich keuche, als er meine Brustwarze durch den BH hindurch küsst und daran zu saugen beginnt. Hitze sammelt sich in meiner Mitte. Ungeduldig bewege ich mein Becken, reibe dabei über seines.

Er lacht in sich hinein und hebt den Kopf. »Hast du es eilig?«

»Ich will nur den Stoff zwischen uns loswerden«, erwidere ich ein wenig verlegen.

»Soso.« Er beugt sich noch einmal über meine Brust und saugt an der anderen Brustwarze. »Also soll ich dich schnell ausziehen?«

»Ich … ja«, wispere ich.

Bas schmunzelt und legt sich neben mich. Er öffnet meinen Jeansknopf, zieht die Hose über meine Hüften und wirft sie auf den Boden. Da ich keine Socken trage, muss er sich darum nicht kümmern.

Sein Blick gleitet über meine Beine bis zu dem schwarzen Höschen, das ich heute trage. Langsam hebt er den Kopf, berührt jede Stelle an meinem Körper mit den Augen.

Ich schlucke und weiß nicht, was ich machen soll. Er hat mit Models geschlafen. Was, wenn ich ihn langweile? Wenn ich nicht ...

»Du bist wunderschön«, sagt er in dem Moment ehrfürchtig und sieht mir in die Augen.

Ein schweres Gewicht fällt von meinen Schultern.

Bas greift unter meinen Rücken, den ich durchdrücke, damit er den BH besser öffnen kann. Gemeinsam mit der Bluse befreit er mich davon. Nur noch ein Höschen bedeckt meine intimste Stelle, zu der Bas wieder schaut.

»Jetzt du.« Meine Stimme ist kratzig und meine Geduld nicht mehr vorhanden. Ich reibe meine Beine aneinander, was Bas ein schiefes Schmunzeln entlockt.

Doch als ich meine Lippen mit der Zunge befeuchte, wird er ernst. Viel zu langsam bringt er seine Hände an den Hosenbund, öffnet die Hose und schiebt sie über seine Hüften. Mein Blick wandert zu der Beule, die ich in seinen Boxershorts entdecke. Wieder lecke ich über meine Lippen. Bas stöhnt.

»Willst du mich um den Verstand bringen damit?«, fragt er heiser.

»Womit?«

»Mit deiner Zunge.« Er zieht die Jeans aus, lässt die Boxershorts aber an. »Du bist so unglaublich sinnlich.«

Er presst seine Lippen auf meine. Dieser Kuss ist nicht sanft oder zurückhaltend. Bas verliert keine Zeit und drängt mit seiner Zunge in meinen Mund. Seine Hand streicht über meinen Bauch und verschwindet unter dem Stoff meines Höschens. Ich stöhne auf, als er mit der Fingerspitze meine empfindlichste Stelle berührt.

Bas zieht kreisende Bewegungen auf meiner Perle und bringt meine Knie zum Zittern. Ich öffne die Beine weiter und taste über seine Boxershorts. Auch ich schiebe die Hand unter den Stoff und genieße das tiefe Knurren, das ich Bas entlocke, als ich seine Erregung umfasse und zu massieren beginne.

Sein Atem beschleunigt sich und mit einem Mal zieht er die Hand zurück, packt meine Handgelenke und schiebt die Hände wieder über meinen Kopf.

»Wo hast du die Kondome?«, fragt er heiser.

»Oberste Schublade im Nachttisch. Aber keine Ahnung, ob die noch ... Also, ich habe schon lange nicht mehr ...«

»Shhh.« Er küsst mich stürmisch. Dann zieht er sich zurück und reißt die Schublade auf. Bas öffnet die Verpackung, befreit sich aus den Boxershorts und legt das Kondom an.

Diesmal beiße ich mir auf die Unterlippe, während ich seinen harten Penis betrachte. Erst als Bas sich räuspert, sehe ich wieder auf.

Der Blick, mit dem er mich anschaut, lässt die Hitze in mir noch höher brodeln. Seine Augen schimmern vor Verlangen, seine Miene ist ernst.

Er greift nach meinem Höschen und zieht es herunter. Ich wage es nicht einmal zu atmen, aus Angst, dann aus diesem heißen Traum aufzuwachen. Bas schiebt meine Beine auseinander und bringt seinen Körper über meinen. Stück für Stück senkt er sich zu mir herab.

Unsere Lippen berühren sich, bevor er in mich gleitet. Ich stöhne und umklammere seine Schultern, als er sich zurückzieht und mich erneut ausfüllt. Bas lässt sich auf mich sinken. Sein Gewicht auf mir fühlt sich perfekt an, lässt mich ihn noch intensiver in mir spüren.

Ich kratze sanft über seinen Rücken und werde mit einem tiefen Stöhnen belohnt. Bas gibt meine Lippen frei und küsst meinen Hals. Ich lege den Kopf in den Nacken und keuche, als Bas meine Brustwarze zwischen Daumen und Zeigefinger nimmt und sie zärtlich knetet.

Seine Bewegungen werden schneller, die Stöße tiefer, intensiver. Seine Lippen hinterlassen eine brennende Spur auf meinem Hals. Ich verliere mich in dem Gefühl, das er mir schenkt.

Mit jedem Atemzug baut sich mehr Lust in mir auf, sammelt sich wie ein Ball aus purem Verlangen in meiner Mitte.

»Bas«, hauche ich.

Er bringt seine Lippen erneut über meine und dämpft damit das Stöhnen, als ich mich dem Höhepunkt nähere. Alles in mir spannt sich an. Auch Bas' Atem wird schneller. Seine Stimme vibriert an meinen Lippen. Er stößt noch einmal zu und pulsiert in mir. Die Hitze in mir schwillt an und löst eine Explosion aus, die mich kommen lässt.

Ich bohre meine Fingernägel tief in Bas' Haut und stöhne an seinem Mund. Seine Bewegungen werden langsamer. Ich spüre seinen zittrigen Atem auf meiner Haut, während der Kuss zärtlicher wird. Bas streicht über meine Wange, hebt den Kopf und sieht mir in die Augen.

»Ich liebe dich, Vi«, flüstert er.

Ich lächle und gleichzeitig brennen Tränen in meinen Augen. »Ich liebe dich, Bas.«

Behutsam küsst er eine Träne fort, die ich nicht zurückhalten konnte. »Bitte sag mir, dass du weinst, weil du glücklich bist.«

Leise schluchzend nicke ich. »Ja, Bas.« Ich schlinge meine Arme um ihn. »Ich bin unendlich glücklich.«

21 - SEBASTIEN

Ächzend wische ich mir mit dem Handrücken über die Stirn. Zu putzen ist anstrengender, als ich für möglich gehalten habe. Dabei habe ich gerade mal mein erstes Zimmer geschafft.

»Trink einen Schluck«, weist Melissa mich an und tätschelt meine Schulter. »Du machst dich gut, aber überanstreng dich nicht.«

Ich schenke ihr ein Lächeln. Melissa ist ein Goldstück. Sie ist etwa fünfzig Jahre alt und war bereits hier, als ich noch mit meiner Mutter Urlaub im Hotel gemacht habe, allerdings nicht als Leiterin. Ihre Art ist mütterlich und ganz anders als jene von Thomas. Doch hinter dem herzlichen Lächeln steckt eine ehrgeizige Frau, die mich die Badezimmerfliesen richtig hat schrubben lassen. Perfektion ist für sie wichtig, das habe ich sofort begriffen. Deswegen sauge ich jedes ihrer Worte auf und bemühe mich, alles umzusetzen.

»Geht es wieder?« Sie mustert mich besorgt.

»Ja, alles okay. Im Flur ist es nur ziemlich warm.«

»Hach, diese dumme Klimaanlage streikt in letzter Zeit immer, wenn es draußen besonders heiß ist.« Sie schnaubt und stemmt die Hände in die Hüften. »Wenn du in der Technik arbeitest, sag den Herrschaften, dass sie mir noch eine Erklärung schulden, warum im Flur nie gekühlt wird.«

»Mache ich in vier Wochen«, verspreche ich.

»Gut, sollen wir das nächste Zimmer in Angriff nehmen?« Sie

hält mir die Liste hin. »Die zweihundertsieben. Sag mir, welche Aufgaben wir zu erledigen haben und warum.«

Ich betrachte den Zettel auf dem Klemmbrett. Die zweihundertsieben ist grün hinterlegt. Das bedeutet, der Gast, der hier wohnt, reist heute nicht ab.

»Wir leeren die Mülleimer, machen das Bett, tauschen die Handtücher aus, putzen das Bad und saugen den Boden, weil das Zimmer nicht neu belegt wird und der Gast erst einen Tag hier ist«, erkläre ich deswegen.

Melissa nickt zufrieden. »Ausgezeichnet. Dann leg los.«

Mein Lächeln gefriert. »Ich? Alleine?«

»Ja. Ich bin natürlich bei dir und helfe dir, falls du etwas vergisst. Allerdings bin ich der Meinung, du merkst dir die Abläufe am besten, wenn du sie ohne zusätzliche Anleitung durchspielst und ich nur eingreife, wenn es nötig ist.«

»Aber du kontrollierst alles?«

»Sebastien.« Melissa kichert. »Ich werde dich noch eine Weile kontrollieren. Jetzt bin ich bei dir, beim nächsten Zimmer prüfe ich erst, wenn du fertig bist, wie du gearbeitet hast.« Sie tätschelt erneut meine Schulter. »Entspann dich. Ich weiß, du bist von Thomas etwas anderes gewohnt. Aber ich werfe dich nicht gleich den Haien zum Fraß vor und tobe, wenn du nicht schnell genug vor ihnen geflüchtet bist.«

»Okay, dann … lege ich los?«

Melissa lächelt mich aufmunternd an. Also schnappe ich mir die Liste, die sie für mich vorbereitet hat, um jeden Punkt darauf abzuarbeiten.

Wie Melissa es mir beigebracht hat, klopfe ich dreimal an die Tür, obwohl das Lämpchen am Schloss anzeigt, dass das Zimmer leer ist. Erst danach öffne ich sie. Tatsächlich ist niemand hier, also betrete ich den Raum.

Auf dem Boden liegen einige Zettel und Zeitschriften sowie Kleidungsstücke verteilt. Das Bett ist zerwühlt. Ich lege die Liste auf dem Schreibtisch ab und mache mich daran, es zu inspizieren. Die Laken werden alle drei Tage gewechselt oder bei Abreisen. Heute soll ich sie also nur in Form bringen – es sei denn, sie sind schmutzig. Deswegen prüfe ich die weißen

Decken auf Flecken. Da ich keine finde, ziehe ich sie glatt, drapiere die Tagesdecke darüber und lege die Kissen ordentlich an das Kopfende.

Melissa beobachtet jeden Handgriff, sagt jedoch nichts. Ich weiß nicht, ob sie zufrieden ist oder nicht. Vielleicht sammelt sie nur alle Punkte bis zum Ende. Zumindest hält sie mich nicht auf, also hole ich die Handschuhe und die Putzmittel für das Bad. Wie Melissa es mir gezeigt hat, putze ich das Klo und das Waschbecken. Mir dreht sich zwar der Magen um, weil es seltsam ist, die Toilette eines Fremden zu putzen. Aber da muss ich durch.

Das Waschbecken ist vollgeräumt mit Kosmetikartikeln, die unordentlich herumliegen. Einige Tuben sind offen und laufen aus. Ich schraube sie zu und wische die Flecken weg. Wer auch immer hier abgestiegen ist, hat es wohl nicht so mit Ordnung.

Im Schlafbereich hebe ich die Zeitschriften auf. Dabei fällt mein Blick auf ein Klatschblatt, dessen Titelbild ich ziere. Die Überschrift *Zusammenbruch! Der Prinz kann seine Drogensucht nicht länger verbergen*, lässt Wut in mir hochkochen. Mein Vater hat verlautbaren lassen, dass ich eine Ausbildung absolviere. Gerüchte, was ich wirklich mache, halten sich allerdings hartnäckig. Dass diese Aasfresser nie genug bekommen ...

Mein Magen verknotet sich bei dem Gedanken, was passieren wird, wenn meine Beziehung zu Vi öffentlich wird. Natürlich werde ich alles machen, um sie zu schützen. Doch da ich einen äußerst schlechten Ruf habe, bin ich sicher, man wird sich auf sie stürzen. Das Leben, das sie jetzt kennt, wird dann vorbei sein.

Reue nagt an mir wie ein Hund an einem Knochen. Ich bin glücklich mit ihr. Und ich bin ziemlich sicher, dass sie auch glücklich ist. Wie sie in meinen Armen gelegen und sich an mich geschmiegt hat, nachdem wir miteinander geschlafen haben ... es war so perfekt. Aber noch sind wir nichts als ein gewöhnliches Paar. Irgendwann wird sich das ändern und sie wird viel aufgeben müssen. Bin ich selbstsüchtig, wenn ich sie dennoch bitte, bei mir zu bleiben?

So weit ich kann schiebe ich den Gedanken von mir. Ich werde alles tun, um Vi glücklich zu machen. Kein Opfer ist zu groß, solange ich sie nicht verliere.

So ordentlich wie möglich drapiere ich die Kleidung auf dem Bett und lege die Zeitschriften daneben. Dann hole ich die Handtücher, um die alten auszutauschen. Anschließend sauge ich und wische im Bad feucht auf.

Als ich fertig bin, schwitze ich, obwohl im Zimmer die Klimaanlage auf vollen Touren arbeitet.

Melissa sieht sich um. Jeder Moment, der vergeht, bis sie spricht, schürt meine Nervosität.

»Du hast das gut gemacht«, meint sie schließlich. »Nur im Bad könntest du gründlicher sein. Ich zeige es dir.« Sie führt mich ins Bad und deutet auf die Waschbecken. »Siehst du die Wasserflecke auf den Armaturen? Die müssen noch weg.« Sie schnappt sich ein Tuch und säubert den Wasserhahn. »Beim Saugen hast du keinen richtigen Plan. Du bist ein ›Chaos-Sauger‹. Deswegen entgeht dir einiges und in den Ecken musst du auch gründlicher sein. Abgesehen davon … gut gemacht, Sebastien.«

Ich atme auf. Offensichtlich bin ich nicht so nutzlos, wie ich mich manchmal fühle. Melissa drückt mir die Zimmerliste in die Hand.

»Du kannst schon mit dem nächsten Raum beginnen. Ich komme dann, wenn du fertig bist, und überprüfe alles, ja?« Sie zwinkert mir zu.

Mit mulmigem Gefühl trete ich in den Gang hinaus. Melissa folgt mir. Noch bevor ich zum nächsten Zimmer komme, ruft jemand unsere Namen.

Mein Puls beschleunigt sich, als Vi zu uns kommt. Sie trägt wie immer das graue Kostüm. Allerdings hat sie den Blazer heute abgelegt und die Blusenärmel bis zu den Ellbogen hochgekrempelt.

»Victoria, möchtest du einen ersten Bericht?«, fragt Melissa.

Vi sieht verstohlen zu mir. Für einen Wimpernschlag wird ihre Miene weich, bevor sie wieder wie die Chefin wirkt, die sie ist. »Deswegen bin ich hier.«

Melissa lobt mich auch vor Vi, was mich mit Stolz erfüllt. Für Vi möchte ich einfach alles so gut wie möglich erledigen. Melissa ist kaum fertig, da ruft sie jemand.

»Ich muss kurz was klären«, sagt sie und folgt einer anderen Hausdame durch den Gang. »Sebastien, du kannst schon das nächste Zimmer machen. Bis gleich.«

Nur Vi und ich bleiben zurück. Es ist seltsam, ihr so nahe zu sein, aber sie nicht berühren zu dürfen. Niemand hier soll wissen, was wir füreinander sind.

»Zeig mal, wie du putzt«, fordert sie mich auf.

Ich werfe einen Blick auf die Liste. »Zweihundertneun ist als nächstes dran.«

Sie nickt und lässt mir den Vortritt. Wieder klopfe ich und öffne erst nach dem dritten Versuch. Vi folgt mir in das Zimmer. Sie lehnt die Tür nur an, kommt dennoch zu mir, verschränkt ihre Finger in meinem Nacken und haucht einen Kuss auf meine Lippen.

»Ich bin stolz auf dich. Du schlägst dich gut.«

»Danke.« Ich lasse meine Hände über ihre Taille gleiten. »Auch dafür, dass du nach mir siehst. Ich … habe dich vermisst.«

Sie lächelt und in meinem Magen flattern Hunderte Schmetterlinge um ihr Leben.

»Du hättest mich aufwecken können, als du gegangen bist.« Sie beißt sich auf die Unterlippe. »Ich habe vergessen, den Wecker zu stellen, und …«

»Du hast so zuckersüß ausgesehen, als ich aufgewacht bin. Ich wollte dich nicht wecken.« Zärtlich streiche ich über ihre Wange. »Und du brauchst deinen Schlaf. Du arbeitest zu viel.«

»Im Sommer ist eben einiges los. Da übernehme ich zusätzliche Schichten, wenn es nicht anders geht.«

»Ich weiß. Aber wenn du schon mal schlafen kannst, werde ich dich nicht wecken.« Ich hauche einen Kuss auf ihre Nasenspitze. »Heute endet deine Schicht aber um sechs, oder?«

»Ja, Sandra übernimmt die Zusatzschicht im Restaurant.« Vi seufzt. »Du bist um drei fertig?«

»Laut Plan ja. Soll ich bleiben?«

»Nein.« Sie streicht über meine Arme. »Die neue Tätigkeit war sicher herausfordernd. Und so schlimm ist es momentan nicht, sonst würde ich ja auch länger bleiben.«

»Okay. Dann kann ich heute kochen?« Vi hebt eine Augenbraue. »Ich verspreche auch, ich setze die Küche weder unter Wasser, noch stecke ich sie in Brand.«

»Oh, ich vertraue dir.« Vi lächelt. »Aber soll ich nicht auf dem Heimweg etwas besorgen, damit du dir keine Arbeit machen musst?«

»Ich mache das gerne für dich. Und so unglaublich es klingt, es macht mir sogar Spaß, zu kochen.«

»Sieh an. Du hast aber auch ein Talent dafür, finde ich.« Ich räuspere mich. »Danke. Also koche ich etwas für uns?«

»Sehr gerne.« Vi stiehlt sich noch einen Kuss. »Wir sehen uns gegen halb sieben.«

Sie lässt mich los und schreitet rückwärts aus dem Zimmer. Ich berühre verstohlen meine Lippen und seufze. Ja, Vi macht mich glücklich. Mehr, als ich je erwartet habe. Sie ist mein Antrieb, die Quelle meiner Kraft. Vielleicht wird es Zeit, mit meinem Vater ein offenes Gespräch zu führen. Selbst wenn alles nur ein Zufall war und mein Vater nichts über Vi und mich wusste, sollte er es jetzt erfahren. Ich benötige seine Hilfe, um sie zu beschützen. Aber erst muss ich mich mental darauf vorbereiten und morgen habe ich andere Pläne mit Vi.

In Gedanken versunken putze ich das Zimmer und hake es auf der Liste ab, als ich fertig bin. Ich sortiere gerade die Leintücher für mein nächstes Zimmer, in dem heute eine Abreise stattgefunden hat, da nähert sich jemand.

»… ja, das Hotel ist nett, das Dorf eher verschlafen«, sagt eine Frau, die lautstark telefoniert. »Nein, ich weiß nicht, wieso es so spannend sein soll, hier abzusteigen. Aber Job ist Job, nicht wahr?«

Ich senke den Kopf und murmle ein »Guten Tag«, doch die Frau nimmt mich nicht einmal wahr.

Sie steuert Tür zweihundertsieben an. Ich riskiere einen Blick auf die Person, die ein solches Chaos in ihrem Zimmer hinterlassen hat.

»Na ja, der Preis ist akzeptabel, aber so abgewohnt, wie hier alles ist«, fährt sie fort. »Wie gesagt, wenn ich keinen Auftrag hätte, wäre ich nie hergekommen. Viel zu ländlich und … ja, eben nicht standardgemäß. Und diese Dame an der Rezeption. Also, bieder ist noch charmant ausgedrückt.«

Sie lacht und verschwindet in ihrem Zimmer. Ich schnaube, als die Tür ins Schloss fällt. Diese Dame hat hohe Ansprüche dafür, dass sie so schlampig ist. Ich werfe einen Blick auf die Liste. Sie bleibt eine Woche und ich werde vermutlich jeden Tag ihr Zimmer säubern. Toll. Also ständig hinter ihr herräumen. Habe ich mich eigentlich auch so herablassend benommen? Dann schulde ich meinen Angestellten echt eine Entschuldigung.

Tief durchatmend nehme ich mir vor, jedem von ihnen einen Präsentkorb zu schicken, sobald es möglich ist, und mich bei ihnen dafür zu bedanken, mich so lange ertragen zu haben. Dieses Praktikum öffnet mir in vielerlei Hinsicht die Augen. Vor allem aber ermöglicht es mir, wiedergutzumachen, was ich bei Vi verbockt habe. Und an unserer gemeinsamen Zukunft zu arbeiten.

22 - VICTORIA

Trotz der vielen An- und Abreisen heute kann ich nicht anders, als zu lächeln. Und ich weiß sehr genau, dass das nur an Bas liegt. Obwohl er nach seinem ersten Tag im Housekeeping erschöpft gewesen ist, hat er für mich gekocht. Wir haben den Abend aneinander geschmiegt ausklingen lassen. Ich bin in seinen Armen eingeschlafen und aufgewacht. Das hat sich so unendlich gut angefühlt.

Meine Bedenken, wie es mit uns weitergehen soll, sind nicht verschwunden, doch ich schiebe sie so weit ich kann von mir. Diese Zeit mit Bas ist zu kostbar. Ich will jeden Augenblick davon genießen. Besonders heute.

»Naaa, weswegen grinst du nur so?« Sandra stupst mich mit dem Ellbogen an. »Oh, ich weiß wieso.«

In mir gefriert alles zu Eis. Sandra ist meine beste Freundin, aber nicht einmal ihr habe ich mein Geheimnis erzählt. Noch möchte ich nicht darüber sprechen. Aber so wie sie mich ansieht, ahnt sie vermutlich etwas. Ihr jetzt zu erzählen, dass ich jemanden treffe, ohne Namen zu nennen, würde sie noch misstrauischer machen. Was soll ich nur tun?

»Tatsächlich? Wieso denn?«

»Tu nicht so.« Sie kichert. »Gleich bringe ich dich – völlig überraschend wie jedes Jahr – in den Garten, wo – wieder völlig überraschend – deine Lieblingstorte auf dich wartet. Und wir alle gratulieren dir zum Geburtstag und überreichen dir ein Geschenk.«

Ich atme auf. »Ja. Darauf freue ich mich sehr.«

Sandra schmunzelt und tätschelt meinen Arm. »Champagner ist auch wie jedes Jahr vom Fürst geschickt worden. Ich glaube, dieses Jahr ist sogar ein Geschenk dabei. Vermutlich ist er dir dankbar, dass du seinem Sohn Manieren beibringst.«

Schweigend nicke ich, obwohl sie nicht recht hat. Bas besitzt Manieren. Er hat sie nur lange nicht benutzt. Hoffentlich erkennen bald alle, dass er in Wahrheit ganz anders ist, als er in den Zeitschriften dargestellt wird. Und hoffentlich kann Bas seine Vergangenheit abschütteln, um der Mann zu werden, der zu sein er immer bestimmt war. Auch wenn er es anders sieht: Ich weiß, dass er ein großartiger Fürst werden wird. Nur muss er seinen Ruf in Ordnung bringen. Und ich wünsche mir, dass das möglich ist, selbst wenn er mit mir zusammen ist. So sicher, wie er sich gibt, dass sein Vater uns akzeptieren könnte, bin ich nämlich nicht.

»Na gut, deine Schicht ist genau jetzt um«, verkündet Sandra und hakt sich bei mir unter. »Lass den Stift fallen und folge mir in den Garten. Tu aber überrascht, auch wenn jeder weiß, dass du mit einer Feier rechnest.«

»Ich rechne nicht damit, weil es nicht selbstverständlich ist.«

»Stimmt, aber wir sind dir alle dankbar und froh, dass es dich gibt. Ohne dich würde hier alles im Chaos versinken.«

Ich halte den Atem an. Wenn Bas und ich ein Paar sind, werde ich früher oder später mit ihm gehen müssen. Dann lasse ich meine Familie und das Hotel zurück. Ich weiß nicht, wie mir das gelingen soll. Immerhin schaffe ich es nicht einmal, einen Urlaub durchzustehen, ohne im Hotel anzurufen.

Auch den Gedanken verdränge ich, denn Sandra führt mich bereits durch den noch leeren Speisesaal zur Tür in den Garten. »Happy Birthday, Victoria.«

Sie stößt die Tür auf. Ich blinzle gegen das helle Sonnenlicht des Nachmittags an. Da rufen Dutzende Stimmen wild durcheinander ihre Glückwünsche. Fast die gesamte Belegschaft – selbst die Leute, die eigentlich heute keinen Dienst mehr haben – hat sich rund um einen großen Tisch versammelt. Bas ist bei den Leuten vom Housekeeping und lächelt mich an, als unsere Blicke sich treffen.

Ich zwinge mich, zur Torte zu sehen, die Thomas für mich gezaubert hat. Es ist eine riesige rechteckige Mousse-Au-Chocolat Tarte, auf der in Zuckerglasur *Alles Gute zum 29. Geburtstag* steht. Nur eine Kerze brennt darauf.

Thomas winkt mich zu sich. »Liebe Victoria. Zu deinem heutigen Geburtstag wünschen wir dir alles nur erdenklich Gute. Mögen sich alle deine Wünsche erfüllen, wenn du die Kerze ausbläst.« Er deutet auf die Tarte. »Schön, dass du bei uns bist und mit deinem sonnigen Gemüt selbst die grauen Regentage aufhellst.«

Vor Rührung brennen meine Augen. Also puste ich die Kerze aus und lasse den Applaus auf mich wirken.

»Wir haben noch ein kleines Geschenk für dich«, fährt der Küchenchef fort und überreicht mir ein schweres Päckchen. »Hoffentlich kannst du es gebrauchen.«

Ich reiße das Papier auf und betrachte die drei Weinflaschen, die in einem grünen Karton ruhen. Es sind Rotweine aus der Gegend. Zu jedem von ihnen liegt eine Tafel Schokolade bei, die hervorragend zu dem jeweiligen Wein passt.

»Vielen Dank. Das ist so lieb von euch«, sage ich und lächle in die Runde.

Thomas reicht mir ein Messer und ich beginne, die Torte auszuteilen. Inzwischen übernimmt Sandra mit einigen anderen den Champagner, schenkt die Gläser ein und teilt sie gemeinsam mit den Tortenstücken aus.

Als jeder ein Glas und einen Teller hat, räuspere ich mich. »Vielen Dank euch allen, dass ihr extra zu dieser kleinen Feier erschienen seid. Ich kann euch gar nicht sagen, wie viel es mir bedeutet, dass ihr euch für mich die Zeit genommen habt.« Mit einem weiteren Räuspern hebe ich mein Glas. »Auf euch alle.«

Sie prosten mir zu und ich nehme einen Schluck der kalten, perlenden Flüssigkeit. Sie kribbelt in meinem Hals und hinterlässt einen angenehmen Geschmack. Mein Blick wandert zu Bas, der sich gerade mit Melissa unterhält. Er scheint allerdings zu spüren, dass ich ihn ansehe, denn er schaut in dem Moment ebenfalls zu mir. Mehr noch als der Champagner vorhin kribbeln die Gefühle, die ich für Bas empfinde, in meinem Inneren. Es ist lange her, dass er an meinem Geburtstag bei mir war, und ich freue mich auf nachher, wenn wir gemeinsam zu meinen Eltern gehen, um mit ihnen zu essen. Besonders aber freue ich mich auf den Abend, den wir zusammen verbringen werden. Und den morgigen Tag, an dem wir beide frei haben.

Als Thomas an meine Seite tritt, wende ich mich ihm zu und stoße mit ihm an. »Danke für die Tarte.«

Er schmunzelt. »Keine Ursache. Nach allem, was du für jeden von uns machst, ist das das Mindeste.«

»Ich mache doch nur meinen Job.«

»Nein, Victoria.« Thomas wird ernst. »Du machst viel mehr als das, und das weißt du. Dafür schätzen wir dich alle sehr.« Er hebt das Glas erneut und wir stoßen an.

In dem Moment vibriert mein Handy. Die Vorwahl von Blanchebourg erscheint auf dem Display. Wortlos zieht Thomas sich zurück. Ich gehe trotzdem ein paar Schritte von den anderen fort, ehe ich abhebe.

»Kaltenbach«, antworte ich förmlich.

»Victoria. Hier ist Thierry de Violet.«

»Guten Tag, Durchlaucht«, flüstere ich.

Der Fürst lacht. »Wieso heute so förmlich? Ist mein Sohn denn in der Nähe?«

Ich schüttle den Kopf, bis mir klar wird, dass der Fürst es nicht sehen kann. »Nein, ich … Entschuldigung.«

»Du musst dich nicht entschuldigen, Victoria.« Ich kann hören, dass er schmunzelt.

Bas' Vater war nur selten hier, wenn seine Familie Urlaub gemacht hat. Wenn er da war, habe ich ihn als freundlichen, jedoch distanzierten Mann kennengelernt. Nichtsdestotrotz hat er meine Eltern unterstützt, als Papa krank wurde. Und er ruft jedes Jahr an meinem Geburtstag an. Das hat sich auch nicht geändert, als Bas und ich nicht mehr miteinander in Kontakt waren.

»Ich hoffe, du hattest bisher einen schönen Tag?« Vielleicht bilde ich es mir nur ein, aber die Stimme des Fürsten klingt ein wenig heiser.

»Ja, sehr schön. Danke für den Champagner.«

Es bleibt still am anderen Ende der Leitung. Hat der Fürst aufgelegt?

»Ich habe dir noch etwas geschickt«, sagt er schließlich. »Es wartet in deinem Büro auf dich. Aber ich bitte dich, mir erst eine Frage zu beantworten, ehe du es öffnest. Bist du alleine?«

»Nein. Ich gehe in mein Büro«, erwidere ich, lege eine Hand über den Hörer und bedeute Sandra, zu mir zu kommen. »Ich muss kurz in mein Büro. Der Fürst will mit mir sprechen«, flüstere ich.

»Okay. Wir warten auf dich.«

Ich vermeide es, nach Bas zu sehen, obwohl ich seinen Blick auf mir spüre. Schnell laufe ich in das Schloss, durchquere den Speisesaal und die leere Eingangshalle. Mein Herz schlägt vor Aufregung wild, als ich mein Büro erreiche und die Tür zuwerfe. Auf dem Schreibtisch steht ein kleines Päckchen in glänzendem Papier. Das ist bestimmt das Geschenk des Fürsten …

»Ich bin jetzt alleine«, sage ich atemlos.

»Willst du dich setzen?«, fragt der Fürst.

»Ich … Sollte ich mich denn setzen?«

»Das kommt auf dich an.« Er macht eine Pause und ich weiß nicht, was ich tun soll. In meinen Ohren rauscht es. Was möchte er mir nur sagen? »Victoria, bitte nimm mir diese indiskrete Frage nicht übel. Aber ich ersuche dich, ehrlich zu mir zu sein.« Er räuspert sich. »Hegst du für meinen Sohn Gefühle?«

Beinahe rutscht das Handy zwischen meinen Fingern hindurch. Ich kann es gerade noch so halten. Schwer schluckend halte ich den Atem an. Hatte Bas recht? Wusste sein Vater von unserer Vergangenheit und hat ihn deswegen hergeschickt? Oder hat uns jemand gesehen und verraten?

»Durchlaucht, ich …«

»Bitte«, unterbricht er mich. »Keine Erklärungen. Ja oder nein?«

Ich ringe darum, Luft zu bekommen. »Ja«, wispere ich. »Ja. Ich liebe Sebastien. Und ich … ich weiß, dass ich vermutlich nicht die Frau bin, die Sie sich an seiner Seite wünschen würden, aber …«

»Victoria«, unterbricht er mich erneut. »Du bist genau die Frau, die ich mir an seiner Seite wünsche.« Er seufzt. »Ich habe viel falsch gemacht und das ist mir erst viel zu spät bewusst geworden. In der Zeit, als mein Sohn einen Vater gebraucht hätte, war ich nur sein Fürst. Ich weiß nicht, was vor zwölf Jahren zwischen euch vorgefallen ist. Was ich weiß, ist, dass er nach seiner Rückkehr aus Österreich noch verschlossener war. Ich habe ein wenig gebraucht, bis ich den Zusammenhang begriffen habe. Und ich war anfangs nicht sicher, ob ich recht habe. Aber ich glaube … dass du die Frau bist, die mein Sohn will. Die er braucht. Nur deswegen habe ich dir diese Frage gestellt.«

Langsam sinke ich auf den Stuhl, der vor dem Schreibtisch steht und eigentlich für Leute ist, die ein Gespräch mit mir haben. Ich muss mich jetzt setzen. Die Worte sickern lassen. Ganz begreife ich sie nicht.

»Bist du noch da, Victoria?«

»Ja, ich … ich verstehe nur nicht …«

Der Fürst seufzt. »Ich dachte, wenn mein Sohn noch eine Chance hat, sich zu wandeln, dann durch dich. Was auch immer zwischen euch zerbrochen ist, es hat Sebastien in einen tiefen Abgrund schlittern lassen.«

Ich schlucke und ringe darum, nicht in Tränen auszubrechen.

»Ich war überzeugt davon, dass er immer noch etwas für dich empfindet«, fährt der Fürst fort. »Und dass du ihn aus der Grube, die er sich selbst gegraben hat, herausholen könntest. Erlaube mir noch eine Frage.«

»Welche?« Meine Stimme zittert.

»Bist du bereit, zu lernen, dich an seiner Seite zu bewegen?« Ich öffne den Mund, doch der Fürst spricht weiter. »Bedenke, dass sich dein Leben verändern wird. Nicht heute. Nicht morgen. Aber irgendwann wirst du dich von dem Hotel verabschieden müssen. Ist Sebastien das für dich wert?«

Mit einem Mal ist der Gedanke wieder da. Das Hotel … ich werde es wie mein altes Leben verlassen müssen. Was wird dann aus meinen Eltern? Werden sie mit mir kommen? Was, wenn nicht? Aber der Gedanke, Bas zu verlieren, treibt Tränen in meine Augen. Ohne ihn hat mir etwas gefehlt. *Er* hat mir gefehlt. Ich war nie so glücklich wie in den letzten Tagen mit ihm. Die Beziehung mit Bas und mir ist noch frisch und doch wieder nicht, weil er ein Teil von mir ist. Deswegen gibt es nur eine Antwort: »Ja.« Ich schluchze leise. »Ja, das ist er. Ich weiß, dass ich viel opfern muss. Für ihn mache ich das aber gerne.«

»In dem Fall darfst du das Geschenk öffnen. Und ich werde dir in den nächsten Tagen meinen Privatsekretär schicken. Erst muss ich meinen Sohn darüber informieren, damit er nicht überrascht ist. Ich möchte, dass du die Ausbildung erhältst, die du brauchst, um gut auf deine zukünftige Rolle vorbereitet zu sein.«

»Aber Durchlaucht … ist das nicht zu früh? Wir … Sebastien und ich haben gerade erst zusammengefunden. Wenn Sie so sprechen, klingt es, als …«

»Als würde ich dich auf eine Ehe vorbereiten?« Er lacht. »Wir beide wissen, dass mein Sohn impulsive Entscheidungen trifft. Ich denke, bei dir ist er vorsichtiger, weil du ihm viel bedeutest. Dennoch will ich, dass du genug Zeit hast, um dich vorzubereiten – und die verschaffe ich dir, das verspreche ich.«

Meine Kehle fühlt sich zu eng an, um zu atmen. Ich bringe kein Wort mehr heraus.

»Bist du immer noch entschlossen, all das für Sebastien auf dich zu nehmen? Deine Arbeit im Hotel zu beenden?«, fragt der Fürst.

»Nichts hat sich an meiner Entscheidung geändert. Ich werde alles tun, was nötig ist, um an seiner Seite bleiben zu können.«

»Das freut mich. Hast du alles gehört, Sebastien?«

Mein Herz setzt einen Schlag aus.

»Jedes Wort«, erklingt Bas' Stimme aus dem Telefon und von hinter mir.

Mit angehaltenem Atem drehe ich mich auf dem Stuhl um und sehe zu Bas, der in der Tür steht. Auch er hält sich ein Handy ans Ohr. Sein Blick ist sanft und so voller Liebe, dass meine Knie weich werden, obwohl ich sitze.

»Dann lasse ich euch jetzt in Ruhe. Ihr habt sicher einiges zu besprechen«, meint der Fürst. »Noch einmal alles Gute zum Geburtstag, Victoria. Denk an das Geschenk auf dem Tisch.«

Mit diesen Worten legt der Fürst auf. Langsam senke ich das Telefon, platziere es neben mir auf dem Tisch. Ich traue meinen Fingern gerade nicht, denn sie beben so sehr wie meine Lippen.

»Du hast alles gehört?«, frage ich mit brüchiger Stimme.

»Ab dem Moment, als du meinem Vater gestanden hast, dass du mich liebst.« Bas kommt näher, sinkt vor meinem Stuhl auf die Knie. »Vi …«

»Wusstest du, dass er mit mir reden will?«, unterbreche ich ihn.

»Erst seit einer Stunde. Er rief an und wollte mit mir sprechen. Ich habe ihn nicht abgeblockt, weil ich ihn morgen ohnehin anrufen wollte, um ihn zu bitten, dich zu beschützen. Da hat er mich in seinen Plan eingeweiht.«

»Du wolltest ihn bitten, mich zu beschützen?«

Bas nickt ernst. »Vi, früher oder später wird jemand erkennen, wie viel wir einander bedeuten. Wenn die falsche Person es bemerkt, könnte die Presse hier auftauchen. Und ich kann sie nicht zum Schweigen bringen. Noch nicht. Mein Vater hingegen ist dazu in der Lage. Deswegen habe ich ihn gebeten, dich zu beschützen. Weil ich nicht möchte, dass du meinetwegen von ekligen Schmeißfliegen mit Kamera belagert wirst.«

Ich lächle bei seinen Worten. Doch Bas bleibt ernst.

Er legt seine Hand an meine Wange, streicht mit dem Daumen sanft über meine Haut. »Ich liebe dich, Vi. Du ahnst nicht, was deine Worte in mir ausgelöst haben. Jetzt will ich noch härter daran arbeiten, damit ich deiner würdig bin. Du verdienst den perfekten Mann an deiner Seite. Allerdings wirst du wohl mit mir Vorlieb nehmen müssen, denn ich werde dich niemals aufgeben.«

»Oh, Bas, für mich bist du perfekt«, hauche ich.

Als Antwort richtet er sich auf und küsst mich zärtlich. Ich seufze, versinke in dem Kuss, der mehr sagt, als Worte es je könnten. Viel zu schnell zieht Bas sich zurück und sieht mir in die Augen.

»Öffne das Geschenk bitte. Es ist nicht von meinem Vater, sondern von mir.« Er grinst. »Na ja, irgendwie schon auch von ihm. Weil ich es dir nur mit seiner Erlaubnis geben konnte. Ich glaube, deswegen hat er heute dieses Gespräch geführt. Weil ich ihn vor einer Woche darum gebeten habe, dir das schenken zu dürfen.«

Meine Finger kribbeln, als Bas mir das kleine Paket überreicht. Ich schaffe es kaum, das Papier aufzureißen. Darunter zum Vorschein kommt eine Schatulle aus glänzendem schwarzem Holz. Ich suche Bas' Blick, bevor ich den Deckel öffne und hineinsehe.

Eine dreireihige Kette aus Perlen kommt zum Vorschein. In ihrer Mitte befindet sich eine Kamée mit veilchenfarbenem Hintergrund. Die Silhouette einer Frau in weiß ist elegant darauf eingearbeitet. Ich atme tief ein und sehe erneut Bas ins Gesicht.

»Ich dachte, sie passt zu deinen Ohrringen.« Er berührt die schlichten Perlenohrringe, die mir meine Oma zum sechzehnten Geburtstag geschenkt hat. »Die Kette ist seit Generationen in Familienbesitz. Angeblich hat meine Urururururgroßmutter sie von Ludwig dem 14. geschenkt bekommen. Ob das stimmt, wage ich zu bezweifeln, aber sie gehört uns schon sehr lange.«

»Dann kann ich sie nicht annehmen.« Ich will den Deckel schließen, doch Bas umfasst meine Hand und hindert mich so daran.

»Wieso nicht?« Er legt den Kopf schief. »Gefällt sie dir nicht?«

»Doch, sie ist wunderschön, aber sie ist ... so kostbar und ... ein Erbstück deiner Familie.«

»Meine Mutter hat sie mir vermacht.« Bas' Stimme zittert leicht. Er öffnet den Deckel vollständig und nimmt die Kette aus der Schatulle. »Es wird dich vielleicht überraschen, aber ich trage solchen Schmuck nicht.« Er schmunzelt und auch ich lächle unsicher. »Die Kette mag kostbar sein. Aber nichts ist so kostbar für mich wie du. Deswegen möchte ich, dass sie dir gehört ... weil auch du zu mir gehörst und ich zu dir.«

»Bas ...«

»Ich liebe dich, Vi. Bitte. Nimm die Kette an. Ich möchte sie dir schenken.«

Kaum merklich nicke ich. Bas lächelt und legt mir das Schmuckstück um den Hals. Es fühlt sich erstaunlich leicht an und die Geste lässt meine Brust weit werden. Als würde ich Bas' Wärme immer bei mir tragen.

»Ich schwöre dir, ich werde alles machen, das in meiner Macht steht, um dich zu schützen«, verspricht Bas feierlich. Seine Hände umschließen meine. »Ich meine es ernst. Nichts in meinem Leben ist so wertvoll wie du. Das wusste ich schon immer, aber jetzt ... habe ich keinen Zweifel mehr. Ich liebe dich, Vi. Und ich werde jeden Tag mein Bestes geben, um dich glücklich zu machen.«

Schluchzend rutsche ich vom Stuhl, schlinge meine Arme um Bas und küsse ihn. Er zieht mich an sich, hält mich fest und erwidert den Kuss. Auch ich meine es ernst. Es wird nicht leicht werden, aber ich bin bereit, mein derzeitiges Leben hinter mir zu lassen. Denn ohne Bas war es nie vollständig. Ich bin nur froh, dass der Fürst uns seinen Segen gegeben hat. Damit ist eine große Hürde genommen. Bleiben nur noch gefühlt fünftausend andere. Doch mit Bas an meiner Seite werde ich sie alle überwinden. Für ihn … nein, für uns.

23 - SEBASTIEN

Es fällt mir schwer, nicht ständig zu grinsen. Ich bin einfach unendlich glücklich. Für manche mag es überstürzt wirken, dass Vi und ich uns füreinander entschieden haben. Aber wir kennen uns so lange. Ich weiß, dass sie die Eine ist. Und ich bin froh, dass sie mich gewählt hat. Es erleichtert mich außerdem, dass mein Vater hinter uns steht. Auch wenn ich mich bereits gefragt habe, ob er mich wegen Vi hergeschickt hat, habe ich angenommen, er wüsste nicht, was sie mir bedeutet. Aber ich glaube, Maman hat meine beginnenden Gefühle vor ihrem Tod bemerkt und es ihm gesagt.

Meine Freude wird nur ein wenig getrübt, wenn ich darüber nachdenke, wie es weitergehen soll, wenn mein Praktikum im Hotel in einigen Wochen endet. Immerhin soll ich nach Blanchebourg zurück, um die einzelnen Ministerien kennenzulernen. Vi bereits mitzunehmen erscheint mir falsch. Ich befürchte, dass ich kaum Zeit für sie haben würde. Es wäre unfair ihr gegenüber. Aber die Vorstellung, sie wochenlang nicht zu sehen, schmerzt.

Ich schiebe die Gedanken von mir, während ich durch Greifenstein schlendere. Am liebsten würde ich direkt zu Vis Elternhaus laufen. Damit es nicht verdächtig wirkt, spaziere ich stattdessen scheinbar ziellos durch das Dorf, betrachte die Schaufenster der Läden und lasse mir Zeit.

Verstohlen sehe ich mich nach allen Seiten um, ehe ich zur Hintertür von Vis Elternhaus gehe. Der alte Audi steht davor, weil Vi Essen aus einem Nachbarort holen wird. Ich hätte ihr das gerne abgenommen, aber auch das könnte verdächtig wirken. Dieses Versteckspiel nervt und doch möchte ich es nicht beenden. Sobald unsere Beziehung öffentlich ist, wird sich alles verändern.

Noch ehe ich klopfe, wird die Tür geöffnet und Vi zieht mich in die Küche. Sie lächelt und löst damit wieder diesen Sturm an Glückseligkeit in meinem Inneren aus. Ich schließe meine Arme um sie und atme ihren Duft nach Flieder und Pfingstrosen ein. Dieser kurze Moment mit ihr genügt, um jegliche Anspannung abfallen zu lassen.

Wortlos lösen wir uns voneinander und Vi führt mich ins Wohnzimmer, wo ihre Eltern warten. Ich umarme ihre Mutter Valerie und reiche ihrem Vater Dominik die Hand. Ihre Vergebung für das, was ich vor zwölf Jahren getan habe, verdiene ich genauso wenig wie jene von Vi. Dennoch bin ich dankbar, dass sie mich wieder so herzlich aufgenommen haben wie vor meinem Fehler.

»Such dir bitte etwas zu Essen aus«, sagt Vi und drückt mir die Speisekarte eines Asiaten in die Hand.

»Kannst du was empfehlen?« Ich überfliege das Menü, nachdem ich mich auf die Couch gesetzt habe.

Vi lässt sich neben mir nieder. Ihre Hand berührt mein Knie. »Das Sushi ist toll. Sie haben echt geniale Spezialmaki.«

»Hast du schon etwas ausgesucht?« Ich sehe sie an.

Schmunzelnd schüttelt sie den Kopf. »Konnte mich nicht entscheiden. Vielleicht mache ich es spontan.«

»Dann such etwas für uns beide aus und wir teilen«, schlage ich vor und reiche ihr die Karte.

»Bist du sicher? Was, wenn ich etwas aussuche, das du gar nicht magst?«

»Selbst dann bin ich zufrieden, solange du glücklich bist.«

Ihre Wangen färben sich dunkler. Wie ich diesen Anblick liebe. Sie öffnet die Lippen leicht und sieht mich so liebevoll an, dass ich unter ihrem Blick schmelzen könnte.

»Schmachtet euch nicht zu sehr an«, murmelt Valerie. »Sonst bekommt heute niemand Essen.«

Vi räuspert sich und zieht das Handy aus ihrer Rocktasche. »Dann rufe ich mal an und bestelle.« Sie betrachtet mich noch

einmal sehnsüchtig, dann wählt sie die Nummer und bestellt das Essen. »Fünfzehn Minuten? In Ordnung, ich bin gleich da.«
Vi lässt das Handy sinken. »Ich muss los.«
Ich zücke meine Geldbörse und suche nach ein paar Scheinen. Da reicht Dominik Vi seine Karte. »Den Code kennst du ja, oder?«
»Ja.« Vi nimmt sie entgegen.
»Lasst mich doch zahlen«, bitte ich.
»Bedaure, aber das Essen geht auf uns«, meint Dominik ernst. »Das hat Tradition und das weißt du.«
Natürlich erinnere ich mich an die kleinen Feiern, an denen ich teilnehmen durfte. Vis Eltern haben mich immer als Teil der Familie angenommen.
»Na schön«, gebe ich mich geschlagen. Ich will den Stolz ihrer Eltern nicht kränken.
Vi haucht einen Kuss auf meine Stirn, schnappt sich ihre Tasche und verlässt das Haus. Ich bleibe alleine mit ihren Eltern zurück. Mit einem Mal wirken sie ungewöhnlich ernst.
»Victoria hat uns von dem Gespräch mit deinem Vater erzählt«, beginnt Valerie das Gespräch sofort.
Geräuschvoll atme ich aus. »Und ihr seid besorgt.«
»Wir haben dich sehr gerne, Sebastien«, sagt nun Dominik. »Zwischen Victoria und dir gab es immer eine tiefe Verbindung. Uns war bewusst, dass unsere Tochter ihr Herz an dich verloren und es wohl nie zurückbekommen hat. Sie hat keinen Mann je so angesehen, wie sie dich anschaut. Und natürlich bemerken wir, wie innig eure Zuneigung geworden ist. Aber ...«
Er macht eine Pause und sieht seine Frau an. »Wir machen uns einfach Sorgen um sie«, spricht Valerie weiter. »Natürlich sind wir dankbar, dass dein Vater ihr helfen will. Und wir werden alles tun, um sie zu entlasten. Sie soll sich keine Gedanken um uns machen müssen, wenn sie mit dir geht. Nur befürchten wir ...«
»Ich werde sie nie im Stich lassen, wenn das eure Sorge ist«, sage ich, nachdem auch Valerie eine Weile geschwiegen hat. »Victoria ist mir wichtiger als alles andere.«
»Das glauben wir dir.« Valeria seufzt. »Wir haben nur ein wenig Angst, dass ihr alles überstürzt. Ihr kennt euch schon lange und wenn diese unglückliche Sache vor einigen Jahren

nicht geschehen wäre, wärt ihr vermutlich ein Paar geworden und alles sähe heute anders aus. Wir möchten nur vermeiden, dass ihr eben viel zu schnell … an Heirat denkt …«

»Liebe Güte, nein«, wehre ich hastig ab. »Ich weiß, dass dieses Thema irgendwann wichtig wird. Aber nicht jetzt. Victoria soll Zeit haben, sich an ihr neues Leben zu gewöhnen. Wenn ich sie jetzt überstürzt heirate, helfe ich niemandem. Auch wenn für mich klar ist, dass ich mir eine Ehe nur mit ihr vorstellen kann.«

Dominik atmet auf. »Das beruhigt uns. Das Leben unserer Tochter wird sich ohnehin sehr schnell verändern. Wir möchten einfach nicht, dass es für sie zu viel wird.«

»Das verstehe ich und ich verspreche euch, dass ich sie niemals zu etwas drängen werde und dafür sorge, dass sie alles in ihrem Tempo bewältigen kann. Ich möchte nicht, dass sie ihre Entscheidung jemals bereut.«

Valeria lächelt traurig. »Das bedeutet uns viel, Sebastien. Danke.«

Auch ich ringe mir ein Lächeln ab. Ich verstehe, wieso Vis Eltern Angst haben. Die habe ich auch. Selbst mit der Rückendeckung meines Vaters könnte es Schwierigkeiten geben. Doch davon darf ich mich nicht einschüchtern lassen. Vi ist jeden Kampf wert. Und ich werde mich vor keinem mehr drücken.

Es ist längst dunkel, als ich erneut durch die Stadt schleiche. Diesmal sehe ich mich nur ständig um, tue gar nicht so, als würden mich irgendwelche Läden interessieren. Aber da es bereits nach zehn Uhr ist, sind kaum noch Leute unterwegs. Und diejenigen, die es sind, wollen wohl auch nur nach Hause und beachten mich nicht. Trotzdem bin ich vorsichtig.

Über einen Umweg gelange ich zu Vis Haus. Statt zur Vordertür zu gehen, wie wir es eigentlich ausgemacht haben, umrunde ich das Gebäude, bis ich beim Gartentor ankomme. Natürlich ist es nicht abgeschlossen. Seufzend öffne ich es, schlüpfe in den von dichten, fast zwei Meter hohen Hecken umrahmten Garten und versperre die Tür von innen.

Die Fensterfront des Wohnzimmers ist hell erleuchtet. Ich gehe zu der Glastür und klopfe an. Es dauert eine Weile, bis Vi in den Raum stürmt und mit großen Augen öffnet.

»Bas, wolltest du nicht vorne anklopfen?«

Ich betrachte sie. Vi hat einen Pyjama angezogen. Die kurze hellrosa Hose bedeckt ihre Beine nur mäßig. Ich bin sicher, ihr Hintern sieht darin zum Anbeißen aus. Das Top besitzt nur dünne Träger. Direkt über Vis Brüsten befindet sich die Aufschrift *Practically perfect in every way*. Es ist ein Zitat aus Vis Lieblingsfilm *Mary Poppins* und passt unglaublich gut zu ihr. Weil sie wirklich perfekt ist.

»Bas?«

Ich löse meinen Blick von ihrem Körper und sehe ihr ins Gesicht. »Du musst ab jetzt die Gartentür absperren.«

Ihre Mundwinkel zucken. »Ach, deswegen hast du den Weg gewählt?«

»Ja.«

»Wieso? Hier sind wir sicher. Oder hat dich jemand verfolgt?«

Ihre Augen weiten sich. Schnell schüttle ich den Kopf. »Nein, alles okay. Darf ich reinkommen?«

»Oh, ich habe eigentlich etwas im Garten geplant. Heute soll man viele Sternschnuppen sehen und ich dachte, wir machen es uns auf der Wiese gemütlich.«

»Klingt gut. Soll ich etwas hinaustragen?«

Sie reicht mir eine dicke Stranddecke und ein paar Kissen. Selbst trägt sie eine der Weinflaschen, die sie geschenkt bekommen hat, mit zwei Gläsern und einer Tafel Schokolade hinaus.

Erst jetzt bemerke ich, dass auf der Wiese Windlichter verteilt sind. Vi breitet mit mir die Decke zwischen den Kerzen aus und reicht mir ein Feuerzeug.

»Zündest du sie bitte an? Ich hole noch zwei Decken, falls uns kalt wird«, sagt sie und verschwindet wieder im Haus.

Einen Moment sehe ich ihr nach, ehe ich die Kerzen anzünde. Das flackernde Licht taucht die Wiese in eine magische Atmosphäre. Als Vi auch noch die Lampen im Haus löscht, kommt es mir vor, als befänden wir uns in einer vollkommen anderen Welt.

Wie eine Fee schwebt Vi förmlich auf mich zu, legt die Decken ab und zieht mich mit sich auf den Boden. Unsere Lippen finden einander zu einem sehnsüchtigen Kuss. Wieder kann ich nur daran denken, wie perfekt Vi ist und wie glücklich ich bin, dass sie mir eine zweite Chance gegeben hat.

Viel zu schnell beendet sie den Kuss, lächelt mich beinahe schüchtern an und deutet in den Himmel. Ich nicke nur, lege mich mit ihr in den Armen auf den Rücken und blicke hoch zu dem unendlich erscheinenden Mitternachtsblau, das sich über uns spannt. Silberne Punkte flimmern darauf und das milchige Mondlicht fällt kühl auf unsere Körper. Grillen zirpen leise. Es ist so still. Friedlich. So muss sich pure Glückseligkeit anfühlen. Denn alles, was ich brauche, halte ich in diesem Moment in meinen Armen.

»Was wirst du dir wünschen, wenn du eine Sternschnuppe siehst?«, fragt Vi leise.

Ich drehe meinen Kopf, damit ich sie ansehen kann. Ihr Blick ist auf mich gerichtet statt in den Himmel. Überall, wo unsere Körper sich berühren, breitet sich Wärme in mir aus.

»Ich kann mir nichts wünschen, weil du schon bei mir bist«, raune ich.

Ihre Augen schimmern mit einem Mal. »Du wirst doch einen Wunsch haben …«

»Den erfüllst du mir schon.« Zärtlich küsse ich ihre Schläfe. »Mehr kann ich mir nicht wünschen, Vi. Mehr will ich nicht.«

»Oh, Bas.« Sie legt ihre Hände an meine Wangen, zieht meinen Kopf zu sich und bedeckt meine Lippen mit ihren.

Ich atme zittrig aus, schließe meine Arme fester um sie. Vi schmiegt sich an mich. Ihre Zunge streicht über meinen Mund, den ich bereitwillig öffne. Ein Stöhnen dringt aus meiner Kehle, als Vi sich an mir reibt. Sie löst ihre Hände von meinen Wangen, streicht über mein Shirt bis zum Knopf meiner Jeans. Ohne zu zögern, löst sie ihn und schiebt ihre Hand unter den Stoff. Ihre Finger umschließen meine Erregung und beginnen, mich zu massieren.

Als auch ich meine Hand zwischen ihre Beine bringen will, beendet Vi den Kuss. Mit einem aufreizenden Lächeln wandert sie tiefer, schiebt die Jeans mitsamt den Boxershorts über meine Hüften und betrachtet meinen Penis. Unendlich langsam senkt sie ihren Kopf darüber, öffnet ihre sinnlichen Lippen und nimmt mich in ihrem Mund auf.

»Verdammt, Vi«, keuche ich. »Es ist doch dein Geburtstag.«
»Ja, und ich will das machen«, erwidert sie mit rauer Stimme. »Vorgestern hatte ich nicht genug Zeit, dich zu bewundern. Jetzt möchte ich das nachholen.«

Sie nimmt meinen Blick mit ihrem gefangen, während ihre Hand meinen Schaft auf und ab reibt und ihre Zungenspitze über meine Eichel leckt. Ich presse meine Finger in die Decke unter mir, sehe zu, wie meine Spitze in und aus ihrem Mund gleitet. Mit der Hand übt sie sanften Druck aus, massiert mich und entlockt mir ein tiefes Stöhnen.

»Ich will dich auch verwöhnen«, bringe ich atemlos heraus. »Bitte, Vi. Dreh dich um.«

Einen Herzschlag zögert sie. Dann lässt sie meine Erregung los, richtet sich auf und hebt das Pyjama-Oberteil über ihren Kopf. Sie strampelt die Hose ab und dreht mir ihr Gesäß hin. Ihre Knie landen links und rechts von meinem Kopf. Und noch ehe sie meinen Penis wieder umfasst hat, packe ich ihren Hintern und ziehe ihr Becken auf mein Gesicht. Meine Zunge findet sofort die empfindliche Stelle, die Vi vor Erregung zittern lässt. Ihr Atem stockt, als ich einen Finger in sie gleiten lasse, während ich an ihrer Perle sauge. Mit der anderen Hand massiere ich ihr Gesäß, genieße das Keuchen, dass ich ihr entlocke.

Ihre Feuchtigkeit umhüllt meinen Finger, mit dem ich sie von innen massiere. Es fällt mir schwer, einen Rhythmus zu finden. Denn Vi … Gott, es fühlt sich so gut an, was sie mit ihrem Mund macht. Sie nimmt mich tief darin auf und lässt mich hinausgleiten, saugt an meiner Spitze, leckt über meine Eichel. Gleichzeitig umschließt sie mit ihren Fingern meinen Schaft, massiert ihn und bringt mich meinem Höhepunkt immer näher.

Vis Atem beschleunigt sich. Sie zittert bei jeder meiner Berührungen. Ihr Stöhnen schürt mein Verlangen noch mehr. Ich kann mich nicht länger zurückhalten.

»Vi«, keuche ich ihren Namen.

Meine Finger an ihrem Gesäß packen fester zu, als sich mein Körper anspannt. Ihre Lippen schließen sich um meinen Schaft, nehmen ihn auf. Ich komme in ihrem Mund, kann mein Stöhnen nur an ihrer empfindlichsten Stelle dämpfen, die in diesem Moment zu pulsieren beginnt. Vi atmet heftig, bebt und drückt ihren Rücken durch. Sie zieht sich um meinen Finger zusammen, mit dem ich sie immer noch massiere.

Ich höre erst auf, an ihr zu saugen, als auch sie mich freigibt. Vi dreht sich um und schmiegt sich an mich. Ich zerre an einer Decke, bis ich sie über ihren Körper drapiert habe. Dann schließe ich meine Arme um sie.

»Du bist auch die Erfüllung all meiner Wünsche«, haucht sie mir ins Ohr. »Versprich mir, dass wir uns immer Momente wie diesen stehlen werden. In denen es nur uns gibt.«

»Das werden wir.« Ich streiche über ihren Rücken. »Versprich du mir, dass wir, so oft es möglich ist, in den Armen des anderen einschlafen und aufwachen.«

Sie hebt den Kopf und betrachtet mich mit einem sanften Lächeln. »Das verspreche ich dir gerne. Weil ich genau das auch möchte.«

Vi haucht einen Kuss auf meine Lippen, ehe sie sich wieder an mich kuschelt. Wir blicken in den Sternenhimmel. Doch als die erste Sternschnuppe fällt, ist Vi bereits in meinen Armen eingeschlafen.

24 - VICTORIA

Vogelgezwitscher dringt an mein Ohr. Kühle Luft streicht um meine Nase. Aber mir ist wohlig warm. Denn ich liege in Bas' Armen, atme seinen Duft nach Sandelholz ein und seufze vor Glück.

»Guten Morgen«, flüstert er mit rauer Stimme.

Seine Lippen hinterlassen ein heißes Prickeln auf meiner Schläfe. Ich öffne die Lider und lächle, als ich in sein Gesicht sehe. Die Haare sind noch zerzauster als sonst, aber gerade das finde ich an ihm so attraktiv. Bas hat diese Ausstrahlung, die ihn selbst dann perfekt erscheinen lässt, wenn er es nicht ist.

»Hey.« Ich rekle mich in seinen Armen. »Sieht so aus, als hätten die Sternschnuppen meinen Wunsch erfüllt.«

Das Schmunzeln auf seinem Gesicht raubt mir den Atem. Ich hebe mein Kinn, strecke mich ihm entgegen. Er küsst mich zärtlich, scheucht den Schwarm Schmetterlinge in meinem Herzen auf und lässt es wie Tausende Flügel flattern. Ich bin vollkommen verloren. Aber das macht nichts. Weil Bas mich gefunden hat.

Ich streiche mit meiner Hand über sein Shirt und lasse die Finger über seinem Herzen ruhen. Das stetige Pochen, das ich spüren kann, schenkt mir eine tiefe innere Ruhe.

Als der Kuss endet, schmiege ich mich an ihn, genieße das Gefühl seiner Hände auf meiner Haut.

»Du hast viel zu viel an«, murmle ich.

Er lacht. »Entschuldige, gestern hatte es jemand sehr eilig, mich zu verwöhnen, und ist anschließend eingeschlafen. Ich habe mir nur die Jeans abgestrampelt, weil ich dich nicht wecken wollte.«

»Hätte mir nichts ausgemacht.«

»Das sagst du jetzt.« Er küsst meine Stirn. »Aber du hast so süß ausgesehen, dass ich es wieder nicht über mich gebracht habe, dich zu wecken.«

Ich kann darauf nichts sagen, weil ich vor Rührung kaum noch Luft bekomme. Also kuschle ich mich nur noch mehr an ihn und schließe die Augen.

»Was willst du heute machen?«, fragt er nach einer Weile.

»Es soll heute sehr warm werden. Ich dachte, wir fahren zu dem versteckten See, den wir früher oft besucht haben.«

Bas schweigt einen Moment. »Denkst du, das ist möglich? Immerhin könnte uns jemand sehen …«

»Nicht viele kennen den See mitten im Wald. Er ist gut versteckt. Es wäre Zufall, wenn dort jemand auftauchen würde. Und ich würde da wirklich gerne mit dir hin. Vielleicht nehmen wir etwas zu essen mit und verbringen den Tag dort.«

Wieder schweigt Bas einen Augenblick, dann seufzt er. »Okay. Lass uns das machen.«

Lächelnd hauche ich einen Kuss auf seine Wange. »Dann bereite ich das Essen vor.«

»Ich helfe dir. Irgendwie habe ich Freude daran gefunden, zu kochen.«

Ich drossle das Tempo, bis mein Auto beinahe zum Stillstand kommt. Die Beifahrertür wird aufgerissen, Bas hechtet hinein und bedeutet mir, loszufahren. Ich habe ihn zwar am Rand des Dorfs abgeholt und niemanden in der Nähe gesehen, aber wir beide wollen kein Risiko eingehen.

Deswegen duckt Bas sich auch, als uns ein Auto entgegenkommt. Erst als wir auf der Landstraße sind, richtet er sich wieder auf und sinkt in dem Sitz zurück.

»Ich komme mir wie ein Geheimagent vor.« Er grinst. »Irgendwie ist dieses Versteckspiel aufregend.«

»Findest du, ja?«

Ich werfe einen Blick in den Rückspiegel. Vorhin war ein Auto hinter uns. Aber auf dem kurvigen Weg kann ich es nicht mehr entdecken. Zwischen Greifenstein und der nächsten Ortschaft gibt es kaum Plätze, an denen man anhalten könnte, außer man möchte in den Wald gehen wie wir. Trotzdem möchte ich nicht riskieren, dass uns jemand sieht. Da ich offensichtlich genug Abstand zu dem Auto hinter uns gebracht habe, sollte allerdings alles passen.

Viel zu schnell biege ich auf den Waldpfad ab. Das Auto wird durchgeschüttelt. Bas krallt sich am Armaturenbrett fest, sagt jedoch kein Wort. Erst nachdem wir einige Meter auf dem lehmbedeckten Weg zurückgelegt haben, drossle ich das Tempo. Jetzt wird man uns von der Straße aus nicht mehr finden können.

Weit kann ich mit dem Auto zwar nicht fahren, denn eine Schranke versperrt uns ein Vorankommen, aber das macht nichts. So ist das Risiko, entdeckt zu werden, noch geringer. Den Pfad zum See muss man erst finden …

Ich stelle den Motor ab. Bas springt aus dem Wagen, umrundet ihn und öffnet die Tür für mich. Galant verneigt er sich.

»Meine Dame«, säuselt er.

Ich kichere und ergreife die Hand, die er mir hinhält. Ganz Gentleman holt Bas den Korb mit Decken und Leckereien aus dem Kofferraum. Ich verschränke meine Finger mit seinen und führe ihn über einen versteckten Trampelpfad durch den Wald.

»Du hast wirklich einen guten Orientierungssinn«, meint Bas, als die Bäume sich nach einer Weile vor uns lichten und den Blick auf einen kleinen See mit kristallblauem Wasser freigeben.

»Ich merke mir so etwas halt.« Ich zwinkere. »Verirren kannst du dich an meiner Seite kaum. Den Rückweg finde ich immer.«

»Gut zu wissen.« Er drückt meine Hand und schenkt mir ein Lächeln.

Ich atme tief ein und betrachte den See. Die Luft riecht würzig nach den aufgeheizten Tannennadeln, die auf dem Boden liegen, und dem Moos, das in den Schatten der Bäume wächst. Von den Geräuschen der Vögel und des Windes abgesehen sind unsere knirschenden Schritte das Einzige, was ich höre. Es ist so friedlich hier. Genau wie früher.

Nah am Ufer bleiben wir stehen. Bas breitet die Decke aus und wir lassen uns darauf nieder. Ich rücke näher an ihn, bis unsere Hüften sich berühren, und er legt seinen Arm um mich. Mit einem Seufzen lehne ich mich an ihn.

»Ich bin froh, dass wir hergekommen sind«, murmelt er an meiner Haut.

»Ich auch«, erwidere ich leise.

Eine Weile sitzen wir nur schweigend eng aneinander gekuschelt. Dann knurrt mein Magen. Bas lacht, reicht mir eines der Sandwiches, die wir mitgenommen haben, und ich beiße gierig hinein.

»Hmm«, mache ich zufrieden; es schmeckt köstlich.

Langsam steigt die Sonne höher und die Hitze nimmt zu. Also schlüpfe ich aus meinen Shorts und dem Shirt, ziehe die Schuhe aus und laufe in dem Bikini, den ich darunter trage, zum See.

»Warte auf mich!«, ruf Bas mir hinterher.

Doch da tauche ich bereits in dem eiskalten Wasser unter. Mit klappernden Zähnen beginne ich zu schwimmen und quietsche, als Bas mich am Knöchel berührt. Er dreht mich herum, zieht mich in seine Arme und bedeckt meine Lippen mit seinen. Die Kälte, die sich gerade noch auf meine Haut gelegt hat, verschwindet fast vollkommen. In diesem Moment gibt es nur Bas, der mich hält, seine Wärme und den süßen Kuss, in dem wir miteinander verschmelzen.

Ich schlinge meine Arme um seinen Nacken und die Beine um seine Taille. Er lächelt an meinen Lippen, zieht mich enger an sich. Wir müssen nicht reden. Es genügt mir, ihn zu berühren, seine Nähe zu spüren und zu wissen, dass wir zusammengehören.

»Ich möchte dich nicht loslassen«, raunt Bas mir ins Ohr. »Aber langsam wird mir trotz deiner Wärme kalt.«

»Umarm mich einfach, wenn wir auf der Decke liegen«, schlage ich mit tiefer Stimme vor.

»Klingt gut. Festhalten.«

Bas watet auf das Ufer zu. Ich klammere mich an ihn und er trägt mich wie einen Koalabären zu unserem Lager zurück.

Behutsam legt er mich auf der Decke ab. Ich lasse ihn nicht los und Bas bedeckt meinen Körper mit seinem. Unsere Lippen finden sich zu einem innigen Kuss. Wasser perlt von seinen dunklen Haaren auf meine Wangen. Es stört mich nicht.

Ich beginne mich an ihm zu reiben. Bas stöhnt auf und beendet den Kuss.

»Vi, wir haben keine Kondome mit«, keucht er. »Und so sehr ich dich will ... das können wir nicht riskieren. Außerdem könnte doch jemand herkommen und uns sehen.«

Schmunzelnd streiche ich ihm die nassen Haare aus der Stirn. »Dass du einmal der Vernünftige von uns beiden bist, überrascht mich.«

Bas bleibt ernst. »Ich will dich beschützen, Vi. Wenn wir erwischt werden ...« Er atmet geräuschvoll aus. »Ich weiß, es ist sehr unwahrscheinlich, dass uns jemand hier findet. Oder mich erkennt. Trotzdem. Ich ... wir müssen aufpassen.«

Er hat kaum ausgesprochen, da heult in der Ferne ein Motor auf. Sowohl Bas als auch ich fahren hoch und sehen uns alarmiert um. Das Geräusch entfernt sich, meine Anspannung aber nimmt zu.

»Vi, es ist alles gut«, murmelt Bas.

»Du hast dich auch erschrocken.«

»Ich bin schreckhaft.« Er schmunzelt, doch es erreicht seine Augen nicht. »Das war bestimmt von der Straße.«

Ich will nicht diskutieren, also lege ich mich mit Bas auf die Decke zurück und er zieht mich in seine Arme. Diesen innigen Moment würde ich gerne genießen. Aber mein Herz schlägt viel zu schnell und alle möglichen Ängste schwirren durch meinen Kopf. Durch Bas' Nähe habe ich die Realität kurzfristig verdrängt. Das darf mir nicht passieren. Zu viel steht auf dem Spiel.

»Wir hätten nicht herkommen sollen«, flüstere ich.

»Vi ...«

»Es war eine dumme Idee. Wir sollten zurück.«

Ich löse mich von ihm und will aufstehen. Bas umfasst mein Handgelenk und hindert mich daran.

»Vi, es ist nichts passiert. Bitte, lass uns noch ein wenig bleiben.«

Ich schlucke. »Bist du sicher? Was, wenn ...«

»Ich arbeite im Hotel als Putzkraft«, unterbricht er mich. »In einigen Zimmern liegen Klatschblätter als Nachtlektüre herum. Einmal bin ich schon erkannt worden. Früher oder später wird jemand wissen, wer ich bin. Egal, wie vorsichtig wir sind … es könnte mich im Hotel jederzeit jemand erkennen.«

»Aber da kann ich eingreifen. Hier nicht.« Meine Stimme überschlägt sich. »Bas, ich will nicht schuld sein, wenn du Probleme bekommst.«

»Probleme? Ich?« Er lacht freudlos. »Vi, die letzten Schlagzeilen, die ich über mich gelesen habe, lauten in etwa so: *Drogensüchtiger Prinz von Bildfläche verschwunden. Entführt? Was ist dran an den Gerüchten um Lösegeldforderungen?*. Oh, und meine liebste ist *Entdeckt! Fürstensohn in Klink zur Geschlechtsumwandlung gesichtet.*« Bas lacht, aber es klingt verbittert. »Du siehst, ich habe selbst dann, wenn mich hier niemand findet, Probleme. Das Einzige, das ich vermeiden will, ist, dass du hineingezogen wirst. Oder man dir irgendwelche Lügen andichtet.«

»Die sind dann frei erfunden.«

»Das weiß ich. Deine Eltern wissen es auch. Aber Hotelgäste vielleicht nicht. Und wenn sie herausfinden, dass die Leiterin des Hotels, in dem sie abgestiegen sind, die angebliche Affäre des Prinzen ist, werden sie Fragen stellen. Im besten Fall. Im schlimmsten schadet es dir und dem Hotel, obwohl diese Geschichten nicht stimmen.«

Der Knoten in meinem Magen zieht sich immer fester. Mir ist klar, was Bas und ich verlieren könnten. In den letzten Tagen haben wir uns in einer rosaroten Flauschewolke befunden. Doch jetzt sickert nach und nach die graue Wirklichkeit in mein Bewusstsein.

»Ich verstehe, dass es dir jetzt schwerfällt«, reißt Bas mich aus meinen Überlegungen. »Aber lass uns den Tag genießen. Dieser Ort ist so magisch. Und dass ich gemeinsam mit dir hier bin, verstärkt die Magie.« Er umfasst meine Hand, führt sie an seine Lippen und haucht einen Kuss darauf. »Ich liebe dich, Vi. Und ich möchte mit dir jeden Augenblick genießen. Lass uns all die Sorgen vergessen.«

Das würde ich wirklich gerne. Aber ich kann nicht. Trotzdem nicke ich, lehne mich wieder an Bas und versuche, das fiese

Ziehen in meinem Magen von Bas' Berührungen verdrängen zu lassen. Doch so sehr ich genieße, wie er über meinen Rücken streicht und Gänsehaut damit auslöst, der bittere Geschmack bleibt auf meiner Zunge haften.

Diese Zeit … sie ist nur geborgt. Irgendwann wird Bas gehen. Und egal, ob wir unsere Beziehung dann offiziell gemacht haben oder nicht, wir werden vor großen Herausforderungen stehen.

»Sag mal, findet der Sommerball eigentlich noch statt?«, fragt Bas unvermittelt.

»Jedes Jahr.« Ich räuspere mich. »Wieso?«

»Na ja.« Er räuspert sich ebenfalls. »Mein letzter ist uns beiden wohl in nicht ganz so guter Erinnerung geblieben. Und ich wollte fragen …« Er rückt ein Stück ab und sieht mich mit schiefem Grinsen an. »Hat dich schon jemand als Begleitung eingeladen, Victoria Kaltenbach?«

»Ich habe an dem Abend Dienst an der Rezeption.«

»Tausch ihn.«

»Bas …«

»Tausch ihn. Bitte.« Er senkt den Kopf und sieht mich mit großen Augen an, als wäre er ein Welpe, der um Leckerchen bittet. »Vi. Lass mich wiedergutmachen, was ich vor zwölf Jahren verbockt habe.«

»Du hast gerade gesagt, wir müssen vorsichtiger sein. Wenn du und ich auf dem Ball tanzen …«

»Lass es mich an diesem Abend öffentlich machen«, unterbricht er mich. »Ein ganz offizielles Statement aus dem Fürstenhaus. Es wird in etwa so lauten: Seine Durchlaucht, Fürst Thierry de Violet, gibt mit Freuden bekannt, dass sein Sohn, Prinz Sebastien de Violet, eine glückliche Beziehung mit Frau Victoria Kaltenbach eingegangen ist. Das Fürstenhaus bittet, die Privatsphäre der beiden zu respektieren … und so weiter und so fort.«

Statt erleichtert zu sein, zieht sich der Knoten in meinem Magen noch enger. Der Ball ist in sieben Wochen. Kurz danach wird Bas nach Blanchebourg zurückmüssen. Wir werden getrennt sein. Vielleicht für Wochen oder Monate. Die Vorstellung jagt mir eiskalte Schauer über den Rücken.

»Hey.« Bas legt zärtlich eine Hand unter mein Kinn. »Sag mir, was in dir vorgeht. Bitte.«

Er freut sich auf diesen Tag. Ich kann es an dem Funkeln in seinen Augen erkennen. Und ich freue mich auch. Aber meine Sorgen erdrücken mich gerade. Nur … das kann ich ihm nicht sagen. Ich muss alleine damit klarkommen.

Also ringe ich mir ein Lächeln ab. »Ich muss mir überlegen, wo ich ein passendes Kleid herbekomme. Im Dirndl kann ich dort nicht hingehen und Abendkleider besitze ich nicht.«

»Wenn es nur das ist, finden wir etwas.« Er sieht mir in die Augen. »Oder steckt mehr hinter der Sorgenfalte auf deiner Stirn?«

Ich schüttle den Kopf. »Nein. Das und dass ich seit Jahren nicht mehr Walzer getanzt habe.«

»Soll ich dir ein Geheimnis verraten?« Sofort nicke ich. »Ich auch nicht.«

Wir beide lachen. Aber so sehr ich es mir wünschen würde, die Anspannung löst sich nicht.

Sie ist noch immer da, als der Tag sich dem Ende zuneigt und wir alles einpacken. Auf dem Weg zum Auto sehe ich mich sorgfältig um, halte bei jedem Knacken im Holz inne, weil ich befürchte, dass uns jemand beobachten könnte. Doch niemand kreuzt unseren Weg.

Bas lasse ich am Dorfrand aussteigen und fahre mit dem Auto alleine bis zu meinem Haus. Ich habe den Motor gerade abgestellt, als ich jemanden im Spiegel entdecke.

Hastig greife ich nach dem Pfefferspray in meiner Handtasche und steige aus.

Wir hatten heute über dreißig Grad. Selbst jetzt, da die Sonne bereits versinkt, ist es noch warm. Doch der Kerl, der auf mich zukommt, trägt einen dunklen Anzug mit Weste und roter Krawatte. Seine Brillengläser spiegeln und lassen ihn ein wenig gespenstisch aussehen. Er ist groß und schlank und bewegt sich steif. Irgendwie erinnert er mich an einen Auftragsmörder.

»Madame Kaltenbach?«, fragt er mit starkem französischem Akzent.

»Wer will das wissen?« Ich schließe meine Finger fester um das Pfefferspray. »Bleiben Sie, wo Sie sind, und sagen Sie mir, was sie wollen.«

Er bleibt tatsächlich stehen und stößt einen Fluch auf Französisch aus. »Sie müssen mich nicht fürchten, Madame. Ich bin hier, um Ihnen zu helfen.«

Er greift in die Innenseite seines Jacketts. Ich habe zu viele Gangsterfilme gesehen, um jetzt ruhig zu bleiben.

»Hände runter!«, rufe ich und hebe das Pfefferspray.

»Madame, Sie verstehen falsch«, redet der Kerl ruhig weiter.

»Weil du sie erschreckst, Matthieu«, brummt Bas, der in dem Moment hinter dem Kerl erscheint. »Selbst ich habe manchmal Angst vor dir.« Bas schreitet an dem Mann vorbei und legt beruhigend eine Hand auf meinen Unterarm. »Es ist alles gut. Das ist Matthieu, der Privatsekretär meines Vaters.«

Ich blinzle. »Sie sind schon hier? Ich dachte, Sie kämen erst in einigen Tagen.«

»Das war der Plan.« Matthieu seufzt und zieht ein paar Zettel aus der Jackentasche. »Allerdings haben wir vor wenigen Stunden etwas im Internet entdeckt, das uns zum Handeln gezwungen hat.« Er hält mir die Zettel hin. Ich erkenne nicht wirklich etwas darauf. »Darf ich eintreten und Ihnen alles erklären? Der Fürst wird gleich anrufen. Ich habe ein paar Stunden hier auf Sie gewartet und er wird einen Lagebericht wollen.«

»Worum geht es denn?«, fragt Bas.

Ich versuche immer noch, etwas auf den Zetteln zu erkennen. Es könnte ein Foto sein. Aber es ist dunkel und ich habe keine Ahnung, was darauf zu sehen ist.

»Um Sie beide.« Matthieu räuspert sich. »Wie es scheint, hat jemand herausgefunden, wo der verschollene Fürstensohn steckt.«

25 - Sebastien

Fassungslos starrt Vi das Foto an, das Matthieu auf dem Esstisch abgelegt hat. Es ist ein ziemlich miserabler Schnappschuss, dennoch erkenne ich sehr deutlich, wo und wann das Bild entstanden ist.

»Wie ist das möglich?«, fragt Vi so leise, dass ich sie kaum höre.

Sie sitzt auf einem Stuhl, umklammert eine Teetasse so fest, als wollte sie das Teil mit ihren bloßen Händen zerdrücken. Getrunken hat sie noch keinen Schluck, obwohl Matthieu sie bereits mehrfach dazu aufgefordert hat. Ich stehe hinter ihr, eine Hand auf ihrer Schulter. Deswegen fühle ich das Beben ihrer Muskeln. Vi versucht, ruhig zu bleiben, aber ihr Körper verrät sie.

»Nun, basierend auf der Schärfe des Fotos und des Winkels würde ich behaupten, jemand hat Sie zufällig aus weiter Ferne entdeckt, als Sie im See waren«, erklärt Matthieu mit seiner nervig ruhigen Art.

Es hat schon Tage gegeben, da habe ich den Privatsekretär meines Vaters für seine Beherrschung bewundert. Etwa an jenen, an denen neue Fotos von mir mit unbekannten Frauen in Zeitungen erschienen sind und er seelenruhig dafür gesorgt hat, dass mein Vater mich nicht erwürgt. Allerdings bin ich bei Matthieu nie sicher, ob er überhaupt zu Gefühlen fähig ist. Er war es, der mich ins Krankenhaus gebracht hat, als Maman starb. Und auch von ihm habe ich keinen Trost erhalten, obwohl ich ihn dringend gebraucht hätte.

Vi behandelt er respektvoll. Aber außer ihr Tee zuzubereiten und sie aufzufordern, ihn zur Beruhigung zu trinken, hat er nichts gemacht, um ihr Sicherheit zu schenken. Streng genommen ist das auch meine Aufgabe.

»Danke für die Erläuterung«, brumme ich. »Mich beunruhigt auch nicht, dass wir nicht bemerkt haben, wie wir fotografiert wurden. Was mich jedoch sehr stutzig macht, ist die Tatsache, dass jemand, der so weit weg war, wusste, wen er vor der Linse hat.« Ich deute auf mein verschwommenes Gesicht auf dem Ausdruck. Zumindest Vi ist nur von hinten zu sehen. »Mir selbst würde es schwerfallen, mich darauf wiederzuerkennen, wenn dieser Moment nicht erst wenige Stunden zurückliegen würde.«

Einmal mehr überfliege ich die Überschrift unter dem Bild. Sie stammt wie das Foto selbst von einer Onlineausgabe eines großen deutschen Klatschblattes. *Erwischt! Statt zu lernen, vergnügt Fürstensohn sich mit neuer Liebschaft.*

Na ja, es hätte schlimmere Headlines geben können. Dennoch macht es mich zornig. Ich dachte, in Österreich wäre ich sicherer. Doch wie es scheint, hat jemand meine Spur aufgenommen. Und jetzt ... ist Vi in einen meiner Skandale verstrickt.

»Ich stimme zu, es wirkt, als hätte jemand sehr genau gewusst, wen er da fotografiert.« Matthieu nickt unaufhörlich. »Und der Artikel dazu musste auch geschrieben werden. Jemand hat also keine Zeit verloren, nachdem er Sie beide entdeckt hat.«

»O Gott.« Vi vergräbt das Gesicht in den Händen. »Wenn diese Person etwas gewartet hätte ... Gott ... o Gott.«

Ihre Stimme bricht bei jedem Wort ein wenig mehr. Ich sinke neben ihrem Stuhl in die Hocke und lege meine Hand auf ihren Oberschenkel.

»Vi, es ist nichts passiert«, flüstere ich, während ich ihr Bein streichle.

»Aber es hätte etwas passieren können. Bas ...« Sie zieht die Hände von ihrem Gesicht. Meine Kehle wird eng, als ich die Tränen sehe, die ihre Wangen benetzen. »Gestern im Garten ...«

»Vi, beruhige dich.« Ich ringe mir ein Lächeln ab. »Ich gehe davon aus, dass diese Person keine Ahnung hat, wer du bist. Sonst hätte es garantiert schon Meldungen um dich gegeben. In diesem Haus sind wir sicher.«

»Aber wie lange noch?« Vi schluckt lautstark und weicht meinem Blick aus. »Vielleicht war es Zufall, dass jemand von einem Klatschmagazin in der Nähe des Sees war. Doch was, wenn nicht? Es gibt hier nicht viele Dörfer. Irgendwann wirst du entdeckt und dann … dann …«

»Seien Sie versichert, dass der Fürst alles unternimmt, das in seiner Macht steht«, sagt Matthieu schnell. »Seine Durchlaucht hat bereits eine Unterlassungsklage eingereicht und mit Nachdruck erklärt, dass er sowohl seinen Sohn als auch jede involvierte Person beschützen wird.«

»Solche Klagen halten die Presse für gewöhnlich auf Abstand, sobald es ein Urteil gibt«, füge ich hinzu.

»Für gewöhnlich?« Vi schnieft. »Und wie lange dauert es, bis es zu einer Entscheidung kommt?«

»Schwer zu sagen.« Matthieu atmet geräuschvoll aus. »Da diese Zeitschrift in Deutschland sitzt, können wir nur wenige Verbindungen nutzen, um es zu beschleunigen. Ich rate Ihnen, bis dahin noch vorsichtiger zu sein. Möglicherweise sollte der Prinz nicht mehr in dieses Haus kommen.«

Ich schnaube. »Sollen wir uns also im Angestelltengebäude treffen oder schlägst du vor, dass Victoria und ich uns außerhalb der Arbeit gar nicht mehr sehen? Denn ich werde den Dienst hier nicht einstellen können, nicht wahr?«

»Ihr Vater ersucht Sie, weiterhin im Hotel zu arbeiten, wenn Sie das wissen wollen«, bestätigt der Privatsekretär. »Und Madame Kaltenbach bis zur Urteilsfindung aus dem Weg zu gehen wäre gewiss eine Möglichkeit.« Er hebt eine Hand, ehe ich etwas dazu sagen kann. »Allerdings nicht die einzige. Ich bin im Bilde, dass Sie beide in einer frühen Phase Ihrer Beziehung sind und deswegen jede Minute des Tages gemeinsam verbringen möchten.«

»Also Angestelltenhaus?«, hake ich nach.

»Ich dachte eher an die Fürsten-Suite im Hotel.« Matthieu räuspert sich. »Der Fürst selbst hat sie bereits reserviert. Sie müssten nur beide dort einziehen und ein paar Angestellte über Ihre Beziehung einweihen.«

Zögerlich sehe ich Vi an, die ihre Hände anstarrt. Tränen lassen ihre Augen schimmern. Sie wirkt blass und obwohl sie ihre Finger im Stoff ihrer Shorts vergräbt, kann ich das Zittern erkennen.

Viel zu früh hat uns die Realität eingeholt. Und meine Vergangenheit. Wenn ich nicht für so viele Skandale gesorgt hätte, wäre die Presse nicht so hinter mir her. Vi und ich hätten mehr Zeit. Aber ich … ich und meine Wut haben dafür gesorgt, dass meine Probleme jetzt die Beziehung mit Vi belasten.

»Vi«, wispere ich.

Sie schließt die Augen, atmet tief ein und sieht mich schließlich an. »Ich packe meine Sachen.«

»Was?«

»Wenn das die Möglichkeit ist, um weiterhin Zeit mit dir zu verbringen, werde ich meine Sachen packen und ins Hotel ziehen.« Sie lächelt schwach. »Mit dir. Falls du das möchtest.«

Ich lege meine Hand über ihre. »Natürlich möchte ich das. Aber es wird dich jetzt bereits einschränken …«

»Das ist in Ordnung für mich«, unterbricht sie mich schnell. »So können wir zusammen sein.« Ihre Lippen beginnen zu beben. »In ein paar Wochen bist du ohnehin fort und dann … dann …«

Meine Kehle brennt bei jedem ihrer Worte ein wenig mehr. Zärtlich lege ich eine Hand an ihre Wange. Ich würde gerne stärker für sie sein, würde ihr am liebsten versprechen, dass ich alles, das uns im Weg steht, beseitigen werde. Doch im Moment fühlt es sich wie eine Lüge an. Zu sehr muss ich mich auf meinen Vater und Matthieu verlassen. Und nun müssen wir uns auch noch verstecken.

»Ich werde Sandra, Melissa und Thomas einweihen«, fährt Vi fort. »Diesen drei würde ich mein Leben anvertrauen. Sie werden uns helfen.«

Oder mir den Kopf abreißen, denke ich und möchte lieber nicht wissen, was Thomas dazu sagen wird. Er will Vi beschützen. Und anders als ich ist er dazu wohl auch in der Lage.

»Bist du sicher?« Ich streiche ihre Tränen fort. »Vi, ich verlange so viel von dir und habe nichts, das ich dir im Gegenzug geben kann.«

Trotz der neuen Tränen, die ihre Augen fluten, lächelt sie. »Du hast mir dein Herz gegeben, Bas. Das wiegt alles wieder auf.«

Statt den Knoten in meinem Magen zu lösen, ziehen ihre Worte ihn noch mehr zusammen. Ich verdiene sie nicht. Verdiene die Liebe nicht, die sie mir so bereitwillig schenkt. Noch nicht, zumindest. Ich werde hart arbeiten müssen, um Vi irgendwann gerecht zu werden.

»Ich liebe dich«, bringe ich mit bebender Stimme heraus.

Es ist mir egal, ob Matthieu uns zusieht. Ich stehe trotzdem auf, ziehe Vi an mich und bedecke ihr Gesicht mit Küssen. Die Tränen müssen fort. Und ich will ihr zumindest auf diese Weise zeigen können, wie viel sie mir bedeutet.

Endlich lacht sie und es klingt nicht verkrampft oder traurig. Sie schlingt ihre Arme um mich und hält sich an mir fest. Irgendwann werde ich der Fels sein, der sie vor jedem Sturm schützt. Das ist mein Ziel. Vi soll nie wieder Angst haben müssen. Sie soll wissen, dass ich Himmel und Hölle in Bewegung setzen würde, nur um sie zu beschützen.

Als Matthieu sich lautstark räuspert, gebe ich Vi frei und sehe den Privatsekretär an.

»Soll ich Ihnen beim Packen helfen, Madame?«, will er wissen.

»Nicht nötig. Das schaffe ich alleine, vielen Dank.«

Er nickt. »Dann werde ich Sie heute noch einander überlassen. Morgen hole ich Ihr Gepäck ab und sorge dafür, dass der Prinz Ihr Haus unbemerkt verlassen kann.«

»Ich danke Ihnen.« Vi macht einen Schritt auf Matthieu zu und hält ihm die Hand hin.

Er betrachtet sie verwirrt. Matthieu ist es nicht gewohnt, dass man ihm die Hand schütteln will. Unendlich langsam ergreift er jene von Vi und hält sie steif mit seiner umschlossen.

»Ich tue nur meine Pflicht, Madame.« Viel zu schnell lässt er ihre Hand los und räuspert sich. »Morgen gehen wir Ihre Dienstpläne durch. Wann immer sich die Gelegenheit bietet, werde ich den Unterricht mit Ihnen abhalten. Ich denke, wir beginnen mit etwas Einfachem, ehe wir uns mit schwierigeren Dingen wie dem Umgang mit der Presse beschäftigen. Was meinen Sie?«

»Klingt hervorragend. Vielen Dank, Matthieu.«

Vi lächelt und Matthieu scheint nicht ganz zu wissen, wie er damit umgehen soll. Also räuspert er sich ein weiteres Mal, neigt seinen Kopf und verlässt den Raum.

»Ich bringe ihn an die Tür«, sage ich zu Vi und folge dem Sekretär, da sie keinen Einspruch erhebt.

Matthieu scheint nur auf mich gewartet zu haben. Er richtet seinen Kragen und sieht mich mit gerunzelter Stirn an.

»Ihr Vater hätte noch eine Möglichkeit, die ich allerdings nicht vor Madame Kaltenbach ansprechen wollte«, sagt er mit gesenkter Stimme.

Ich werfe einen Blick über die Schulter. Matthieu kann Vi von hier aus sehen. Falls sie also näher kommt, bemerkt er es.

»Welche?«, flüstere ich.

»Genau genommen gibt es zwei. Die erste wäre, dass Sie sofort abreisen und wir die Dame auf dem Foto als flüchtige Affäre bezeichnen. Es ist unmöglich, ihr Gesicht zu erkennen. Allerdings wissen wir nicht, welche anderen Fotos es noch gibt.«

Ich nicke. »Und die zweite?«

»Ein offizieller Antrag.«

Mein Herz setzt einen Schlag aus. Es ist nicht so, als hätte ich Zweifel daran, dass Vi die Eine ist. Jetzt noch weniger als vor einigen Tagen. Allerdings wollte ich ihr Zeit geben. »Zu schnell«, ringe ich mir heiser ab.

»Davon sind wir auch ausgegangen. Ich wollte nur, dass Sie die Möglichkeiten kennen.« Er verneigt sich. »Ich kümmere mich um die Suite. Morgen um halb sechs hole ich Sie ab, anschließend helfe ich Madame, ihre Sachen unbemerkt ins Hotel zu bringen. Sollte ich Neuigkeiten Ihres Vaters haben, informiere ich Sie natürlich sofort.«

»Vielen Dank, Matthieu. Gute Nacht.«

Er richtet sich auf. »Ruhen Sie wohl, Durchlaucht.«

Damit verlässt er das Haus.

Meine Hände zittern. Vor Vi habe ich mich bemüht, nicht zu sehr darüber nachzudenken, was diese Fotos bedeuten. Ich wollte für sie stark sein, ihr nicht noch mehr Angst machen. Besonders nicht, da Wut in meinem Magen zu brodeln beginnt wie Lava.

Diese elenden Aasgeier! Verkaufen sich ihre Schmierblätter so schlecht, wenn sie mir keinen Skandal andichten können? Dann sollen sie doch bitte alte Fotos rauskramen und sich neue Geschichten ausdenken.

Zornig schlage ich mit der Faust gegen die Wand. Schmerz breitet sich auf meiner Handkante aus. Ich heiße ihn willkommen. Zumindest lenkt er mich für ein paar Atemzüge von dem Gefühl ab, vollkommen hilflos zusehen zu müssen, wie Vi meinetwegen in einen Sumpf aus Lügen gezogen wird.

»Bas?« Ihre Stimme ist so sanft, dass meine Wut bei ihrem Klang vollkommen verraucht.

Langsam drehe ich mich zu ihr um. Sie betrachtet mich mit ihren großen, warmen Augen, die mir endlich Erlösung versprochen haben. Ist es wirklich nicht selbstsüchtig, dass ich sie in all das hineinziehe?

»Nein.« Sie kommt schnell auf mich zu und mir wird bewusst, dass ich diese Frage wohl laut gestellt habe. »Nein, Bas. Es ist nicht selbstsüchtig.« Ihre Finger beben, als sie damit mein Gesicht umfasst. »Ich wünschte nur, wir hätten mehr Zeit gehabt.«

»Im Hotel sind wir sicher«, sage ich, so entschieden ich kann. »Unsere eigenen vier Wände sind unantastbar. Sobald wir die Suite betreten, kann uns niemand mehr etwas anhaben.« Ich schlinge meine Arme um sie und lehne die Stirn an ihre. »Dieses Haus ist auch sicher. Du musst keine Angst haben, Vi. Dir kann nichts passieren.«

Ihre Stirn reibt über meine, als sie nickt. »Ich weiß. Und solange du an meiner Seite bist, fürchte ich mich auch nicht. Bei dir ... bin ich sicher.«

Ich wünschte, es wäre wahr. Ein weiteres Mal schwöre ich in Gedanken, dass ich noch härter arbeiten werde. Ich werde alles tun, um der Mann zu sein, der Vi vor diesen Aasgeiern beschützt. Ab morgen ... werde ich nicht ruhen, bis ich stark genug bin, um Vis Fels zu sein.

26 - Victoria

Obwohl ich mich nach diesem Tag erschöpft fühle, kann ich nicht einschlafen. Bas scheint es genauso zu gehen. Er streichelt beruhigend über meinen Arm, schweigt aber wie ich. Wir liegen in meinem Bett, der Wind streicht durch das offene Fenster und trägt den Duft von Heu und Blüten herein. Die Nacht ist weit vorangeschritten und das Dorf still.

Eigentlich müsste ich mich sicher fühlen. Ich liege in Bas' Armen, spüre seine Wärme und seinen Atem auf meiner Haut. Und doch kommen meine Gedanken einfach nicht zur Ruhe.

Immer wieder frage ich mich, wer uns entdeckt haben könnte. Mit Gästen hat er seit dem Zwischenfall mit der Reisegruppe nichts mehr zu tun. Sein Vater wollte es so. Und ich auch. War es jemand aus dem Dorf? Immerhin wissen die Leute von Bas. Es ist schwer, vollkommen geheim zu halten, dass er im Hotel arbeitet. Zwar habe ich alle Angestellten um Verschwiegenheit gebeten, aber ... natürlich redet man mit seiner Familie darüber. Es war eine Frage der Zeit, bis jemandem etwas herausrutscht.

»Vi, du musst schlafen«, murmelt Bas. Seine Lippen berühren dabei meine Schläfen. »Du hast immerhin Frühschicht.«

»Du bist morgen auch im Dienst und schläfst dennoch nicht.« Ich drehe mich, bis ich ihn ansehen kann. Selbst im schwachen Mondschein erkenne ich seine kantigen Züge, die mir so vertraut sind und von denen ich doch nie genug bekommen werde. »Ich denke, wir werden wohl beide keinen richtigen Schlaf finden.«

Bas hält meinem Blick einen Moment stand, ehe er die Lider senkt und tief seufzt. »Vermutlich nicht. Es tut mir leid, dass du das alles erdulden musst.«

Ich schmiege mein Gesicht an seine Schulter. »Wir sind wohl glimpflich davongekommen. Ein Foto von uns beiden am Ufer direkt nach dem Schwimmen wäre schlimmer gewesen.«

Das rede ich mir wieder und wieder ein. Wir hatten Glück. Das Bild ist verschwommen. Ja, wir halten einander eng umschlungen im See, tragen dementsprechend kaum Kleidung. Aber man erkennt weder, was genau wir machen, noch wer ich bin. Es hätte ganz anders kommen können.

»Es hätte trotzdem nicht passieren dürfen. Ich werde ab jetzt besser auf dich aufpassen.«

Ich erwidere nichts. Mir ist klar, dass Bas nichts dafürkann. Aber genauso weiß ich, dass er gegen die Presse machtlos sein wird. Ich bezweifle, dass der Fürst die Artikel, die bisher über ihn veröffentlicht wurden, einfach hingenommen hat. Vielleicht hilft die Unterlassungsklage. Vielleicht nicht.

»Bleib einfach bei mir und halt mich«, flüstere ich nach einer Weile. »Schenk mir Sicherheit.«

»Das werde ich.« Er küsst meine Stirn. »In der Suite sind wir sicher. Das verspreche ich dir. Dort wird uns nichts geschehen.«

Ich seufze und kuschle mich an ihn. Ich möchte Bas glauben und auf ihn vertrauen. Denn das, was heute geschehen ist, nagt an mir. Und verunsichert mich mehr, als ich selbst mir gegenüber zugeben will.

Meine Hände schwitzen, als Thomas die Tür hinter sich schließt. Er stellt sich neben Sandra und Melissa auf. Ich bekomme kaum Luft, während ich den drei ins Gesicht sehe. Bas' Nähe ändert nichts an meiner Anspannung.

»Danke, dass ihr gekommen seid«, bringe ich mit kratziger Stimme heraus. »Wollt ihr euch setzen?«

Erst zu spät wird mir klar, dass vor meinem Schreibtisch, hinter dem ich mich mit Bas verschanzt habe, nur zwei Stühle stehen.

»Müssen wir uns denn setzen?«, hakt Melissa nach. »Ist etwas vorgefallen?«

Ich schlucke. Wie soll ich dieses Gespräch nur führen?

»Oder hat es etwas damit zu tun, dass der Fürst von Blanchebourg die Suite auf unbestimmte Zeit reserviert hat?« Sandra beginnt ihre Hände zu kneten, auf die sie hinunterschaut. »Er kommt her, nicht wahr?«

»Nein, er ... kommt nicht her.« Zur Sicherheit sehe ich Bas an, der den Kopf schüttelt. »Aber es hat trotzdem etwas mit der Suite zu tun. Bevor ich euch erkläre, was genau, muss ich euch etwas gestehen.« Ich hole tief Luft. Ehe ich zu sprechen beginne, greife ich nach Bas' Hand und verschränke unsere Finger miteinander. »Sebastien und ich, wir ... sind ein Paar.«

Zögerlich sehe ich einem nach dem anderen ins Gesicht. Melissa lächelt, Sandra starrt mich mit leicht geöffnetem Mund an. Thomas zeigt keine Regung.

»Sollte mich das überraschen?«, fragt der Chefkoch nach einer gefühlten Ewigkeit. Ich bin froh, dass er das Schweigen bricht, allerdings weniger über das, was er danach sagt: »Ich habe längst angenommen, dass zwischen euch mehr entstanden ist als bloße Freundschaft.«

»Wie kommst du darauf?« Meine Stimme überschlägt sich. Haben wir uns zu offensichtlich angeschmachtet?

»Weil Sebastien sich zu schnell zu viel Mühe gegeben hat.« Thomas hebt einen Mundwinkel zu einem schiefen Schmunzeln. »Da ist mir klar geworden, dass er einen Grund haben muss. Und weil er hauptsächlich deinetwegen keine Arbeit gescheut hat, habe ich eben eins und eins zusammengezählt. Ich war nur nicht sicher, ob die Zuneigung einseitig ist oder nicht. Aber ein Mann verändert sich nicht grundlos so über Nacht, wie Sebastien es getan hat.«

Ich schlucke und sehe zu Sandra, die sich räuspert. »Wie lange seid ihr schon ein Paar?«

Sie spricht langsam und leise, vermeidet es, mich direkt anzusehen. Ich ahne, dass sie verletzt ist, weil ich sie nicht früher eingeweiht habe.

»Noch nicht lange«, erwidere ich deswegen. »Wir wollten es geheim halten, weil wir eine schwierige Vergangenheit haben. Und weil wir nicht riskieren wollten, dass Informationen über uns an die Presse gehen. Aber …«

Ich halte inne, weiß nicht, wie ich erzählen soll, was geschehen ist. Da übernimmt Bas für mich.

»Gestern haben wir unseren freien Tag an einem See verbracht. Dort ist ein Foto von uns entstanden.« Er zieht den gefalteten Ausdruck aus der Hosentasche und reicht ihn Thomas. »Deswegen hat mein Vater seinen Privatsekretär geschickt, um uns zu helfen. Sein Vorschlag war, dass Victoria und ich in die Fürstensuite einziehen, damit wir nicht entdeckt werden.«

»Ihr drei seid im Hotel meine wichtigsten Vertrauten«, spreche ich weiter. »Bitte glaubt mir, dass wir unsere Beziehung vor euch nicht geheim gehalten haben, weil wir euch nicht vertrauen. Wir wollten nur die Chance haben, wieder zueinander zu finden.« Ich sehe Bas an, der mich aufmunternd anlächelt. »Nur jetzt brauchen wir eure Hilfe, damit Sebastien nicht bald von Reportern gejagt wird, weil sie eine neue Story suchen.«

»Meinetwegen können sie mich jagen, ich bin das gewohnt.« Bas' Miene verfinstert sich. »Mir geht es lediglich darum, dich zu schützen. Ganz gleich, was ich machen würde, früher oder später würden sie von dir erfahren. Außer wenn ich mich vollkommen von dir fernhalten würde.«

»Na, das wollen wir ja nicht.« Thomas gibt ein Schnauben von sich, das bei ihm als Lachen durchgehen könnte. »Nach allem, was zwischen euch stand, solltet ihr die Chance haben, glücklich zu werden. Ich werde euch mit Essen versorgen, solange ihr in der Fürstensuite lebt.«

»Und ich werde die Suite persönlich putzen«, fügt Melissa hinzu.

Mir wird leichter ums Herz, dass die beiden uns helfen. Zögerlich sehe ich zu Sandra. Sie atmet geräuschvoll aus. »Natürlich helfe ich euch auch. Ich kümmere mich darum, dass niemand Fragen stellt und ihr ungesehen in die Suite gelangt.«

»Danke«, hauche ich ergriffen. »Ich bin euch so dankbar.«

»Dafür sind Freunde da«, meint Melissa. »Du würdest das Gleiche für uns tun.«

Lächelnd nicke ich. »Jederzeit.«

»Gut, wenn das alles war, muss ich mich jetzt um das Frühstück kümmern.« Thomas wendet sich der Tür zu.

»Ich muss euch dennoch bitten, dass ihr niemandem von Sebastien und mir erzählt«, sage ich hastig, ehe er den Griff berührt.

»Natürlich nicht. Keine Sorge.« Der Chefkoch schmunzelt erneut. »Euer Geheimnis ist bei uns sicher.«

Er öffnet die Tür und verlässt das Büro.

»Wir müssen uns um den Tagesplan kümmern«, verkündet Melissa und sieht Bas auffordernd an.

Der haucht einen Kuss auf meine Stirn. »Wir sehen uns später«, flüstert er und folgt Melissa aus dem Büro.

Sandra wendet sich auch ab. Doch statt zu gehen, schließt sie die Tür und lehnt sich dagegen.

Eine Weile sehen wir uns schweigend an. »Du bist böse«, murmle ich schließlich.

»Nein. Nur ... enttäuscht.« Sie seufzt. »Wir sind schon so lange Freunde. Wieso hast du mir nichts gesagt?«

»Es ging anfangs so schnell.« Ich plappere los und erzähle ihr alles, was in den letzten Wochen geschehen ist. »Mir ist nach dem Gespräch mit meinen Eltern klar geworden, dass ich mehr für Sebastien empfinde, als ich mir erlauben wollte. Und dann ... dann hatte ich Angst, dass alles nur ein Traum ist, aus dem ich aufwache, sobald ich jemandem davon erzähle. Ich habe jetzt noch mehr Angst, Sandra. Was, wenn ich ihn verliere, weil die Wirklichkeit uns einholt?«

Kopfschüttelnd stößt Sandra sich von der Tür ab und kommt zu mir. »Sebastien wirkt entschlossen, dich zu beschützen. Wieso solltest du ihn verlieren?«

Mein Atem geht viel zu schnell, mein Herz rast. Zitternd sinke ich auf die Schreibtischkante. Sandra eilt zu mir und greift nach meiner Hand.

»Victoria, was ist los?« Sie klingt unendlich besorgt.

Ich versuche, meinen Atem unter Kontrolle zu bringen – und scheitere. »Das gestern ... Ich habe nicht damit gerechnet, dass uns jemand findet.« Ich weiß nicht, wie viel Sandra versteht, weil ich viel zu schnell spreche und dazwischen nach Luft schnappe. »Keine Ahnung, wieso ich so reagiere. Ich … ich …«

»Jemand ist in dein Leben eingedrungen«, hilft Sandra mir aus. »Das würde mich auch aufwühlen. Du hast nicht damit gerechnet und das macht es noch schlimmer. Damit hast du ein Stück Sicherheit verloren.«

»Ja«, hauche ich.

Sie legt den Kopf schief. »Da ist noch mehr, oder?«

Tränen brennen in meinen Augen. »Du kennst mich zu gut«, krächze ich. »Ich … ich weiß nicht, ob ich mit allem klarkomme. Mir ist bewusst geworden, dass sich mein ganzes Leben verändern wird. Wenn Bas und ich zusammen bleiben, muss ich von hier fort. Das Hotel verlassen und ich weiß nicht, ob meine Eltern mit mir kommen würden. Wenn nicht …«

»Falls sie nicht mit dir nach Blanchebourg gehen, werden Melissa, Thomas und ich ein Auge auf sie haben.« Sandra lächelt aufmunternd.

»Danke. Aber … es ist einfach so viel. Alles aufgeben und dann ist da noch alles, was ich lernen soll. Der Fürst hat seinen Privatsekretär geschickt, um mich zu unterrichten. Wenn Sebastien und ich unsere Beziehung offiziell machen, soll ich nicht unvorbereitet sein. Aber ich weiß nicht, ob ich das kann.«

»Was denn?« Sandra tätschelt behutsam meine Hand. »All das lernen?«

»Mich wie eine Prinzessin verhalten«, bringe ich heiser heraus. »Was, wenn ich mich zum Gespött mache?«

»Wirst du nicht.«

»Aber wenn …«

»Victoria … liebst du Sebastien?« Ohne zu zögern, nicke ich. Sandra lächelt. »Und willst du mit ihm zusammen sein?« Wieder bejahe ich. »Dann wirst du alles schaffen. Mit ihm gemeinsam. Ich glaube an dich. Und Sebastien bestimmt auch.«

»Mein Leben wird sich so sehr verändern«, flüstere ich.

»Ja. Und das macht mich traurig, weil ich dann nicht länger ein Teil davon sein werde.«

»Sandra …«

»Was in Ordnung ist. Wenn du glücklich bist.«

Ich schließe meine Finger um ihre. »Du wirst immer meine Freundin sein. Auch wenn wir uns nicht mehr jeden Tag sehen, werden wir befreundet bleiben. Das schwöre ich.«

Traurig lächelnd umarmt Sandra mich. »Sebastien hat echt Glück, dass du ihm eine zweite Chance gegeben hast. Mit dir schafft er es vielleicht doch, ein brauchbarer Fürst zu werden.«

Einmal mehr weiß ich nicht, was ich sagen soll. Also erwidere ich die Umarmung nur und löse mich erst von Sandra, als es an der Tür klopft.

»Herein!«, rufe ich.

Matthieu verneigt sich, als er den Raum betritt. »Madame, Ihr Gepäck wäre in der Suite«, verkündet er. »Und ich dachte, wir nutzen die Zeit, um zu klären, wie Ihr Unterricht in den nächsten Tagen aussehen wird.«

»Ich bin an sich bis Mittag im Dienst«, werfe ich ein.

»Geh nur, ich kümmere mich um die Rezeption«, sagt Sandra schnell. »Heute gibt es auch keine Anreisen, nur ein paar Abreisen. Das bekomme ich leicht hin.«

Ein Widerspruch liegt mir auf den Lippen. Nicht weil ich an Sandras Kompetenz zweifle. Ich habe nur ein mulmiges Gefühl, wenn ich daran denke, dass jetzt meine Ausbildung beginnen soll. Die Situation überfordert mich.

»Geh schon«, fordert Sandra mich mit einem Zwinkern auf.

»Danke«, flüstere ich, drücke ihre Hand und gehe zu Matthieu.

Heute sollen es wieder über dreißig Grad werden. Doch der Privatsekretär trägt genau wie gestern einen dunklen Anzug mit Weste und Krawatte. Als wir durch die Lobby zu den Aufzügen gehen, drehen sich einige Leute nach ihm um.

Ich versuche, so zu tun, als wäre alles normal. Das hier ist ein gewöhnlicher Gast, der mit mir reden möchte. Nicht der Sekretär des Fürsten, der mich unterrichten soll, damit ich mit einem Prinzen zusammen sein kann.

Erst als wir in dem Aufzug stehen, sich die Türen schließen und die anderen Gäste uns nicht mehr anstarren können, lasse ich den Atem, den ich angehalten habe, entweichen. Meine Wangen stechen von dem verkrampften Lächeln, das ich aufgesetzt habe, um alles normal aussehen zu lassen.

Matthieu mustert mich, ehe er die Karte für die Suite vor den Kartenleser hält. Nur damit kann man die Fürstensuite im obersten Stockwerk betreten. Er drückt den Knopf und der Aufzug setzt sich in Bewegung.

»Machen Sie Yoga, Madame?«, fragt er unvermittelt.

»Ja. Wieso?«

»Sie sollten es ab jetzt zweimal täglich einplanen. Ich denke, Sie brauchen das, um zu entspannen.«

Matthieu sieht mich nicht an, während er mit mir spricht. Er hat die Hände hinter dem Rücken verschränkt und betrachtet die Tür. Es klingelt und der Fahrstuhl hält. Langsam öffnen sich die Türen und geben den Blick auf den Empfangsbereich der Suite preis.

Dieser Raum kostet dreitausend Euro die Nacht. Er wird nur selten gebucht – meistens nur, wenn ein Mitglied der Fürstenfamilie hier ist. Neben dem Empfangsbereich, der mit dicken Teppichen ausgelegt und mit Kunstwerken aus dem Privatbesitz der de Violets ausgestattet ist, besitzt die Suite drei Schlafzimmer, zwei Bäder, eine Küche, ein Esszimmer sowie einen großen Salon. Die Räume sind teilweise noch mit Möbeln aus dem neunzehnten Jahrhundert ausgestattet. Überall befinden sich unbezahlbare Gemälde, Vasen und Skulpturen.

Durch die hohen Fenster fällt warmes Licht und erhellt den Salon, in den Matthieu mich führt.

»Es ist schon so lange her, dass ich hier war«, murmle ich, während ich mich umsehe.

Seit jenem Sommer, in dem Bas und ich uns verloren haben, wollte ich die Suite nicht mehr betreten. Wenn sie doch mal von jemandem gebucht wurde, habe ich Sandra hochgeschickt.

Mit zitternden Fingern streiche ich über die Kerbe im Kaminsims. Lächelnd muss ich daran denken, wie sie entstanden ist. Bas und ich haben einen kleinen Fechtkampf veranstaltet. Dabei hat er einen schweren Kerzenständer umgeworfen. Wir haben versucht, die Kerbe mit Knetmasse zu verstecken. Natürlich ohne Erfolg.

»Ich hoffe, die Räumlichkeiten sind zu Ihrer Zufriedenheit?« Matthieu ist etwa einen Meter hinter mir stehen geblieben. Als ich mich zu ihm umdrehe, deutet er auf die cremefarbenen Sofas. »Sind Sie zufrieden, Madame?«

»Ich dachte, es wäre eine rhetorische Frage.« So anmutig wie möglich lasse ich mich auf dem großen Sofa mit drei Plätzen nieder. »Aber ja, ich bin sehr zufrieden.«

»Ich stelle nie rhetorische Fragen.« Matthieu setzt sich auf den Sessel und schlichtet Unterlagen, die auf dem niedrigen Tisch liegen. »Es freut mich, dass die Räumlichkeiten Ihrem Geschmack entsprechen. Mit dem Chefkoch habe ich bereits gesprochen, nachdem er bei Ihnen war. Die Menüfolge müssen wir noch festlegen für die nächsten Tage, aber er ist schon informiert.«

»Bitte, wir müssen hier keine vornehmen Essen veranstalten.«

Matthieu sieht mich mit hochgezogener Augenbraue an. »Natürlich müssen wir das. Wie sonst soll ich Ihnen die Etikette beibringen?«

Ich schlucke. »Ich möchte nur niemandem Umstände machen.«

»Das verstehe ich und ich werde mich nach Ihren Wünschen richten. Allerdings werden wir einige Essen benötigen, um die Regeln von Banketts und anderen Abendveranstaltungen zu verinnerlichen.« Er schiebt mir die mit einer Klammer zusammengehaltenen Zettel hin. »Das hier ist eine Liste der Dinge, die ich Ihnen in einem ersten Schritt näherbringen werde.«

Zögerlich greife ich nach den Blättern und sehe sie durch. Neben den eben angekündigten Regeln bei Tisch stehen Tanzunterricht, Umgang mit der Presse, Ahnenkunde und einige weitere Dinge auf dem Plan.

»Das ist ziemlich umfangreich«, murmle ich.

»Es sind die Grundzüge. Einige Themen werden wir erst vertiefen, nachdem der Prinz abgereist ist.«

Ich blinzle. »Bitte, was? Das ist nur der Plan für die nächsten sieben Wochen?«

»Eigentlich sogar nur für die nächsten drei.«

Mir wird eiskalt. »Sebastien wird in drei Wochen abreisen?«, quietsche ich.

Wieder atme ich viel zu schnell. Drei Wochen. Ich dachte, wir hätten mehr Zeit.

»Pardon, das war unglücklich formuliert.« Matthieu räuspert sich. »Der Prinz wird wie geplant erst in etwa sieben Wochen abreisen. Bis dahin sollten wir diese Themen allerdings bereits abgearbeitet haben, da ich in drei Wochen nach Blanchebourg zurückmuss und erst nach der Abreise Seiner Durchlaucht wiederkehre.«

Ein schweres Gewicht fällt von meinen Schultern. Bas wird nicht so bald gehen. Das erleichtert mich. Bis ich erneut einen Blick auf die Liste werfe.

»Ich bleibe dabei, es ist ziemlich umfangreich.« Mit einem tiefen Seufzen sehe ich in Matthieus Gesicht. »Sie wissen, dass ich arbeiten muss?«

»Gewiss. Auch hier werde ich mich bemühen, flexibel zu bleiben und auf Ihre Ruhephasen Rücksicht zu nehmen. Dennoch sollten wir diese Liste durchbringen.« Er deutet auf weitere Unterlagen auf dem Tisch. »In der Zeit, in der ich nicht bei Ihnen sein kann, sollten Sie sich mit weiterführender Literatur beschäftigen. Ich habe hier zusammengetragen, welche Bücher für Sie hilfreich sein könnten, und werde sie Ihnen natürlich besorgen, wenn Sie das wünschen.«

Nachdenklich nicke ich. Die Zweifel in mir nehmen zu. »Matthieu, seien Sie bitte ehrlich … denken Sie, ich kann all das jemals lernen?«

»Ich habe keinerlei Zweifel, dass Ihnen das gelingt«, erwidert er sofort. »Natürlich verstehe ich, dass Sie unsicher sind. Die ersten Auftritte werden gewiss nicht einfach. Aber an jedem werden Sie wachsen. Und ich helfe Ihnen, so gut ich kann.«

Noch einmal überfliege ich die Zettel in meiner Hand. Eine leise Stimme in meinem Kopf sagt mir, dass ich das niemals schaffen werde. Doch sie wird von dem Flehen, alles zu tun, um bei Bas bleiben zu können, überstimmt.

»Wann beginnt die erste Lektion?«, frage ich mit bebender Stimme.

Matthieu hebt einen Mundwinkel. »Jetzt.«

27 - Sebastien

Unendlich dankbar, dass Melissa mir die alten Dienstbotengänge gezeigt hat und ich so unbemerkt nach meiner Schicht in die Fürsten-Suite gelange, schleppe ich mich durch die schmalen Aufgänge.

Der Tag war merkwürdig. In jedem Zimmer, in dem ich eine Klatschzeitschrift gefunden habe, habe ich gründlich alles durchsucht. Ich bin der festen Meinung, dass einer der Gäste mit diesem Foto zu tun hat. Was vermutlich genauso wahrscheinlich ist wie jede andere Theorie, die ich habe.

Noch nie in meinem Leben habe ich mich so hilflos gefühlt. Deswegen habe ich in den Zimmern nach Beweisen gesucht. Ich würde mich besser fühlen, wenn ich die Person bereits konfrontieren und ihr etwas anbieten könnte, damit sie mich in Ruhe lässt. Ob das wirklich etwas bringt, ist fraglich. Vermutlich würde ich mich nicht einmal besser fühlen. Doch nichts zu tun, als auf das Beste zu hoffen, zermürbt mich.

»Vi, ich bin zu Hause!«, rufe ich so amüsiert wie möglich, als ich aus der versteckten Tür im Salon trete. Das hat sie bei einer Fernsehserie, die wir als Kinder gesehen haben, immer lustig gefunden. Ich möchte sie aufheitern, so gut ich kann.

Seit den Morgenstunden habe ich Vi nicht mehr gesehen. Sandra hat mir erzählt, dass Matthieu mit ihr reden wollte. So wie ich den Sekretär meines Vaters kenne, hat er gleich mit dem Unterricht begonnen. Also müssten die beiden hier sein.

»Vi?« Ich durchquere den Salon und halte am Esszimmer inne.

Auf einem Stuhl, vor unzähligen Gabeln und Messern, sitzt Vi kerzengerade. Sie sieht mich gequält an und mir wird gleich klar wieso.

»Matthieu, ist das wirklich nötig?«, brumme ich, während ich den Raum betrete.

Der Privatsekretär sitzt an der langen Tafel, ein gutes Stück von Vi entfernt. Pflichtbewusst erhebt er sich und senkt den Kopf.

»Guten Abend, Durchlaucht. Ich hoffe, Sie hatten einen angenehmen Tag«, sagt er in ruhigem Tonfall.

»Ich denke, verglichen mit dem, was du mit Victoria machst, ist alles angenehm.« Ohne Umschweife gehe ich zu ihr und löse das Seidentuch, mit dem ihr Oberkörper an die Rückenlehne des Stuhls fixiert ist. »Alles okay?«, frage ich leise.

Lächelnd hebt sie ihre Hände an mein Gesicht und küsst mich zärtlich. »Jetzt schon.« Vi lehnt ihre Stirn an meine. »Hat man dich eigentlich auch an Stühle gefesselt, damit du aufrecht sitzen lernst?«

»Ständig. Hat nur nichts gebracht, wie du mittlerweile sicher bemerkt hast.«

Sie kichert. »Ich bin froh, dass du nicht wie ein Besenstiel aussiehst, wenn du isst.«

»Sie sehen auch nicht wie ein Besenstiel aus, Madame.« Matthieu räuspert sich lautstark. »Ihre Haltung ist bereits sehr gut, wir müssen nur am Feinschliff arbeiten.«

»Und daran, dass ich nur essen darf, wenn der Fürst noch nicht fertig ist.« Vi seufzt. »Die Hackordnung an einer Tafel ist … etwas ungewohnt.«

Ich ringe mir ein Lächeln ab. Formelle Dinner habe ich besonders in den letzten Jahren gemieden. Es gibt zu viele Regeln zu beachten, zu viele Fehler zu machen. Selbst ich habe Schwierigkeiten, mir alles zu merken, und ich bin jahrelang darin geschult worden. Wie schwer muss es dann Vi fallen? Wobei … sie hat eine Ausbildung, die ihr dabei hilft. Bestimmt kennt sie die Namen der verformten Gabeln, die vor ihr liegen, und weiß, wofür welche benutzt wird. Ich arbeite mich nur von außen nach innen vor und muss hoffen, dass kein Gang übersprungen wurde.

»Du machst das bestimmt großartig«, versuche ich sie aufzumuntern.

»In der Tat, das machen Sie«, pflichtet Matthieu mir bei. »Morgen werden wir Ihre Fähigkeiten testen. Heute Abend lasse ich Sie noch ein unkompliziertes Mahl genießen.« Er sieht mich an. »Die Dame vom Housekeeping wird gleich hier sein, um die Maße zu nehmen, Durchlaucht. Sie hat meiner Bitte zugestimmt, uns zu helfen.«

»Wunderbar.« Ich wende mich Vi zu, die mich verwirrt ansieht. »Melissa hilft mir, dich abzumessen, damit ich das Kleid für den Sommerball in Auftrag geben kann.«

Sämtliche Farbe weicht aus Vis Gesicht. »Bist du sicher, dass das eine gute Idee ist? Ich meine, wir wurden fast erwischt. Und der Ball ist bald. Ich weiß nicht …«

»Wir können nach den nächsten Wochen entscheiden, ob wir mit unserer Beziehung an die Öffentlichkeit gehen wollen«, unterbreche ich sie sanft. »Ich habe bereits mit Sandra gesprochen, dass wir dieses Jahr einen Maskenball veranstalten. Sie meinte, es wäre ohnehin schon lange her, seit das letzte Mal ein solcher stattgefunden hat.«

Vi nickt zögerlich. »Das ist richtig. Wir hatten schon lange keinen Maskenball mehr.«

»Gut, dann wird niemand fragen, wieso es schon wieder einen solchen Ball gibt.« Ich zwinkere. »Falls wir uns gegen eine Bekanntmachung entscheiden, trage ich eine Perücke sowie eine Maske und wir verbringen den Abend inkognito miteinander.«

Ich lächle, aber in mir rumort es. Nichts wünsche ich mir mehr, als Vi offiziell als meine Freundin vorzustellen und sie so bald wie möglich nach Blanchebourg zu holen. Doch die letzten Tage nagen wohl an ihren Nerven. Was geschehen ist, könnte nur ein Vorgeschmack dessen sein, was ihr bevorsteht, sobald wir ein Paar sind. Ich muss daran arbeiten, zum Vorzeigeprinzen zu werden. Dann verliert die Presse bestimmt jegliches Interesse an mir.

»Ist das Risiko nicht dennoch zu hoch?«, fragt Vi unsicher.

»Mir wäre es wichtig, dass wir den Ball miteinander verbringen«, spreche ich meine Gedanken aus. »Auch wenn wir unsere Beziehung nicht offiziell bekannt geben, wünsche ich mir, dass wir die Vergangenheit hinter uns lassen können. Der Ball … er wäre in jedem Fall ein Neuanfang für uns.«

Ich sehe ihr tief in die grün-braunen Augen, die zu schimmern beginnen. Vi lächelt, wenn auch traurig.

»In Ordnung, dann … dann machen wir das.«

Am liebsten würde ich sie jetzt küssen. Doch Matthieus Räuspern erinnert mich daran, dass der Privatsekretär immer noch anwesend ist.

»Benötigen Sie meine Hilfe beim Aufschreiben der Maße?«, will er wissen.

»Ich denke, das bekommen wir mit Melissas Hilfe hin«, entgegne ich. »Vielen Dank, Matthieu. Sie können den Rest des Nachmittages frei nehmen.«

Statt zu antworten, verneigt er sich und verlässt den Raum. Kaum ist er fort, atmet Vi hörbar auf.

»Ich bin ihm ja dankbar. Aber seine Methoden sind etwas seltsam«, murmelt sie.

Ich verbeiße mir die Antwort, dass dieses Anbinden noch harmlos ist. Meinen aufrechten Gang musste ich mit Eisenkugeln auf den Schultern lernen, die höllisch weh taten, wenn sie mir auf die Füße fielen.

»Danke, dass du das alles machst«, sage ich stattdessen. Etwas Besseres fällt mir nicht ein.

Vi streicht über meine Wange. »Heute war es gar nicht so anstrengend. Wir sind nur das Besteck durchgegangen und vermeintliche Menüs, die bei wichtigen Banketts in Blanchebourg serviert werden. Hier kommt mir meine Ausbildung zugute.«

Ich umfasse ihre Hand mit meiner, führe sie an meine Lippen und hauche einen Kuss darauf. »Du bist so tapfer.«

Vis Lächeln wirkt immer noch verkrampft. Mir muss dringend etwas einfallen, um sie aufzumuntern.

»Weißt du, ich habe mir die Namen der ganzen Gabeln nie gemerkt, geschweige denn, wofür sie sind«, rede ich einfach drauflos. »Bei einem Abendessen mit dem Premierminister habe ich einen Gang verpasst, weil ich telefonieren musste.«

»Sie haben einen Gang serviert, obwohl du nicht da warst?«, fragt sie ungläubig.

»Nun, auf Prinzen nimmt man keine Rücksicht. Der Fürst ist wichtig. Solange er an der Tafel sitzt und keine anderslautenden

Anweisungen gibt, wird das Essen serviert und abgeräumt, sobald er fertig ist.«

»Oh. Das klingt ... seltsam.«

»Für gewöhnlich nimmt mein Vater Rücksicht. An diesem Abend habe ich ihn wohl schon genug Nerven gekostet.« Ich zucke mit den Schultern, aber es ist mir nicht mehr gleichgültig. Ich weiß, dass ich mich fürchterlich benommen habe. Das soll nun anders werden »Jedenfalls habe ich einen Gang verpasst. Das Besteck dafür wurde aber nicht abgeräumt. Und als der nächste Teller kam – ich glaube, es war ein Fischgericht – habe ich es mit dieser seltsamen Gabel gegessen und mich gefragt, was ich mit der Zange daneben soll.«

»Bas.« Vi kichert. »Also ehrlich, diese Schneckengabel kann man eigentlich für nichts anderes als Schnecken verwenden.«

»Ist mir an jenem Abend auch klar geworden.« Ich zwinkere. »Besonders als danach das Steak kam und ich das Fischmesser in der Hand hatte.«

Vi schmunzelt, doch es wirkt unsicher. »Hat dich keiner darauf hingewiesen?«

Schnell schüttle ich den Kopf. »Das Schöne an diesen Abendessen ist, dass niemand es wagt, dich zurechtzuweisen. Also wäre es egal, ob du aus dem Weinglas Wasser trinkst oder die Fischgabel für das Dessert verwendest. Denn wenn du an diesen Abendessen teilnimmst, bist du Teil der fürstlichen Familie.«

Ich kann förmlich sehen, wie Vi blasser wird. Sie hält den Atem an und betrachtet mich mit geweiteten Augen.

»Du hast also noch Zeit, dich auf solche Essen vorzubereiten«, sage ich schnell und schlucke gegen die Trockenheit in meinem Mund an.

Mir ist klar, dass ab dem Moment, da wir unsere Beziehung offiziell machen, eben nicht mehr so viel Zeit bleiben wird. Vi wird recht bald nach Blanchebourg ziehen müssen, ihre Familie und ihren Job dafür verlassen. Ab dann wird das Tagesthema der Klatschzeitungen wohl sein, wann ich ihr endlich einen Antrag mache. Und wenn das passiert, werden wir auch nicht mehrere Jahre verlobt sein können.

All das sollte ich ihr sagen. Doch ich fürchte mich, dass sie dann einen Rückzieher macht und unsere Beziehung daran zerbricht. Das würde ich nicht überleben.

Ich atme auf, als es klopft und ich so eine Gnadenfrist für mein Geständnis bekomme.

»Das wird Melissa sein«, sage ich und gehe zurück in den Salon.

Ich öffne die Geheimtür von innen und lasse Melissa ein. Sie will in einen Knicks sinken, doch ich halte sie auf.

»Bitte nicht. Ich trage noch die Putzuniform und du bist meine Vorgesetzte.«

Melissa sieht mich verunsichert an. »Ja, aber ich bin in der Fürstensuite. Und du bist … Sie sind …«

»Ich werde für dich immer Sebastien bleiben«, unterbreche ich sie. »Der junge Mann, der von dir erklärt bekommen hat, dass er ein Chaos-Sauger ist und wie er das ablegt.«

»Du hast es bisher nicht abgelegt.« Melissa räuspert sich. »Aber du machst Fortschritte.«

»Immerhin.« Ich schenke ihr ein Lächeln. »Danke, dass du uns hilfst. Die Schneiderin hat mir etwas geschickt, wie ich Vi abmessen soll. Aber ich kann damit nichts anfangen.«

»Zeig mal her.« Melissa nimmt mir den Ausdruck, den ich eingesteckt habe, ab, und überfliegt ihn. »Das bekommen wir hin. Die Anweisungen sind sehr eindeutig, wo ich zu messen habe.«

»Ich bin unendlich froh, dass du dich damit auskennst.«

»Früher habe ich viel genäht. Ich glaube, ich habe auch mal ein Kostüm für Victoria gemacht. Ist aber schon sehr lange her.«

Mit einer ausladenden Geste bedeute ich ihr, zum Esszimmer zu gehen, und folge ihr. Vi hat inzwischen das Besteck in die schweren Koffer zurückgelegt. Sie poliert gerade ein Messer, als wir zu ihr zurückkommen.

»Das hätte ich auch machen können«, meint Melissa.

»Es hat keine Umstände gemacht.« Vi legt das Messer in den schwarzen Samt und schließt den Deckel. »Außerdem musste ich mich beschäftigen. Sonst …«

Sie bricht ab und meidet meinen Blick. Es ist nicht zu übersehen, dass alles schwer auf ihren Schultern lastet. Wenn ich nur wüsste, wie ich ihr helfen kann …

»Verstehe schon.« Melissa geht zu ihr und legt ihre Hand auf Vis. »Es wird alles gut. Wir sind für dich da.« Sie dreht sich zu mir um. »Für euch.«

Vor Rührung brennt meine Kehle. Ich habe all die Zuneigung, die ich erfahre, gar nicht verdient. Meinen eigenen Vater habe ich mein ganzes Leben lang nur enttäuscht. Aber diese Menschen hier … sie haben mich so liebevoll aufgenommen, mich nicht verurteilt. Und ich denke, das verdanke ich Vi.

»Schätzchen, du musst dich bis auf die Unterwäsche ausziehen«, verkündet Melissa und sieht mich streng an. »Und du drehst dich um und notierst die Zahlen, die ich dir ansage.«

Es liegt mir auf der Zunge, ihr zu erklären, dass ich Vi schon wesentlich unbekleideter gesehen habe. Statt es auszusprechen, deute ich eine Verneigung an. »Jawohl, Madame.«

Das bringt zumindest Melissa zum Lächeln. Vi wirkt immer noch verunsichert. Doch da sie beginnt, die Bluse zu öffnen, drehe ich mich um und betrachte den Zettel vor mir.

»Sag mir, was wir als Erstes messen«, fordert Melissa mich auf.

»Ähm … Unterbrust.«

Es raschelt und danach nennt mir Melissa eine Zahl. Das führen wir so fort, bis alle Messpunkte abgearbeitet sind. Kaum ist sie fertig, klingelt die Fahrstuhltür. Ich gehe dorthin und schließe die Tür des Esszimmers halb, damit Vi sich ungestört anziehen kann. Thomas persönlich erscheint mit einem Servierwagen mit zwei silbernen Clochen im Eingangsbereich.

»Ich habe euch heute Roastbeef mit Süßkartoffelpüree und Bratensaft gemacht«, erklärt er und schiebt mir den Wagen hin. »Du weißt noch, wie man es tranchiert?«

»Wie könnte ich das vergessen, nachdem du es mir förmlich eingeprügelt hast.« Ich grinse.

Thomas hebt eine Augenbraue. »Das nennst du einprügeln? Ich habe es dir ganz sanft beigebracht.«

»Da sind wir wohl unterschiedlicher Meinung.«

»Sieht so aus.« Er verschränkt die Arme vor der Brust. »Wie geht es Victoria?«

Mein Grinsen verblasst. »Den Umständen entsprechend. Ich hoffe, ich kann ihr genug Sicherheit geben.«

»Du wirst dich ins Zeug legen müssen.«

»Hast du auch einen Tipp, was ich machen soll?« Ich räuspere mich, weil ich lauter geworden bin. »Tut mir leid, es ist nur …«

»Das nagt auch an dir und das sehe ich. Deswegen nehme ich es dir nicht übel.« Thomas atmet geräuschvoll aus. »Sei einfach für sie da. Dieser Sekretär scheint sehr ambitioniert zu sein. Versuch, so oft du kannst bei ihr zu bleiben, wenn sie Unterricht bekommt. Danach halt sie einfach. Ich denke, du musst nichts sagen. Es reicht, wenn du sie hältst. Das ist oft wichtiger als Worte.«

Ich räuspere mich noch einmal, um den Kloß in meiner Kehle zu vertreiben. »Danke.«

»Keine Ursache.« Thomas wirft einen Blick auf seine Armbanduhr. »Ich muss jetzt leider los. Für morgen Abend hat Matthieu ein Menü bestellt, das wirklich herausfordernd ist.« Er grinst. »Ich freue mich schon darauf. Richte Victoria meine Grüße aus.«

»Mache ich. Bis morgen.«

Thomas betritt den Aufzug. Ich warte nicht, bis er fort ist, sondern bringe den Wagen ins Esszimmer. Melissa ist verschwunden und auch von Vi fehlt jede Spur. Einen Moment kommt Panik in mir auf, dann höre ich Schritte hinter mir. Vi fädelt ihre Arme unter meinen durch und schmiegt ihre Wange an meinen Rücken. Ich atme auf, lege meine Hände auf ihre und genieße ihre Wärme.

»Ich hoffe, du hast Hunger«, sage ich nach einer Weile. »Thomas hat Roastbeef gemacht.«

»Klingt gut«, murmelt sie und lässt mich doch nicht los. »Verrätst du mir, welches Kleid du für mich machen lässt?«

»Nein, mein Funkelstern, das wird eine Überraschung.«

»Funkelstern …« Sie hebt den Kopf, lässt mich los und umrundet mich. Ich schlucke, als mein Blick über den beinahe durchsichtigen Morgenmantel gleitet, den sie über der Unterwäsche trägt. »War das ein Hinweis?«

Lächelnd lege ich den Kopf schief. »Wieso?«

Vi mustert mich. Ob sie sich an das Märchen erinnert, das ihre Großmutter uns einmal zu Weihnachten erzählt hat? Mit der Prinzessin, deren Kleid aussieht, als wäre es aus Sternenlicht gesponnen worden? Ich hoffe, die Schneiderin in Blanchebourg bekommt das hin und das Kleid zaubert Vi zumindest ein Strahlen ins Gesicht.

»Ach, nur so.« Sie senkt den Blick, hebt aber gleichzeitig die Mundwinkel. Ja, sie erinnert sich an das Märchen. »Möchtest du essen?«

»Gleich. Erst möchte ich noch etwas anderes machen.«

Wortlos öffne ich die Arme. Vi schließt sofort die Entfernung zwischen uns, kuschelt sich erneut an mich und seufzt.

Draußen beginnt es bereits zu dämmern. Doch ich lasse sie nicht los. Das Essen kann ruhig kalt werden. Ich werde Vi erst freigeben, wenn sie es will. Und bis dahin … halte ich sie fest und bin für sie da.

28 - Victoria

Bei jeder Person, die an der Rezeption vorbei geht, halte ich den Atem an. Mit Argusaugen beobachte ich die Gäste, versuche, ihre Gedanken zu lesen. Vermutlich halten sie mich für verrückt. Und vermutlich bin ich das auch.

Matthieu hat bisher noch keinen Hinweis gefunden, von wem das Foto stammt. Natürlich hält sich die Klatschzeitung bedeckt, gibt die Namen ihrer Mitarbeiter nicht bekannt. Deswegen ist für mich einfach jeder Gast verdächtig. Selbst jene, die seit Jahren jeden Sommer bei uns Urlaub machen.

»Victoria, hast du einen Moment?«, fragt Cora.

Ausgerechnet mit ihr muss ich heute den ganzen Tag Dienst machen. Seit der Katastrophe mit der Reisegruppe kommen wir nicht mehr so wirklich miteinander klar. Cora fühlt sich ungerecht behandelt, weil ich sie rügen musste und sie seither jede Aufgabe, die sie erledigt, von Sandra oder mir überprüfen lassen muss. Außerdem stört es mich, dass sie Bas bei jeder Gelegenheit anflirtet. Erst habe ich mir nichts dabei gedacht, da sie ihn einfach nur angeschmachtet hat, als er in der Küche am Pass stand. Das macht sie an sich bei jedem Koch. Aber neuerdings sucht sie ihn auch auf, wenn er die Zimmer säubert, und versucht, ihn in ein Gespräch zu verwickeln. Das gefällt mir überhaupt nicht.

»Klar, worum geht es?« Ich wende mich vom Computer ab, an dem ich gerade die Dienstpläne schreibe, und sehe sie an.

»Du musst das kontrollieren.« Sie schiebt mir eine Liste mit Bestellungen hin.

Ich überfliege sie und nicke. »Sieht gut aus. Du kannst sie so rausgeben.«

Cora zieht die Liste zurück, bleibt aber neben mir stehen.

»Ist sonst noch etwas?«, frage ich mit hochgezogenen Augenbrauen.

»Wird der Fürst bald anreisen?«, platzt es aus ihr heraus.

Ich werfe ihr einen finsteren Blick zu. »Wieso fragst du?«

»Weil die Suite auf unbestimmte Zeit auf seinen Namen reserviert ist. Und du bist gestern mit diesem Mann im Anzug hochgefahren. Du gehst da sonst nie hoch, aber gestern ...«

»Spionierst du mir nach?« Ich gebe mir Mühe, streng zu klingen. Nicht ängstlich. Ich darf nicht in jedem einen Verräter sehen. »Oder hast du zu wenig zu tun und musst dich anderweitig beschäftigen?«

Cora zieht die Lippen kraus. »Ich habe genug zu tun, danke der Nachfrage. Ich wollte lediglich wissen, ob wir uns auf die Anwesenheit des Fürsten vorbereiten müssen, weil wir dann noch einige andere Dinge bestellen müssten.«

Ich verdränge die Reue, die sich wie eine eiskalte Klaue an meinem Rücken festklammert. Cora hat vermutlich nur die besten Absichten und ich fahre sie an.

»Ich kann darüber nicht reden«, sage ich versöhnlicher. »Bitte versteh das.«

Sie atmet geräuschvoll aus. »Schon klar. Als Vertraute des Fürsten weißt du natürlich alles und wir Fußvolk dürfen nichts wissen.«

Bevor ich etwas sagen kann, wendet sie sich ab und verschwindet in dem kleinen Raum, in dem wir die Willkommenspräsente aufbewahren. Vielleicht ist es besser, dass sie geht. Ich habe keine Nerven, Cora zu trösten, weil sie nicht in alles eingeweiht wird. Gerade wenn es um die Fürstenfamilie geht, sind wir alle zu Stillschweigen angewiesen. Die wenigen Male, die der Fürst hier war, wussten auch nur Thomas und ich Bescheid, wann genau er kommt. Nicht einmal Melissa oder Sandra wurden bis zu seiner Ankunft eingeweiht. Thierry ist sein Privatleben sehr wichtig. Cora sollte sich daran erinnern. Schließlich war sie beim letzten Besuch des Fürsten bereits hier.

Ein wenig mulmig ist mir schon, weil Cora wusste, dass ich mit Matthieu in der Fürsten-Suite war. Immerhin hatte sie keinen Dienst, als ich den Privatsekretär begleitet habe. Von wem könnte Cora diese Information bekommen haben?

Mir fehlt die Zeit, länger darüber nachzudenken. Einige Gäste checken aus und fordern meine Aufmerksamkeit. Buchungen trudeln herein und ich muss am Telefon Termine abklären. Cora bequemt sich zwar aus ihrer Schmollecke, hilft aber nur bedingt, weil sie mir ja alles zeigen muss, damit ich es abnicken kann. So vergeht zumindest der Vormittag recht schnell. Allerdings rückt damit der Nachmittag mit dem Unterricht bei Matthieu näher.

Heute will er mir die Regeln bei einem Essen beibringen. Davor bekomme ich eine Einführung in das richtige Verhalten mit der Presse, also wie ich mit Reportern umgehen soll, falls sie mir nahe kommen, und wie ich mich schützen kann. Das sind sicher wichtige Themen. Und doch fürchte ich mich davor. Sie machen mir bewusster, wie sehr sich mein Leben bald ändern wird. Bei dem Gedanken bekomme ich Gänsehaut und reibe über meine Arme.

Alles wird sich verändern. Bisher hatte ich alles im Griff, hatte ein Ziel vor Augen. Rückhalt. War mit allem vertraut. Doch eines hat immer gefehlt ... Bas.

Trotzdem ... fürchte ich mich, ob ich das Richtige tue. Ich gebe meinen Job auf, den ich liebe. Eventuell muss ich meine Eltern zurücklassen. Und dann sind da noch ganz andere Fragen. Was, wenn ich doch nicht die Frau bin, die er braucht? Wenn ich ihm nur Kummer bereite? Er versichert mir zwar immer wieder, dass es nicht so sein wird, doch wie will er das wissen?

»Versuchst du die Leute mit deinem finsteren Blick abzuschrecken?«, fragt Sandra und stupst mich an.

Ich war so in Gedanken versunken, dass ich nicht einmal bemerkt habe, wie sie näher gekommen ist. So viel dazu, dass ich vorsichtiger sein sollte.

»Ich denke nur nach«, murmle ich, während ich die Rechnungskopien zusammenschiebe.

»Scheinen keine schönen Gedanken zu sein.« Sandra berührt behutsam meine Schulter. »Schläfst du eigentlich auf dem Boden?«

»Wieso fragst du?«

»Weil deine Muskeln hier«, sie drückt auf meinen Schultern herum, »so hart wie Stein sind.«

»Wundert dich das?«, flüstere ich so leise, dass ich es selbst kaum höre.

»Nein. Aber ich hatte gehofft, Sebastien schafft es, dich zu entspannen«, flüstert Sandra zurück.

Wir sind alleine im Empfangsbereich. Weder Gäste noch Mitarbeiter halten sich im Moment hier auf, selbst Cora ist fort, da sie die Reservierungen für den Abendservice überprüfen soll. Trotzdem verkrampft sich mein Magen, als hätten wir gerade die Presse höchstpersönlich über meine Beziehung mit Bas informiert.

»Sandra«, zische ich.

»Es ist niemand hier und wir sprechen leise.«

»Ja, aber wenn …«

»Wenn was? Abhörgeräte hier angebracht sind?« Sie verdreht die Augen. »Dann haben die schon einige ziemlich peinliche Gespräche zwischen uns aufgenommen.«

Ich weiß, dass ich mich verrückt verhalte. Über jemand anderen, der sich so benimmt, hätte ich nur den Kopf geschüttelt. Ich würde gerne über mich selbst auch den Kopf schütteln, doch ich werde diese Panik nicht los.

»Weißt du was, ich buche dir jetzt eine Massage bei Trixie«, schlägt Sandra vor. »Sie ist heute hier und hat eine Stunde Lücke. Was hättest du gerne? Hot Stone oder Shiatsu?« Sie mustert mich. »Ich sag ihr einfach, du brauchst dringend Entspannung.«

»Ich kann nicht«, murmle ich und straffe die Schultern, als die Fahrstuhltür aufgeht und Matthieu heraustritt. »Mein Unterricht beginnt jetzt, da meine Schicht vorbei ist.«

Der Privatsekretär kommt zu mir, bleibt allerdings etwa einen halben Meter vom Tresen entfernt stehen. »Dürfte ich Ihnen etwas in der Fürsten-Suite zeigen, Madame?«, fragt er förmlich, obwohl er weiß, dass Sandra eingeweiht ist.

»Natürlich, Monsieur.« Ich schiebe die Rechnungen in den Ablageordner und setze mich in Bewegung.

»Monsieur!«, ruft Sandra in dem Moment. Matthieu bleibt stehen und hebt eine Augenbraue, damit sie weiterspricht.

»Madame Kaltenbach ist ziemlich verspannt. Ich habe ihr eine Massage vorgeschlagen, doch aufgrund ihrer Verpflichtungen scheint das nicht möglich zu sein. Vielleicht finden Sie eine andere Möglichkeit, sie aufzulockern?«

Ich werfe Sandra einen finsteren Blick zu. Matthieu soll nicht glauben, dass ich nicht belastbar bin, aber genau dieses Bild wird er jetzt bekommen.

Mit einem Räuspern neigt Matthieu den Kopf. »Danke, dass Sie mich informiert haben. Ich werde mir etwas überlegen.«

Ein wenig perplex mustere ich Matthieu, der den Arm hebt und galant auf den Fahrstuhl deutet. So aufrecht wie möglich schreite ich darauf zu und drücke den Knopf. Erst nachdem wir eingestiegen sind und die Türen sich geschlossen haben, räuspert Matthieu sich erneut.

»Ihre Freundin sorgt sich um Sie«, meint er leise.

»Sie hat festgestellt, dass meine Schultern verspannt sind.« Ich seufze. »Das ist nichts Ungewöhnliches bei mir.«

Matthieu schweigt einen Moment. »Wenn Sie Pausen benötigen, müssen Sie es sagen, Madame. Ich will Sie nicht schinden und ich bin gerne bereit, meinen Unterricht Ihrem Tempo anzupassen.«

»Es liegt nicht am Unterricht«, gestehe ich kleinlaut. »Sondern an der gesamten Situation.«

Wieder schweigt Matthieu eine gefühlte Ewigkeit. »Ich verstehe.«

Mehr sagt er nicht. Da der Fahrstuhl angekommen ist, vertiefe ich das Thema auch nicht. Er mag verstehen, was ich meine, aber bestimmt nicht, was ich fühle.

Ich wünschte mir sehnlichst, dass Bas und ich diese Wochen noch nur füreinander hätten. Zwar zweifle ich nicht an meinen Gefühlen für ihn oder an seinen für mich. Doch wenn mich schon so ein verschwommenes Bild aus dem Konzept bringt … wie gehe ich damit um, sobald die Presse weiß, wer ich bin? Wie nehme ich die Geschichten auf, die sie über mich bringen, selbst dann, wenn sie wahr sein sollten?

Mit unsicheren Schritten folge ich Matthieu durch den Empfangsbereich in den Salon, den man von hier aus bereits gut einsehen kann. Ich zucke leicht zusammen, als die geheime Tür neben dem Kamin klickt, atme jedoch auf, weil Bas eintritt. Heute haben wir zur selben Zeit Dienstschluss gehabt. Er trägt noch die Kleidung zum Putzen. An den meisten Männern würden die himmelblauen Hosen und das weite Shirt seltsam aussehen. Aber selbst dieses Outfit wirkt an Bas vornehm.

Ich schlucke. Er hat diese Ausstrahlung, die ihn von der Menge abhebt. Werde ich die je bekommen?

»Sie kommen gerade richtig, Durchlaucht«, verkündet Matthieu. »Darf ich Sie bitten, mit mir die Möbel ein wenig zu verrücken?«

»Sicher. Wohin?« Bas sinkt in die Hocke und hebt eine Seite des Sofas an, während Matthieu sich um die andere kümmert.

»Einfach an den Rand. Wir brauchen den Platz hier zum Üben«, meint der Sekretär.

Ich schiebe die beiden Ohrensessel an die Wand und helfe Bas mit dem niedrigen Tisch. Er zwinkert mir zu und bringt mein Herz damit zum Flattern.

So sehr mir die gesamte Situation Angst macht, ich weiß doch, dass ich sie ertragen werde. Weil mir die Vorstellung, Bas zu verlieren, noch mehr Angst einjagt.

Nachdem wir fertig sind, betrachtet Matthieu den Salon einen Moment, ehe er nickt. »Das sollte gehen. Brauchen Sie eine Einweisung in den langsamen Walzer oder sind Sie mit den Schritten noch vertraut, Durchlaucht?«

Sowohl Bas als auch ich sehen Matthieu verwirrt an.

»Ich habe schon recht lange keinen Walzer mehr getanzt«, meint Bas schließlich. »Aber ich denke, ich bekomme das noch hin. Wieso?«

»Weil Madame dringend den Kopf frei bekommen muss, bevor wir uns den ernsten Themen widmen.« Matthieus Mundwinkel zuckt leicht. »Und wo geht das besser als beim Tanz?«

Er zieht sein Handy aus der Hosentasche und tippt darauf herum. Die Suite ist – auf Wunsch des Fürsten – mit einer Musikanlage ausgestattet. Aus den Lautsprechern erklingt die sanfte Musik eines Streichquartetts. Alleine diese lieblichen Töne spülen ein wenig meiner Anspannung fort.

»Worauf warten Sie, Durchlaucht? Fordern Sie Ihre Dame zum Tanz auf.«

Bas räuspert sich. Erst denke ich, er wird Matthieus Wunsch nicht nachkommen. Doch da verneigt er sich galant und hält mir die rechte Hand mit der Handfläche nach oben hin.

»Würdest du mir diesen Tanz schenken?« Seine Stimme ist tief und sinnlich. In seinen Augen funkelt eine Sehnsucht, die ich auch in mir spüre.

Lächelnd lege ich meine Hand in seine. »Mit dem größten Vergnügen. Ich entschuldige mich nur gleich, beim Tanzen habe ich zwei linke Füße.«

Bas zieht mich an sich, legt seine Hand an meine Taille und betrachtet mich mit diesem warmen Lächeln, das meine Knie zum Beben bringt.

»Ich bin sicher, du schwebst wie eine Wolke«, raunt er mir ins Ohr. »Lass dich von mir führen.«

Mehr als ein Nicken bringe ich nicht zustande. Ich berühre Bas' Schulter und er beginnt uns durch den Raum zu drehen. Allerdings stolpere ich ihm eher hinterher, als dass ich mit ihm tanze.

»Du bist zu verkrampft«, meint Bas und zieht mich enger an sich. »Schließ die Augen.«

»Damit ich nicht sehe, wenn ich dir auf den Fuß trete?« Ich versuche mich an einem Lachen, doch es klingt gekünstelt. »Bas, ich halte das für keine gute Idee.«

»Vertrau mir, Vi. Du musst dich fallen lassen, bis du etwas lockerer bist. Und das gelingt dir mit geschlossenen Augen besser.«

»Na, ich weiß nicht.«

»Bitte, Vi. Für mich.« Er sieht mich wieder mit diesem Welpen-Blick an.

Ich seufze. »Okay. Aber sag nicht, ich hätte dich nicht gewarnt.«

Langsam schließe ich die Lider. Es fühlt sich seltsam an, zu tanzen, ohne etwas zu sehen. Aber ich vertraue Bas. Ich weiß, er wird mich nirgends anrempeln lassen.

»Gut. Jetzt spür die Musik und meine Bewegungen. Versuch nicht, zu verstehen, was passiert. Lass dich von deiner Intuition leiten«, flüstert Bas mir zu.

»Dann muss ich die Kontrolle abgeben …«

»Hier ist ein kleines Geheimnis, mein Funkelstern.« Er muss seinen Kopf zu mir herabgebeugt haben, denn sein Atem streicht über meine Wange. »So etwas wie Kontrolle gibt es nicht wirklich.

Es gibt Situationen, die du kontrollieren kannst, aber so viele Dinge im Leben – und zwar die wirklich wichtigen – kannst du nie kontrollieren.«

»Die Vorstellung macht mir Angst«, gestehe ich.

»Verständlich. Du bist jemand, der hohe Ansprüche an sich selbst hat. Und du willst für die Menschen, die dir wichtig sind, da sein, ihnen helfen. Doch wie du jetzt weißt, gibt es Dinge, die du nicht ändern kannst. Etwa, was mit deinen Eltern passiert ist.«

Ich halte den Atem an. »Was soll ich deiner Meinung nach also tun?«

»Ein bisschen mehr wie ich sein.« Ich kann sein Lächeln hören. »Da, wo es Sinn macht ... lass los. So wie jetzt beim Tanzen. Ich führe dich. Du musst nichts tun, außer bei mir zu bleiben und deine Bewegungen meinen anzupassen.«

»Das klingt so leicht. Aber es ist so ...«

»Schwer, ich weiß. Versuch es trotzdem.«

Mit einem Seufzen rücke ich noch näher an Bas heran. Ich kann seine Bewegungen spüren. Jeden Schritt, jede Drehung. Bas' Duft nach Sandelholz umhüllt mich, schenkt mir Ruhe. Genau wie die Melodie, die mich wie ein Schlaflied einlullt.

Stück für Stück lasse ich los. Meine eigenen Bewegungen fühlen sich geschmeidiger an. Ich trete Bas nicht mehr auf die Füße, kann seine Schritte voraussehen, noch ehe er sie gemacht hat. Und nach einer Weile habe ich wirklich das Gefühl, als könnte ich schweben.

Als Bas mich dreht, lächle ich. Es ist schön, in seinen Armen zu tanzen. Schöner, als ich es mir je erträumt habe.

Die Musik verändert sich und Bas wird langsamer.

»Brauchst du eine Pause?«, fragt er leise.

Ich schüttle den Kopf und hebe mein Kinn, ohne die Augen zu öffnen. Bas' Atem streicht über meine Wange und gleich darauf berühren seine Lippen meine. Hier bin ich sicher. Bei Bas kann mir nichts geschehen. Das darf ich nie vergessen.

Langsam hebe ich meine Hände, verschränke die Finger in seinem Nacken. Bas legt seine Hände an meinen unteren Rücken und zieht mich enger an sich. Sein Kuss schmeckt unendlich süß. Ich kann die Liebe spüren, die er mir entgegenbringt.

Wenn ich bei ihm bin, habe ich keine Zweifel mehr. Hier bin ich sicher.

Doch kaum habe ich diesen Gedanken zu Ende gebracht, beendet Bas den Kuss abrupt und schiebt mich hinter sich.

29 - SEBASTIEN

»Wer sind Sie?« Meine Stimme bebt vor Zorn. Das schreckt die Frau, die wild mit dem Mobiltelefon knipst, aber nicht ab. »Was machen Sie hier?«
»Meinen Job.« Sie grinst breit.

Es dauert einen Moment, bis ich sie erkenne. Die Frau aus der Zweihundertsieben steht vor mir und fotografiert mit ihrem Handy.

»Her damit!«, fordere ich und will auf sie zugehen. Aber dann wäre Vi ungeschützt. Ich kann nur hoffen, dass diese Frau sie bisher nicht erkannt hat.

Wo zum Teufel ist Matthieu? Und wie kommt diese Person in die Suite, die für niemanden zugänglich sein sollte?

»Mein Handy bekommen Sie sicher nicht.« Die Frau grinst. »Endlich habe ich die Story, auf die ich gewartet habe. Dabei dachte ich schon, ich verschwende meine Zeit umsonst in diesem Kaff. Aber erst hatte ich Glück und habe Sie in das Auto steigen sehen und jetzt bekomme ich eine Nahaufnahme der Frau, mit der Sie herummachen, statt demütig die Strafe Ihres Vaters abzuleisten.«

Sie schießt weitere Fotos. Da taucht Matthieu endlich aus dem Nebenraum auf. Wie immer ist seine Miene ein absolutes Pokerface. Doch ich kann spüren, wie sich die Luft um ihn verändert, während er auf die Fotografin zugeht.

»Sie sind in die Privaträume des Prinzen eingedrungen. Das ist ein klarer Verstoß gegen jedes Recht.« Er streckt die Hand aus. »Her mit der Kamera.«

Die Frau lächelt und reicht ihm das Handy tatsächlich. »Aber gerne. Ich habe bereits alle Fotos über eine Cloud an meinen Arbeitgeber geschickt. Morgen finden Sie einen hübschen Bericht auf der Titelseite. Wäre Ihnen *Verstoßener Prinz findet Unterschlupf bei seiner Chefin* oder *Erwischt: neue Liebschaft des Prinzen und diesmal ist er ihr Untergebener* lieber?«

»Keines von beidem.« Matthieu richtet sich zu voller Größe auf. »Die Unterlassungsklage wird gerade verhandelt. Und dadurch, dass Sie hier eingedrungen sind, wird es für Ihren Arbeitgeber teuer, diese Fotos zu veröffentlichen. Ich würde Ihnen also raten, nichts davon zu verwenden.«

»Auch okay.« Sie lächelt noch breiter. »Ich bekomme sicher noch bessere. Irgendwann verlassen die beiden Turteltauben dieses Zimmer und dann kann mir niemand verbieten, sie zu fotografieren.«

Vi atmet scharf ein. Mir reicht es jetzt.

»Verschwinden Sie aus diesem Hotel. Sofort!«, blaffe ich die Frau an. »Die Rechnung für Ihr Zimmer schicken wir Ihrem Arbeitgeber. Sie sind hier nicht länger willkommen.«

»Kein Problem.« Die Frau zieht eine Karte aus ihrer Hosentasche und wirft sie mir hin.

Das Plastikteil landet vor meinen Füßen. Ich erkenne es sofort. »Ein Generalschlüssel. Wo haben Sie den her?«

»Das, Durchlaucht, bleibt mein Geheimnis. Aber seien Sie versichert, dass Sie mich nicht zum letzten Mal gesehen haben. Für eine gute Story schlafe ich auch in meinem Auto. Niemand kann mich daran hindern, in diesem Dorf herumzulaufen und darauf zu warten, neue Fotos zu machen.« Sie nickt mir zu. »Viel Spaß noch beim Tanzen. Was ich gesehen habe, war richtig schick.«

Lachend geht sie auf den Fahrstuhl zu, steigt ein und verschwindet. Erst als sie fort ist, drehe ich mich zu Vi um.

Sie hat ihre Hände ineinander verschränkt. Ich erkenne trotzdem, dass sie zittern. Behutsam berühre ich ihre Oberarme und reibe sanft darüber.

»Matthieu«, sage ich, ohne Vi aus den Augen zu lassen. »Rufen Sie meinen Vater an. Erzählen Sie ihm, was geschehen ist, und sagen Sie ihm, dass ich mit ihm reden muss. Zuerst kümmere ich mich aber um Victoria.«

»Oui, mon Prince«, erwidert Matthieu und verlässt den Raum.
»Bas«, krächzt Vi und klammert sich an mir fest.
»Shhh«, mache ich nur.
Als würden wir immer noch tanzen, bugsiere ich sie zu einem Sofa und lasse sie darauf Platz nehmen. Vi zittert, also drapiere ich eine Decke um ihre Schultern. Neben dem Kamin befindet sich ein Tischchen mit Kristallflaschen und Gläsern. Ich greife mir eine Flasche und fülle den bernsteinfarbenen Inhalt in zwei Gläser. Eines reiche ich Vi, während ich mich neben sie setze.
»Trink einen Schluck«, fordere ich sie auf.
»Das wird nicht helfen.«
»Tu es bitte trotzdem. Es beruhigt die Nerven ein wenig.«
Tränen glitzern in ihren Augen. Sie setzt das Glas an die Lippen und trinkt es in einem Zug aus.
»Ich dachte, hier wären wir sicher.« Ihre Stimme ist dünner als Papier. »Bas, du hast gesagt, in unseren eigenen Wänden könnte uns niemand etwas anhaben.«
»Und ich schwöre dir, dass es für gewöhnlich stimmt.« Behutsam löse ich ihre Finger von dem Glas und stelle es unter dem Sofa auf den Boden zu meinem. »Vi, was heute passiert ist, sollte nicht geschehen.«
»Aber es ist passiert.« Sie zittert noch stärker. »Irgendwie hat diese Frau es geschafft, an den Schlüssel zu kommen und hier einzudringen.«
»Jetzt ist sie fort.«
Vi lacht hysterisch auf. »Ja, jetzt wartet sie vor dem Hotel. Oder schickt einen Kollegen, der genau das Gleiche noch mal macht wie sie.« Aus dem Lachen wird ein Schluchzen. »Wir werden nie sicher sein. Jeden Augenblick könnte die nächste Person hereinplatzen ...«
»Das wird nicht passieren ...«
»Bas.« Vi atmet hastig ein und aus. »Das kannst du nicht garantieren. Oder soll Matthieu von heute an die ganze Zeit im Aufzug stehen und die Leute kontrollieren, die ihn benutzen?«
Ich schmunzle. »Keine so schlechte Idee.«
»Das ist nicht lustig.« Vi bekommt von dem viel zu schnellen Atmen Schluckauf. »Bas, ich ...«

»Verzeih mir.« Ich ziehe sie in meine Arme und streiche über ihren Rücken. »Ich habe nur versucht, dich abzulenken. Es tut mir leid.«
Ihre Tränen tränken den Stoff meiner Uniform. Gerade noch habe ich gedacht, wir würden alles schaffen. Sie hat sich entspannt, war leicht wie eine Feder, als wir getanzt haben. Und jetzt ist sie wieder verkrampft.
Ein Räuspern lässt mich den Kopf heben. Matthieu steht in der Salontür, ein Handy zwischen den Fingern.
»Ihr Vater lässt fragen, ob er mit Ihnen beiden reden kann«, sagt der Sekretär leise.
Ich schiebe Vi ein Stück von mir. »Möchtest du an dem Gespräch teilnehmen? Wenn nicht, ist das in Ordnung.«
»Doch, ich ... ich möchte dabei sein.« Sie wischt sich mit dem Handrücken über die Augen. »Es geht um uns.«
Zitternd legt sie ihre Hand über meine. Ich nicke Matthieu zu, der sich in Bewegung setzt und einen Knopf am Handy drückt.
»Sie sind auf Lautsprecher, Durchlaucht«, sagt er, zieht den Couchtisch vor uns und legt das Handy darauf ab.
»Es tut mir leid, Victoria«, beginnt mein Vater sofort. »Und für dich tut es mir auch leid, Sebastien. Das Unterlassungsurteil ist noch ausständig. Ich hoffe allerdings, dass es bald bestätigt wird.«
»Darf ich bitte fragen, inwiefern uns das hilft?«, hakt Vi nach.
»Wenn ich das erklären dürfte«, meldet sich Matthieu und mein Vater gibt ein zustimmendes Brummen von sich. »Die Zeitschrift, gegen die wir eine Unterlassungsklage gewinnen, macht sich strafbar, wenn sie Fotos oder Berichte zu dem Thema druckt, das in der Klage erwähnt wird. Es können empfindlich hohe Geldstrafen sein, mit denen es belegt wird.«
»Können«, murmelt Vi. »Seien Sie ehrlich. Hat das eine Zeitschrift schon einmal abgeschreckt?«
»Natürlich.« Matthieu richtet seine Brillengläser. Für gewöhnlich ist das ein Zeichen, dass er sich unwohl fühlt. »Wenn die Story die vermeintliche Strafe nicht wert ist, wird sie nicht gedruckt.«
»Eine Garantie ist es aber nicht, oder?« Vi ringt wieder um Atem. »Es heißt nur, dass sie eine richtig heiße Story brauchen, die ihnen mehr einbringt, als es kosten würde, sie zu veröffentlichen.«
»Dennoch wird es sie abschrecken«, hält Matthieu dagegen.

Ich atme geräuschvoll aus. »So kommen wir nicht weiter. Von der Unterlassungsklage abgesehen, welche Möglichkeiten haben wir, Victoria zu beschützen, Papa?«

Stille legt sich über uns. Ich bin nicht sicher, ob mein Vater von meiner Frage überrascht ist oder erst darüber nachdenken muss.

»Ich sehe zwei Möglichkeiten«, sagt er nach einer gefühlten Ewigkeit. »Die erste wäre, dass du sofort abreist und dich in Blanchebourg zeigst. Am besten beginnst du dein Praktikum im Innenministerium medienwirksam – also mit einigen Reportern, die dich begleiten dürfen.«

»Man wird Fragen zu Victoria stellen, falls etwas über sie veröffentlicht wird«, spreche ich meine Bedenken aus, behalte aber für mich, dass Matthieu mir genau diese Möglichkeit auch schon einmal genannt hat. Was die zweite betrifft, hoffe ich, dass mein Vater etwas anderes aus dem Ärmel schüttelt als einen Heiratsantrag …

»Wir werden den Zeitschriften etwas anbieten, um die Berichte nicht zu drucken. Es wäre nicht das erste Mal.« Mein Vater hustet. »Eventuell müssen wir eine andere Frau mit dir in Verbindung bringen, damit die Medien das Interesse an Victoria endgültig verlieren. Für den Fall habe ich bereits jemanden, der uns helfen wird.«

Vis Finger auf meinen zucken. Mir gefällt die Vorstellung, zu tun, als wäre sie mir gleichgültig, auch nicht. Noch nicht einmal, wenn sie dadurch sicher wäre.

»Was ist die zweite Möglichkeit?«, frage ich deswegen.

Wieder schweigt mein Vater längere Zeit. »Dass ihr beide nach Blanchebourg kommt und eure Verlobung bekannt gebt. Dann wäre Victoria sicher, weil sie somit zum Fürstenhaus gehört und die Strafen für die Zeitschriften höher ausfielen.«

Vi atmet scharf ein und hält dann die Luft an. Sie weicht meinem Blick aus, als ich sie ansehe. Das versetzt mir trotz meiner eigenen Bedenken einen Stich im Herzen.

»Papa, Matthieu, bitte gebt uns einen Moment unter vier Augen.«

»Natürlich«, antwortet mein Vater.

Matthieu nimmt das Handy, verlässt den Salon und schließt die Schiebetüren.

Mein Herz klopft so laut, dass Vi es hören muss. Ihre Schultern beben. Das ist zu viel für sie und ich weiß es. Trotzdem muss ich wissen, ob sie sich vorstellen kann, noch heute ihre Sachen zu packen und mit mir nach Blanchebourg zu reisen.

»Du verdienst einen Mann, der dir die Welt zu Füßen legen kann«, beginne ich, ehe mich der Mut verlässt. »Und ich weiß, dass ich das noch nicht bin. Aber ich werde es eines Tages sein.« Meine Hände zittern so sehr wie ihre, als ich ihre Finger mit meinen verschränke. »Vi, ich wollte dich nie drängen. Ich wollte dir so viel Zeit geben, wie du brauchst. Doch es ist anders gekommen. Bitte, vertrau mir, wenn ich dir verspreche, dass ich jeden Tag meines Lebens nutzen werde, um dich glücklich zu machen. Ich werde der Mann sein, den du verdienst. Mir ist klar, dass ich mehr fordere, als mir zusteht, aber bitte, schenk mir dein Vertrauen. Lass mich …«

»Du bist der Mann, den ich will«, flüstert sie so leise, dass ich es kaum hören kann. Ich will sie bereits umarmen, da spricht sie weiter. »Aber das geht mir zu schnell. Bas, ich … ich kann das nicht. Ich weiß, du wünschst dir, dass ich mit dir gehe. Dass ich deinen Ring trage und ein neues Leben an deiner Seite beginne. Aber ich …« Ihre Lippen beben und Tränen fließen über ihre Wangen. »Ich kann das nicht.« Sie vergräbt ihr Gesicht in den Händen. »Bitte hass mich nicht. Bitte …«

»Ich werde dich nie hassen«, sage ich sanft und ziehe sie in meine Arme. »Niemals.« Meine Augen brennen ebenfalls. Ich blinzle, aber die Tränen wollen nicht verschwinden. »Ich liebe dich, Vi. Mehr, als ich je gedacht habe, fähig zu sein. Du bist die Erfüllung meiner Träume, meine Seelengefährtin. Für mich gibt es nur dich.«

Sie schluchzt und vergräbt ihr Gesicht an meiner Schulter. »Ich kann das trotzdem nicht, Bas. Ich … ich weiß, du wirst alles tun, damit ich in Blanchebourg glücklich bin. Aber das … das ist nicht das Leben, für das ich bestimmt bin. Ich kann meine Eltern nicht im Stich lassen oder das Hotel. Nicht so schnell und nicht unter diesen Umständen.«

Es fühlt sich an, als hätte mir jemand in den Magen getreten. Übelkeit kriecht meine Kehle hoch. Ich schlucke heftig dagegen an.

»Heißt das, du verlässt mich?«, bringe ich heiser heraus.

»Nein. Nein, Bas.« Vi sieht auf. Ihre Augen sind gerötet. Sie rückt näher an mich, schlingt ihre Arme um mich und hält mich. »Ich würde dich nie verlassen. Aber ich … ich glaube nicht, dass ich es schaffe, die Frau zu sein, die du brauchst. Nicht so schnell und nicht, wenn ich alles überstürzt aufgeben muss.«

Ich schließe meine Arme fester um sie. »Verstehe.« Meine Stimme bricht bei diesem einen Wort.

Ja, ich verstehe, dass sie Angst hat. Und dass sie zweifelt. Ich weiß nur nicht, wie ich ihr all diese Bedenken nehmen kann. Vi ist perfekt. Selbst wenn es ihr bei ihren ersten Auftritten nicht gelingt, sich ohne Fehler zu präsentieren, wird das niemand erwarten außer ihr. Wenn es nur die Angst wäre, könnte ich sie ihr vielleicht nehmen, indem ich mich absichtlich in ein Fettnäpfchen setze und so die Aufmerksamkeit auf mich ziehe. Aber sie muss zusätzlich alles hinter sich lassen, das ihr vertraut ist. Das ist zu viel.

»Bas … es tut mir leid«, krächzt sie. »Wenn ich jetzt mit dir gehe … ich glaube, ich würde daran zerbrechen.«

Zwar schüttle ich den Kopf, doch ich sage nichts dazu. Vi ist zu aufgewühlt, zu ängstlich. Meine Worte würden sie nicht überzeugen. Ich darf sie nicht drängen. Denn ich würde mir nie verzeihen, wenn sie meinetwegen unglücklich wäre.

»Es muss dir nicht leid tun.« Ich hauche einen Kuss auf ihren Scheitel. »Verzeih mir, dass ich dich schon wieder zum Weinen gebracht habe.«

»Es ist nicht deine Schuld«, schluchzt sie und schmiegt sich an mich. »Ich liebe dich so sehr, Bas. Ich wünschte, ich könnte für dich stärker sein.«

Sie bebt in meinen Armen. Meine Kehle wird zu eng, um zu atmen. »Du bist so unglaublich stark, Vi. Stärker, als ich es je sein werde.« Ich räuspere mich, verschaffe mir Zeit, um die nächsten Worte aussprechen zu können. Tränen fließen über meine Wangen, sickern in Vis Haare. »Ich werde nach Blanchebourg gehen und dafür sorgen, dass du in Ruhe gelassen wirst.«

»Bas.« Sie bohrt ihre Finger in mein Shirt. »Ich will nicht, dass wir uns trennen.«

»Wir werden uns nicht trennen.« Ich küsse ihren Scheitel erneut. »Es wird nur so aussehen. Ich sorge dafür, dass du mehr Zeit hast. Bis dahin werde ich mich bemühen, meine Fehler aus der Vergangenheit in Ordnung zu bringen. Wann immer du so weit bist, werde ich bereit sein.« Ich unterdrücke ein Schluchzen. »Ich warte auf dich, Vi. Egal wie lange es dauert, ich warte auf dich. Und ich finde einen Weg, damit wir uns bis dahin regelmäßig sehen können. Das verspreche ich dir.«

Sie wispert Worte, die ich nicht richtig verstehe. Das muss ich gar nicht. Ich weiß auch so, dass ihr Herz genauso gebrochen ist wie meines. Deswegen halten wir uns aneinander fest. Für einen letzten Moment, in dem wir nur einander gehören, bevor sich unsere Wege fürs Erste trennen.

30 - VICTORIA

Der Duft von getrocknetem Heu weht zu meinem Wohnzimmerfenster herein. Meine Gedanken wandern – wie so oft – zu Bas. Dabei sollte ich Matthieu zuhören, der mir gerade etwas über die Ahnenreihe der de Violets beibringt.

Aber es ist so lange her, dass ich Bas berührt habe … und doch schmecke ich immer noch seinen letzten Kuss auf meinen Lippen, spüre die Verzweiflung und den Schmerz, die mich bis heute nicht losgelassen haben. Sieben Wochen. So lange ist er schon fort. Und ich versuche, die Scherben meines Herzens zusammenzukleben.

Immer wieder frage ich mich, ob ich nicht doch mit ihm hätte gehen sollen. Er fehlt mir so furchtbar, dass ich kaum noch atmen kann, wenn ich an ihn denke. Die Telefonate, die wir jeden Tag führen, lindern meine Sehnsucht nicht. Im Gegenteil, sie nähren sie. Die Berichte über Bas und diese Gräfin, mit der er angeblich liiert ist, machen das alles nicht besser. Ich vertraue ihm und weiß, dass er diese Frau nur trifft, damit die Presse mich in Ruhe lässt. Doch sie ist genau das, was er braucht: intelligent, beliebt, gutaussehend und vor allem mit dem Adel in Blanchebourg vertraut. Sie müsste auch nichts aufgeben, um mit ihm zusammenzusein.

»Madame, hören Sie mir überhaupt zu?«, fragt Matthieu tadelnd.

Ich blinzle. »Verzeihung, ich war wohl abgelenkt.«

»Das habe ich bemerkt.« Er lässt den Stab, mit dem er auf der Ahnentafel herumgedeutet hat, sinken. »Denken Sie über den Maskenball heute nach?«

Verstohlen sehe ich zu dem Paket, das auf dem Esstisch liegt, seit es vor einigen Tagen angekommen ist. Bas hat das Kleid nicht abbestellt. Allerdings habe ich bisher nicht die Kraft gefunden, es mir anzusehen.

Wir wollten gemeinsam auf diesen Ball gehen. Ich war mir nicht sicher, ob ich unsere Beziehung bis dahin öffentlich machen möchte. Und jetzt ... jetzt sitze ich alleine hier und könnte schon wieder heulen, weil Bas mir so fehlt.

Herrgott, reiß dich zusammen, schimpfe ich mit mir selbst. Doch es nützt nichts. Meine Augen brennen. Das machen sie ständig.

»Nein, ich werde schließlich nicht hingehen«, entgegne ich heiser. »Da ich mir heute frei genommen habe, werde ich das Hotel meiden.«

»Weswegen?«

Ich lache und kann die Tränen doch nicht zurückhalten. »Muss ich Ihnen das wirklich erklären?« Mit verschwommenem Blick sehe ich Matthieu an. »Immerhin sind Sie hier, weil Sebastien es nicht ist. Und verstehen Sie mich nicht falsch, ich bin Ihnen dankbar. Aber ... Sie sind nicht Sebastien.«

Hastig wende ich mich ab, als die ersten Tränen fließen. Ich war nie so emotional und doch könnte ich im Moment jeden Tag weinen.

Matthieu hat Bas nach Blanchebourg gebracht und ist gleich darauf zu mir zurückgekehrt. Er hat mich jeden Tag unterrichtet, im Haushalt unterstützt und sich um meine Eltern gekümmert. Außerdem hat er mir geholfen, die Reporterin loszuwerden, die tatsächlich vor meinem Haus geparkt hat. Und er hat herausgefunden, wer ihr den Generalschlüssel überlassen hat ... Cora. Sie habe ich noch am selben Tag entlassen, mir ihre Ausflüchte nicht angehört. Offensichtlich hat sie mit Bas geflirtet, weil sie in der Story, auf die diese Reporterin gewartet hat, am liebsten selbst die Hauptrolle spielen wollte. Die Gründe dafür waren mir egal. Immerhin war es ihr auch egal, wen sie mit ihren Taten verletzt.

»Madame Kaltenbach ...«

»Matthieu, wie oft muss ich Sie noch bitten, mich mit Victoria anzusprechen«, unterbreche ich ihn.

»Aber Madame ... eines Tages werden Sie meine Prinzessin sein. Und später einmal meine Fürstin. Es wäre nicht richtig, Sie mit dem Vornamen anzusprechen.«

»Es fühlt sich aber ziemlich falsch an, ständig mit dem Nachnamen angesprochen zu werden.« Ich schniefe, wische die Tränen mit dem Ärmel fort und wende mich Matthieu erneut zu. »Bitte. Sagen Sie Victoria zu mir.«

Matthieu schiebt seine Brille zurecht. »Wenn Sie das wünschen, Madame Victoria.« Er atmet hörbar aus. »Darf ich Ihnen jetzt mitteilen, was ich denke?«

»Ich bin ganz Ohr.«

Matthieu zieht sich einen Stuhl zu mir heran und lässt sich zu meiner Überraschung darauf nieder. »Gehen Sie auf den Ball«, sagt er ernst.

Ich schüttle den Kopf, während neue Tränen sich ihren Weg bahnen. »Matthieu ...«

»Sie haben in den letzten Wochen nur für Ihre Arbeit gelebt«, unterbricht er mich. »Ja, Seine Durchlaucht wird nicht bei Ihnen sein. Aber Ihre Freunde. Die sich genauso um Sie sorgen wie ich.«

»Sie sorgen sich um mich, Matthieu?« Er nickt. Ich atme zittrig aus. »Warum?«

Matthieu überrascht mich einmal mehr, als er ein Stofftuch aus seiner Tasche zieht und es mir reicht. Seine Initialen sind in eine Ecke gestickt und es duftet nach Tannenholz, als ich meine Tränen damit wegwische.

»Behalten Sie es«, sagt er, als ich es ihm zurückgeben möchte. »Ich sorge mich um Sie, weil ich sehe, wie es Ihnen mit der Situation geht. Sie wissen so gut wie ich, dass der Prinz und Gräfin Chivenchy kein Paar sind, es nie sein werden, weil das Herz des Prinzen nur Ihnen gehört. Und doch zerbrechen Sie jedes Mal, wenn Sie ein Bild der beiden entdecken. Sie haben abgenommen, Madame, das Leuchten, das sie umgeben hat, als ich hier ankam, ist verschwunden. Selbst in den Momenten, in denen Sie mit dem Prinzen reden, strahlen Sie nicht wie zuvor. Und ich weiß nicht, wie ich Ihnen helfen kann.«

»Es wird bestimmt nicht besser, wenn ich auf den Ball gehe«, erwidere ich mit brüchiger Stimme. »Sebastien wollte mit mir dorthin. Wir wollten einen Neuanfang wagen.« Ich kann das Schluchzen nicht mehr unterdrücken. »Wissen Sie, dass er mir auf genau diesem Ball vor zwölf Jahren das Herz gebrochen hat?«

»Oui, Madame. Das weiß ich.«

»Und genau dort wollte er ein neues Leben beginnen. Mit mir.« Hastig tupfe ich mit dem Taschentuch über meine Augen, als neue Tränen fließen. »Wie soll ich den Abend dort überstehen, wenn ich noch nicht einmal darüber reden kann, ohne zu heulen?«

Matthieu schweigt, gibt mir Zeit, um mich zu sammeln. Erst als ich ruhiger atme, öffnet er den Mund.

»Es wird ein Maskenball sein. Selbst wenn Ihnen die Tränen kommen, wird es niemand sehen. Ihre Freunde haben mich gebeten, Sie zu überreden, daran teilzunehmen. Sie möchten Sie ablenken. Und auch Ihre Eltern möchten, dass ich Sie überzeuge, zu dem Ball zu gehen.«

»Warum gerade der Ball?« Ich hebe meine Schultern. »Mir wäre es lieber, Sandra und die anderen kommen her, wir betrinken uns und betäuben das Brennen in meiner Brust für ein paar wundervolle Stunden.«

»Und es wird besser, wenn Sie den Schmerz betäuben?« Matthieu wartet nicht auf meine Antwort, er schüttelt energisch den Kopf. »Ich kann Ihnen versichern, dass der Prinz ebenfalls versucht hat, den Schmerz zu betäuben, statt das Richtige zu tun und um Sie zu kämpfen. Es hat ihn zwölf Jahre gekostet und die Chance, jetzt mit Ihnen glücklich zu sein. Aus seinen Fehlern sollten Sie lernen.«

»Daran ändert ein Besuch auf dem Ball nichts«, brumme ich.

»Doch, Madame. Ziehen Sie das Kleid an, werden Sie für diese Nacht eine Prinzessin. Sammeln Sie Selbstvertrauen, das ihre Brust weit werden lässt und Ihnen Mut gibt. Das ist Ihr Zuhause und die Quelle Ihrer Kraft. Sie werden Kraft brauchen, wenn Sie mit dem Prinzen zusammen sein wollen. Hier zu sitzen und zu weinen löst Ihre Probleme nicht.«

Mein Mund klappt auf und ich starre Matthieu einfach nur an. Er hat recht. Wenn ich weiterhin in meinem Selbstmitleid versinke, werde ich mich nicht besser fühlen. Und es gibt keine Deadline, auf die ich hinarbeiten kann. Bas meinte, er warte, bis ich bereit bin. Doch werde ich das jemals sein, wenn ich mich verkrieche?

»Sie haben recht«, sage ich und stehe schwungvoll auf. »Wieso haben Sie mir nicht schon vor Wochen den Kopf gewaschen?«

»Ich wollte meine Befugnisse nur dann überschreiten, wenn es nicht mehr anders geht.« Matthieu hebt einen Mundwinkel. »Vergeben Sie mir meinen Ausbruch, Madame.«

Ich lächle. »Das war ein Ausbruch? Den sollten Sie noch üben.«

»Lieber nicht, Madame.« Er deutet auf den Karton. »Wenn Sie nicht zu spät kommen möchten, sollten Sie sich jetzt umziehen.«

»Ich muss Sebastien noch anrufen.«

»Machen Sie das. Ich lasse inzwischen die Stylistin herein.«

Erneut klappt mein Mund auf. »Stylistin?«

»Oui, Madame. Ich dachte, heute könnten Sie ein Verwöhnprogramm gebrauchen.«

Matthieu verneigt sich und geht zur Tür. Ich schüttle schmunzelnd den Kopf. Dieser kleine Schuft hat schon alles vorbereitet. Aber irgendwie bin ich darüber froh.

Mit einem Seufzen nähere ich mich dem Karton. Eine violette Schleife ist dekorativ darum gewickelt. Ich streiche über das Seidenband und muss mich zusammenreißen, um nicht doch wieder zu weinen.

Schnell ziehe ich mein Handy heraus und rufe Bas an.

»Hey«, antwortet er nach einem einzigen Läuten.

»Hey.« Ich gehe zur Glastür in den Garten, lehne die Stirn dagegen. »Wie geht es dir?«

»Soweit okay. Ich darf heute Akten vernichten. Stell dir vor.« Er lacht. »Sie vertrauen mir genug, um zu entscheiden, welche Papiere in den Schredder wandern dürfen.«

»Klingt doch gut. Das ist viel Verantwortung.«

»Ja.« Bas schweigt. »Bei dir alles in Ordnung?«

Ich zögere, entscheide mich dann aber für die Wahrheit. »Geht so. Du fehlst mir.«

»Du mir auch, Vi.« Er seufzt. »Ich wünschte, ich könnte bei dir sein.«

Hastig schlucke ich die Tränen hinunter. »Matthieu hat mich überredet, auf den Ball zu gehen.« Bas erwidert nichts. »Ist das für dich okay?«

»Sicher. Dann wirst du dich langsam fertig machen müssen, oder?«

Ich nicke, obwohl er es nicht sehen kann. »Dir macht es wirklich nichts aus?«

»Na ja, ich wäre gerne bei dir. Aber ich weiß von Matthieu, dass du momentan sehr niedergeschlagen bist. Vielleicht muntert dich der Abend ein wenig auf.«

Meine Lippen beben. »Ich wäre so gerne mit dir hin gegangen.«

»Und ich mit dir.« Bas räuspert sich. »Wir holen das nach, Vi. Versprochen. So bald ich kann, komme ich nach Greifenstein. Spätestens Weihnachten bin ich bei dir.«

»Weihnachten.« Ich schließe die Augen. Bis dahin sind es noch beinahe vier Monate. »Dann backen wir Kekse.«

»Das machen wir.« Bas' Stimme bebt. »Ich liebe dich, Vi.«

»Ich liebe dich auch«, flüstere ich.

»Hab einen schönen Abend, mein Funkelstern.«

»Du auch.« Ich lege auf, bevor ich schluchze.

Das Handy fällt mir aus der Hand und landet polternd auf dem Boden. Wieso tut es so verdammt weh, dass Bas nicht hier sein kann? Warum habe ich den Mut nicht gehabt, ins kalte Wasser zu springen und mit ihm zu gehen?

Vielleicht bin ich ja nach diesem Abend bereit, alles zu riskieren. Ich muss mich nur dazu überwinden, auf den Ball zu gehen.

Nach einem tiefen Atemzug hebe ich das Handy auf und gehe zu dem Karton. Tränen verschleiern meinen Blick, während ich die Schleife abziehe und den Deckel anhebe.

»Oh, Bas«, wispere ich.

Vor mir glitzert und funkelt es. Ich hebe das Kleid heraus und breite es aus. Es sieht genauso aus wie jenes von Prinzessin Funkelstern aus dem Märchen meiner Oma. Das Bustier ist mit unzähligen Kristallen bestickt und strahlt wie ein großer Diamant. Obwohl das Kleid lange Ärmel besitzt, ist es schulterfrei. Der Rock schimmert, als wäre er aus flüssigem Silber gefertigt worden, und endet in einer langen Schleppe.

»Es wird Ihnen hervorragend stehen«, verkündet Matthieu, der mit einer Frau eintritt. »Ziehen Sie es schnell an, damit wir uns um Haare und Make-up kümmern können.«

»Brauchen Sie Hilfe mit dem Reißverschluss?«, will die Stylistin wissen.

»Ja, bitte. Ich schlüpfe nur schnell hinein und dann … hoffe ich, Sie können zaubern.«

Sie lächelt. »Ich muss nur die Ringe unter den Augen wegzaubern. Beim Rest mache ich mir keine Sorgen.«

Ich erwidere das Lächeln und gehe in mein Zimmer, um mich umzuziehen. Das Kleid schmiegt sich bereits mit offenem Reißverschluss an meinen Körper. Es ist ein wahr gewordenes Märchen. Bas hat sich damit so viel Mühe gegeben ... und jetzt ist er nicht hier, um mich zu sehen.

Ich kämpfe die Tränen zurück und gehe wieder ins Wohnzimmer. Vor der Stylistin drehe ich mich um, damit sie den Reißverschluss schließen kann.

»Dann machen Sie mich zu einer Prinzessin«, bitte ich sie. »Heute möchte ich eine sein.«

Märchenhafte Musik empfängt mich bereits auf dem Parkplatz des Schlosses. Scheinwerfer erhellen die Nacht, die sich langsam über Greifenstein senkt. Die Fenster sind mit Wintersternen dekoriert worden, obwohl wir den Sommerball feiern. Vielleicht hat Bas das mit Sandra abgesprochen.

Matthieu hält mir seine Hand hin und hilft mir aus dem Wagen. Er schließt die Autotür und lässt meine Hand los.

»Madame, Ihre Freunde warten bereits.«

»Sie kommen nicht mit?«

»Ich warte hier, Madame.« Er reicht mir meine Tasche. »Genießen Sie den Abend.«

Ich werfe noch einen Blick in die verspiegelten Fenster des Wagens, um den Sitz meiner Maske zu prüfen. Sie ist weiß, mit Federn und Kristallen geschmückt. Meine Haare hat die Stylistin unter einer weißen Perücke versteckt, die sie mit unzähligen funkelnden Haarnadeln hochgesteckt hat. Ein kleines Krönchen glitzert darin. Ja, ich sehe aus wie Prinzessin Funkelstern.

Bevor ich wieder an Bas denken kann, betrete ich das Schloss. Der Saal ist tatsächlich winterlich dekoriert worden. Überall hängen Schneesterne und silbern glitzernde Girlanden. Blaues Licht lässt den Boden wie eine Winterlandschaft aussehen. Die meisten Gäste tragen gewöhnliche Ballkleider, nur ein paar sehen aus, als wären sie aus demselben Märchen entsprungen wie ich.

»Victoria«, sagt eine Frau, die ich nur an der Stimme erkenne.

»Sandra?« Ich betrachte meine Freundin, die ein ähnliches Kleid wie ich trägt. Auch ihre Haare sind unter einer weißen Perücke verborgen. »Woran hast du mich erkannt?«

»Die Kette.« Sie lächelt und deutet auf die Perlenkette, die Bas mir geschenkt hat. Sandra habe ich sie gezeigt, nachdem er gegangen war. »Sie passt hervorragend zu dem Kleid.«

»Danke.« Ich sehe mich um. »Wieso hast du aus dem Sommerball einen Winterball gemacht?«

»War ein spontaner Einfall.«

»Aha.« Ich betrachte die anderen Frauen in silbernen Ballkleidern. »Die Kostüme auch?«

»Da haben wir etwas länger daran getüftelt. Sebastien wollte, dass wir ähnliche Kostüme wie du tragen, falls die Presse hier auftaucht.« Sandra räuspert sich und hakt sich bei mir unter. »Komm, wir amüsieren uns.«

»Hast du nicht Aufsicht?«

Sandra lacht und bleibt stehen. »Du kannst auch nie loslassen, hm? Ich hole uns mal Punsch. Vielleicht lockert dich das auf.«

Sie lässt mich einfach zurück und geht zu dem Tisch mit den Getränken. Neben mir räuspert sich jemand. Ich wende mich einem Mann in schwarzem Smoking zu, der mir auffordernd seine Hand hinhält. Die schwarze Maske bedeckt beinahe sein ganzes Gesicht. Nur die Mundpartie mit dem glatt rasierten Kinn ist frei. Seine rötlichen Haare sind etwas wirr. Ein wenig erinnert er mich an Bas …

Er räuspert sich noch einmal und hebt die Hand höher.

»Oh, ich tanze heute nicht. Aber danke«, stammle ich und will mich abwenden.

Da umfasst er meine Hand, zieht mich an sich und beginnt sich mit mir zu drehen.

»Hören Sie mal«, fauche ich.

»Ich höre dir gerne zu, mein Funkelstern, sobald wir alleine sind«, flüstert er.

Seine Stimme löst ein Kribbeln in mir aus. »Bas?«, wispere ich.
Er zwinkert und hebt den Finger an seine Lippen. Ich schlucke die Fragen, die mir auf der Seele brennen, hinunter. In meiner Brust flattern unzählige Schmetterlinge und mein Lächeln fühlt sich zum ersten Mal seit Wochen nicht schmerzhaft an.

Elegant tanzt Bas uns aus dem Ballsaal, umfasst meine Hand und läuft mit mir zu meinem Büro. Dort sperrt er die Tür hinter uns zu und nimmt seine Maske ab.

Jetzt erkenne ich sein Gesicht. Ohne den Dreitagebart und mit den rötlichen Haaren sieht er zwar verändert aus, aber das ist eindeutig Bas. Mein Bas.

»Aber wie … wie …«

»Ich war bereits im Hotel, als du angerufen hast«, unterbricht er mich. Die Maske landet auf dem Boden, dafür zieht Bas mich in seine Arme. »Ich wollte dich überraschen.«

»Bas.« Ich reiße an meiner Maske und werfe sie fort. Meine Finger zittern, als ich sie an sein Gesicht lege. »Du bist wirklich hier, oder? Das ist kein Traum …«

»Kein Traum, auch wenn es sich so anfühlt.« Er küsst mich zärtlich und ich versinke in seinen Armen. »Du hast mir so gefehlt, Vi. Ich konnte nicht noch länger warten, um dich zu sehen.«

Seine Stimme ist kratzig. Als ich ihn ansehe, schimmern seine Augen verräterisch.

»Deswegen hat Matthieu mich überredet, herzukommen, oder? Er wusste, dass du hier sein würdest.«

»Sandra und Thomas wussten es auch, genau wie deine Eltern. Ich musste sichergehen, dass du kommst.« Er bedeckt mein Gesicht mit Küssen. »Morgens um drei muss ich zurück nach Blanchebourg fahren. Aber ich wollte hier sein. Bei dir. Um die Erinnerung an einen anderen Ball durch neue, hoffentlich schönere zu ersetzen.«

»Bas.« Ich schmiege mich an ihn. »Du bist hier.«

»Leider nicht so lange, wie ich möchte, aber … ich wollte zu dir. Und ich werde mir noch mehr solcher Tage freischaufeln, um zu dir zu kommen, das verspreche ich. Vi, ich … ich brauche dich. Mit dir zu reden ist schön, aber ich vermisse es, dich zu halten. Dich zu küssen.« Er berührt mit den Lippen meinen Hals. »Dich zu spüren.« Seine Hände gleiten über meinen Körper.

»Neben dir einzuschlafen und aufzuwachen. Und Weihnachten ist noch so weit fort …«

»Ich weiß«, krächze ich. »Bas, ich habe nachgedacht. Vielleicht sollte ich zu dir kommen. Es geht mir zu schnell, aber …«

»Nein, Vi«, unterbricht er mich. »Es würde dich unglücklich machen, wenn du jetzt überstürzt alles aufgibst. Und ich bin noch nicht so weit, dir das Leben zu bieten, das du verdienst, wenn du all das auf dich nimmst.« Er haucht einen Kuss auf meine Lippen. »Gib mir Zeit. Ein Jahr, Vi. In einem Jahr bin ich so weit, dich zu beschützen. Dich auf Händen zu tragen und dir jeden Wunsch von den Augen abzulesen. Und dir den Antrag zu machen, den du verdienst.« Er küsst mich erneut. »Ich will dich glücklich machen. Du sollst dich nie fragen, ob du richtig gehandelt hast. Im Moment befürchte ich aber, dass das geschehen würde. Das will ich dir nicht antun.«

»Bas.« Ich halte mich an ihm fest und kämpfe gegen die Tränen an. »Ein Jahr. Dann sind wir beide bereit, diesen Schritt zu gehen.«

Seine Lippen brennen sich förmlich in meine Stirn. »Bis dahin werde ich uns Zeit stehlen. So viel ich kann. Du wirst keine Angst haben müssen, Vi. Ich sorge dafür, dass niemand weiß, wo ich bin, wenn ich für einen Tag verschwinde.« Er schließt seine Arme enger um mich. »Vertrau mir, Vi. Ich beschütze dich. Und ich … werde so oft zu dir kommen, wie es nur möglich ist.«

Ich schließe die Augen, lausche Bas' Atem, der mein Ohr kitzelt. »Ich vertraue dir, Bas. Wir werden einen Weg finden, um glücklich zu werden. Denn ohne dich … bin ich unvollständig.«

Bas legt seinen Finger an mein Kinn, hebt es an und küsst mich zärtlich. Ich seufze, denn der Kuss fügt die Splitter meines Herzens wieder zusammen.

Die nächsten Monate werden nicht einfach sein. Aber ich lasse mich nicht unterkriegen. Denn am Ende … werden Bas und ich zusammen sein. Daran glaube ich ganz fest.

Danksagung

Die Geschichte von Bas und Vi spukt mir schon so lange im Kopf herum. Seit 2020, um genau zu sein. Damals habe ich mir eine kurze Auszeit gegönnt, in der Nähe einer Burg, die dem Haus Liechtenstein gehört. Zwar ist sie kein Hotel, aber … ja, Schlosshotels habe ich auch schon besucht. Also, sehr viel früher, als ich noch sehr jung und die Vorstellung, Prinzessin zu sein, einfach nur romantisch war (naiv, ich weiß). Schon damals habe ich mir Geschichten ausgedacht und einige hatten etwas mit einem Prinzen zu tun, der inkognito in dem Hotel seiner Familie abgestiegen ist. Natürlich verlieben wir uns Hals über Kopf ineinander.

Süß und kitschig, hm? Da sind Bas und Vi deutlich erwachsener, obwohl Bas erst reifen muss. Was er für Vi ja gerne macht. Hach, da sind wir wieder bei süß und kitschig.

Die beiden haben übrigens noch einen weiten Weg vor sich. Einen, der holprig wird und am 18.11.2023 fortgesetzt wird. Denn das war noch nicht das Ende ihrer Geschichte, weil … ja, es ist noch kein richtiges Happy End, oder?

Ich freue mich jedenfalls darauf, euch nach Blanchebourg zu entführen.

An dieser Stelle möchte ich mich aber erst einmal bedanken, dass diese Geschichte das Licht der Welt erblickt hat. Allen voran danke ich meinen Buchengeln Susann Ackermann, Sonja Bickel, Sabine Broz, Paula Cipo, Joachim Fuhrmann, Anne Karlsson, Anja Kreyßig, Diana Mattu, Hanna Porepp und Natalie

Schedlbauer, die mir, wenn ich gezweifelt habe (und ich zweifle öfters), den Rücken gestärkt haben. Auch bedanke ich mich bei meinen Druckfahnenlesern Laura Lang, Diana Knoll und Anne Karlsson die mir wieder geholfen haben, Fehlerchen auszumerzen. Und ich danke der Cover Designerin Nina Hirschlehner, deren Premade mich dazu motiviert hat, die Geschichte von Bas und Vi schneller zu schreiben, weil ich euch das Cover einfach zeigen wollte. Last but not least danke ich Julie Roth, weil sie mal wieder den Rohdiamanten geschliffen hat. Ohne euch alle wäre dieses Buch nie möglich gewesen. Und mal ehrlich, das wäre schade gewesen, oder? Denn Bas … ist ein Traumprinz.

Am 18.11.2023 geht seine und Vis Geschichte weiter.

Wie wäre es mit einem Bonuskapitel?

Willst Du bei einem weiteren Besuch von Bas dabei sein?

Melde Dich zum Newsletter an und finde es heraus.
Die exklusive Kurzgeschichte ist nur einen Klick entfernt.

Prickelnde Romance in einem bezaubernden Ambiente - Achtung: könnte zu spontanen Hungerattacken auf Süßes und sinnliche Bankiers führen!

In Emmas Leben folgt eine Katastrophe auf die nächste. Nachdem sie von der drohenden Zwangsversteigerung ihres Hotels erfahren hat, steht ausgerechnet Philipp, mit dem sie eine heiße Nacht verbracht hat, als Prüfer von der Bank vor ihr. Er soll entscheiden, ob sie das Hotel verliert oder nicht. Emma ist entschlossen, ihm zu beweisen, dass sie das Ruder herumreißen kann, und Philipp lässt sich darauf ein – unter der Bedingung, Geschäftliches von Privatem zu trennen. Doch auch im Hotel können die beiden die Finger nicht voneinander lassen. Selbst dann nicht, als Philipps Geheimnis ans Licht rückt …

Wer Bücher von Piper Rayne, Samantha Young oder Layla Hagen mag, wird dieses Buch lieben.

„Taste of Sin" enthält spicey (erotische) Szenen und ist deswegen für Leser ab 16 Jahren empfohlen.

Verträumt und romantisch - so könnte man Lilly Autumn in zwei Worten beschreiben. Die Mutter zweier Kinder und dreier Katzen lebt mit ihrem Mann in einem beschaulichen Haus inmitten der Weinberge in einem kleinen Ort von Österreich. Herzklopfen, knisternde Gefühle und manchmal auch sinnliche Szenen gehören für sie zu einem gelungenen Liebesroman, in dem entweder royale Häupter oder kulinarische Einflüsse nicht fehlen dürfen.